HAZEL PRIOR

Miss Veronica und der Ruf der Pinguine

GOLDMANN

Hazel Prior

Miss Veronica und der Ruf der Pinguine

Roman

Aus dem Englischen
von Thomas Bauer

GOLDMANN

Die englische Originalausgabe erschien 2021
unter dem Titel »Call of the Penguins«
bei Black Swan, an imprint of Transworld Publishers,
Penguin Random House, London.

MIX
Papier | Fördert gute Waldnutzung
FSC® C083411

Penguin Random House Verlagsgruppe FSC® N001967

1. Auflage
Deutsche Erstveröffentlichung Dezember 2022

Dieses Werk wurde vermittelt durch die Literarische Agentur
Thomas Schlück GmbH, 30161 Hannover
Umschlaggestaltung: UNO Werbeagentur, München
Umschlagmotiv: FinePic®, München
Landkarte im Innenteil: © Liane Paine
Redaktion: Ilse Wagner
KS · Herstellung: ik
Satz: GGP Media GmbH, Pößneck
Druck und Bindung: CPI books GmbH, Leck
Printed in the EU
ISBN: 978-3-442-49360-9

www.goldmann-verlag.de

Für Ursula,
die ebenfalls den Ruf der Pinguine
gehört hat und ihm gefolgt ist.

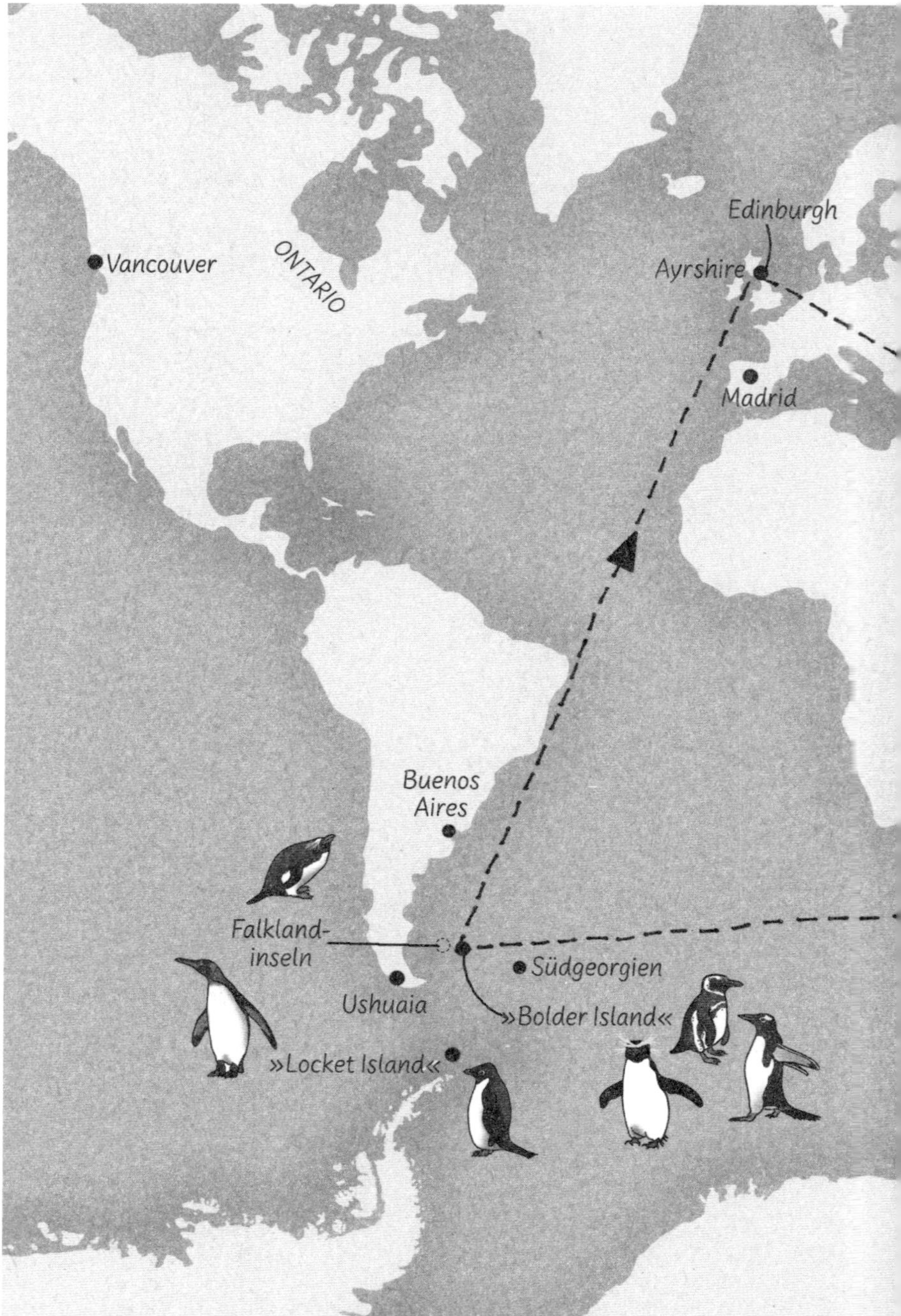

Vancouver
ONTARIO
Edinburgh
Ayrshire
Madrid
Buenos Aires
Falkland-inseln
Südgeorgien
Ushuaia
»Bolder Island«
»Locket Island«

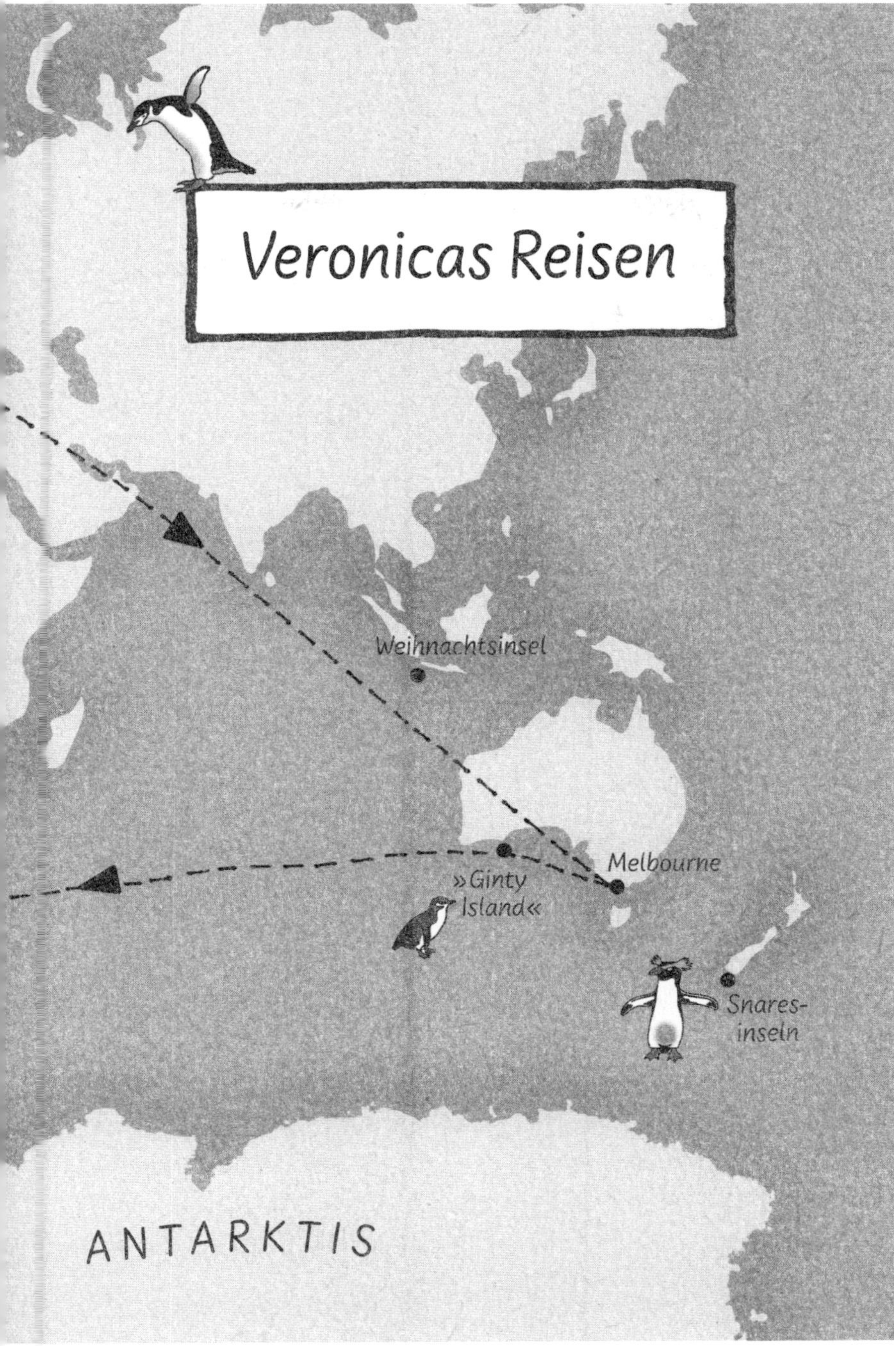
Veronicas Reisen
Weihnachtsinsel
Melbourne
»Ginty Island«
Snares-inseln
ANTARKTIS

1

Veronica

The Ballahays, Ayrshire, Schottland

»Ich habe Eileen gebeten, für uns in Schottland Pinguine ausfindig zu machen.«

Daisy stößt einen kleinen Freudenschrei aus und springt vom Sofa auf. Ich befürchte, dass ihr ständiges Herumgehüpfe ihm nicht gerade guttut, und achte immer darauf, mich in den wertvolleren Queen-Anne-Sessel zu setzen, wenn wir in meinem »Salon« sind, dem kleineren der beiden Wohnzimmer auf The Ballahays. Manchmal grenzt Daisys Leidenschaftlichkeit an Vandalismus.

»Du brauchst Eileen nicht zu bitten«, verkündet sie. Ihr Tonfall ist ziemlich dreist, aber ich beschließe, darüber hinwegzusehen, da sie kein gesundes Kind ist. »Ich kann die schottischen Pinguine auf meinem Handy suchen.« Sie wühlt in ihrer schwindelerregend bunten Tasche, fördert ihr Telefon zutage und fuchtelt damit herum. Das Telefon ist nichts weiter als ein kleines flaches Rechteck, aber ich weiß, dass sie es enorm effizient bedienen kann.

»Steck dieses Ding weg«, fordere ich sie auf. »Es ist abominabel, mitansehen zu müssen, wie eine Neunjährige ihr Leben mit solchem sinnlosen Firlefanz vergeudet.«

»Ein Bommel? Das klingt lustig!«

»Ist es nicht, glaub mir.«

Sie lässt das Telefon in ihrer Tasche verschwinden. Vom Thema scheinen wir bereits wieder abgekommen zu sein, was für mich ein bisschen gefährlich ist. Daran ist nicht etwa mein Gedächtnis schuld (es ist wie immer in Topform) – man verliert oft den Überblick, wenn man sich mit Daisy unterhält, weil es in ihrem jungen Kopf drunter und drüber geht. Ich kehre schleunigst zum Thema zurück, bevor wir den Faden ganz verlieren.

»Pinguine«, erinnere ich sie, »sind nicht nur ungemein unterhaltsam, wir können uns alle ein Beispiel an ihnen nehmen. Es lohnt sich auf alle Fälle, welche ausfindig zu machen.«

»Ich weiß«, entgegnet sie. »*Denk an die Pinguine!*«

Das war das kleine Mantra, das ich oft wiederholt habe, um sie während ihrer Chemotherapie vor Weihnachten aufzuheitern. Pinguine sind nicht nur ganz bezaubernd, sondern verkörpern für mich Mut, Entschlossenheit und Widerstandsfähigkeit. Da sie tagtäglich mit Herausforderungen konfrontiert sind wie langen Wanderungen durch verschneite Einöden und Schwimmen in eiskaltem Wasser, ohne dabei von Robben gefressen zu werden, sind sie der Inbegriff von Lebensfreude unter widrigsten Umständen. Ich freue mich, dass Daisy das voll und ganz verstanden hat.

Sie klettert wieder aufs Sofa, kniet sich hin und schaut über die Lehne zum Erkerfenster hinaus, als hoffte sie, einen ihrer Lieblingsvögel auf dem Rasen herumwatscheln zu sehen. Der Garten auf The Ballahays hat mehrere Staudenrabatten, einen Brunnen und eine bemerkenswerte Ansammlung von Rhododendren vorzuweisen, die allesamt von Mr Perkins liebevoll gehegt und gepflegt werden, aber leider herrscht dort ein eklatanter Mangel an Pinguinen.

»Vielleicht werde ich eine Pinguinstatue anfertigen lassen«, überlege ich laut. »Zwischen den Sträuchern würde sie sich wahrscheinlich ziemlich gut machen.«

Daisy ist schon allein bei der Vorstellung völlig aus dem Häuschen. Ihre ungewöhnlich großen blauen Augen leuchten. Auf ihrer Nase – bei der es sich noch um eine kleine kindliche Stupsnase handelt, obwohl sie selbst erschreckend schnell wächst – befinden sich ein paar Sommersprossen. Wenn ihr Mund gerade nicht beschäftigt ist, erinnert seine Form an eine Rosenknospe. Sie ist trotz des Haarausfalls ein hübsches Mädchen. Der orangefarbene Schal, den sie um den Kopf gewickelt trägt, ist allerdings nicht gerade vorteilhaft. Ich habe ihr angeboten, ihr eine Perücke zu kaufen, doch davon will sie nichts wissen. Daisy ist eine sehr eigenwillige junge Dame.

Ich bin stolz darauf, dass es ihr erster Wunsch war, mich zu besuchen, nachdem sie aus dem Krankenhaus entlassen worden war und ihre Verfassung es zuließ. Ihre Eltern und ihr Bruder begleiteten sie hierher und blieben für ein paar Tage, inzwischen sind sie aber wieder zurück nach Bolton gefahren. Daisy muss sich nach wie vor jeden Tag ausruhen und verschiedene Medikamente einnehmen, aber sie behauptet, dass sie nicht mehr so müde ist, seit sie hier ist. Ich bin dagegen müder, seit sie hier ist. Doch das ist die Sache ganz und gar wert.

Es ist erfreulich, dass der McCreedy-Charme noch zu funktionieren scheint, aber womöglich hat auch die baufällige jakobinische Eleganz von The Ballahays ihren Teil dazu beigetragen, Daisy hierherzulocken. Abgesehen von den zwölftausend Quadratmeter großen Gartenanlagen hat das Anwesen noch viele andere Dinge zu bieten, die ihrer lebhaften Fantasie Nahrung geben:

Eichenvertäfelungen, Kaminecken, mehrere Treppenhäuser und zwölf Zimmer, die allerlei Antiquitäten und Kunstgegenstände beherbergen. Besonders angetan ist sie von meinem gepolsterten Schemel, der die Form eines Esels hat, von meiner Kutschenuhr, von meinem Pianola und von meinem Standglobus. Von dem speziellen Foto, das bei mir im Flur hängt, ganz zu schweigen.

»Irgendwann reise ich auch in die Antarktis so wie du, Veronica«, verkündet Daisy. »Und dann treffe ich Pip.«

Sie rennt los, um das Foto zu holen. Ich wünschte, sie würde das nicht tun, da es sich in einem großen, schweren Rahmen befindet und ich mir Sorgen mache, dass sie es fallen lässt. Es liegt mir nämlich besonders am Herzen, da ich es von dem wunderbaren Fernsehmoderator Robert Saddlebow geschenkt bekommen habe, dessen Tierdokumentationen mich dazu inspirierten, mich auf meine abenteuerliche Reise zu begeben. Ich freue mich, ihn jetzt *Sir* Robert nennen zu dürfen, seit letzter Woche, als 2013 still und leise in 2014 überging und die »New Year Honours«-Liste veröffentlicht wurde.

Auf dem Foto zeichnet sich Pips Silhouette klar vor dem Schnee ab. Als ich ihn kennenlernte, war er noch ein graues flaumiges Knäuel von der Größe einer Teetasse mit riesigen Füßen. In der Zwischenzeit ist er ziemlich gewachsen und hat jetzt die für Adeliepinguine typische weiße Brust, während der Rest seines Gefieders seidig glänzend schwarz ist. Er wurde eindeutig beim Watscheln fotografiert, da er einen seiner Füße leicht angehoben hat. Seine Flossen sind abgespreizt. Sein Kopf ist nach vorn geneigt, sein Schnabel geöffnet, und sein Gesichtsausdruck ist aufgeweckt und neugierig.

»Er sagt: ›Hallo Daisy und Veronica‹, stimmt's?«, beschließt Daisy.

»Ja, Daisy, ganz sicher«, erwidere ich. Lügen sind meistens viel einfacher und netter als die Realität.

Ich frage mich, was tatsächlich in Pips Kopf vorgeht. Im Hintergrund sieht man ein verschwommenes Mosaik aus anderen Pinguinen, die mit ihrem Alltag beschäftigt sind. Die Aufnahme besitzt die Kraft, mich jederzeit zurückzuversetzen. Ich würde alles dafür geben, noch einmal diese glitzernde Landschaft sehen und inmitten der riesigen chaotischen Ansammlungen schwarz-weißer Vögel umherwandern zu können. Im Vergleich dazu ist mein Alltag hier eintönig: essen, schlafen, lesen, Müll aufsammeln; entscheiden, ob ich zum Tee das Wedgwood-, das Royal-Crown-Derby- oder das Coalport-Service nehme; Eileen, die mit dem Staubsauger oder mit einer Dose Bienenwachspolitur herumschwirrt …

Ich bin dankbar, dass ich ein komfortables Leben führen kann. Trotzdem empfinde ich ein gewisses Bedauern in meinem Herzen: Ich werde nie wieder ein solches Abenteuer erleben. Um den Globus zu reisen, das ist schlecht für unseren Planeten, und überhaupt wäre es für meinen siebenundachtzigjährigen Körper nur schwer zu ertragen. Die Sehnsucht ist allerdings da.

»In Schottland gibt es keine Pinguine.«

Daisys Bruder Noah, obwohl erst sieben Jahre alt, ist das, was man gemeinhin als »neunmalklug« bezeichnet. »Pinguine findet man nur auf der Südhalbkugel«, behauptet er. Wir kommunizieren mit Noah mittels einer Vorrichtung, die sich Skype nennt. Skype (schon allein dem Namen fehlt es an Musikalität) ist noch so ein mühseliger technischer Schnickschnack, den die jüngere Generation für unverzichtbar hält. Daisys Eltern haben es auf The Ballahays eingerichtet, weil sie dachten, sie müssten täglich visuellen Kontakt mit ihr haben, während sie hier ist. Das Eindringen von Skype in diesen friedlichen Haushalt macht Eileen genauso viel Angst wie mir, aber wir haben uns inzwischen damit abgefunden.

Daisy streitet jetzt mit Noah in einer Tonlage, die mein Hörgerät erzittern lässt.

»Und ob es in Schottland Pinguine gibt!«, kreischt sie. »Das werde ich dir beweisen!«

»Wie denn?«, will ihr Bruder in ähnlich ohrenbetäubender Lautstärke wissen. Mich wundert, dass Skype noch nicht in tausend Stücke explodiert ist.

»Bitte, Daisy«, flehe ich sie an. »Nimm Rücksicht auf den Kronleuchter!«

Sie blickt kurz auf zu dem Waterford-Kristalllüster, der über ihr hängt und tatsächlich leicht klirrt.

Sie senkt die Stimme und unterlegt den nächsten Satz mit einem dringlichen Zischen. Ich höre das Zischen, verstehe aber kein einziges Wort.

Als das Gespräch beendet ist, tänzelt sie ins Esszimmer, um Eileen zu drangsalieren, die gerade mit dem Staubwedel zugange ist und dabei irgendetwas Unmelodisches summt. Eileen ist inzwischen geübt darin, Hausarbeit zu erledigen und gleichzeitig Daisy bei Laune zu halten, deshalb lasse ich die beiden machen und ziehe mich in den ersten Stock zurück, um mich ein bisschen auszuruhen.

Es ist zweifellos eine Herausforderung, ein Kind im Haus zu haben, aber niemand kann behaupten, Veronica McCreedy würde sich vor Herausforderungen drücken. Ich glaube, meine antarktischen Abenteuer haben das unterstrichen.

In meinem Schlafzimmer blättere ich den *Telegraph* durch, der wie üblich den ganzen, wenig reizvollen Katalog menschlicher Marotten und Verfehlungen beinhaltet. Ich bin ziemlich erleichtert, als ich auf die Seite mit dem Kreuzworträtsel stoße. Wenn man ein fortgeschrittenes Alter erreicht hat, muss man unbedingt seine grauen Zellen in Form halten, und ich finde großes Vergnügen daran, kryptische Hinweise zu entschlüsseln. Leider kann ich meinen Kugelschreiber nicht finden. Ich weiß, ich habe ihn hier irgendwo hingelegt, aber das verdammte Ding ist fest entschlossen, mir einen Strich durch die Rechnung zu machen und sich zu verstecken. Nachdem ich in jedem Winkel des Sekretärs gesucht habe, entdecke ich den Kugelschreiber schließlich neben einem Stapel Postkarten.

Also, wozu habe ich ihn gebraucht? Ich wollte bestimmt einen Brief an meinen Enkel Patrick schreiben. Eileen kann ihn dann auf ihren Computer übertragen und ihn ihm per E-Mail weiterleiten. Ich muss ihm unbedingt alles über Daisys Besuch erzählen, also lasse ich mich zurück in meinen Sessel sinken, um mir den Wortlaut zu überlegen, aber mein Kopf fühlt sich außerordentlich schwer an …

Als ich wieder zu mir komme, fällt mein Blick auf die Uhr, und ich stelle mit Entsetzen fest, dass es bereits halb drei ist.

Ich rapple mich steif hoch und bahne mir dann den Weg ins Erdgeschoss.

»Komm mit, Daisy, Liebes. Zeit für unseren Spaziergang.«

Ich gehe mit ihr in den Windfang, und sie schlüpft in eine bauschige Jacke, die an einen Schlafsack erinnert, und setzt eine Strickmütze mit Pompon auf. Ich ziehe mir in der Zwischenzeit meinen scharlachroten Mantel und meine robusten Wanderstiefel an. Wie immer nehme ich meinen Stock, um mich aufstützen zu können, und eine Handtasche mit; man kann nie wissen, wann man ein Taschentuch oder Schmerztabletten braucht. Es ist praktisch, dass Daisy mich begleitet, weil sie unbedingt den Müllsack und die Abfallgreifzange tragen möchte.

Daisys Eltern bestanden darauf, dass sie jeden Tag an die frische Luft kommt. Was das anbelangt, bin ich ganz ihrer Meinung. Ich verdanke meine außerordentliche Zähigkeit meiner lebenslangen Angewohnheit, tagtäglich den Küstenpfad von Ayrshire entlangzuwandern. Daran halte ich fest, was auch immer mir das schottische Wetter entgegenschleudert, sei es Schnee, Hagel oder Eisregen. Eileen fleht mich oft an, nicht zu gehen (»Ach, Mrs McCreedy, heute ist es zu kalt!«), doch das spornt mich erst recht an. Als Daisy und ich heute aufbrechen, gibt es jedoch keinen Niederschlag, es ist nur grau und düster, und hier und da liegt ein wenig Schnee. Wir verlassen The Ballahays durch das Eingangstor und gehen die kurze, schmale Straße entlang, die zur Küste führt. Die Hecken zu beiden Seiten weichen bald struppigen Ginsterbüschen, verwitterten Felsen und einem Gefühl von Weite.

Mit ihren Adleraugen erspäht Daisy schnell den ersten Abfall, eine Chipstüte, die sich im Farngestrüpp verfangen hat. Sie stürzt sich mit der Zange darauf und steckt sie mit einem Triumphschrei in den Müllsack.

Der Himmel und das Meer sind silberfarben miteinander verschmolzen. Die Schreie der Möwen klingen gedämpft, und über der Natur liegt die für Januar typische Spannung, als wartete sie darauf, dass alles wieder zu wachsen beginnt. Ich halte ein gleichmäßiges Tempo, während Daisy umherrennt und weitere Beute macht: einen alten, löcherigen Gummistiefel, eine zerbrochene Glasflasche, ein gebogenes Stück Plastik, von dem ich glaube, dass es von einem Tierfutterbehälter stammt, eine zerdrückte Coladose und ein Stück dickes orangefarbenes Seil.

Daisy hantiert sehr gerne mit der Greifzange, und ich glaube, ich werde ihr eine kaufen, bevor sie wieder nach Hause fährt. Das wird sowohl ihr guttun als auch der Umgebung von Bolton, die eine gründliche Säuberung ganz bestimmt viel nötiger hat als der Klippenpfad von Ayrshire. Es ist schön zu beobachten, wie viel Freude sie heute hat. Als wir wieder auf The Ballahays ankommen, ist das Leuchten in ihren Augen stärker, und ihre Wangen sind rosiger.

Eileen nimmt uns an der Haustür in Empfang. Ihre gelockte Haarmähne ist ungekämmt, ihr Doppelkinn schwabbelt, und sie wirkt aufgeregt, als sie uns aus unseren Jacken hilft. Sie wird später ihre Gummihandschuhe anziehen und den Müll danach sortieren, was recycelt werden kann und was in die Restmülltonne muss. Ich habe ihren Lohn erhöht, um ihr diese unappetitliche Arbeit, die sie zusätzlich zu all ihren anderen Aufgaben für mich erledigt, großzügig zu vergüten.

Zum Glück warten auf dem Küchentisch eine Tasse frisch gebrauter Darjeeling-Tee und ein dampfender Becher heiße Schokolade auf uns. Als ich mir meinen Tee nehme und Daisy sich ihre Schokolade, verschränkt Eileen stolz die Arme.

Ich schaue sie fragend an. »Ich merke, dass Sie uns etwas sagen möchten, Eileen. Bitte tun Sie sich keinen Zwang an. Schütten Sie uns einfach Ihr Herz aus.«

Auf ihrem Gesicht zeichnet sich ein breites Lächeln ab. »Ich habe sie gefunden«, verkündet sie.

2

Veronica

Eileen fährt uns. Ich wäre durchaus in der Lage, mich selbst hinters Steuer zu setzen, habe das Fahren aber vor drei Jahren aufgegeben. Meine Reaktionen sind blitzschnell wie eh und je, wie ich dem Arzt unmissverständlich mitgeteilt habe, und ich sehe mehr als ausreichend gut in die Ferne. Nach meinem kleinen Missgeschick mit dem Jaguar und einem äußerst lästigen jungen Mann in seinem Vauxhall bin ich aber zu dem Entschluss gekommen, dass ich auf solchen Ärger verzichten kann.

Der Schnee von letzter Woche ist weggetaut und der Tag erfüllt von hellem zitronengelbem Sonnenschein. Während der gefleckte Himmel und die grünen Hügel Schottlands am Fenster vorbeifliegen, sitzt Daisy still auf dem Rücksitz (ich habe den Verdacht, sie treibt auf ihrem Telefon heimlich Unfug in irgendwelchen »sozialen Medien«). Eileen summt beim Fahren vor sich hin und macht gelegentlich Bemerkungen wie: »Was für ein herrlicher Tag«, und: »Hübsche Wolken, nicht wahr?«.

Schließlich überqueren wir eine Kreuzung, biegen links ab und fahren unter einem nicht zu übersehenden Schild durch, auf dem »Lochnamorghy Sea Life Centre« steht.

»Wir müssen unbedingt ein Selfie mit den Pinguinen machen, Veronica!«, ruft Daisy hinter mir, als wir den Wagen am hinteren Ende des Parkplatzes abstellen. »Du machst doch ein Selfie mit uns, oder?«

»Schon möglich«, versichere ich ihr, da ich nicht durchblicken lassen will, dass ich nicht genau weiß, was »ein Selfie machen« beinhaltet. Wenn es irgendetwas mit »einen Handstand machen« oder »einen Spagat machen« gemein hat, habe ich nicht die Absicht, ihrer Bitte nachzukommen. Tatsächlich würden meine Gliedmaßen so etwas ohnehin nicht zulassen.

Eileen, Daisy und ich gehen durch einen riesigen Eingang mit einer Glasdrehtür. Die Frau am Empfang erklärt forsch und effizient: »Zum Aquarium geradeaus. Gehen Sie bis zum Ende des Gangs und folgen Sie der Beschilderung für Robben, Otter, Seevögel und Pinguine.«

Wir folgen den Schildern durch ein Labyrinth von Gängen. Sie sind von informativen Postern über das Leben im Meer gesäumt, die wir völlig ignorieren. Die bedrohlichen Tintenfische, Kraken, Quallen und die anderen mit Tentakeln und Schuppen versehenen Kreaturen, die in den mit grauem Wasser gefüllten Aquarien zu beiden Seiten herumschwimmen, ignorieren wir ebenfalls. Wir sind alle drei gleichermaßen auf unser Ziel fixiert. Daisy läuft immer wieder voraus und kehrt dann wieder zu uns zurück wie ein aufgeregter Welpe.

Wir werden hier keine Adeliepinguine zu sehen bekommen. Da diese in der Antarktis zu Hause sind, wäre es Tierquälerei, sie in wärmeren Gefilden zu halten. Aber es warten andere Arten auf uns, die an ein milderes Klima gewöhnt sind.

Als wir bei dem Gehege ankommen, sehe ich zunächst nur Pärchen und Familien mit kleinen Kindern, die sich davor drängen. Wir schieben uns nach vorn. Wir befinden uns in einem breiten, mit einem Netz überspannten Bereich, vor einem unnatürlich blauen nierenförmigen Becken. Hinter einer Absperrung aus rotem Band entdecke ich eine Ansammlung von Vögeln, die zwischen Felsen, Sand und ein paar niedrigen gemauerten Höhlen herumstehen.

Eileen bahnt sich den Weg durch die Menge und ruft dabei: »Entschuldigung, Entschuldigung!«, bis wir eine Stelle mit guter Sicht finden. Daisy sprudelt vor Aufregung über. Auch ich verrenke mir den Hals, um etwas sehen zu können. Schließlich erblicke ich sie.

Brillenpinguine haben am Kopf eine schwarz-weiße Zeichnung, um ihre Brust verläuft ein schwarzer Streifen, und über ihren Augen sind rosafarbene Flecken Haut zu sehen. Die meisten von ihnen lungern nur herum, aber ein paar gleiten in das Becken, als wir uns nähern. Sie sind äußerst attraktiv. Noch mehr entzücken uns allerdings die Goldschopfpinguine mit ihrem mächtigen Kopfschmuck aus langen gelben Federn, die dort herausstehen, wo man ihre Ohren vermuten würde. Sie haben etwas Skurriles und Keckes an sich und sehen wirklich spektakulär aus.

Wir sehen zu, wie zwei Pinguine, die auf einem Felsen stehen, sich gegenseitig putzen, wobei ihre langen Schnäbel glänzendes Gefieder durchwühlen. Nach getaner Arbeit hüpft einer der beiden von dem Felsen herunter. Als er bemerkt, dass er Publikum hat, kommt er auf uns zugewatschelt und sieht uns mit einem Auge an, dann mit dem anderen. Sein Schopf wackelt leicht in der Brise. Er richtet den Schnabel in den Himmel und bewegt den Kopf hin und her, sodass es beinahe so aussieht, als würde er tanzen.

»Oh, seht ihn euch an!«, ruft Daisy. Ich habe selten ein so begeistertes Kind erlebt.

Der Pinguin plustert sich auf, macht den Schnabel auf und stößt einen lauten, schmachtenden Schrei aus.

Meine Augen beginnen zu kribbeln. Über siebzig Jahre lang habe ich es mir nicht gestattet, auch nur ein einziges Mal zu weinen, weil jemand einmal zu mir gesagt hat, Weinen sei ein Zeichen von Schwäche. Inzwischen glaube ich das nicht mehr, aber ich fühle mich noch immer unwohl dabei, Emotionen jeglicher Art öffentlich zur Schau zu stellen. Nichtsdestoweniger kommen mir heutzutage erschreckend oft die Tränen, und ich kann so gut wie nichts dagegen tun.

»Hier, bitte sehr, Mrs McCreedy, nehmen Sie das.« Ich habe ein frisch gewaschenes Taschentuch in meiner Handtasche, nehme das Papiertaschentuch, das Eileen mir hinhält, aber gnädigerweise an.

»Alles in Ordnung, Veronica?«, erkundigt sich Daisy und blickt zu mir hoch, um meinen Gesichtsausdruck zu studieren.

»Das kommt von meinen Nasennebenhöhlen. Die machen mir manchmal Probleme«, erkläre ich ihr kurz angebunden.

Diese Pinguine lassen sich nicht ganz mit meinen Adelie-Freunden vergleichen, aber sie sind genauso wichtigtuerisch und begeisterungsfähig. Unser freundlicher Goldschopf trompetet noch einmal.

»Wir nennen ihn Mac«, verrät uns eine der sogenannten Pinguinaufseherinnen und tritt vor. Die junge Frau besitzt ein gesundes Selbstbewusstsein und einen schaukelnden Pferdeschwanz. »Er wurde von Hand aufgezogen. Als er noch ein Küken war«, fügt sie hinzu.

Ich blicke von ihr zu dem Pinguin und wieder zurück. »Dann haben Sie ihn also mit einer Spritze mit einer genau ausgewogenen Mischung aus verflüssigtem Krill und Thunfisch gefüttert?«

Ihre Augen weiten sich ein wenig. Es sieht so aus, als würde sie versuchen zu berechnen, wie ihre Antwort lauten soll. »Ähm … also ich habe ihn nicht selber …«

»Das ist Veronica McCreedy«, fällt Daisy ihr ins Wort. »Sie war in der Antarktis und hat ein Pinguinbaby namens Pip gerettet, und dann ist sie krank geworden, und Pip hat *sie* gerettet! Und« – Daisy holt Luft – »sie ist mit Robert Saddlebow befreundet.«

»Mit *dem* Robert Saddlebow«, fügt Eileen hinzu.

»*Sir* Robert Saddlebow«, betone ich.

Ich muss zugeben, dass mir die Bewunderung meines Schützlings schmeichelt.

»Ja, deine Omi ist eine tolle Frau«, sagt die Aufseherin, die offensichtlich kein Wort von dem glaubt, was Daisy ihr erzählt hat. Ich überlege, ob ich sie korrigieren soll, was ihre »Omi«-Bemerkung anbelangt, habe aber keine Lust. Mein Hauptaugenmerk ist ohnehin auf den Pinguin gerichtet, der wirklich ganz entzückend ist.

»Darf ich ihn füttern?«, fragt Daisy voller Eifer.

»Jetzt nicht. In zwanzig Minuten ist Fütterungszeit.« Die Aufseherin wirkt erleichtert, wieder auf vertrautem Terrain zu sein. Sie geht neben Daisy in die Hocke und spricht wie eine große Schwester zu ihr. »Dann kannst du ihnen allen dabei zuschauen, wie sie ihr Mittagessen genießen. Vielleicht gebe ich dir sogar einen oder zwei Fische, damit du mir beim Füttern helfen kannst.«

Meine Beine sind inzwischen müde. Daisy und Eileen ziehen los, um die Gehege mit den Robben und den Ottern zu suchen, während ich mich auf den Weg zur Teestube mache. Ich hole mir ein Stück Bakewell-Torte und eine Tasse Darjeeling. Zumindest nennen sie den Tee Darjeeling (vermutlich, um den Aufpreis von einem Pfund zu rechtfertigen), geschmacklich ist er allerdings eine herbe Enttäuschung. Aber ich will mich nicht beschweren.

Ich lasse mich an einem kleinen Tisch am Fenster nieder und schaue hinaus auf den Streifen Meer, der hinter der Ecke des Gebäudes zu sehen ist. Nachdem ich den Goldschopfpinguinen und den Brillenpinguinen einen Besuch abgestattet habe, ist es wahrscheinlich unvermeidlich, dass meine Gedanken darauf bestehen, in die Antarktis zurückzukehren, zu der Kolonie von Adeliepinguinen, zu meiner Freundin Terry und zu meinem Enkel Patrick. Ich habe viel in das Locket-Island-Projekt investiert, sowohl im metaphorischen als auch im wörtlichen Sinn, da ich ihm einen monatlichen Betrag zukommen lasse, vor allem deshalb, weil Patrick jetzt dem Team angehört.

Terry und er sind seit einem Jahr ein Paar. Terry heißt eigentlich Teresa und ist zu hundert Prozent eine Frau – wenngleich sie durch ihren Verzicht auf Make-up und eine richtige Frisur wenig dafür tut, um das zur Schau zu stellen. Im Gegensatz zu Sir Robert wird sie wahrscheinlich nie eine Fernsehpersönlichkeit werden, aber wie er gehört sie zu den wenigen Menschen auf diesem Planeten, die meinen Respekt erlangt haben.

Manche würden sagen, dass Patrick Terry nicht verdient, und es gab eine Zeit, da hätte ich ihnen zugestimmt. Patrick ist wie Kaviar. Nicht etwa, weil er eine edle Delikatesse ist – ganz im Gegenteil! –, sondern weil er einen gewöhnungsbedürftigen Geschmack hat. Als ich ihm das erste Mal begegnete, was erst achtzehn Monate her ist, hatte ich zunächst eine Abneigung gegen ihn. Mit seinem schmuddeligen Äußeren, seiner einfältigen Art und seiner scheinbaren Unreife für seine achtundzwanzig Jahre bleibt Patrick ein unwahrscheinlicher Kandidat für meine Zuneigung. Mir fällt es nicht leicht, jemanden ins Herz zu schließen, und die Blutsbande allein würden in diesem Fall nicht genügen. Aber ich habe Patricks liebenswerte Seite kennengelernt. Ich habe gesehen, wie er sich um andere kümmert. Ich habe gesehen, wie er Terry anhimmelt. Und ich habe gesehen, wie sehr er Pinguine liebt.

Meine Hand hebt sich automatisch zu meinem Hals, und ich streiche mit den Fingern an der dünnen Kette meines Medaillons entlang, das ich noch immer jeden Tag unter meiner Kleidung trage. Daisy hat die Kette neulich entdeckt und mich danach gefragt, deshalb habe ich das Medaillon hervorgeholt und es ihr gezeigt. Die Vorstellung, Schmuck zu besitzen, der winzige Gegenstände von persönlichem Wert enthält, hat es ihr ziemlich angetan. Ich habe es allerdings nicht für sie geöffnet. Im Gegensatz zu Terry bin ich in der Kunst der Empathie nicht besonders begabt, aber ich erkenne verschiedene Aspekte der Natur des Menschen. Ich habe festgestellt, dass es von Vorteil ist, immer ein Mittel zur Bestechung in Reserve zu haben, wenn Daisy wieder einmal über die Stränge schlägt, wie etwa: »Wenn du nicht sofort herkommst und dich an den Tisch setzt, zeige ich dir nie, was sich in meinem Medaillon befindet«, oder: »Wenn du mir meinen Lippenstift nicht zurückgibst, Daisy, wird das Medaillon immer ein Buch mit sieben Siegeln für dich bleiben«. Meine kleine List funktioniert ausgezeichnet, da Daisy von einer unersättlichen Neugier besessen ist.

Ich trinke meinen Tee aus und wische mit der Papierserviette die Tortenkrümel von meinem Schoß. Als ich einen Blick zur Tür des Cafés werfe, sehe ich, dass Eileen bereits da ist, um mich abzuholen. Sie zieht Daisy an der Hand hinter sich her. Wir marschieren gemeinsam zum Gehege zurück. Die Pinguinpflegerin mit dem Pferdeschwanz schwingt einen blauen Plastikeimer, aus dem sie den Pinguinen schlaffe Fische zuwirft. Die Fische haben einen schockierten Ausdruck in ihren toten, glasigen Augen, aber die Begeisterung der Pinguine ist mitreißend. Sie hüpfen herum, schnappen sich gierig die Fische mit ihren Schnäbeln, schlingen sie hinunter und verlangen lautstark nach mehr.

Die Aufseherin hält Daisy den Eimer hin. Daisy nimmt mit einer Mischung aus Ekel und Verzückung einen Fisch heraus, starrt ihn einen Moment lang an und schleudert ihn dann einem

Pinguin mit solcher Wucht entgegen, dass ich schon befürchte, sie könnte ihn zu Fall bringen wie einen Kegel. Sie ist erleichtert, als ihr die stets pragmatische Eileen anschließend ein Feuchttuch reicht.

Die meisten Zuschauer machen Fotos.

»Es wird Zeit für unser Selfie, Veronica! Unser Selfie mit den Pinguinen!«, ruft Daisy. »Damit ich Noah beweisen kann, dass es in Schottland *doch* Pinguine gibt.«

Sie streckt den Arm aus, um mit dem Handy ein gemeinsames Foto von uns machen, da ihre Arme aber nicht sehr lang sind, schafft sie es nicht, alles einzufangen, was sie möchte. Daraufhin bekommt Eileen das Telefon in die Hand gedrückt und wird gezwungen, Hunderte Fotos von Daisy und mir mit dem freundlichen Pinguin namens Mac zu schießen. Ich bin froh, dass ich auf dem Weg von der Teestube hierher noch einmal Lippenstift aufgetragen habe und dass ich eine vorzeigbare Schottenmuster-Handtasche in passenden Rottönen dabeihabe. Ich achte darauf, sie außer Reichweite von Macs Schnabel zu halten, da ich schon einmal eine Handtasche durch ungezügelte Pinguinneugier verloren habe.

Auf der Fahrt nach Hause sagt Daisy uns, dass sie gerade Goldschopfpinguine googelt. Ich bin erstaunt, als sie entgegen meinen Erwartungen mit einigen interessanten Informationen aufwarten kann. Offenbar geht die englische Bezeichnung der Vögel, *Macaroni Penguins*, auf Dandys im achtzehnten Jahrhundert zurück, die häufig Hüte mit extravaganten Quasten trugen und als *Macaronis* bezeichnet wurden.

»Wie in dem Lied über Yankee Doodle!«, ruft Eileen in einem Tonfall von Verwunderung und Erkenntnis aus. »Kennst du das, Daisy?«

Daisy kennt das Lied nicht, und Eileen besteht darauf, es ihr beizubringen.

»Yankee Doodle reitet in die Stadt
Auf seinem braunen Pony.
Er hat 'ne Feder auf dem Hut
Und nennt es *Macaroni.*«

Meine Ohren werden von einer schrillen Stimme und einer tieferen, misstönenden Stimme attackiert, die diesen tiefgründigen Liedtext auf dem ganzen restlichen Nachhauseweg singen. Unter normalen Umständen fände ich das unerträglich, doch heute – aus Gründen, die sich mir nicht ganz erschließen – macht es mir überhaupt nichts aus.

3

Patrick

Locket Island, Südliche Shetlandinseln, Antarktis

Die Sonnenstrahlen werden von den feuchten Felsen reflektiert, in jeder Vertiefung in der Landschaft liegt weicher Schnee, und ich schaue über Heerscharen von Pinguinen. Der Geruch von Fisch und Guano, dem Pinguinkot, kribbelt mir in den Nasenlöchern. In meinen Ohren schallt Geschnatter, Gekrächze, Gekreische und Gezwitscher. Überall um mich herum watscheln niedliche gedrungene Vögel auf Kies und Eis herum. Über mir treiben riesige weiße Wolken. In der Ferne ist eine Kette von bläulichen Gipfeln und Gletschern zu sehen. Es ist einer jener Momente, in denen es mir wieder bewusst wird.

Ich lebe hier. Ich *lebe* hier, verdammt noch mal, auf dieser kleinen Insel vor der Küste der Antarktischen Halbinsel, die ich mir mit einigen Robben, Albatrossen, Skuas und Möwen teile … und mit drei anderen Menschen. Und mit fünftausend Adeliepinguinen. Ich hätte es niemals für möglich gehalten, dass ich einmal als professioneller Pinguinzähler ende. Aber ich hätte es auch niemals für möglich gehalten, dass ich eine reiche, exzentrische Großmutter habe, die ebenfalls von Pinguinen besessen ist.

Im Lauf des vergangenen Jahres habe ich mich voll und ganz dem Locket-Island-Lifestyle angepasst. Bolton vermisse ich kein bisschen. Na ja, vielleicht vermisse ich Gav und den Fahrradladen und Fernsehen und frisches Gemüse, aber sonst nicht viel. Es ist schon erstaunlich, wie schnell diese Wildnis zu meiner Welt geworden ist. In diesem Moment fehlt nur eines: Terry. Was für ein Jammer, dass wir in verschiedenen Bereichen der Kolonie arbeiten müssen. Es war viel besser, als wir noch gemeinsam gearbeitet haben, auch wenn wir uns dabei manchmal haben ablenken lassen …

Terry sagt immer, dass ich mich entspannen soll. »Wir müssen doch nicht aneinanderkleben, um uns zu beweisen, dass wir einander lieben, oder?«, meinte sie neulich, als ich wieder einmal ziemlich besitzergreifend war. Aber ich kann einfach nicht anders, als leidenschaftlich zu sein. Wenn ich könnte, würde ich jede Minute mit ihr verbringen. Das soll nicht heißen, dass ich mich beklage, denn es ist echt unglaublich, dass sie mit einem Loser wie mir überhaupt Zeit verbringen will.

Ich werfe einen Blick auf die Uhr. Seit drei Stunden zähle und wiege ich Pinguine.

»Ich finde, ich habe mir wenigstens einen Kuss verdient«, murmle ich.

Ein frecher kleiner Pinguin blickt zu mir auf. Er schaut mich mit seinen Knopfaugen und stolzgeschwellter Brust an.

»Nein, ich meinte nicht von dir, mein Freund«, sage ich zu ihm.

Wir werden frühestens in einer Stunde in der Forschungsstation erwartet. Ich beschließe, Terry zu suchen und sie zurück zum Mittagessen zu begleiten. Ich greife zu meinem Funkgerät, doch dann überlege ich es mir anders und stecke es mir wieder in den Gürtel.

Ich weiß, wo sie sich ungefähr aufhält, und es ist viel lustiger, wenn ich sie überrasche.

Ich bahne mir den Weg zwischen den Felsen hindurch über das Geröll und marschiere, so schnell ich kann, den Hang hinauf. Die Temperatur beträgt heute nur dreieinhalb Grad, aber ich trage etliche Schichten Bekleidung übereinander, und der Anstieg bringt mich ins Schwitzen. Ich ziehe meinen Parka aus und klemme ihn mir unter den Arm. Als ich oben ankomme, bleibe ich stehen und verschnaufe ein bisschen. Von hier habe ich gute Sicht auf die Berge und auf den See in der Ferne, der passend zum Himmel blau-weiß marmoriert ist. Der Name der Insel rührt daher, dass sie oval ist und auf der Landkarte aussieht wie ein Medaillon, auf Englisch »locket«, wobei der halbrunde See am nördlichen Ende die Form einer Öse hat, durch die sich eine Kette fädeln ließe. Dahinter sehe ich das Meer, das hell leuchtet und mit weißen Eisbergen geschmückt ist.

Der Teil der Pinguinkolonie, für den Terry zuständig ist, befindet sich unten auf der anderen Seite. Von hier oben kann ich ihre orangefarbene Jacke erkennen, ein Farbklecks inmitten Tausender schwarz-weißer Punkte, bei denen es sich um Pinguine handelt. Ich gehe in ihre Richtung und schlängle mich dabei zwischen den Kieselsteinnestern hindurch. Es gibt unzählige winzige Pinguinküken, die inzwischen so unternehmungslustig sind, dass ich aufpassen muss, wohin ich trete. Die erwachsenen Tiere besitzen ein sehr elegantes schwarzes Gefieder. Sie sehen aus, als wären sie mit einem Smoking und einem gestärkten weißen Hemd bekleidet, während die Küken dunkelgrau und ziemlich unförmig sind. Man könnte problemlos eines von ihnen in die Hand nehmen und würde feststellen, dass es flauschig und weich ist. Ich hebe aber keines der Jungen hoch. Regeln sind Regeln. Bevor die Küken flügge werden, wiegen wir sie stichprobenartig, aber ansonsten gilt: nicht anfassen.

Selbst die erwachsenen Pinguine berühren wir nur dann, wenn wir sie wiegen oder mit einem Markierungsband versehen, und dafür gibt es eine ganz bestimmte Methode. Ich kann mit Stolz behaupten, dass ich ein fertig ausgebildeter Pinguinbändiger bin.

Die Mütter und Väter arbeiten unglaublich hart, um ihre Küken zu füttern, und wechseln sich beim Babysitten und bei ihren Wanderungen zum Meer und zurück ab. Bei ihrer Rückkehr sind sie vollgestopft mit Krill, den sie von Schnabel zu Schnabel in den Schlund ihrer Jungen leeren. Die Pinguinsprache ist mir ein absolutes Rätsel, aber die erwachsenen Tiere und die Küken erkennen sich gegenseitig an ihren Rufen. Dass sie sich bei all dem Geschrei wiederfinden, ist wirklich unglaublich.

Mir setzt es echt zu, all diese elterliche Liebe zu sehen, die enorme Hingabe und Zuwendung. Es wäre schön gewesen, wenn ich als Kind davon auch ein bisschen was abbekommen hätte. Diese Küken haben keine Ahnung, was für ein Glück sie haben.

Aber genug mit dem Selbstmitleid.

Da ist Terry, direkt vor mir. Terry, wie nur Terry sein kann: vollkommen versunken in einem riesigen Meer von Pinguinen. Mein Herz schlägt höher, als sie sich umdreht und winkt. Die Sonne scheint auf ihr blassblondes Haar, und sie kommt auf mich zu und manövriert dabei geschickt um die Nester herum.

»Patrick!«, ruft sie über den Pinguinlärm hinweg. »Stimmt was nicht?«

Ich schüttle energisch den Kopf. »Alles in Ordnung. Darf ein Mann nicht hin und wieder seine Liebste sehen?«

Sie schmiegt sich in meine offenen Arme, die ich gierig um sie schlinge. Wir tauschen einen langen, köstlichen Kuss, und ich stoße ihr dabei beinahe die Brille vom Kopf.

»Warum hast du mich denn nicht angefunkt?«, will sie wissen, nachdem sie nach Luft geschnappt hat. Es ist vereinbart, dass wir uns gegenseitig sicherheitshalber wissen lassen, wo auf der Insel wir uns befinden.

»Muss ich wirklich der ganzen Welt mitteilen, dass ich gerade in Kuschellaune bin?«

»Nicht der ganzen Welt«, erwidert sie. »Nur mir und Dietrich und Mike.«

»Dietrich und Mike verstehen das nicht.«

Sie macht ein finsteres Gesicht. Ich streiche ihr mit den Fingern über die gerunzelte Stirn, glätte die Falten. »Entspann dich. Ich bin schließlich nicht ausgerutscht und habe mir das Rückgrat gebrochen, okay?«

»Ja, aber …«

»Ich habe alle möglichen schrecklichen Gefahren in Kauf genommen, um dich zu sehen: Eis, Schnee, Felsen, Robben … Eigentlich dachte ich, du würdest jetzt auf ein heißes Date mit mir kommen.«

Sie kann es sich nicht verkneifen, ihr unfassbar hinreißendes Lächeln zu lächeln. »Was schwebt dir denn vor?«

»Ich glaube, nicht weit von hier gibt es eine ziemlich heruntergekommene, aber sehr gemütliche Forschungsstation mit Sausage Rolls, die man nur aus dem Kühlschrank holen und in den Ofen schieben muss.«

»Ich gebe dir gleich Sausage Rolls«, antwortet sie in gespielt strengem Tonfall und schubst mich weg.

»Nichts lieber als das.«

Sie lässt allerdings nicht zu, dass wir uns auf den Weg machen, bevor sie noch eine Viertelstunde Pinguinkontrolle betrieben hat, also helfe ich ihr dabei.

Im Gegensatz zu manchen riesigen Stationen in der Antarktis, die auf den Gebieten der Meeresbiologie, Ozeanografie und Meteorologie forschen, operieren wir hier in kleinerem Rahmen.

Unser Spezialgebiet sind Pinguine, und eine Kolonie mit fünftausend Tieren ist nicht besonders groß. Manche Kolonien zählen – man höre und staune – über dreißigtausend Tiere. Trotzdem sind wir zu viert eigentlich unterbesetzt, weshalb Terry sich selbst ständig dazu drängt, noch mehr zu arbeiten. Sie leitet das Projekt nicht nur, sondern versucht, Menschen auf der ganzen Welt dafür zu gewinnen, indem sie einen Blog über unsere Arbeit schreibt. Letztes Jahr hat sie darin oft über Granny V berichtet, was bei der Leserschaft sehr gut ankam. Dietrich ist der Älteste von uns vieren und besitzt die besten Qualifikationen. Er studiert Pinguine schon sein ganzes Leben lang und bezeichnet sich selbst als »Pinguinologe«. Mikes Fachgebiet ist Biochemie. Er analysiert Blut, Knochen und Exkremente, um Details zur Ernährung und den Gesundheitszustand der Vögel herauszufinden. Bei der Drecksarbeit packen wir alle mit an: beim endlosen Zählen, Wiegen und Markieren der Pinguine. Diese Zahlen und Fakten sind das Herzstück unserer Arbeit und verraten uns enorm viel über den Zustand unseres gesamten Ökosystems. Momentan geht es mit den Pinguinpopulationszahlen erschreckend schnell auf und ab.

»Stört es dich eigentlich, dass deine Freundin gleichzeitig dein Boss ist?«, fragt Terry mich, als wir endlich gemeinsam den Hang wieder hinaufgehen.

»Wenn es dich nicht stört, dann stört es mich auch nicht«, entgegne ich. Sie hat überhaupt keine Allüren. Genau genommen ist sie der unbossigste Boss, der mir jemals begegnet ist.

»Es wäre aber schön, mehr von dir zu sehen«, füge ich hinzu und blicke sie von der Seite an. Ich hoffe, dass ich nicht schon wieder zu anhänglich klinge.

»Lass mich mal überlegen. Welchen Teil von mir hast du noch nicht gesehen, Patrick?«

Wir kichern.

Als wir oben ankommen, kehrt sie allerdings noch einmal zum Thema zurück, das ihr eindeutig zu schaffen macht. »Komm schon, gib's zu, du würdest dich lieber von mir rumkommandieren lassen, wenn ich einen schicken Hosenanzug oder eine freche verführerische Polizeiuniform anhätte.«

»Nö. Parka, Strickpullover und Thermounterhemd genügen mir voll und ganz.«

Dietrich und Mike sind bereits in der Forschungsstation, als wir dort ankommen. Sie schauen uns wissend an, Dietrich mit einem verständnisvollen Lächeln und Mike mit einem deutlich weniger verständnisvollen. Verständnisvoll gehört prinzipiell nicht zu Mikes Repertoire. Beide nehmen an, dass wir die Zeit mit Knutschen anstatt mit Pinguinzählen verbracht haben. Die Sausage Rolls stehen bereits auf dem Tisch, zusammen mit einem Berg Erbsen und Pommes aus dem Ofen.

»Haut rein«, sagt Dietrich, dessen Englisch makellos ist.

Das tun wir.

»Irgendwas ist mit dem Wasser nicht in Ordnung«, stellt Mike fest und schaut mich vorwurfsvoll an, wie er es immer tut, wenn irgendein Gerät oder irgendeine Rohrleitung defekt ist.

»Okay, das ist bestimmt wieder die Umkehrosmoseanlage. Ich sehe sie mir später mal an.«

Mit der Umkehrosmoseanlage lässt sich Meerwasser zu Trinkwasser aufbereiten, indem Salz und sämtliche chemischen und biologischen Verunreinigungen herausgefiltert werden. Sie ist eine tolle Alternative zu Wasserflaschen … vorausgesetzt, sie funktioniert. Die Forschungsstation ist ziemlich heruntergekommen, und es geht ständig irgendwas kaputt. Sie wurde vor Jahren für fünf Wissenschaftler errichtet, mangels finanzieller Mittel ging es mit ihr allerdings stetig bergab, und wenn Granny nicht wäre, hätte sie dichtgemacht werden müssen. Terry, Dietrich und Mike sind studierte Umweltwissenschaftler, während ich nur ein einfacher Technik-Nerd bin, deshalb bin ich derjenige, der sich um sämtliche Reparaturen kümmern muss.

»Habt ihr Pip heute gesehen?«, erkundigt sich Dietrich, während er an einer Fritte knabbert.

Terry schüttelt traurig den Kopf. »Nein, heute nicht.«

Pinguinfindelkind Pip ist uns allen ans Herz gewachsen. Wir bemühen uns zwar, neutral zu sein, wenn man aber erlebt hat, was für eine Freude es ist, einen Miniaturwatschler im Haus leben zu haben, wird man zwangsläufig inkonsequent.

Nach dem Mittagessen fällt mir auf, dass Dietrich sich ständig über seinen borstigen Bart streicht, was er immer dann tut, wenn er sich Sorgen macht.

»Kann ich mal kurz mit dir reden, Terry?«, fragt er sie mit leiser Stimme.

»Klar.«

Die beiden verschwinden gemeinsam im Labor. Bei Mike und mir löst das sofort Neugier aus. Wir gehen in die Küche, um Kaffee zu machen.

»Stärker«, sagt Mike zu mir und schaufelt noch einen Löffel in den Filter. »Ich muss wach bleiben.«

Er leidet unter Schlaflosigkeit und schleicht die halbe Nacht in der Forschungsstation herum, was einer der Gründe dafür sein mag, dass er immer so gereizt ist.

»Was, glaubst du, ist mit Dietrich los?«, frage ich.

Mike zuckt mit den Schultern und trommelt ungeduldig mit den Fingern auf die Kaffeekanne. »Ich hoffe, er macht Terry nicht unnötig Druck. Darauf kann sie gut verzichten.«

Als die beiden zurückkommen, wirkt Dietrich erleichtert, aber Terry zieht die Stirn in Falten und kaut auf ihrer Unterlippe herum.

»Also, ich gehe dann mal!«, verkündet sie und schlüpft in ihre Stiefel, um draußen weiterzuarbeiten.

Ich hebe den Becher hoch. »Bleibst du nicht zum Kaffee?«

»Nein. Es gibt viel zu tun«, erwidert sie und schießt so schnell zur Tür hinaus, dass ich kaum verstehe, was sie sagt.

Ich drehe mich zu den beiden anderen um. »Mag sie mich nicht mehr, oder was ist los?«

»Ach was«, entgegnet Mike prompt. »Du hast doch eine reiche Großmutter, die unsere Forschungsstation am Laufen hält.«

»Ich, äh, ja, das stimmt.«

Ich stürze meinen Kaffee hinunter und frage mich, ob ich Terry wohl einholen kann. Doch Mikes Worte tönen und dröhnen und hallen überall in meinem Kopf nach. Duldet Terry mich vielleicht wirklich nur wegen Grannys Finanzspritzen? Ja, Mike macht gerne abfällige Bemerkungen, aber ich kann nicht umhin, mich zu fragen, ob in dem, was er sagt, nicht ein Körnchen Wahrheit steckt.

4

Terry

Locket Island

Hoffentlich war ich Patrick gegenüber nicht zu kurz angebunden. Ich muss den Kopf freibekommen, deshalb verlasse ich fluchtartig die Forschungsstation und gehe im Eilschritt den verschneiten Hang hinauf. Dabei schwinge ich die Arme, sauge die frische Luft ein und versuche, mich zu entspannen. Nach meiner Unterredung mit Dietrich fühle ich mich gestresst. Ich konnte ihm seine Bitte nicht abschlagen, weiß aber nicht, wie wir das schaffen sollen. Ich muss total umplanen.

Armer Dietrich. Mir ist klar, dass er mich nicht gefragt hätte, wenn es ihm nicht sehr wichtig wäre. Sein Blick war voller Sorge, als er mich ins Labor führte, außer Hörweite der anderen, und sich dann auf den Stuhl am Mikroskop fallen ließ.

»Terry«, begann er in ernstem Tonfall, »es gibt Neuigkeiten.«

Er zupfte nervös an seinem Oberlippenbart. Schon sein Gesichtsausdruck verriet mir, dass es sich nicht um gute Neuigkeiten handelte.

»Sag es mir einfach, Deet.«

»Meine Frau muss nächsten Monat operiert werden. Es ist nichts allzu Ernstes, aber sie muss ein paar Tage im Krankenhaus bleiben und wird anschließend eine Weile brauchen, bis sie sich wieder erholt hat. Wäre es in Ordnung, wenn ich für einige Zeit nach Österreich zurückkehren würde, damit ich mich um sie und die Kinder kümmern kann? Ich müsste in ein paar Wochen aufbrechen.«

Wir sind hier sogar zu viert schon am Limit.

»Natürlich musst du nach Hause«, versicherte ich ihm. »Familie geht vor.«

»Ich würde so schnell wie möglich zurückkommen, aber mir ist klar, wie sehr euch das unter Druck setzt. Bist du sicher, ihr würdet das schaffen?«

Ich nickte energisch und schenkte ihm ein ermunterndes Lächeln. »Ganz bestimmt.«

»Danke. Sie wird euch dankbar sein. Und ich bin es natürlich auch.«

Es war wirklich nett von ihm, mich zu fragen, anstatt mich einfach vor vollendete Tatsachen zu stellen. Er war hier der Boss, bis er den Job letztes Jahr an mich übergab, und zwar genau aus dem Grund, weil er mehr Zeit zu Hause bei seiner Familie verbringen wollte. Das Problem ist das schlechte Timing. Die Adelie-Brutsaison nähert sich ihrem Höhepunkt, und wir schaffen es ohnehin kaum, unser Arbeitspensum zu bewältigen.

»Zum Glück haben wir jetzt Patrick bei uns«, sagte Dietrich. Er nahm ein Reagenzglas in die Hand, betrachtete den grauen Inhalt (eine Probe halb verdautes Krill aus dem Magen eines Pinguins) und stellte es wieder ab. »Er hat schnell gelernt, nicht wahr?«

Ich musste ihm zustimmen.

Dietrich strahlte. »Andererseits hatte er auch eine gute Lehrerin.«

Ich hustete bescheiden.

»Glaubst du, dass er hier glücklich ist?«, fragte ich.

»Warum sollte er das nicht sein, mit Bergen, Eisbergen, einer unglaublichen Tierwelt und einer reizenden Freundin?«

Es war nett von ihm, das zu sagen, aber ich mache mir manchmal Sorgen um Patrick. Er musste sich so schnell anpassen, und die Begebenheiten hier könnten sich kaum stärker von seinen Lebensumständen in Bolton unterscheiden.

Ich habe ein schlechtes Gewissen, weil ich einfach davongelaufen bin und Patrick sich beinahe an seinem Kaffee verschluckt hätte. Aber wenn ich jetzt beim Sammeln von Daten gut vorankomme, ist die Belastung nicht so groß, wenn Dietrich weg ist. Ich habe es ihm überlassen, den anderen beiden die Neuigkeiten zu überbringen. Mike und Patrick werden bestimmt verstehen, dass wir in den kommenden Wochen alle besonders hart arbeiten müssen.

Ich bin so in Gedanken versunken, dass ich meine Umgebung kaum wahrnehme. Ich habe die Hügelkuppe bereits erreicht und lasse den Blick über die zerfurchten Schneeflecken auf den Bergrücken in der Ferne schweifen. Wenn ich die Augen halb schließe, sehe ich in diesen Flecken Gesichter, gespenstische Kunstwerke, geschaffen von den natürlichen Konturen der Landschaft. Über mir, hoch oben am Himmel, zieht ein Trio von Möwen seine Kreise, dunkle v-förmige Silhouetten vor schemenhaften weißen Wolken.

In meinem Hinterkopf nagt irgendetwas Unangenehmes, das ich nicht genau identifizieren kann. Ich versuche, mich darauf zu fokussieren. Es hat mit Patrick zu tun. Er ist immer begeisterungsfähig und zu Späßen aufgelegt, aber manchmal, wenn er denkt, dass ich nicht hinsehe, ertappe ich ihn mit einem abwesenden Gesichtsausdruck. Und ich nehme eine gewisse Traurigkeit in ihm wahr.

Ich weiß, dass Patrick ungeklärte familiäre Probleme hat. Wir haben erst neulich darüber gesprochen, nachdem ich mich über meine Eltern beklagt hatte. »Sie halten mich für völlig bekloppt, dass ich hier lebe«, murrte ich. »Ihnen wäre lieber, wenn ich in Hertfortshire wohnen würde und einen vernünftigen Job, einen Immobilienkredit und ein gut gefülltes Bankkonto hätte. Aber ich bin erst sechsundzwanzig und noch nicht annähernd bereit, sesshaft zu werden. Die beiden verstehen mich echt überhaupt nicht.«

»Wenigstens *hast* du Eltern«, erwiderte er mürrisch.

Mir wurde bewusst, wie taktlos ich gewesen war. Ich versuchte, ihn mit etwas Positivem aufzumuntern.

»Dafür hast du eine fabelhafte Großmutter«, sagte ich zu ihm. »Grannys wie Veronica gibt es nicht viele.« Dann, als wollte ich veranschaulichen, dass ich genauso bedauernswert bin wie er, fügte ich dummerweise hinzu: »*Meine* Granny war schon mit fünfundfünfzig alt, ist mit sechzig nicht mehr aus dem Haus gegangen, und zwei Jahre später ist sie gestorben.«

»Granny V ist schon cool«, gab er mir recht. »Aber Eltern sind echt wichtig.«

Wir wechselten das Thema, aber ich hatte trotzdem das Gefühl, dass er irgendetwas unterdrückte – eine dunkle Macht, die unter der Oberfläche brodelte und unbedingt herauswollte.

5

Veronica

The Ballahays

Als wir heute Vormittag nach unserem Abfallsammelspaziergang nach The Ballahays zurückkehren, bin ich bereit für eine Ruhepause in horizontaler Position. Deshalb beschließe ich, Daisy eine Weile bei Eileen zu lassen. Ich komme allerdings gerade einmal bis zum Flur, da stürmt Eileen aus der Küche. Sie macht die Tür hinter sich zu.

»Mrs McCreedy, können wir kurz in den Salon gehen?«, flüstert sie mir ins Ohr.

»Was ist mit Daisy?«

»Die ist gerade mit Pokémon beschäftigt.«

»Na schön. Aber ich brauche eine Tasse Tee.«

»Selbstverständlich. Selbstverständlich brauchen Sie die«, murmelt sie und verschwindet wieder in der Küche, während ich mich in den Salon begebe und mich frage, was sie mir wohl Wichtiges zu sagen hat.

Kurz darauf stößt sie zu mir, eine Teetasse in der Hand.

»Was gibt es denn für ein Problem, Eileen?«

»Sie haben eine E-Mail bekommen. Von« – sie senkt die Stimme – »Robert Saddlebow«.

»Ah, von meinem guten Freund Sir Robert«, entgegne ich laut. Möglicherweise gebe ich ein bisschen an.

»Und eine weitere von Locket Island. Von Ihrem Enkel Patrick …«

»Ich kenne seinen Namen, Eileen, danke.«

»Ich habe beide ausgedruckt. Hier sind sie.« Sie fuchtelt mit zwei Papierseiten vor mir herum, und ich reiße sie ihr aus der Hand. Dann wandert mein Blick vom Kaminsims zur Anrichte und weiter zum Couchtisch, doch meine Suche ist erfolglos. Meine Brille ist nirgendwo zu sehen. Das kommt häufig vor und ist extrem lästig. Ich wünschte, andere Leute würden aufhören, meine Sachen zu verlegen.

»Tut mir leid, Mrs McCreedy, ich konnte mir nicht verkneifen, sie zu überfliegen«, gesteht Eileen und meint damit die beiden Nachrichten. Das ist völlig normal; ich bin mir darüber im Klaren, dass sie sämtliche E-Mails liest, die ich erhalte. Sie kann sich einfach nicht beherrschen.

»Soll ich sie Ihnen vorlesen?«, fragt sie. Offensichtlich ist sie ganz versessen darauf.

»Na schön.«

»Sie sollten sich vielleicht hinsetzen, Mrs McCreedy.«

Ich bin jetzt doch ein wenig beunruhigt und lasse mich in meinem Queen-Anne-Sessel nieder. Mir fällt auf, dass Eileen aufgeregt zu sein scheint, denn ihre Hände zittern, als ich ihr die beiden Seiten zurückgebe.

»Dann lese ich Ihnen die von Sir Robert zuerst vor, einverstanden?«

»Wie Sie wünschen, Eileen.«

»*Meine liebe Veronica*«, beginnt sie. Bei diesen Worten schlägt mein Herz ein bisschen höher. Es ist viele Jahre her, dass jemand einen Brief an mich so begonnen hat. Und dabei habe ich Sir Robert erst vor ein paar Wochen persönlich kennengelernt!

»Ich hoffe, es macht Ihnen nichts aus, dass ich mein außergewöhnliches Anliegen in einer E-Mail an Sie richte. Ich wollte die wichtigsten Fakten schriftlich festhalten, in einer Form, in der sie Sie ohne Verzögerung erreichen. Und ich komme direkt zum Punkt. Wie ich bei unserem Treffen an Weihnachten erwähnt habe, werde ich in Kürze nach Australien und zu den Falklandinseln aufbrechen, um eine neue Dokumentation über Meeresvögel zu drehen.«

Eileen blickt mich mit einem breiten Lächeln im Gesicht an.

»Ich bitte Sie, seien Sie so gut, und lesen Sie weiter, Eileen.«

Sie kommt meiner Bitte nach. *»Ich habe mich wiederholt eingehend mit den Produzenten darüber ausgetauscht, wie wir die Sendung einer größeren Öffentlichkeit schmackhaft machen können. Wir sind zu dem Schluss gekommen, eine Möglichkeit wäre, den Schwerpunkt auf Pinguine zu legen, weil es sich bei ihnen um so bezaubernde Vögel handelt. Wie Sie allerdings wissen, habe ich erst vor ein paar Jahren eine Dokumentation mit dem Titel* Die Misere der Pinguine *gedreht, und uns ist sehr an einem neuen Blickwinkel gelegen.«*

»Ich dachte, er wollte direkt zum Punkt kommen«, murmle ich, dann gebe ich Eileen ein Zeichen, dass sie weiterlesen soll.

»Die meisten Menschen fühlen sich hilflos, was den Klimawandel anbelangt, da wir als Individuen wenig dagegen tun können. Deshalb haben die Produzenten der Dokumentation beschlossen, andere Möglichkeiten hervorzuheben, wie wir unsere Tierwelt schützen können. Da mir Ihr engagiertes Abfallsammeln in Erinnerung geblieben ist, habe ich an Sie gedacht. Sie haben durch Terrys Pinguin-Blog Bekanntheit als mutige und schillernde Persönlichkeit erlangt, und Sie hatten – auch wenn Ihnen das womöglich gar nicht bewusst ist – selbst eine beachtliche Anhängerschaft in den sozialen Medien, als Terry Fotos von Ihnen und

Pip postete. Ihr Name wird mit Pinguinen assoziiert, mit der Rettung von Pinguinen, und Sie sind so etwas wie eine … wie soll ich sagen? … so etwas wie eine Pinguinbotschafterin geworden.« Eileen hält abermals inne. »Eine Pinguinbotschafterin! Hören Sie sich das an!« Ich werfe ihr einen strengen Blick zu, und sie liest weiter.

»Bei unserem Treffen ist mir außerdem aufgefallen, dass Sie eine entzückend altmodische Sprechweise haben« – an dieser Stelle stoße ich ungewollt ein Schnauben aus – *»und eine sehr gute, klare Stimme, die durchaus zum Präsentieren geeignet sein könnte. Bitte zögern Sie nicht, es mich wissen zu lassen, falls es völlig ausgeschlossen ist, aber ich muss Sie fragen: Würden Sie eine Reise nach Australien oder auf die Falklandinseln – oder womöglich an beide Orte – in Erwägung ziehen, um mir vor Ort beim Drehen als meine Co-Präsentatorin Gesellschaft zu leisten?«*

Eileens Stimme ist während des letzten Absatzes immer schriller geworden, und jetzt kann sie sich nicht mehr beherrschen.

»Oh, Mrs McCreedy! Mrs McCreedy! Noch eine Reise! Und mit Robert Saddlebow! Mit *dem* Robert Saddlebow. Mit Sir Robert höchstpersönlich! Und wieder Pinguine!«

Ich halte wacker den Anschein von Fassung aufrecht. Doch in meinem Inneren brechen alle möglichen Emotionen über mich herein. »Schreibt er auch, wann?«

»Ja, er nennt noch viele weitere Details. Es wäre sehr bald. Nächsten Monat, steht hier. Was werden Sie tun?«

»Allein die Vorstellung von einer solchen Unternehmung ist sowohl seltsam als auch absurd, Eileen.«

»Aber ich dachte …« Sie verstummt und erschlafft sichtlich.

Ich nippe an meinem Tee, dann stelle ich die Tasse vorsichtig zurück auf den Unterteller. »Die Vorstellung ist in der Tat extrem seltsam und absurd«, bekräftige ich mit einer gewissen Schwere. »Ich werde sie deshalb ernsthaft in Erwägung ziehen.«

Eileen klatscht vor Freude in ihre dicklichen Hände.

Ich verharre regungslos, spüre jedoch ein Kribbeln, das man am besten als »Erregung« beschreiben könnte. Ja, ich bin erregt. Erregt von den Spitzen meiner weißen Haare bis ganz hinunter zu meinen alten knorrigen Zehen.

Dann erinnere ich mich. »Und was ist mit der anderen E-Mail?«, frage ich.

Eileens Miene verdunkelt sich. Sie legt das andere Blatt Papier nach oben, und ich sehe, dass sich nur eine einzige gedruckte Zeile darauf befindet.

6

Veronica

»Schau mal, Veronica!«

Es ist eine Zumutung, einen Computer auf dem Esszimmertisch stehen zu haben, aber ich komme der Aufforderung nach und werfe einen Blick auf den Bildschirm. Daisy hat ein Foto ausgesucht. Sie, Mac der Pinguin und ich geben ein merkwürdiges Trio ab. Das Pink von Daisys Haarband beißt sich mit den Rottönen meines Mantels, meiner Handtasche und meines Lippenstifts, und mit den gelben Federn auf Macs Kopf wirkt das Ganze knallbunt. Die Komposition ist allerdings gelungen, mit mir in der Bildmitte und den beiden kleineren Gestalten weiter im Vordergrund. Mac betrachtet Daisy, den Schnabel nach oben zu ihrem Gesicht gerichtet. Sieht man sich das Foto an, wird der Blick sofort auf ihr triumphierendes Lächeln gelenkt.

»Ist das das Foto, das du Noel schicken möchtest?«, frage ich sie und lege meinen Stift weg, nachdem ich gerade mit dem *Telegraph*-Kreuzworträtsel fertig geworden bin.

Sie schnaubt. »Nicht *Noel*, Veronica! Noah!«

Ihr Bruder hat nicht nur einen Namen, den man sich praktisch unmöglich merken kann, er beharrt auch weiterhin auf seiner

Überzeugung, dass es in Schottland keine Pinguine gibt. Daisy ist wild entschlossen, ihm zu beweisen, dass er unrecht hat.

Während Eileen ihr dabei hilft, das Foto in den Äther zu schicken (auch an Terry und auf Daisys ausdrücklichen Wunsch an Sir Robert), sitze ich schweigend da und lasse meine Gedanken schweifen. Ich bin später mit Sir Robert verabredet, was bei mir große Vorfreude auslöst, aber mich quält trotzdem noch die Sorge wegen der zweiten E-Mail. Ein langer Seufzer entweicht aus den Tiefen meiner Lunge.

»Was ist denn los, Veronica?«, will Daisy von mir wissen.

»Nur etwas, das mit meinem Enkel zu tun hat.«

»Mit Patrick, meinst du?«

»Ja.«

Sie kennt Patrick flüchtig, weil er früher im Fahrradladen ihres Vaters Gavin (oder »Gav«, wie alle ihn unbedingt nennen wollen) in Bolton gearbeitet hat.

»Mein Dad vermisst Patrick«, sagt sie schlicht und einfach. »Du vermisst ihn doch sicher auch.«

Das ist mir noch gar nicht in den Sinn gekommen, aber vielleicht ist etwas dran.

»Ist es nicht seltsam, Veronica, dass du ein Medaillon hast und Patrick auf einer Insel arbeitet, deren Name ›Medaillon‹ bedeutet?«, stellt Daisy fest.

»Ja, aber wegen meines Medaillons habe ich mich überhaupt erst zu der Insel hingezogen gefühlt«, erkläre ich. »Und Patrick ist meinetwegen dort gelandet.«

»Dann hat dein Medaillon also Zauberkräfte?«, möchte sie wissen.

»Schon möglich.«

Ich denke an die schmerzlichen Erinnerungen, die es enthält.

»Wahrscheinlich wäre jetzt ein guter Zeitpunkt, mir zu erzählen, was sich darin befindet.« Ein Wink mit dem Zaunpfahl.

»Eines Tages, Daisy. Noch nicht.«

Eileen fängt an, mit Kehrschaufel und Besen herumzuklappern, doch Daisy ist mindestens eine Minute lang bemerkenswert still und nachdenklich. Dann eilt sie davon, und ich höre sie die Treppe ins Obergeschoss hinauflaufen. Einen Augenblick später kommt sie zurück und drückt mir irgendetwas Kleines, Zusammengestückeltes in die Hand. Ich starre es an. Es handelt sich um ein schmales Band, das aus knallbunten Schnüren mit aufgefädelten Gänseblümchen- und herzförmigen Perlen geflochten ist.

»Das ist für dich, Veronica. Weil ich weiß, dass du Schmuck magst«, sagt sie zu mir. »Ich habe es selber gemacht.«

Eileen hört auf zu scheppern und kommt her, um einen Blick zu erhaschen. Auf ihrem Gesicht zeichnet sich der neugierige Ausdruck ab, den ich nur allzu gut kenne.

»Das ist wunderschön, Daisy!«, ruft sie strahlend aus.

Wunderschön ist nicht das Wort, das ich benutzt hätte, aber ich gebe ein passendes anerkennendes Geräusch von mir.

Wie sich herausstellt, handelt es sich bei dem Gegenstand um ein sogenanntes »Freundschaftsarmband«, hergestellt aus einem Bastelset, das Daisy von einer Schulfreundin geschenkt bekommen hat, als sie krank wurde.

»Meine Freundschaftsarmbänder haben Zauberkräfte, genau wie dein Medaillon«, erklärt sie mir.

Um ehrlich zu sein, bin ich von der Vorstellung, das fummelige Ding zu tragen, nicht gerade begeistert, aber ich gestatte ihr, es mir ums Handgelenk zu binden. Schließlich ist es eine wirklich nette Geste von ihr.

Wenn Sir Robert gerade nicht damit beschäftigt ist zu drehen – ein Job, der ihn in alle möglichen extremen Regionen der Erde führt –, lebt er in Edinburgh. Das ist nur ein paar Stunden von

The Ballahays entfernt, und wenn Eileen nicht zur Verfügung steht, um mich zu fahren, lässt sich die Strecke auch mit öffentlichen Verkehrsmitteln oder mit dem Taxi bewältigen. Heutzutage bevorzuge ich Letzteres. Komfort hat für mich inzwischen höhere Priorität – nicht fürs Gemüt, ganz und gar nicht, sondern für meinen alternden Körper, der selbst ein Vehikel ist, über das ich wenig Macht habe, in dem ich aber, so gut es geht, funktionieren muss.

Deshalb übergebe ich Daisy für einige Stunden in Eileens fähige Hände, während ich mich von einem Taxi nach Edinburgh bringen lasse. Ich nehme auf dem Rücksitz Platz und streiche meinen Rock glatt. Jetzt, wo ich eine kurze Verschnaufpause von der Kinderbetreuung habe, kehren meine Gedanken zu Patrick zurück, und mich überkommt ein beklemmendes Unbehagen. Wie sehr ich mich auch bemühe, ich kann meinen Enkel einfach nicht verstehen. Ich grüble über den Wortlaut seiner E-Mail nach. Darin stand nur: *Tut mir leid, Granny. Du wirst bestimmt nicht begeistert sein, aber zwischen Terry und mir ist Schluss. Patrick.*

Allein der Gedanke löst bei mir Entsetzen aus. Wie konnte das passieren? Diese Frage spukt mir im Kopf herum. Er liebt sie, da bin ich mir sicher. Ich war von Anfang an überzeugt, dass die beiden zusammenpassen wie Topf und Deckel. Sie sind beide praktisch veranlagt, jeder auf seine Weise, und beide bereit, Opfer zu bringen und Kompromisse einzugehen. Sie sind beide Menschen, die sich um die wirklich wichtigen Dinge im Leben und auch umeinander kümmern. Sie haben beide eine harte Schale und einen weichen Kern. Er braucht ihre sonnige Art, mit der sie seine Stimmungstiefs vertreibt, und sie braucht seine Hingabe, mit der er ihre Einsamkeit heilt. Ich frage mich, was, in aller Welt, einen so plötzlichen Bruch verursacht haben kann.

Ich bin mir sicher, wenn ich bei den beiden sein könnte, würde ich eine Möglichkeit finden, um sie wieder zusammenzuschweißen … Aber was kann ich von hier aus schon machen? Mir bleibt nichts anderes übrig, als darauf zu vertrauen, dass sie das Problem miteinander lösen. Ich muss hoffen, dass die nächste E-Mail ungefähr so lautet: *Vergiss, was ich geschrieben habe, Granny. Alles wieder gut bei Terry und mir.*

Die Stimme des Taxifahrers reißt mich aus meinem Tagtraum und holt mich in die Gegenwart zurück.

»Fast da, Ma'am.«

Wir biegen in die Princess Street ein, und die vertraute Silhouette der Burg erhebt sich scharf vor dem taubengrauen Himmel. Die Aussicht auf mein unmittelbar bevorstehendes Treffen mit Sir Robert hebt meine Stimmung. Noch wurde keine Entscheidung getroffen, aber sein Vorschlag ist zweifellos fantastisch. Ich bin voller Vorfreude.

Sir Robert empfängt mich, sobald das Taxi angehalten hat. Er sieht sehr apart aus in seinem klassischen Wintermantel, und sein volles weißes Haar umrahmt sein wohltuend markantes Gesicht. Sein Gesichtsausdruck ist ernst, aber in seinen Augen ist das schelmische Funkeln zu sehen, für das er bekannt ist. Wir gehen eingehakt zum *Thurlstone House*, unserem bevorzugten Restaurant. Es befindet sich in einem geschmackvollen Gebäude mit Steinsäulen am Eingang und Blick auf die Tron-Kirk-Kirche und die Royal Mile. Sir Robert, stets der perfekte Gentleman, hält mir die Tür auf. Ich trete ins Innere, in die Wärme eines prasselnden Kaminfeuers und den verlockenden Duft von Kräutern, Knoblauch, Gebratenem und frisch gebackenem Brot. Jeder Tisch ist mit einer weißen Tischdecke, Stoffservietten, einer Kerze und einer kleinen Vase mit Heidekraut geschmückt. Echte Blumen sind immer ein Qualitätsmerkmal, finde ich.

Wir setzen uns in die Nähe des Kaminfeuers und bestellen pochierten weißen Steinbutt, gefolgt von einem köstlich süßen Cranachan-Dessert.

Sir Robert sieht mich über den Tisch hinweg mit ernster Miene an, und es kommt mir so vor, als blickte er direkt in mich hinein. Bei jeder anderen Person würde mich das beunruhigen, aber bei Sir Robert spüre ich, dass er jemand ist, der nach dem Guten Ausschau hält und nicht nach dem Schlechten.

»Als ich durch Terrys Blog zum ersten Mal von Ihnen erfahren habe, dachte ich mir, wie mutig es von Ihnen war, in die Antarktis zu reisen, schließlich sind Sie bereits in Ihren … Achtzigern? Ich hoffe, das ist richtig?«

»Ja, ich bin Mitte achtzig.« Ich möchte nicht allzu konkret werden.

»Sehr mutig und furchtlos«, stellt er fest.

Normalerweise werde ich bei allem, was nach Honig um den Mund schmieren klingt, sofort misstrauisch, aber in Sir Roberts Fall bin ich bereit, Nachsicht walten zu lassen. »Ach, nicht der Rede wert«, erwidere ich bescheiden. »Wie Sie wissen, Sir Robert, befinden sich die Südlichen Shetlandinseln nur im Umkreis der Antarktis, nördlich der Halbinsel. Und ich bin im antarktischen Sommer dorthin gereist. Auf Locket Island herrschen dann im Schnitt fünfunddreißig Grad Fahrenheit, ganz ähnlich wie in den schottischen Wintern, an die ich gewöhnt bin.«

Er neigt den Kopf leicht zur Seite. »Ach ja, ich erinnere mich an Fahrenheit«, entgegnet er, was beruhigend ist (Eileen kann nur mit Celsius etwas anfangen). »Aber ich weiß, dass die Forschungsstation nicht gut ausgestattet ist. Ich entsinne mich, dass dort in nur sehr geringem Umfang für das leibliche Wohl gesorgt ist.«

»Es war dort tatsächlich weit entfernt von dem Luxus, den ich für den größten Teil meines Lebens auf The Ballahays genießen durfte. Ich habe allerdings den Krieg miterlebt, deshalb bergen solche materiellen Nachteile wenig Schrecken für mich. Das Problem war eher die Einstellung der Schwarzseher.« Ich erinnere mich daran zurück, wie Dietrich und das Team mit allen Mitteln versuchten, mich davon abzubringen, bei ihnen unterkommen zu wollen.

Sir Robert nickt zustimmend. »O ja. Ich hatte auch schon Probleme mit Schwarzsehern.« Er ist ungefähr zehn Jahre jünger als ich und bei bester Gesundheit, aber ich weiß, die breite Öffentlichkeit wartet schon seit vielen Jahren darauf, dass er in den Ruhestand geht.

In seiner Gegenwart fühle ich mich imstande, meine Meinung zu äußern, ohne dabei ein Blatt vor den Mund nehmen zu müssen. »Nur weil wir nicht mehr in der Blüte des Lebens stehen, denken die jungen Leute, wir hätten die beste Zeit hinter uns«, murre ich. »Sie meinen, wir sollten nicht so unverschämt sein und noch mehr davon haben wollen. Tatsache ist aber, dass das auf mich nicht zutrifft. Ich hatte nicht viel gute Zeit.« Mir ist bewusst, wie aufbrausend ich klinge, aber bitte sehr.

Sir Robert ist verständnisvoll. »Tja, ich hoffe, Sie merken, dass sich das ändert. Sie haben ein großes Abenteuer hinter sich, und ich biete Ihnen noch eines. Auf dem silbernen Tablett«, fügt er hinzu, als unser Mittagessen gebracht und vor uns auf den Tisch gestellt wird. Er trinkt einen Schluck Wein und bedenkt mich mit einem verwegenen Lächeln. »Und es liegt an Ihnen und mir, die Schwarzseher eines Besseren zu belehren.«

»Allerdings, Sir Robert. Also, erzählen Sie mir von dem Filmprojekt.«

In seinem Gesicht macht sich ein Ausdruck großer Ernsthaftigkeit breit.

Er informiert mich, dass Meeresvögel in schrecklicher Gefahr sind. In ihrer Gesamtheit betrachtet, gehören sie zu den am stärksten bedrohten Wirbeltierarten der Welt, weshalb er die Dokumentation unbedingt fertigstellen möchte. Offenbar ist schon ein Teil davon abgedreht. Letztes Jahr ist er auf die Insel Skomer und auf die Färöer gereist, um Papageientaucher zu filmen, und er hat bereits Material über Albatrosse zusammengestellt.

»Und ich werde mich mit Tölpeln befassen.«

»Wie bitte?« Ich justiere mein Hörgerät ein wenig.

Er wiederholt, was er gesagt hat.

Ich bin mir ziemlich sicher, dass ich Sir Robert richtig verstanden habe, kann aber nicht glauben, dass er sich Schuljungenhumor hingibt. Dann setzt er jedoch zu einer Erklärung an, und ich bin erleichtert zu erfahren, dass es sich bei Tölpeln um eine Familie von Seevögeln handelt, zu der zehn Arten in drei Gattungen gehören. »Der Graufußtölpel ist ein außergewöhnlicher Vogel mit einem langen Schnabel und hellblauen Füßen. Die Art ist stark bedroht. Ich fliege auf die Weihnachtsinsel im Indischen Ozean, um dort den Graufußtölpel zu filmen und vorzustellen, dann weiter nach Australien.«

Auf der nächsten Etappe des Projekts wird er sich Albatrossen, Sturmvögeln und Skuas widmen, aber er möchte, dass ich, Veronica McCreedy, die Pinguine übernehme. Wenn ich einwillige, würde das etwas mehr als eine Woche Vor-Ort-Berichterstattung über Zwergpinguine umfassen.

Anschließend wird Sir Robert direkt weiterfliegen, um fünf Wochen lang auf den Falklandinseln zu arbeiten. Ich bin eingeladen, ihn zu begleiten, sollte ich noch die Ausdauer für weitere Dreharbeiten besitzen. Dieser Archipel besteht aus mehr als siebenhundert Inseln, sagt er, von denen viele unbewohnt sind. Auf etlichen anderen leben weniger als zehn Menschen, die jedoch, wie er mir versichert, sehr gastfreundlich sind. Die geplanten Dreharbeiten finden an verschiedenen Orten statt, und zum Inselhüpfen dient ein kleines achtsitziges Flugzeug, sodass eine Menge landschaftlich reizvolle Flüge bevorstehen.

Mir rufen die Falklandinseln vor allem Margaret Thatchers Krieg in Erinnerung, doch Sir Robert malt das Bild eines Naturparadieses: riesige Weiten mit verstreuten, winzigen Ortschaften, Schafherden und Vogelkolonien, und alles umgeben von einem Meer in strahlend türkisgrünen und silbrig blauen Tönen. Die Inseln liegen genauso weit südlich vom Äquator, wie sich Großbritannien nördlich davon befindet, deshalb herrscht dort im kommenden Monat Spätsommer. Unser schottischer Januar zieht sich in diesem Jahr besonders feuchtkalt und trüb dahin, und ich muss sagen, der Gedanke an lange sonnige Abende, blauen Himmel und den Geruch von Sommerwiesen ist überaus verlockend.

»Es würde den Rahmen der Sendung sprengen, über alle Pinguinarten zu berichten«, erklärt Sir Robert mir. »Aber wir hoffen, zumindest einige behandeln zu können.«

Ich bitte ihn, die verschiedenen Arten zu nennen, und er führt alle achtzehn auf, wobei er mit den Fingern mitzählt. Sein Gedächtnis ist wirklich beeindruckend – fast so gut wie meines. Auf den Falklandinseln sind offenbar fünf verschiedene Pinguinarten ansässig, und ich freue mich zu erfahren, dass Goldschopfpinguine eine davon ist. Somit bin ich in der Lage, mein kürzlich erworbenes Spezialwissen ins Gespräch einfließen zu lassen: »Ah, ja, Sir Robert, die englische Bezeichnung dieser Art, *Macaroni*, geht übrigens auf eine Hutmode aus dem achtzehnten Jahrhundert zurück, die auch in dem Lied ›Yankee Poodle‹ thematisiert wird.«

»›Yankee *Poodle*‹?« Sir Robert zieht seine entzückend buschigen Augenbrauen hoch, beeindruckt von meinem Wissen.

Ich verzehre genüsslich einen Bissen Steinbutt.

»Mein Produzent legt großen Wert darauf, dass wir diese Sendung auf den Publikumsgeschmack zuschneiden«, fährt er mit seiner Erklärung fort. »Und ich befürchte, dass die Zuschauer es satthaben, meine Stimme zu hören …«

»Niemals, Sir Robert!«, protestiere ich.

»Und Sie würden etwas vollkommen Eigenständiges in die Sendung einbringen, Veronica.«

Ich spüre, wie sich ein Lächeln auf meinem Gesicht ausbreitet. Was das Präsentieren anbelangt, ist meine Rolle nicht beschwerlich, versichert er mir, da er den Löwenanteil der Arbeit übernimmt. Obwohl ich etwas enttäuscht darüber bin, dass nicht *mir* der Löwenanteil zufällt, bin ich trotzdem elektrisiert von der Aussicht darauf, wieder Pinguine in freier Natur zu Gesicht zu bekommen, und zwar bald. Deshalb erkläre ich mich mit Sir Roberts Vorschlag einverstanden und verpflichte mich für meine neue Rolle als seine Co-Präsentatorin, sowohl auf der gegenüberliegenden Seite der Erdkugel als auch auf den Falklandinseln.

Bislang bin ich davon ausgegangen, dass meine Reise nach Locket Island mein letztes großes Abenteuer auf diesem Planeten war. Jetzt stehe ich jedoch an der Schwelle zu einem weiteren Abenteuer und kann mein Glück kaum fassen. Diesmal handelt es sich nicht um spartanische Verhältnisse und den kältesten Kontinent der Erde; diesmal handelt es sich um verhältnismäßig luxuriöse Bedingungen mit guten sanitären Anlagen und so vielen Tassen Tee, wie ich will, in Gesellschaft einer Filmcrew der BBC und des charmantesten Gentlemans, den ich kenne. Und es gibt dort Pinguine – Tausende Pinguine.

7

Patrick

Auf einem Schiff im Südpolarmeer

Granny behauptet, Impulsivität liegt den McCreedys im Blut. Womöglich habe ich gerade unter Beweis gestellt, dass sie recht hat.

Ich beuge mich über die Reling. Hier draußen auf dem offenen Meer herrscht beißende Kälte. Eisige Windböen stechen mir ins Gesicht. Die Schreie von Möwen und Skuas prallen vom harten weißen Himmel ab. Überall um mich herum reflektieren zerklüftete Eisberge das Licht, das so grell ist, dass es in den Augen schmerzt. In der Ferne sehe ich ein paar Wale Wasser ausstoßen, aber ich bin wütend auf sie, weil sie so verdammt gut gelaunt zu sein scheinen. Das geht gar nicht, wenn ich gerade Locket Island verlasse.

Ich habe es einfach nicht mehr ausgehalten. Kommt nicht infrage, dass ich einen auf glückliches Pärchen mache. Tatsache ist, ich kann mit Terry nicht mehr zusammenarbeiten. Ich musste da raus.

Mir tut alles weh, und ich fühle mich irgendwie trotzig. Vielleicht werde ich einfach jedem, der mir zu nahekommt, wie ein

Stachelschwein eine Ladung spitze Stacheln verabreichen. Es bringt doch sowieso nichts, wenn ich mich mit den anderen Passagieren unterhalte. Diese Leute sind nur auf der Durchreise, sind mit ihrem eigenen Leben beschäftigt genau wie ich mit meinem, und ich habe genug, worüber ich nachdenken muss und wo es keine Schnittmenge gibt, also vielen Dank. Ich gehe allen aus dem Weg und halte mich so viel wie möglich draußen auf dem Deck auf. Meine Knochen sind eingefroren. Gut. Ich habe keinen Appetit mehr. Gut. Mir ist kotzübel. Gut. Ich bin ein erbärmlicher einsamer Idiot – wieder mal. Gut.

Es ist gut, gut, gut, dass ich es geschafft habe, diese verrückte Phase in meinem Leben hinter mir zu lassen, aber verschiedene Szenen daraus tauchen immer wieder in meinem Kopf auf. Das Knirschen von Schnee und das Glitzern von Eis. Faulenzende Robben, dahinsegelnde Möwen, funkelnde Schmelzwasserbäche. Hänge, übersät mit Pinguinen. Wir, die zwischen ihnen hindurchgehen, sie beobachten, sie wiegen, sie zählen, sie markieren. Unser dampfender Atem, der aufsteigt, unsere starr gefrorenen Handschuhe, unsere Entbehrungen, unser Lachen. Die vier Wände der Forschungsstation. Dietrich, der sich über den Bart streicht, Mike, der sich den Schnee von den Stiefeln klopft, Terry, die Finger um einen Becher Tee geschlungen, ich beim Umrühren heißer Tomatensuppe. Dietrich, der zum Stift greift und einen seiner Pinguin-Cartoons zu zeichnen beginnt, Mike, der im Labor einen Knochen untersucht, und Terry, die vor dem Computer sitzt, sich die Brille auf der Nase hochschiebt und nach den richtigen Worten für ihren Blog sucht. Wir vier um den Tisch versammelt, wie wir Haferbrei in uns hineinschaufeln. Dietrich, der eine Jazz-CD auflegt, ich beim Neuverkabeln eines Steckers, Terry, die sich ihren Schal fünfmal um den Hals wickelt. Mike, der ans Barometer klopft, Dietrich, der »Mein Gott!« ruft.

Terry mit einem Pinguin unter dem Arm und einem Stift zwischen den Zähnen. Terry, lachend, weil sie irgendwie Pinguinkot ins Haar bekommen hat. Terry, die sich zu mir vorbeugt, um mir die neuesten Fotos auf ihrer Kamera zu zeigen. Terry, die ihre Lippen auf meine presst. Terry, die eine Schicht Bekleidung nach der anderen abstreift, unter die Bettdecke schlüpft und sich warm und weich an mich schmiegt und damit Feuer durch meine Adern schickt.

Doch jetzt mischen sich die dunklen Episoden der vergangenen Woche unter diese Erinnerungen. Nach Mikes Andeutung habe ich immer mehr kleine Anzeichen dafür gesehen, dass Terry sich nicht wirklich etwas aus mir macht, dass sie nur wegen Grannys Finanzspritzen mit mir zusammen ist. Nachdem mir diese Anzeichen aufgefallen waren, entdeckte ich sie plötzlich überall: Wie sie mich ansah, wie sie mit mir sprach – ich sah die Anzeichen sogar in der Art und Weise, wie sie *ging*. Und sie blieb ständig lange draußen, um zusätzliche Arbeit zu erledigen. Bei meinen Annäherungsversuchen hatte sie immer irgendwelche Ausreden … und bemühte sich dann, es wiedergutzumachen, indem sie besonders verliebt tat. Was für ein Vollidiot ich doch war. Es kam mir nie in den Sinn, dass sie nicht mein armseliges aufgeblasenes Ich wollte; sie wollte mich nur wegen des Geldes meiner Großmutter.

Der Knackpunkt war die verdammte Umkehrosmoseanlage. Ich hatte bereits mehrere vergebliche Anläufe unternommen, sie zu reparieren, und wir verbrachten drei widerliche Tage mit stinkendem Wasser und Magenkrämpfen. Ich hatte deshalb nicht die beste Laune und versuchte fast die gesamte vergangene Nacht, das Mistding wieder zum Laufen zu bringen. Es wollte und wollte einfach nicht richtig funktionieren. In den frühen Morgenstunden gab die Anlage dann ganz den Geist auf. Ich stieß aus Frust einen Wutschrei aus.

Die anderen kamen alle aus ihren Schlafzimmern getaumelt und rieben sich die Augen, um zu schauen, was los war. Dietrich machte vor Enttäuschung ein zerknirschtes Gesicht. In Mikes Gesicht prangte ein fettes Grinsen. Terry kam zu mir und hätschelte mich besorgt. Ich schüttelte sie ab und schrie sie an, schrie alle an. Je erschrockener sie reagierte, desto wütender wurde ich. Auf meinen Ausbruch folgte angespanntes, anklagendes Schweigen.

Terrys Stimme durchschnitt die Stille, leise, aber eisig.

»Manchmal frage ich mich, ob der Druck auf Locket Island nicht zu viel für dich ist, Patrick.«

Da bin ich komplett ausgerastet. Ein weiterer Wortschwall sprudelte aus meinem Mund. Worte, die ich mir wahrscheinlich hätte verkneifen sollen, aber jetzt ist es, verdammt noch mal, zu spät.

Und dann sagte sie es. »Wenn du so empfindest, dann ist unsere Beziehung vielleicht ein Fehler.«

Es fühlte sich an, als würde sie mein Herz in Händen halten und in kleine Stücke reißen.

Ich werde diese schmerzhafte Abfuhr niemals vergessen, auch nicht das Bedürfnis abzuhauen.

Also bin ich abgehauen.

8

Terry

Locket Island

»Ich nehme an, das war's dann.«

Mike zögert nicht zu verurteilen, zögert nicht, das schlimmstmögliche Szenario zu formulieren. Ich tue so, als wüsste ich nicht, wovon er spricht, und sehe ihn mit fragendem Gesichtsausdruck an.

»Das war's dann für das Locket-Island-Projekt, oder?« Er spuckt die Worte aus. »Patrick wird sich bei Veronica ausheulen, Veronica wird den Geldhahn zudrehen, und wir sind geliefert.«

Ich möchte Patrick in Schutz nehmen. Stattdessen nehme ich Veronica in Schutz. »Sie wird ihre Entscheidung selber treffen. Sie unterstützt uns, seit sie uns kennengelernt hat, und ich kann mir nicht vorstellen, dass sie uns einfach so fallen lässt.« Ich schnippe mit den Fingern, um die Plötzlichkeit zu verdeutlichen. Doch noch während ich das tue, wird mir bewusst, dass Veronica sehr wohl spontan reagieren und sich so oder so entscheiden könnte.

Dietrich schaut von seinen Unterlagen auf dem Tisch auf. Sein Blick ist besorgt, aber er möchte Mikes Pessimismus unbedingt entgegenwirken. »Vergiss nicht, dass Veronica Pip gerettet hat«, sagt er. »Da besteht eine emotionale Bindung.«

»Sie hat aber auch eine emotionale Bindung zu diesem Wi…, zu Patrick«, stellt Mike fest. Er weiß, wie er mir klarmachen kann, wie egoistisch Patrick sich verhalten hat, ohne es wirklich auszusprechen. Als müsste ich daran erinnert werden.

Ich werde nicht laut zustimmen oder widersprechen. Wenn ich Patricks Namen auch nur erwähne, breche ich womöglich in Tränen aus, und das möchte ich momentan vermeiden – ihretwegen und meinetwegen. In den Jahren, seit wir hier als Team zusammenarbeiten, habe ich ein paarmal in Dietrichs Gegenwart geweint, aber vor Mike erst ein Mal, als wir alle dachten, Veronica werde sterben. Jetzt ist positives, praktisches Handeln gefragt, nicht unkontrolliertes Geheule.

Ich habe kurz überschlagen, wie lange wir unsere Forschungsarbeit hier noch fortsetzen können, falls Veronica uns nicht mehr unterstützt, und das wäre nicht lange: höchstens drei bis vier Monate.

»Ich werde Veronica schreiben«, beschließe ich. »Ich werde ehrlich sein und ihr sagen, wie sehr wir nach wie vor auf ihre monatlichen Zahlungen angewiesen sind.«

Dietrich kratzt sich am Bart. »Danke, Terry«, sagt er schließlich. »Das ist wahrscheinlich die einzige Möglichkeit.«

Mike verzieht den Mund. »Vergiss nicht, Pip zu erwähnen.«

Ich nicke. »Ich erwähne Pip sowieso in jeder E-Mail, die ich Veronica schreibe. Sie wäre stinksauer, wenn ich es nicht täte.«

Die Forschungsstation hat ihre gemütliche Atmosphäre verloren. Es ist noch früh, aber ich muss raus. Ich ziehe mir, so schnell ich kann, meine Montur an und breche zu meiner Morgenrunde auf. Der Tag ist bewölkt, und es fallen vereinzelte Schneeflocken. Ich stapfe den Hang hinauf und lege wie immer oben eine Pause ein, um die Aussicht zu genießen: auf die weichen weißen Konturen der Landschaft, auf die glänzenden Felsen, auf die Bergkette in der Ferne und auf den halbmondförmigen See. Und dort, über das ganze Tal verteilt, ist die pulsierende Vogelgemeinde, die mir so viel bedeutet.

Die Pinguine müssen immer oberste Priorität haben.

Ich setze mich in Bewegung und marschiere den Hügel hinunter mitten in die Kolonie hinein. Was für eine Wohltat es ist, knietief zwischen diesen lauten, stinkenden, wunderbaren Vögeln zu stehen. Einige schütteln Schnee von ihren plumpen Körpern, andere hocken in ihrem Nest. Viele sind erst ein paar Wochen alt, drollig und niedlich in ihrem flaumigen Babyfederkleid. Am Rand der Kolonie kommen und gehen Pinguine, watscheln mit abgespreizten Flossen oder rutschen auf dem Bauch, wobei sie sich mit ihren kräftigen, gummiartigen Füßen anschieben. Sie hinterlassen dunkle Spuren im Schnee, die aussehen wie unordentliche Falten in einem weißen Bettlaken.

Ich stürze mich in die Arbeit. Die menschliche Bevölkerung dieser Insel mag wieder auf drei geschrumpft sein, aber ich bin in Gesellschaft von fünftausend Adeliepinguinen.

Patrick dürfte inzwischen Hunderte Meilen weit weg sein, doch er drängt sich noch immer in meine Gedanken. Bereut er es, an Bord dieses Schiffes gegangen zu sein? Was ist nur in ihn gefahren? Ich hasse es, wütend zu sein – es fühlt sich an, als würde eine angreifende Armee in meinem Kopf herumtrampeln –, aber ich kann nicht anders. Es stehen bedeutendere Dinge auf dem Spiel als sein verletztes Ego. Warum hat er uns das angetan?

Ich wandere unter dem milchigen Himmel umher und markiere noch ein paar Pinguine, bevor sich Selbstzweifel und Selbstvorwürfe einstellen. Habe ich mich unangemessen verhalten? War alles meine Schuld?

Vielleicht waren Patrick und ich von Anfang an zum Scheitern verurteilt. Wir haben uns hier auf Locket Island so schnell und unter merkwürdigen Bedingungen ineinander verliebt. Ich bin aus der Übung, was Beziehungen angeht, außerdem war ich ohnehin nie besonders gut darin. Zu meinen Ex-Freunden zählen der selbstgefällige Stevie, der erst in dem Moment erwähnte, dass er Veganer ist, als ihm meine Mutter ein Schweinekotelett vorsetzte, der gut aussehende Sam, der mir niemals verziehen hat, dass ich kein einziges Kleid besitze, und der arrogante Damian, dessen Definition von einem Date darin bestand, dass ich ihm zusah, wenn er in seiner Band spielte. Ich habe an jeder dieser Beziehungen hart gearbeitet, hatte aber immer das ungute Gefühl, dass sie eigentlich viel besser laufen müssten. Als ich auf Locket Island ankam, empfand ich große Erleichterung. Ich konnte die Männer vergessen und mich stattdessen den Pinguinen widmen.

Dann kam Patrick, und ich erlebte eine völlig andere Art von Liebe. Es war eine Liebe, wie man sie aus Büchern und Songs kennt. Es war eine Liebe, die mich tatsächlich glücklich machte, so wie die Liebe es tun sollte.

Ich hätte schwören können, dass ich ihn auch glücklich gemacht habe.

Meine Sicht beginnt zu verschwimmen. Ich habe einen Bereich abgeriegelt und versuche, eine Zählung durchzuführen, um das Verhältnis von erwachsenen Tieren zu Küken zu bestimmen. Obwohl ich einen Handzähler habe, komme ich immer wieder durcheinander. Ich stelle den Zähler auf null und fange noch einmal von vorn an.

Es ist sinnlos. Ich lege eine Pause ein und mache einen Abstecher zur Küste, wo ich tief durchatme und versuche, mich wieder in den Griff zu bekommen. Die Wolken haben sich inzwischen verzogen, und Sonnenstrahlen hinterlassen goldfarbene Spuren auf der Meeresoberfläche. Die Eisberge bilden eine großartige glänzende Flottille. Kleine flache Schollen drängen sich neben den riesigen zerklüfteten Skulpturen, die alle aus blauen Schatten und weißem Licht zusammengesetzt sind. Doch auch an diesem sonnigen Tag, an dem das Meer mit jeder Welle Glitter und Diamanten in die Luft wirft, mit dem Wind im Rücken und dem Lärm von fünftausend Pinguinen in den Ohren kann ich den Schock der jüngsten Ereignisse nicht abschütteln.

Ich frage mich, wie wir zurechtkommen sollen, da Dietrich demnächst auch noch eine Auszeit nimmt. Ich muss mir überlegen, was wir trotzdem erledigen können und was wir einfach nicht schaffen werden. Und wie wird Veronica auf all das reagieren? Sie ist unvoreingenommen, aber auch eigensinnig. Hoffentlich stachelt Patrick sie nicht gegen uns auf. Ich weiß, dass er verletzt ist, aber so etwas würde er doch bestimmt nicht tun, oder?

Einsamkeit überkommt mich. Ich vergieße ein paar Tränen, dann mache ich mich auf den Weg zurück ins Zentrum der Kolonie. In den sich mischenden Mustern aus Schwarz und Weiß sind winzige Farbpunkte zu sehen: die gelben Markierungsbänder, die wir an den Flossen der Tiere befestigt haben, damit wir sie beobachten können. Mein Blick wandert auf der Suche nach einem orangefarbenen Band unter Hunderten gelben Bändern über die Pinguine. Wenn ich Pip finde, wird er mir vielleicht Trost spenden.

Es dauert nicht lange, bis ich ihn entdecke. Ich bahne mir den Weg zwischen den anderen Vögeln hindurch, über Nester aus Kieselsteinen, über Kies und rutschigen rosafarbenen Guano. Er ist gerade in einen lebhaften Austausch mit einem Pulk anderer Pinguine verwickelt. Sie alle drehen gleichzeitig den Kopf und schauen mich mit typischer Adelie-Neugier an. Pip reckt den Hals und schüttelt seine Schwanzfedern.

Zum ersten Mal, seit Patrick weg ist, lächle ich. Pip ist inzwischen ein Jugendlicher und nicht mehr das süße Knäuel, das er einmal war, aber ich bin immer noch vernarrt in ihn. Allen anderen Pinguinen gegenüber bin ich schonungslos distanziert. Ich ertrage den Anblick von Adelie-Kadavern, die nach einem Schneesturm den Boden um meine Füße bedecken, oder den eines Kükens, das von Skuas zu Tode gehackt wird, oder auch den eines blutenden Pinguins, der von einer Robbe gegen die Felsen geschlagen und anschließend Zentimeter um Zentimeter verschlungen wird. Ich habe gelernt, wie ein Chirurg vor der Operation eine Linie zwischen mir und der leidenden Kreatur zu ziehen, andernfalls wäre ich hier zu nichts zu gebrauchen. Aber bei Pip ist es anders. Das hat mit Veronica zu tun. Irgendwie hat sie mir ihre Gefühle für diesen kleinen Adeliepinguin übermittelt, Gefühle, von denen ich weiß, dass sie mit ihrer Vergangenheit verknüpft sind.

Mike und Dietrich kennen mein unwissenschaftliches Faible. In Mikes Worten ist es »sentimental und unprofessionell«. Dietrich meint: »Ja, aber es hält sie nicht davon ab, ihre Arbeit zu erledigen.« Ich rechtfertige es, indem ich die beiden daran erinnere, dass es sich bei Pip um eine einmalige Ausnahme handelt und dass er uns eine Menge öffentliche Unterstützung eingebracht hat. Außerdem bin ich der Meinung, dass Liebe immer eine gute Sache ist, und zwar in jeder Form.

Pip bewegt ruckartig den Kopf und zieht an meiner Hose. Er ist noch zu jung, um sich zu verpaaren und Junge zu bekommen, deshalb sind seine Freunde so wichtig für ihn. Einer von ihnen trägt bereits ein Markierungsband. Ich notiere mir seine Nummer oder auch *ihre* Nummer – bei Adeliepinguinen ist das schwer zu erkennen. Dann mache ich mir die Situation zunutze und markiere schnell die anderen drei. Sie protestieren, als ich sie hochhebe, aber ich bin sehr vorsichtig. Ich klemme sie mir unter den Arm und befestige die Bänder am Ansatz einer Flosse. Ich werde nur ein Mal gepickt. Pip beobachtet den Vorgang mit Interesse.

»So, jetzt werden wir sehen, ob du immer mit denselben Freunden rumhängst«, sage ich zu ihm.

Ich werde bald meinen nächsten Blog-Eintrag über ihn und die anderen Pinguine auf Locket Island posten. Nichts ist wichtiger als die Zukunft unserer Erde, deshalb schreibe ich viel über unsere Forschung, über das Tempo der Eisschmelze und die Gefahr, die sie für unsere geliebten Pinguine darstellt, und auch noch über unseren Planeten im Allgemeinen. Ich versuche, die Leute stärker zu involvieren, indem ich Neuigkeiten und Fotos von Pip teile, der unglaublich beliebt ist. Außerdem beschreibe ich, wie wir hier leben. Dass Patrick uns verlassen hat, werde ich allerdings nicht erwähnen. Die Öffentlichkeit erfährt von unseren persönlichen Problemen nur das, was sie unbedingt wissen muss, und es ist besser, ihr schlechte Nachrichten vorzuenthalten.

Ich werde Veronica so bald wie möglich eine E-Mail schreiben, allerdings ohne Schuldzuweisungen, aber sie muss unsere Sicht der Dinge erfahren.

9

Veronica

The Ballahays

Nach einem Jahr weitgehender Untätigkeit hatte ich mich beinahe mit dem Stillstand abgefunden. Jetzt sind jedoch zwei Dinge gleichzeitig passiert, die mein Leben wieder aufwirbeln: zum einen die plötzliche Aussicht auf einen Trip um den Globus mit Sir Robert Saddlebow und zum anderen das unmittelbar bevorstehende Eintreffen meines Enkels.

Die neuesten Nachrichten von Patrick, die mich in Form einer E-Mail von irgendeinem südamerikanischen Flughafen erreichten, sind gelinde gesagt extrem enttäuschend. Ich hatte geglaubt, der Junge hätte Mumm und einen langen Atem, aber es sieht so aus, als besäße er nicht mehr Rückgrat als eine Qualle. Für mich besteht kein Zweifel daran, dass Terry und er ihre Differenzen hätten beilegen können, wenn er auf Locket Island geblieben wäre. Jetzt besteht kaum noch eine Chance auf Klärung. Er ist an Bord des Schiffes gegangen, das genau an dem Morgen, an dem er und Terry sich getrennt hatten, an der Insel angelegt hat, und hat dem ohnehin schon problembeladenen Team damit noch mehr Schwierigkeiten bereitet.

Terry wird sich bestimmt nicht unterkriegen lassen, wird ihre Gefühle beiseiteschieben, wird sich in ihre Arbeit stürzen. Aber was Patrick anbelangt … Oh, der dumme Junge. Dummer, egoistischer Strohkopf! Ich bin stinksauer auf ihn, und das werde ich ihm auch unmissverständlich sagen. Ich bin es nicht gewohnt, großmütterliche Ratschläge zu erteilen, aber ich werde mein Möglichstes tun. Er muss sich anstrengen und sich irgendeine sinnvolle Beschäftigung suchen. Ich werde es auf gar keinen Fall zulassen, dass er sein Leben vergeudet.

Bedauerlicherweise gehe ich kurz nach seiner Ankunft selbst für sechs Wochen auf Reisen. Ich hätte gern mehr Zeit gehabt, um mit ihm über die Zukunft zu sprechen.

Das Locket-Island-Team wird sich sicher einen Ersatz für ihn suchen müssen. Sosehr es mir auch am Herzen liegt, ihre lobenswerten Bemühungen zu unterstützen, ich bin nicht gewillt, irgendjemanden außer Patrick zu finanzieren, damit er ihnen hilft.

Terrys E-Mail kommt kurz nach Patricks zweitem Schrieb und ist wesentlich eloquenter und bedachter. Es hat ihr sichtlich Probleme bereitet, sich zwischen Beruflichem und Privatem hindurchzuschlängeln, und ich vermute, sie ist deutlich aufgebrachter, als sie durchklingen lässt.

Liebe Veronica,

ich hoffe, Ihnen und Eileen geht es gut, und Ihre Hühneraugen machen keinen Ärger. Wir denken oft an Sie und erinnern uns an die wunderbaren Abenteuer, die wir gemeinsam erlebt haben.

Ich fürchte, ich muss Ihnen traurige Nachrichten überbringen, falls Sie es nicht schon von Patrick erfahren haben. Er und ich haben beschlossen, in Zukunft getrennte Wege zu ge-

hen, und er hat Locket Island verlassen. Es war schwer hier für ihn, mit Mike und mir und manchmal Dietrich als einzige Gesellschaft … und mit mir in der Rolle seiner Chefin und seiner Freundin. Ich musste einige schwierige Entscheidungen treffen und hatte auch Probleme damit, mich immer zweiteilen zu müssen und das Richtige zu tun.

Dietrich, Mike und ich werden ihn vermissen. Er war rundum eine tolle Hilfe und eine echte Bereicherung. Wir wünschen ihm von Herzen alles Gute. Selbstverständlich machen wir uns Sorgen um die Zukunft unserer Mission, die Adeliepinguine zu erforschen und zu schützen. Bitte lassen Sie mich Ihnen versichern, dass wir drei entschlossen sind weiterzumachen, wenn wir die Möglichkeit dazu haben.

Pip ist wohlauf und glücklich. Er scheint drei spezielle Freunde gefunden zu haben, und ich behalte die kleine Gruppe im Auge, damit ich mir ein Bild von seinem Sozialleben machen kann. Er ist genauso hübsch und kräftig wie alle anderen. Wer hätte das gedacht, nachdem er einmal so schwach war? Er erinnert uns immer an alles, was Sie für ihn, für unser Projekt und für die Pinguinkolonie hier auf Locket Island getan haben.

Liebe Grüße
Terry

Terry lässt bei allen ihren Mitlebewesen Milde walten und ist Patrick gegenüber viel nachsichtiger, als ich es bin. Allerdings weiß ich immer noch nicht genau, was eigentlich vorgefallen ist. Ich frage mich, ob mein Enkel womöglich etwas Unentschuldbares getan hat und Terry zögert, mir zu sagen, worum es sich dabei handelt. Ich frage mich außerdem, ob Terry, die eine fast schon übertrieben pflichtbewusste junge Frau ist, vielleicht das Wohlergehen der Pinguine über Patricks Befindlichkeit gestellt hat. Das hätte ihm bestimmt nicht gefallen.

Ich gehe gedankenversunken ins Wohnzimmer. Daisy sitzt gerade am Tisch und hämmert mit den Fäusten auf eine pinkfarbene, glitzernde, plastilinartige Substanz ein. Als sie mich sieht, bombardiert sie mich sofort mit Fragen. »Dann ist es also schlecht, dass Patrick nach Hause kommt? Kommen die Pinguine ohne ihn klar? Repariert er wieder Fahrräder für meinen Dad?«

»Ich kann keine deiner Fragen beantworten, Daisy.« Müsste ich die seltsamen Emotionen analysieren, die ich empfinde, würde ich zu dem Schluss kommen, dass ich neben meiner Wut über das unüberlegte Handeln meines Enkels und dem Stress, den diese plötzliche Veränderung bedeutet, eine gewisse Erleichterung verspüre, weil ich ihn bald wiedersehe.

»Kommt Terry auch zurück?«, will Daisy wissen.

Ich schüttle bedrückt den Kopf.

»Heiraten die beiden?« Daisy ist wild entschlossen, Patrick unter die Haube zu bringen. Auf ihre Weise ist sie eine hoffnungslose Romantikerin. Sie hat den unerschütterlichen Glauben, dass Heirat mit einem glücklichen Leben bis ans Ende der Tage gleichzusetzen ist. (Ich bin aus wesentlich zynischerem Holz geschnitzt, da meine eigenen Herzensangelegenheiten mehr Peitsche als Zuckerbrot waren.)

Als Patrick und Terry letztes Jahr für eine Stippvisite nach Hause kamen, beobachtete Daisy die beiden dabei, als sie sich »pärchenmäßig« verhielten. Daisy verehrt Terry wie eine Heldin und verfolgt begierig ihren Pinguin-Blog, deshalb weiß sie alles über den Rhythmus der Pinguinkolonie, über die Mauserzeit, über den Winter auf dem Packeis und über die Rückkehr aufs Land im Oktober zur Brutsaison. Sie ist auf dem Laufenden, was es Neues von Sooty gibt, dem vollständig schwarzen Pinguin, und ganz besonders vernarrt ist sie in Pip. Für die menschlichen Bewohner von Locket Island interessiert sie sich ebenfalls. Sie verschlingt alles, was mit meinem Enkel zu tun hat, und jedes Mal, wenn ich Patrick und Terry in einem Atemzug erwähne, fängt sie an, Popsongs über die Liebe zu singen – oder »*Lurve*«, was eine sentimentale Variante von »*Love*« zu sein scheint, soweit ich es beurteilen kann. Sie schmiedet sogar schon Pläne, bei der Hochzeit der beiden Brautjungfer zu sein.

Ich blocke Daisys Fragen ab, indem ich so tue, als würde ich sie nicht hören. Aber als sie von ihrer glitzernden pinkfarbenen Knetmasse ablässt und in mein Hörgerät schreit: »Heiraten Terry und Patrick?!«, kann ich es nicht vermeiden, darauf zu antworten.

»Ich fürchte, nein«, erwidere ich.

»Nicht jetzt oder überhaupt nie?«, fragt sie.

Alles, was ich sagen kann, ist: »Daisy, ich bin nicht Gott. Ich weiß es nicht.«

»Wenn ich Brautjungfer werde, muss ich mir nämlich schnell mehr Haare wachsen lassen, weil Brautjungfern keinen Kahlkopf haben dürfen«, erklärt sie mir, als könnte sie dieses Ziel allein durch Willenskraft erreichen.

»Ich glaube, darüber brauchst du dir im Moment keine Sorgen zu machen, Liebes«, sage ich zu ihr.

Sie ist eine halbe Minute still, dann hämmert sie wieder auf ihre Knetmasse ein.

10

Patrick

Bolton

Vom Südpolarmeer nach Ushuaia, von Ushuaia nach Buenos Aires, von Buenos Aires nach Madrid, von dort nach Heathrow und dann, Tage später, nachdem ich den Planeten halb umrundet habe, bin ich da: Bolton.

Zu Hause? Vielleicht auch nicht. Früher mal, aber das ist vierzehn Monate und mehrere tausend Pinguine her. Das miese Apartment, in dem ich damals gewohnt habe, ist jetzt an jemand anders vermietet, und meine wenigen Habseligkeiten sind eingelagert. Ich mache Zwischenstation bei Gav. Sobald ich Empfang hatte, habe ich ihm geschrieben, und er meinte, ja, okay, ich kann erst mal bei ihm bleiben. Ein Spitzentyp, Gav. Er war früher mein Boss im Fahrradladen, aber eigentlich war er immer eher ein Kumpel. Er und seine Familie sind momentan total erleichtert. Ihrer Daisy geht es nach einer schrecklichen Zeit mit der Chemo im vergangenen Jahr wieder viel besser. Die Ärzte wollen noch nicht das Wort »Remission« in den Mund nehmen, aber sie sind voller Hoffnung. Im Moment ist sie bei Granny V zu Besuch.

Sie und Granny haben anscheinend einen Narren aneinander gefressen.

Gav und seine Frau Beth und auch Daisys jüngerer Bruder Noah sind sehr nett zu mir, aber ich bin in einer seltsamen Gemütsverfassung. Ich muss nachdenken, allerdings ist Nachdenken nicht gerade meine Stärke. Die wenigen grauen Zellen, die ich mal hatte, scheinen sich alle verdünnisiert zu haben.

Ich gehe durch die Straßen von Bolton und glotze alles an. Das ist die Stadt, in der ich den Großteil meines Lebens verbracht habe, aber selbst die vertrautesten Ecken kommen mir fremd und grotesk vor. Wahrscheinlich kann ich Bolton dafür nicht die Schuld geben; ich würde mich in jeder anderen Stadt genauso fühlen. Es ist, als wäre die Antarktis in meinen Blutkreislauf gelangt und hätte meine Sinne manipuliert. Ich kann hier nicht atmen, ohne an dem Gestank von Diesel und Pommes und Pisse und Parfum zu ersticken. Die arme Landschaft ist komplett zugepflastert mit Gebäuden, Quadrat um Quadrat, Rechteck um Rechteck, Block um Block. Und der Asphalt! Wer hat eigentlich geglaubt, das sei eine gute Idee, dieses flache graue Geflecht, das sich über die Erde erstreckt und auf dem es von Fahrzeugen wimmelt? Autos brausen vorbei, ein endloser Strom von harten Metallkapseln, angetrieben von hochkomplexen Mechanismen, die Lärm und Abgase ausstoßen. Der Krach verstummt nie. Selbst unter der Erde befindet sich ein riesiges Netzwerk von Tunneln, Kabeln, Rohren und Kanälen, durch das Wasser, Abwasser, Strom und Gas fließen – all die Dinge, die Menschen ständig organisieren und hin und her leiten müssen. Das ist völlig irre. Pinguine kacken einfach in den Schnee, und gut ist es, holen sich ihre Nahrung aus dem Meer, und gut ist es, bekommen ihr Licht aus dem Himmel, und gut ist es. Und sie bespaßen sich gegenseitig. Warum müssen Menschen jede Kleinigkeit total verkomplizieren? Ich habe den größten Teil meines Lebens in diesem Durcheinander verbracht. Wie zum Teufel habe ich das nur ausgehalten?

Wo auch immer ich gehe, ergreift mich ein Strom von Menschen und spült mich mit. Alle tragen schicke Klamotten, brüllen in ihre Telefone und quasseln über die neuesten Gadgets und darüber, was in der Glotze kommt. Menschen, überall Menschen. Und keiner davon ist Terry.

Nicht dass mir das was ausmachen würde. Darüber bin ich inzwischen weg. Es ist mir schnurzpiepegal. Und es geschieht ihr gerade recht, wenn ihr kostbares Pinguinprojekt abgewickelt wird.

Gav stellt mir ein Bier hin. Wir sind in eine Ecke des *Dragon's Flagon* gezwängt. In der Vergangenheit haben wir hier viele, viele Biere getrunken, aber jetzt kommt mir der Pub plötzlich komisch vor. Er ist rappelvoll, und es stinkt, und der Lärm fühlt sich an wie Bohrer in meinen Trommelfellen.

Ich versuche, ihn auszublenden, und schaue Gav hilflos an. »Mann, ich bin echt fertig«, sage ich zu ihm.

»Ist das was Neues?«, entgegnet er grinsend.

Ich schaffe es nicht, sein Grinsen zu erwidern. »Ich kann nicht einfach so wieder auf mein altes Leben umschalten.«

»Das sehe ich«, sagt er. »Klingt, als würdest du unter einem Kulturschock leiden. Ich nehme an, du solltest eine Zeit lang irgendwohin, wo es ruhiger ist.«

»Ja. Das kannst du laut sagen. Nur gut, dass ich erst mal Granny besuche.«

Er nickt und trinkt einen Schluck Bier. »Schau mal nach Daisy für mich, wenn du da bist, ja? Ich wette, sie tanzt ihnen auf der Nase rum.«

Ich verspreche es ihm. Aber ich habe keine Zweifel, dass Granny das Zepter schwingt. Ich bin mir außerdem ziemlich sicher, dass sie stinksauer auf mich ist. Wahrscheinlich wird sie mich für den Rest meines Lebens Buße tun lassen.

Gav hat die Tatsache, dass ich Locket Island verlassen habe, bislang noch nicht kommentiert, was ziemlich erstaunlich ist, wenn man es sich überlegt.

»Dann hast du also nicht vor, mir den Kopf zu waschen?«, frage ich.

»Was würde das schon nützen?« Er kennt mich nur allzu gut.

Einen Moment lang frage ich mich, ob er mir meinen alten Job vielleicht wieder anbietet – immer montags, mit Schläuchen und Naben und Kundenbetreuung. Er tut es nicht.

»Ich bin nicht gerade stolz auf mich«, gestehe ich.

Verantwortungslos. Das ist das Wort, das mich am besten beschreibt. Gav hält mich für verantwortungslos, und Granny hält mich für verantwortungslos, und das ganze verfluchte Team auf Locket Island hält mich für verantwortungslos, da bin ich mir sicher. Es ist das Wort, das in Großbuchstaben als Überschrift auf meinem Lebenslauf stehen sollte, weil ich mir nämlich sehr bald wieder Gedanken um meinen Lebenslauf werde machen müssen.

Ich schütte mir die Hälfte meines Bieres in den Rachen. »Mir liegt Verantwortungslosigkeit in meinen verdammten Genen«, sage ich zu Gav. »Schau dir meinen Dad an. Hat sich vom Acker gemacht, als ich eine Woche alt war.«

Wo ich Erinnerungen an Dad haben sollte, herrscht nur gähnende Leere. Ich erinnere mich noch an ein paar Dinge, was meine Mum betrifft. Ich erinnere mich, wie sie sich hingekniet hat, um bei schummrigem Licht in die Glut eines Feuers zu pusten. Ich erinnere mich, wie sie mich angeschrien hat, als ich auf eine Mauer geklettert bin, weil sie es für gefährlich gehalten hat. Ich erinnere mich, dass sie ihre Strumpfhose in einem verhedderten Knäuel auf dem Fußboden des Wohnwagens liegen ließ. Wenn ich an sie denke, rieche ich Rosenduftseife und billiges Shampoo mit einer unterschwelligen Bitterkeit wie saures Bier. Ich höre ihre Joni-Mitchell-Kassetten in Dauerschleife. Ich sehe den Dreck unter ihren Fingernägeln. Ich erinnere mich an den Schmerz in ihrer Stimme. Und an ihre Worte: »Du hast keinen Vater«, jedes Mal, wenn ich sie nach ihm fragte. Obwohl ich erst sechs Jahre alt war, als sie mich verließ, erinnere ich mich an alle diese Dinge.

Aber Dad? Wo sein Gesicht sein sollte, ist absolute Leere.

In meinem Leben hat es nicht gerade viele Vorbilder gegeben, und jetzt wird mir bewusst, dass er eines hätte sein sollen, eine Landkarte, die mir zeigt, wie ich mich verhalten soll, was ich tun soll, wenn meine Welt auseinanderbricht.

»Was ist denn los?«, fragt Gav. Er beugt sich vor und schaut mich besorgt an. »Du siehst aus, als hättest du einen Geist gesehen.«

»Ich denke nur gerade an meinen Dad. Er hat schon vor Ewigkeiten den Löffel abgegeben, aber ich hasse ihn trotzdem wie die Pest.«

»Wie kannst du jemanden hassen, an den du dich nicht erinnern kannst?«

Ich versuche, es ihm zu erklären. »Ich bin wütend auf ihn, als ob alle Fehler, die ich Lauf meines Lebens gemacht habe, seine Schuld wären.«

Gav wirkt nicht überzeugt. »Und?«

»Okay, ich suche trotzdem nach Entschuldigungen für ihn. Ich will glauben, dass er einen guten Grund hatte, Mum und mich sitzen zu lassen. Ich will wissen, dass es ihm leidgetan hat und dass er es bis an sein Lebensende bereut hat.«

Gav hält mit seinem Bier auf halbem Weg zum Mund inne. Dann sagt er genau das, was ich denke. »Vielleicht ist es an der Zeit, es rauszufinden.«

11

Veronica

The Ballahays

Wir versammeln uns in der Einfahrt. Eine große, zerzauste Gestalt steigt aus dem Taxi aus und lässt einen Rucksack auf den Boden plumpsen.

»Toll, dich zu sehen, Granny!«

Ich gestatte mir, mich von Patricks beeindruckend muskulösen Armen umschlingen zu lassen.

Daisy läuft auf ihn zu, und er hebt sie hoch und dreht sich mit ihr ein paarmal im Kreis.

»Du machst ja einen auf Dietrich!«, ruft sie aus, nachdem er sie wieder abgesetzt hat. Sie hat Fotos vom gesamten Locket-Island-Team gesehen und sich über Dietrichs Gesichtsbehaarung amüsiert. Patrick sieht inzwischen fast genauso aus, was den Haarwuchs betrifft: Er trägt einen dunklen wuchernden Bart.

»Ich habe dich fast nicht erkannt«, gestehe ich.

»Tja, versuch *du* mal, dich in der Antarktis jeden Morgen zu rasieren«, protestiert er.

»Ich habe nicht die Absicht, das jemals zu tun«, versichere ich ihm.

Zu meinem unvorstellbaren Leidwesen entdecke ich heutzutage tatsächlich hin und wieder ein Barthaar, das unverschämterweise an meinem Kinn sprießt. Warum Haare auf dem Kopf im Alter so dünn werden und stattdessen auf der Oberlippe, am Kinn und an anderen unangebrachten Stellen auftauchen müssen, ist mir schleierhaft. Es ist eine der vielen Schwachstellen in der Methodik der Natur. Aber ich schweife ab.

Patrick wirft einen Blick hinauf zum Haus und pfeift leise.

»Toll, wieder auf Ballahays zu sein! Ich hatte ganz vergessen, wie riesig es ist!«

Eileen tritt vor und schüttelt ihm die Hand. »Wie schön, Sie wiederzusehen, Patrick. Tee? Kekse? Törtchen?«

»Die Törtchen habe ich vorhin gemacht«, teilt Daisy ihm eifrig mit. »Eileen hat mir geholfen, aber die Glasur habe ich ganz allein gemacht.«

»Na, dann nehme ich Törtchen!«

Patrick ist übertrieben fröhlich, aber ich bemerke die Schatten unter seinen Augen und erkenne, dass sein Gesicht stark angespannt ist. Ihm geht bestimmt eine Menge durch den Kopf.

Beim Tee dreht sich unsere Unterhaltung hauptsächlich um Pip. (»Oh, er ist inzwischen ein großer Bursche. Macht einen Haufen Blödsinn. Typisches Teenagerverhalten. Du würdest lachen.«) Dann, nachdem wir Patrick untergebracht haben, machen wir alle gemeinsam einen Rundgang durch den Garten. Der Raureif ist geschmolzen und im durchlässigen Boden versickert und hat den Rasen unter Wasser gesetzt.

»Das ist, als würde man auf einem klebrigen Schokobiskuit gehen«, verkündet Daisy und stapft mit ihren roten Gummistiefeln durchs Gras. Wir anderen folgen den gepflasterten Wegen, vorbei an Beeten und Büschen. Das Jahr hat noch nicht Fuß gefasst, deshalb kann ich meine schöneren Zierpflanzen noch nicht präsentieren, aber es gibt ein paar Anzeichen dafür, dass das Leben zu gegebener Zeit wieder aufblühen wird. An den Haselnusssträuchern haben sich bereits grüne Kätzchen gebildet, und im hinteren Bereich, den ich die »Wildnis« nenne, sprießen die ersten Schneeglöckchen, wobei einige von ihnen sogar schon vorsichtig einen schmalen Streifen Weiß zeigen.

Als Patrick letztes Jahr mit Terry hier war, hatte er beste Laune, jetzt ist es jedoch deutlich anders. Terry schafft es immer, eine gewisse Leichtigkeit zu bewahren, ohne dabei oberflächlich zu sein. Doch ohne seine Freundin wirkt mein Enkel in jeder Hinsicht ernst und hölzern.

Daisy drangsaliert ihn. »Wann kommt Terry?«

Patrick beißt die Zähne zusammen. »Gar nicht.«

Sein harter Tonfall scheint Daisy zu erschrecken. Eileen lenkt sie kurzerhand ab, indem sie mit ihr im Garten Federn suchen geht. Ich habe ein paar Momente, um mit meinem Enkel unter vier Augen zu sprechen.

Als ich mich nach Terry erkundige, zuckt er zusammen und fühlt sich sichtlich unwohl. Es stellt sich heraus, dass es Probleme gab, weil sie ein Workaholic ist und ihm zu wenig Zeit zuteilwerden ließ. Und Mike, missmutig wie eh und je, machte bei jeder Gelegenheit spitze Bemerkungen. »Eine Bemerkung ging mir wirklich unter die Haut«, verrät Patrick mir, sagt aber nicht, welche.

Dann gab es offenbar eine Auseinandersetzung wegen irgendeiner Maschine, die zu Geschrei und Beschimpfungen eskaliert ist. Die Trennung war Terrys Vorschlag.

»Mir wurde sofort bewusst, dass sie mich nie wirklich geliebt hat … Sie war nur nett zu mir, weil … weil …« Er wirft mir einen Blick zu und schluckt. Er ballt die Hände zu Fäusten und öffnet sie wieder, und auf seiner Stirn schwillt eine Ader an. »Auf jeden Fall hat mich das so getroffen, dass ich einfach zurückgeblafft habe: ›Also gut, dann war's das. Wir machen Schluss.‹«

Den Rest dieser Nacht bekam er kein Auge zu. Sein Schmerz und seine Wut kochten immer weiter hoch, bis sie am Morgen einen so gewaltigen Pegel erreichten, dass er seine Habseligkeiten in den Rucksack warf, schrie, dass er gehe, und nach draußen und zum Schiff stapfte. Er wartete die Reaktion der anderen nicht ab, nahm aber vage drei Gestalten wahr, die sich bemühten zu verstehen, was vor sich ging. Niemand lief ihm nach.

Er schlurft dahin und sieht mich mit gequältem Blick an. »Ich weiß einfach nichts mit mir anzufangen. Ist das so eine Art Midlife-Crisis?«

»Mit sechsundzwanzig? Das will ich nicht hoffen.«

»Ich bin achtundzwanzig, Granny.«

»Also noch ein Baby.«

Ich hatte die Absicht, ihm gehörig den Marsch zu blasen, aber er wirkt so verloren, dass ich es nicht übers Herz bringe. Ich weiß, dass Patrick bei einer ganzen Reihe von Pflegeeltern aufgewachsen ist. Vielleicht ist es keine Überraschung, dass der Junge Probleme damit hat, Bindungen einzugehen und Wurzeln zu schlagen. Ich vermute, er hat Verlustängste und würde andere lieber abweisen, als das Risiko einzugehen, selbst abermals abgewiesen zu werden. Es ist wirklich ein trauriges Vermächtnis, das seine Eltern ihm hinterlassen haben.

Ich gehe schweigend neben ihm.

Nach einer langen Pause ergreift er wieder das Wort. »Jedenfalls dachte ich mir, dass wir beide, wo ich jetzt wieder auf deiner Welthalbkugel bin …« (*Deine* Welthalbkugel! Als hätte er nicht den Großteil seines Lebens in Bolton verbracht!) »… Nachforschungen zu meinem Dad anstellen könnten.«

Ich bleibe wie angewurzelt stehen.

Er bleibt ebenfalls stehen. Wild gestikulierend fährt er fort: »Er ist das Bindeglied zwischen uns beiden, aber was wissen wir schon von ihm? So gut wie nichts. Nur dass er bei einem Kletterunfall ums Leben gekommen ist. Wir haben keine Ahnung, ob er wusste, dass er adoptiert wurde, oder ob er jemals neugierig war auf dich, seine leibliche Mutter. Wir wissen nicht, warum er nach England gekommen ist und warum er England kurz nach meiner Geburt wieder verlassen hat. Wir haben doch davon gesprochen, dass wir recherchieren könnten, und ich glaube, jetzt ist dafür der richtige Zeitpunkt. Was denkst du? Ich will unbedingt mehr rausfinden.«

Was ich denke, ist: *ja, ja, ja*, aber ich sage nichts. Mein Herz krampft sich zusammen.

12

Veronica

Meine eigene tragische Geschichte war nur ein winzig kleiner Teil der weltweiten Krise jener Kriegsjahre. Trotz aller Bemühungen fand ich jahrzehntelang keine Spur von meinem Sohn. Und dann erreichte mich die Nachricht, dass er bei einem tragischen Unfall ums Leben gekommen war. Jahre später erfuhr ich völlig unerwartet von der Existenz *seines* Sohnes Patrick. Doch Patrick weiß genauso wenig über Enzos Leben wie ich. Es gibt noch viel zu entdecken, und das möchte ich auch unbedingt.

Die alte Wunde brennt noch immer, aber ich habe stets gehofft, dass mein Junge bei seinen Adoptiveltern in Kanada ein schönes Leben hatte, ein besseres, als er es bei mir gehabt hätte. Als Enzo noch bei mir lebte, hatte er nur ein einziges Spielzeug, eine Stoffkatze, die ich ihm aus einer alten, bereits unzählige Male gestopften Socke genäht hatte. Er liebte sie, vor allem dann, wenn ich sie schnurren ließ und an seiner Wange rieb. Als er anfing zu krabbeln, improvisierte ich noch mehr, um ihn bei Laune zu halten, und füllte Rosskastanien in einen alten Topf, den er schüttelte und herumrollte. Den Nonnen gefiel das nicht, weil es laut war. Also las ich ihm aus Büchern vor, die ich in der Bibliothek des Klosters fand, auch wenn er die Worte nicht verstand. Einmal riss er aus einem Buch mehrere Seiten heraus. Das gefiel den Nonnen auch nicht. Ich schmiedete den Plan, mit ihm aus dem Kloster zu fliehen, sobald er alt genug war. Damals hoffte ich auch noch, dass mein Giovanni kommen und uns retten würde.

Im Lauf der Jahre habe ich mir Enzo oft als Heranwachsenden vorgestellt. Ich wusste, dass seine Adoptiveltern wohlhabend waren und dass er in Joe Fuller umbenannt worden war. Ich stelle ihn mir als kleinen Jungen vor, im Alter von Daisys Bruder, in kurzer Hose. Er hält einen Spielzeugtraktor in den Händen, ist fasziniert von Dinosauriern oder Raumschiffen. In Daisys Alter ist er dann ein Stück größer, liest Bücher, erfährt mehr über die Welt, hat Träume und beginnt bereits, sie zu verfolgen. Dann sehe ich ihn erwachsen werden, sehe ihn in Patricks Alter. Vielleicht ähnelt er Patrick, was sein Äußeres und sein Verhalten anbelangt, aber leider nähert er sich schon seinem Tod. Nicht zum ersten Mal überkommt mich unbändige Wut, dass er so früh sterben musste, während ich, seine Mutter, immer noch da bin …

Ursprünglich hatten Patrick und ich vereinbart, Nachforschungen zu Enzos Leben anzustellen, wenn Patrick wieder in Großbritannien ist, aber sein Besuch im Sommer war zu kurz, und er hatte Terry dabei, deren Familie die beiden ebenfalls besuchen mussten. Jetzt scheint er genauso begierig darauf zu sein, mehr über seinen Vater zu erfahren, wie ich begierig darauf bin, mehr über meinen Sohn zu erfahren.

»Ich bin gekränkt wegen dir und Terry und zutiefst bestürzt darüber, dass du Locket Island einfach verlassen hast«, sage ich schließlich zu ihm. »Aber die Sache mit deinem Vater schwebt schon immer über dir. Wenn es uns gelingt, etwas über sein Leben in Erfahrung zu bringen, wirst du dein Leben vielleicht besser in den Griff bekommen.«

Er nickt energisch. »Ich wollte es nicht zu lange aufschieben. Auf Locket Island habe ich jedes Mal ein bisschen gegoogelt, wenn ich an den Computer rankam. Ich habe nach dem Namen Joe Fuller gesucht, und es gab damals in Kanada ein paar, die so hießen, aber keiner von ihnen kommt wirklich infrage. Wenn du möchtest, könnten wir uns gemeinsam an die Arbeit machen, Granny.«

Und ob ich möchte.

Er strafft die Schultern. »Hast du noch den Brief von der Cousine aus Chicago, die dir damals über den Unfall von meinem Dad geschrieben hat?«

»Ja, habe ich.«

»Lass uns damit anfangen.«

Wir gehen sofort zurück ins Haus und lassen Daisy im Obstgarten Eileens Haar mit Federn schmücken.

Der zuvor erwähnte Brief ist in dem gregorianischen Eichensekretär im Wohnzimmer weggeschlossen. Ärgerlicherweise können wir den Schlüssel eine ganze Weile nicht finden, und ich muss schließlich Eileen hereinrufen.

»Was ist denn, Mrs McCreedy?«, fragt sie im Windfang und erinnert dabei mit ihren weit aufgerissenen Augen, ihrem rundlichen Gesicht und den beiden Federn, die senkrecht aus ihren Locken stehen, ein bisschen an eine Waldohreule.

Ich erkundige mich nach dem Verbleib des Schlüssels.

»Ich nehme an, er liegt in der chinesischen Schale auf dem Kaminsims, in der Sie all Ihre Ersatzschlüssel aufbewahren, Mrs McCreedy«, entgegnet sie.

Ich weiß, dass ich ihn ganz bestimmt an einem weniger offensichtlichen Ort aufbewahrt habe, aber Patrick sieht nach und fördert einen kleinen Schlüssel zutage, der tatsächlich eine gewisse Ähnlichkeit mit dem Sekretärschlüssel hat.

»Probieren wir ihn sicherheitshalber mal aus«, beharrt er.

Ich bin erstaunt, als er den Schlüssel ins Schloss steckt, »Bingo« sagt und die Schublade aufgeht.

»Also, ich weiß nicht, wer den Schlüssel in diese Schale gelegt hat«, rufe ich aus. »Ich war's jedenfalls nicht.«

Er lächelt auf eine Art und Weise, die mir nicht gefällt.

Zum Glück funktioniert mein Gedächtnis tadellos, sodass es mir gelingt, den Brief ohne große Schwierigkeiten unter den anderen Unterlagen zu finden. Es ist erschütternd, noch einmal die Zeilen zu lesen, die vom Leben und vom Tod meines Sohnes berichten: so wenige Worte, so dürftige Fakten. Susan Warlock, eine Cousine der Frau, die meinen Sohn adoptierte, rechtfertigt sich in ihrem Brief verhalten. Sie erklärt, dass sie meinem Enzo aufgrund der großen Entfernung zwischen Chicago und Vancouver nur ein paarmal begegnet sei. Eine vollständige Adresse gibt sie nicht an. Ganz oben auf der Seite steht jedoch »West Ridge, Chicago«.

»Vielleicht finde ich sie auf Facebook oder so«, verkündet Patrick. »Vorausgesetzt, sie lebt noch.«

Er holt sein Handy hervor und bringt einige Zeit mit Recherche zu. Doch Facebook liefert keine Ergebnisse, genauso wenig wie die anderen sozialen Dingsbumse.

Am Abend versammeln wir uns im Salon und schauen fern. Ich kann mich für keine der verfügbaren Sendungen begeistern, doch Patrick sagt, er habe seit fünf Monaten nichts mehr gesehen und brauche dringend eine Dosis. Daisy will auch unbedingt fernsehen. Letzten Endes schauen wir uns ein gemütliches Kriminaldrama an, dann eine Sendung, in der Kindern Wünsche erfüllt werden (und die Daisy besonders gut gefällt), dann eine fürchterliche Prominenten-Quizshow. Mir fallen die Augen zu, und ehe ich michs versehe, ist die Show vorbei, und Daisy umarmt mich. »Eileen sagt, ich muss jetzt ins Bett. Gute Nacht, Veronica.«

»Gute Nacht, Daisy. Schlaf gut, und denk an die Pinguine.«

»Mache ich.«

Nachdem sie sich nach oben begeben hat, beginnen die Nachrichten, in denen die üblichen Geschichten von Mord, Zerstörung und Sittenlosigkeit präsentiert werden. Je mehr ich von den Menschen mitbekomme, desto lieber mag ich Pinguine. Ich bin froh, dass ich diesen fröhlichen Vögeln einen weiteren Abschnitt meines Lebens widmen werde. Ich habe herausgefunden, dass das eigene Glück sehr stark davon abhängt, worauf man seinen Fokus richtet. Es könnte nicht schaden, wenn ich meinen eigenen Rat befolgen und immer an die Pinguine denken würde.

Während ich meine abendlichen Waschungen vornehme, geht mir Patricks Gemütsverfassung durch den Kopf. Als ich ihm erzählte, dass ich in Kürze für ein Abenteuer in der Wildnis nach Süden reisen werde, hatte es den Anschein, als schmollte er. Ist er vielleicht neidisch? Ich frage mich, ob die Möglichkeit besteht, dass er mitkommt, scheue mich aber vor dem Gedanken. So gern ich meinen Enkel mag, ich habe das Gefühl, Sir Robert und ich haben unsere eigene elegante Dynamik, und Patricks etwas kindisches Benehmen würde nicht für eine lockere Atmosphäre sorgen. Vor allem, wenn man bedenkt, wie ruhelos er im Moment ist.

Trotzdem missfällt mir die Vorstellung, Patrick allein auf The Ballahays zurückzulassen. Das liegt nicht daran, dass ich ihm das Haus nicht anvertrauen möchte. Es liegt daran, dass er in der Vergangenheit in Stresssituationen zu Drogen gegriffen hat, und ich mache mir Sorgen, dass es wieder dazu kommen könnte. Seine reflexartigen Entscheidungen in Bezug auf Terry und Locket Island ziehen seine ganze Zukunft in Zweifel. Ich kann nur hoffen, dass die Mission, Nachforschungen zu seinem Vater anzustellen, Früchte tragen wird.

Es wäre wirklich wunderbar, mehr über meinen lieben Enzo zu erfahren. Ich schlafe zu sanften Erinnerungen ein, wie es war, süße sechzehn Jahre alt zu sein, von der Gesellschaft verstoßen, aber dennoch voller Hoffnung, weil ich mein wunderschönes Baby in den Armen hielt.

13

Veronica

Es ist bereits das zweite Mal, dass Sir Robert ohne Vorwarnung auf The Ballahays vorbeischaut. Das andere Mal war am ersten Weihnachtsfeiertag, als er mir eine Flasche Champagner und ein gerahmtes Foto von Pip überreichte. Diesmal bringt er mir eine Flasche Sherry und eine Bitte mit. Sein vollkommen weißes Haar ist nach hinten gekämmt und offenbart seine kunstvoll zerfurchte Stirn. Er trägt einen wollenen Wintermantel und ein verschmitztes Lächeln im Gesicht.

»Meine liebe Veronica, ich hoffe, es macht Ihnen nichts aus, dass ich Sie einfach überrumple. Dürfte ich Sie für eine halbe Stunde oder so stören?«

»Mein lieber Sir Robert, es ist immer eine Freude, von Ihnen gestört zu werden«, erwidere ich. Ich schnurre beinahe hörbar.

»Wenn Sie sich sicher sind, würde ich mich gern kurz mit Ihnen unterhalten. Und anschließend würde ich gern eine junge Dame kennenlernen, die unter dem Namen Daisy bekannt ist und, soweit ich weiß, gerade bei Ihnen zu Besuch ist.«

»Sie wird entzückt sein, Ihre Bekanntschaft zu machen.«

Ich führe ihn in den Salon und suche meine besten kristallenen

Sherrygläser heraus. Er schenkt uns beiden ein, weder kleinlich wenig noch vulgär viel, sondern genau die weltmännisch richtige Menge dazwischen.

»War Ihnen bewusst, dass Daisy einen Brief auf Irisch geschrieben hat?«

»Auf Irisch?« Ich bin perplex. »Verzeihen Sie, Sir Robert. Mein Hörgerät ist ein Ärgernis. Ich glaube, ich habe Sie nicht richtig verstanden.« Ich stelle es lauter, woraufhin es ein kurzes schrilles Kreischen ausstößt.

»Daisy hat einen Brief an *I Wish* geschrieben.«

Nun, das ist etwas ganz anderes, aber ich bin so klug wie zuvor. Er erklärt: »*I Wish* ist eine Fernsehsendung. Kinder schreiben dorthin und nennen ihre Wünsche, und die Macher der Sendung versuchen, ihnen diese Wünsche zu erfüllen.«

»Ah, ich verstehe.« Ich kann mich vage erinnern, dass Daisy sich erst kürzlich so eine Sendung angesehen hat. Ich fand sie sehr effekthascherisch, wobei manche sie wahrscheinlich als »herzerwärmend« bezeichnen würden. »Und was hat Daisy sich gewünscht?«

»Sie hat sich gewünscht, Sie und mich zu den Pinguinen begleiten zu können.«

Ich bin so verblüfft, dass ich Angst habe, den Sherry über mein Kleid zu verschütten, deshalb stelle ich mein Glas hastig ab. »Sie schlagen ja wohl nicht ernsthaft vor …?«

Er nickt.

»Aber sie erholt sich doch noch von ihrer Chemotherapie! Ihre Eltern lassen sie nur hier bei mir bleiben, weil sie sich nicht um alles in der Welt davon hat abbringen lassen, und sie sind trotzdem fast stündlich mit ihr in Kontakt. Sie würden so etwas niemals erlauben.«

Daisy muss sofort an *I Wish* geschrieben haben, als sie erfuhr, dass ich verreise. Sir Robert berichtet mir, dass er unmittelbar nach dem Eintreffen ihres Briefes vom Produzenten der Sendung kontaktiert wurde. Sie hatte dem Brief ein Foto von sich beigelegt, auf dem sie wie ein sehr süßes, an Krebs erkranktes Kind aussieht, ich recht apart aussehe (auch wenn das nur meine Einschätzung ist), und Mac, der schottische Pinguin, ebenfalls großartig aussieht. Die Kombination aus alldem erwies sich offenbar als unwiderstehlich für den Moderator der Sendung, einen B-Promi, der daraufhin Sir Robert, der ein echter Promi ist, regelrecht anflehte. Sir Robert beriet sich umgehend mit den Verantwortlichen und Produzenten beider Sendungen. Man kam zu dem Schluss, dass Daisy nicht nur selbst von einer solchen Reise profitieren würde, sondern dass ihr kindlicher Charme sowie das Pathos ihrer Erkrankung ein besonderes Extra für die Zuschauer wären.

Ihre Eltern Gav und Beth wurden noch am selben Tag kontaktiert. Hätte es sich um einen Trip in die Antarktis gehandelt, wären sie vermutlich nicht begeistert gewesen, da die Bedingungen aber ziemlich luxuriös sein werden, waren sie bereit, es sich zu überlegen. Als darauf hingewiesen wurde, dass die Falklandinseln für ihre besonders frische Luft bekannt sind, fingen sie an, sich für die Idee zu erwärmen. Da ihnen außerdem versichert wurde, dass Daisy genug Zeit zur Erholung eingeräumt werde, erwärmten sie sich noch etwas mehr. Ihr Arzt gab grünes Licht. Und hat sie sich denn nicht einen Urlaub verdient, nach allem, was sie durchgemacht hat? Nach zwei Tagen Bedenkzeit gaben Gavin und Beth ihre Antwort: Sie lautete ja, Daisy dürfe unter der Bedingung, dass einer von ihnen beiden sie begleiten könne, mit auf die Falklandinseln reisen.

Sir Robert erzählt mir all das mit bewundernswerter Geschwindigkeit und Klarheit. »Jetzt muss ich mir nur noch von Daisy bestätigen lassen, dass sie wirklich mitkommen möchte.«

Als ich Daisy das letzte Mal gesehen habe, johlte sie vor Lachen, während sie Patrick mit ihrem Telefon beim Grimassenschneiden filmte. Jetzt herrscht Stille, deshalb vermute ich, dass sie oben ist und unter Eileens Anleitung eine Postkarte an ihre Eltern schreibt. Ich rufe sie nach unten. Sie starrt Sir Robert an, als sie ihn sieht.

»Weißt du, wer das ist, Daisy?«, frage ich sie.

»Ja, das ist Robert Saddlebow aus dem Fernsehen.«

»*Sir* Robert Saddlebow.« Ich werde es nicht dulden, dass sie ungezogen zu ihm ist, vor allem in Anbetracht des riesigen Gefallens, den er ihr erweisen wird.

Er gibt ihr die Hand und spricht in ernstem Ton mit ihr, als wäre sie eine Erwachsene. Zuerst verwickelt er sie in eine scheinbar zufällige Unterhaltung über ihr Zuhause in Bolton und ihre Hobbys und erkundigt sich taktvoll nach ihrem Gesundheitszustand. Daisy wird immer gesprächiger. Sie vertraut ihm an, dass es ihr viel, viel besser geht als an Weihnachten und dass ihre Haare sogar schon ein kleines bisschen nachwachsen und dass ich ihr gesagt habe, sie solle sich an die Pinguine erinnern, was ihr immer helfe. Allein der Gedanke an Pinguine helfe ihr. Aber es würde ihr noch mehr helfen, wenn sie welche in natura zu sehen bekäme. An dieser Stelle sieht sie ihn demonstrativ an. Für ihr Alter kann sie sich sehr klar ausdrücken.

»Nun, Daisy, ich glaube, du hast dein Engagement unter Beweis gestellt. Ich bin hier, um dich offiziell zu unserer Expedition auf die Falklandinseln einzuladen«, sagt Sir Robert schließlich. »Begleitest du uns?«

Sie breitet die Arme aus, so weit sie kann, und ihre Stimme ist so laut, dass ich mein Sherryglas wieder beinahe fallen lasse.

»Ja!«

14

Patrick

The Ballahays

Am liebsten würde ich hier den ganzen Tag vor der Glotze abhängen, aber Ihre herrschsüchtige Hoheit lässt das natürlich nicht zu. Wenn ich nicht gerade Daisy bespaße oder irgendwas im Internet suche, spannt mich Granny ein, damit ich Eileen beim Kochen helfe. Eileen albert deshalb ziemlich herum und kapiert anscheinend nicht, dass Kochen eines der wenigen Dinge ist, die ich echt gut kann.

»Meinen Doug würde man nicht mal in der *Nähe* eines Kochtopfs erwischen«, merkt sie an, als ich mir eine ihrer mit Rüschen besetzten Schürzen umbinde. Sie hat mich gestern zum Einkaufen nach Kilmarnock mitgenommen, und ich habe eine gute Ausbeute an frischen Zutaten mitgebracht. Jetzt lege ich sie auf die Küchenarbeitsplatte.

Sie beäugt den Arborio-Reis, das Ciabatta und den Parmesan argwöhnisch. »Ausländisches Essen?«

Eileen hat doch nicht etwa der Wetteifer gepackt? Sie selbst kocht eher altmodisch. Fleisch mit zwei Gemüsebeilagen, jeder

Menge Salz und jeder Menge Pampe und sämtliches Gemüse total verkocht.

Sie weicht mir nicht von der Seite. »Habe ich schon erwähnt, dass ich an Weihnachten für Sir Robert höchstpersönlich und für Mrs McCreedy und meine ganze Sippe gekocht habe?«

»Haben Sie, Eileen.«

»Und wissen Sie, was Sir Robert gesagt hat?«

Ich weiß es, weil sie es mir schon mindestens zweimal erzählt hat.

»Er hat gesagt, ich hätte ein Händchen für Rosenkohl!« Sie sagt das mit völliger Verzückung.

»Daran habe ich keinen Zweifel, Eileen.«

Heute ist sie allerdings für den Pudding eingeteilt und begibt sich jetzt in den anderen Teil der feudalen Küche, wo sie anfängt, für einen Jam Roly-Poly Mehl und Rindertalg zu einem Teig zu verkneten.

Granny kommt hereingeschneit. Sie hat einen Atlas unter dem Arm und einen entschlossenen Blick. Ich mache mir immer Sorgen, wenn ich diesen Blick sehe.

»Ich möchte kurz mit Ihnen sprechen, Eileen, wenn es Ihnen nichts ausmacht.«

Sie winkt Eileen, die hinter ihr hertrippelt. Ich höre die beiden im Zimmer nebenan murmeln und will lieber gar nicht wissen, was sie vorhaben.

Ich werde nicht gern allein gelassen, denn dann kommen mir haufenweise negative Gedanken. Mich beschäftigt immer noch die Sache mit meinem Dad, Joe Fuller oder »mein Enzo«, wie Granny immer meint, sagen zu müssen. Sie hat ihn so genannt, weil es der einzige italienische Name war, den sie damals – abgesehen vom Namen ihres Liebhabers – kannte. O ja, Granny mag etepetete wirken, aber früher hatte sie es faustdick hinter den Ohren. Mit gerade mal fünfzehn Jahren hatte sie ein Techtelmechtel mit einem italienischen Kriegsgefangenen, und das Ergebnis war mein Dad. Ihre Eltern waren zuvor bei den deutschen Bombenangriffen auf London ums Leben gekommen, und ihre fiese alte Tante steckte sie in ein Nonnenkloster, wo sie den kleinen Enzo auf die Welt brachte und wie eine Sklavin Fußböden schrubben und Wäsche waschen musste. Und was taten die Nonnen dann? Sie gaben ihr Baby einem kinderlosen Paar aus Kanada. Granny erfuhr nur, dass Enzo weg war und nie wieder zurückkommen würde. Unfassbar, dass sie ihr das antaten. Kein Wunder, dass sie ein bisschen eigenartig wurde.

Heute Morgen hatte ich zum ersten Mal ein wenig Glück bei dem Versuch, die Adoptiveltern meines Dads aufzuspüren. Der Name in Grannys Brief lautet Susan Warlock. Twitter und Facebook brachten mich nicht weiter, aber auf einer Website für Ahnenforschung fand ich einen Eintrag für eine Susan Warlock (verstorben), die im Chicagoer Stadtteil West Ridge gewohnt und in etwa das richtige Alter hatte. Es gab dort auch Angaben zu ihren Kindern. Ich konnte eine Tochter auf LinkedIn ausfindig machen – Denise Perry (geborene Warlock) – und schickte ihr eine Nachricht, die sie einige Zeit später beantwortete. Sie lebt mittlerweile in Vancouver, woher die Familie ursprünglich stammt, und erinnert sich vage daran, meinem Vater begegnet zu sein, als sie beide Kinder waren. Jemand erinnert sich an ihn!

Granny und ich sagten lange Zeit nichts, nachdem ich die Antwort vorgelesen hatte. Wir waren emotional zu aufgewühlt.

Jetzt kommt Granny wieder in die Küche, als ich gerade die Schalotten schneide.

»Patrick«, sagt sie und fixiert mich mit stählernem Blick, »sag mir, besteht irgendeine Chance, dass du wieder nach Locket Island zurückkehrst?«

Auf Fragen wie diese reagiere ich blitzschnell. »Nö.«

Ich werde Terry nie wiedersehen. Auch nicht Dietrich und Mike. Sie würden mich niemals zurückkommen lassen, nachdem ich sie so hängen gelassen habe. Außerdem könnte ich ihnen nicht mehr ins Gesicht sehen. Keine Pinguine mehr für mich. Ich hätte die Brücken hinter mir gar nicht gründlicher abbrechen können.

Granny macht einen Schmollmund. »Und wie, wenn ich fragen darf, sehen deine Pläne für die Zukunft aus?«

»Schau mal, ich bin im Moment nicht in der Verfassung, um irgendwelche Entscheidungen zu treffen – wegen der Sache mit Dad, und weil du verreist und wegen Daisy und so.«

Sie runzelt die Stirn. »Ich empfinde eine gewisse Verantwortung für das Pinguinprojekt, weil ich in der Antarktis wichtige Erfahrungen gemacht habe. Und da ich in Kürze in den Genuss eines kostenlosen Urlaubs in der Natur und großzügiger Entlohnung durch die BBC komme, werde ich das Locket-Island-Projekt weiterhin finanziell unterstützen, bis klar ist, wie es weitergeht. Das tue ich Pip zuliebe, Terry zuliebe, Dietrich zuliebe und sogar dem nicht gerade liebenswürdigen Mike zuliebe.«

Ich zucke mit den Schultern. »Meinetwegen.«

»In der Zwischenzeit habe ich Eileen gebeten, deinen Flug nach Kanada zu buchen.«

Ich schneide mir vor Schreck beinahe die Finger ab. Schalottenstücke schlittern über die Arbeitsplatte. »Du hast *was*?«

»Während ich mich mit Sir Robert am anderen Ende der Welt herumtreibe, reist du nach Kanada und findest heraus, was du kannst. Ich habe den Eindruck, es hat seine Grenzen, was du mit deinem endlosen Gegoogle erreichen kannst. Jemand muss persönlich hin, um in die Vergangenheit einzutauchen, und je früher, desto besser. Einmal mehr werden du und ich auf verschiedenen Erdhalbkugeln sein. Aber anschließend fliegst du auf die Falklandinseln. Dort kannst du dann als mein Assistent zu uns stoßen. Ich bin sicher, Sir Robert hat nichts dagegen.«

Ich bin sicher, er hat etwas dagegen. Allerdings sage ich das nicht, sondern starre sie nur an.

Sie genießt meinen Schock. »Würdest du deine Kinnlade bitte wieder hochklappen und mit der Zubereitung des Mittagessens fortfahren? Daisy ist es gewohnt, ihre Mahlzeiten pünktlich vorgesetzt zu bekommen.« Sie dreht sich um und verlässt die Küche, bevor ich noch irgendetwas erwidern kann.

Wie benommen schnipple ich weiter. Ich denke darüber nach, wie sich der Schatten meines Vaters schon immer über mir aufgetürmt hat, und möchte mehr als je zuvor herausfinden, was passiert ist. Aber jetzt fühlt sich die Suche irgendwie unheimlich an, als wäre ich eine Figur in einem Horrorfilm, die durch wabernden Nebel zum Rand eines Kliffs gelockt wird. Und ich denke mir zum ersten Mal: *Moment mal, vielleicht ist das doch keine so gute Idee.* Granny glaubt zweifellos, dass ihr geliebter Junge zu einem wunderbaren Menschen herangewachsen ist, aber weiß ich nicht bereits, dass das Gegenteil zutrifft? Er war bestenfalls ein Mistkerl. Muss ich wirklich noch mehr wissen?

Alles schmort in der Pfanne, als Eileen wieder auftaucht. Sie reckt den Daumen hoch. »Flug gebucht.«

Meine Güte, das ging schnell. Gegen Granny und Eileen ist kein Kraut gewachsen, wenn die beiden gemeinsame Sache machen. Ich weiß nicht, was ich sagen soll. Ich fasse es nicht, dass ich schon wieder um die halbe verdammte Welt geschickt werde. Ich hasse es, dass mir keine Wahl gelassen wurde. Granny ist ein totaler Kotrollfreak.

Irgendwie gelingt es mir, das Mittagessen auf den Tisch zu zaubern. Das Risotto kommt gut an, und Daisy schmeckt vor allem das Ciabatta. Sie ist fasziniert von dem Namen und singt »Schabbatta, Schabbatta, Schabbatta« vor sich hin. Um ehrlich zu sein, geht mir das mit der Zeit ein bisschen auf die Nerven.

Plötzlich verstummt sie.

»Bist du traurig, Patrick?«, fragt sie und deutet mit dem Löffel auf mich.

Ich möchte das nicht bejahen, aber Nein zu sagen wäre eine glatte Lüge, deshalb stopfe ich mir eine Gabel Risotto in den Mund und stoße ein Grunzen aus, das beides heißen könnte. Daisy weiß nicht, warum ich hier bin. Ihr wurde gesagt, ich würde nur eine kleine Pause von meiner Arbeit auf Locket Island einlegen. Sie hat keine Ahnung, dass ich so richtig Mist gebaut habe.

»Manchmal bin auch traurig«, sagt sie. »Tut dir irgendwo was weh?«

Dass Daisy manchmal traurig ist, liegt natürlich daran, dass sie unvorstellbar schreckliche körperliche Schmerzen durchgemacht hat, die kein Kind sollte ertragen müssen.

»Nein, Daisy«, antworte ich ihr. »Mir tut nichts weh.« Dann füge ich hinzu: »Zumindest nicht so.«

15

Terry

Locket Island

Dietrich hält die Zeichnung hoch, um sie mir zu zeigen. Vier vergnügte Adeliepinguine tanzen über das Papier, die Flossen eingehakt, und jeder von ihnen hat eine andere Kopfbedeckung auf: einen Zylinder, eine Strickmütze, ein Barett, eine Pudelmütze.

»Super!«, sage ich zu ihm. Er ist unglaublich begabt. Wenn er nicht Pinguinologe wäre, könnte er Kinderbücher illustrieren. Hier in der Forschungsstation verbringt er jede Minute seiner Freizeit damit, Zeichnungen für seine Familie anzufertigen. Ich werde ihn bitten, Daisy die Zeichnung auch zu mailen.

»Ist einer von ihnen Pip?« Die Frage drängt sich auf.

»Vielleicht, aber ich konnte mich nicht entscheiden, ob er der mit dem Zylinder und der mit der Strickmütze ist.«

»Die Kinder werden es schon wissen.« Dietrichs Kinder habe ich noch nicht kennengelernt, aber als Daisy mir letzten Sommer vorgestellt wurde, wirkte sie auf mich wie ein Mädchen, das sich ihrer Meinung sehr sicher ist.

Ich kann jedoch nicht an letzten Sommer denken, ohne an Patrick zu denken. Wir waren während unseres gesamten Großbritannien-Trips zusammen, besuchten Veronica in Ayrshire, seine Freunde in Bolton und meine Familie in Hertfordshire. Wir waren bis über beide Ohren verliebt, und die Wochen vergingen in schwindelerregendem Tempo. Meine Eltern wussten nicht so recht, was sie von Patrick halten sollten, als sie ihn kennenlernten, aber ich hörte zufällig Mums verletzende Bemerkung Dad gegenüber: »Er ist wahrscheinlich nur eine Phase.« Wie wütend es mich macht, dass sie recht hatte.

Veronica hat versprochen, unser Pinguinprojekt vorerst am Laufen zu halten, aber unsere Zukunft hängt natürlich davon ab, ob sie ihr Geld nicht lieber anderweitig investiert, um Patrick unterzubringen. Das ist eine gewaltige Bürde, die auf uns lastet. Selbst Veronica besitzt keine unendlichen Geldreserven, und ich könnte es durchaus verstehen, wenn ihr einziger lebender Verwandter für sie Priorität hätte. Wäre Patrick doch bloß bei uns geblieben …

Dietrich hadert immer noch mit seiner Zeichnung. Er betrachtet sie, auf Armeslänge entfernt, dann aus kürzerer Distanz. »Denkst du, ich hätte mehr Hintergrund zeichnen sollen?«

»Nein, nein, alles perfekt«, versichere ich ihm.

Er lächelt dankbar. »Dann werde ich sie mal einscannen.«

Ich spüre, wie meine Schultern absacken, als er in den Computerraum geht. Die Aussicht darauf, dass er seine Familie bald wiedersehen wird, hat seine Laune verbessert, doch für mich fühlt sich das Leben im Moment wie ein riesiges, Patrick-förmiges Loch an. Ich muss mich zwingen, morgens aufzustehen, muss mich zwingen zu frühstücken, muss mich zwingen, mit Mike und Dietrich Konversation zu betreiben. Und ich muss mich zwingen zu lächeln, damit die beiden sich keine Sorgen um mich machen, damit sie wissen, dass ich nicht auseinanderfalle, dass ich in der Lage bin, die Überreste des Locket-Island-Projekts zusammenzuhalten.

Seit letztem Jahr hat sich alles verändert. Das Schiff legt jetzt jede Woche an und bringt seine Fracht an Vorräten für uns und die wenigen anderen unerschrockenen Menschen, die sich auf diesen abgelegenen Inseln aufhalten. Außerdem hat es eine Handvoll Touristen an Bord, die auf dem Weg zu gastlicheren Orten sind, wo sie die Natur verhältnismäßig komfortabel erleben können. Sie reisen über Ushuaia an der Spitze Südamerikas an, der südlichsten Stadt der Welt, und ihr Ziel ist es, die Südlichen Shetlandinseln zu erkunden und den Arm des antarktischen Festlands, der nach oben ragt. Sie bleiben nur für ein paar Stunden auf Locket Island, bevor sie ihre Reise fortsetzen. Manche gehen nicht einmal von Bord.

Auch Dietrich wird mit diesem Schiff ab- und wieder anreisen. Er macht sich nächste Woche auf den Weg, und die Dynamik hier wird sich dann abermals verändern.

»Keine Sorge, Leute«, sagte er gestern Abend beim Abspülen zu uns. »Ich werde meine Rückkehr vorverlegen, damit ihr beiden hier nicht zu lange die Stellung halten müsst. Ich bin höchstens drei Wochen weg.«

Aber drei Wochen zu zweit werden hart. Riskant ist es ebenfalls. Aus Sicherheitsgründen sollten wir stets mindestens zu dritt sein. Es wäre allerdings verrückt zu versuchen, jetzt noch jemanden anzuheuern, wo wir höchstwahrscheinlich sowieso bald dichtmachen müssen. Sorgen nagen an mir. Ich bete, dass nicht noch irgendetwas schiefgeht.

Heute ist es grau verhangen. Es fällt ein leichter, pulvriger Schnee, der unter den Füßen eher knarrt als knirscht. Die Wolken hängen tief, und das Einzige, was ich höre, ist das Gluckern von fließendem Wasser, das unter dem Eis gefangen ist. Als ich Richtung Kolonie marschiere, lümmelt vor mir ein großes Robbenweibchen, dessen riesiger Körper genau in meinem Weg schlaff ausgebreitet ist. Seine Haut glänzt, und sein rundes ausdrucksloses Gesicht ist mir zugewandt. Das Weibchen beäugt mich, bleibt aber regungslos liegen. Wir wissen beide, dass wir keine Feinde sind. Keiner von uns hat ein Interesse daran, den anderen zu fressen, und wir konkurrieren nicht um Nahrung, Sexualpartner oder Territorium. Ich empfinde für Robben nicht dieselbe Leidenschaft wie für Pinguine, aber es ist auch ihr gutes Recht, hier zu sein. Um zu überleben, müssen sie meine gefiederten Favoriten manchmal sogar fressen. Ich bin diesem Weibchen hier nicht böse. Seine traurigen Augen sind noch immer auf mich fixiert. Dann hebt es ohne Vorwarnung den Kopf und stößt ein gewaltiges Brüllen aus, das die Stille zerschmettert und die Luft beben lässt. Der Lärm schreckt mich auf, wobei ich mich einen Moment lang frage, ob ihn vielleicht gar nicht die Robbe verursacht hat, sondern ich selbst.

Ich mache einen Bogen um das Weibchen und setze meinen Weg ein bisschen beunruhigt fort.

Bei der Kolonie angekommen, entdecke ich Pip fast sofort. Er ist nicht weit von der Stelle entfernt, wo er beim letzten Mal war, und zofft sich gerade mit einem anderen Pinguin. Die beiden hacken aufeinander ein und schlagen sich mit den Flossen, aber das Ganze wirkt schäkernd-freundlich. Ich kontrolliere das Markierungsband des anderen Pinguins und stelle fest, dass es sich um einen seiner Freunde von neulich handelt. Pip lässt von ihm ab, als er mich sieht, und dreht den Schnabel neugierig in meine Richtung. Mehrere Pinguine nähern sich und scharen sich um mich, wie sie es oft tun. Sie watscheln mir hinterher, und ich führe sie ein paarmal im Kreis herum, bis sie das Interesse verlieren. Pip watschelt ebenfalls weg. Ich spüre einen Anflug von Einsamkeit.

Ich funke Mike und Dietrich an und sage ihnen, dass ich ans nördliche Ende der Kolonie gehe, um nach Sooty zu sehen. Es ist wichtig, dass jeder von uns immer weiß, wo sich die anderen gerade aufhalten.

Der Wind hat aufgefrischt und pfeift mir in den Ohren, während ich über die Felsen klettere. Das geformte Eis schimmert unheimlich in changierenden Blau- und Grüntönen.

Sooty (der mit seinem komplett schwarzen Federkleid völlig aus der Reihe tanzt) und Mrs Sooty (deren Brust und Bauch ganz normal schneeweiß sind) haben zwei Eier produziert, aber wie üblich ist aus dem kleineren kein Küken geschlüpft. Das Küken, das überlebt hat, hält seine Eltern jedoch auf Trab.

Patrick und ich haben Sooty früher in der Saison beim Nestbau beobachtet. Damals unterhielt er uns mit seinen Faxen stundenlang. Sein Nachbar, ein kräftig gebautes Männchen, gab sich bei der Auswahl seiner Kieselsteine größte Mühe, nahm einen nach dem anderen in den Schnabel und legte ihn in seine kleine Mulde im Boden. Sooty kehrte ihm beiläufig den Rücken zu und gab sich unschuldig. Doch jedes Mal, wenn das andere Männchen sich entfernte, um den nächsten Stein zu suchen, watschelte Sooty hinüber, schnappte sich einen von dessen Kieseln und legte ihn in sein eigenes Nest. Dem anderen Pinguin fiel überhaupt nicht auf, dass sein Nest, wie hart er auch arbeitete, nicht wuchs … während Sootys immer größer und größer wurde.

Patrick konnte nicht aufhören zu lachen. »Mann, das ist viel besser, als *Doctor Who* zu schauen.«

Ich schüttelte den Kopf. »Er ist schrecklich. Und wenn man bedenkt, dass wir Mitleid mit ihm hatten!« Letztes Jahr hockte Sooty ewig ganz allein auf seinem Nest. Wir dachten schon, er würde nie eine Partnerin finden. Aber in dieser Saison hat er so viel Selbstbewusstsein, dass man fast meinen könnte, er wäre ein anderer Pinguin.

An dem Tag, an dem ich Patrick mit Sooty bekanntmachte, küssten wir uns zum ersten Mal.

Ich sollte nicht zulassen, dass ich Erinnerungen nachhänge, doch sobald ich sie verscheucht habe, kommen sie wieder zurückgekrochen. Ich bin immer noch wütend auf Patrick, aber ich vermisse so vieles von ihm: seine Dreistigkeit, seine platten Witze, seinen Tatendrang, seine positive Sicht auf Dinge. Seine kleinen Nettigkeiten, wie zum Beispiel, dass er mir eine Wärmflasche ins Bett legte, wenn ich über kalte Füße klagte, oder dass er heimlich Kekse in all unsere Taschen packte, wenn wir bei besonders schlechtem Wetter nach draußen mussten. Sagenhaft leidenschaftlich war er auch. Oft beeilten wir uns, zurück zur Forschungsstation zu kommen, solange die anderen beiden noch beim Pinguinzählen waren, um ein wenig Privatsphäre zu haben. Wir kamen uns vor wie zwei unartige Teenager, die jede Abwesenheit ihrer Eltern ausnutzen.

Aber vielleicht noch mehr als den heißen, süchtig machenden Liebesreigen vermisse ich die wertvollen Momente danach, wenn wir in inniger Umarmung dalagen, Haut an Haut, Lippen an Lippen, sodass sich unser Atem vermischte und unsere Herzen im Gleichtakt schlugen. Liebe strömte aus uns heraus und umschloss uns. Ich glaubte, wir wären unzertrennlich.

»Gesellschaft gefällig?«

Ich drehe mich um. Meine Brillengläser sind ein bisschen beschlagen, aber es kann sich nur um eine von zwei Personen handeln, und ich erkenne die schmale Silhouette, die durch den Schnee auf mich zugestapft kommt. Ich bin dankbar.

»Hi, Mike.«

Pinguine drehen den Kopf, um sein Vorankommen zu beobachten. Sie freuen sich, nicht nur von einem, sondern von zweien dieser großen, schlaksigen Lebewesen unterhalten zu werden.

»Alles okay bei dir?«, erkundigt er sich. »Du siehst schrecklich aus.«

»Danke, Mike. Nett von dir, das zu sagen.«

»Nein, im Ernst. Du bist ganz blass.«

Ich habe es satt zu behaupten: »Mir geht's gut«, ich sage es aber trotzdem.

»Schon heftig«, räumt er ein. Seine Stirn ist von Sorgenfalten durchzogen. Ich zerfließe in Selbstmitleid, weil ich Patrick verloren habe, aber für Mike ist es natürlich auch eine Katastrophe. Er und Patrick standen sich zwar nicht gerade nahe, aber sie kamen ganz gut miteinander aus, und Mike muss sich von Patricks Fahnenflucht schrecklich hintergangen fühlen. Was das Projekt anbelangt, ist Mike genauso fanatisch wie ich.

Bald werden wir beiden die einzigen verbliebenen Menschen auf Locket Island sein. Zum Glück verstehen wir uns sehr gut. Mike ist kein einfacher Typ. Passend zu seinem superscharfen Verstand und seinen markanten Gesichtszügen hat er die schärfste Zunge von allen Menschen, die ich kenne. Manche finden ihn unhöflich, aber ich kenne ihn seit Jahren und habe einen anderen Blickwinkel. Wir haben gemeinsam viel durchgestanden, und ich habe seine versteckten Qualitäten kennengelernt. Ja, er kann mürrisch sein, aber er ist stark und standhaft, und ich würde ihm mein Leben anvertrauen.

Es ist nett, dass er Patrick nicht erwähnt und wir uns eine Weile über Sooty und seine Familie unterhalten können. Heute passt Sooty auf das Küken auf, er wirkt dabei allerdings ein bisschen gelangweilt. Seine Brust ist schmutzig, aber mit seinem schwarzen Gefieder fällt das weniger auf als bei seinen an der Brust weiß gefiederten Artgenossen. Er schaufelt mit seinem Schnabel Schnee auf und schluckt ihn hinunter, um seinen Durst zu stillen. Dann inspiziert er seine Füße. Er kann erst wieder ins Meer, wenn seine Herzensdame zurückkommt, und sie lässt sich offensichtlich Zeit. Das Küken spielt in der Nähe mit einer Gruppe anderer.

Mike und ich sehen eine Zeit lang zu. Wir teilen uns eine Thermoskanne Kaffee, und er erzählt mir, dass er heute in seinem Revier einige streunende Kaiserpinguine gesehen hat. Auf Locket Island gibt es keine Kaiserpinguinkolonie, aber hin und wieder bekommen wir einen oder zwei zu Gesicht. Ihr Lebenswandel unterscheidet sich sehr stark von dem unserer Adeliepinguine. Die riesigen Vögel sind Masochisten und brüten im antarktischen Winter. Zu ihrem dafür auserwählten Ort marschieren sie hundert Kilometer und weiter.

»Keine Ahnung, was sie vorhatten«, stellt Mike fest, »aber es wäre interessant, sie ebenfalls zu beobachten.«

Ich nicke. »Hätten wir doch nur die Ressourcen dazu.« Ich denke wieder an Veronica.

»Ich würde gern verstehen, wie es möglich ist, so erschreckend effizient zu sein.«

»Was? Ach so, die Kaiserpinguine. Ja, die sind clever.«

Kaiserpinguine gehen mit verschiedenen Strategien gegen Wärmeverlust vor. Abgesehen von ihrem zweilagigen Federkleid und jeder Menge Körperfett drängen sie sich in riesigen Ansammlungen dicht zusammen. Selbst wenn die Temperatur um sie herum auf bitterkalte minus fünfzig Grad Celsius fällt, herrschen im Zentrum ihrer Gruppe bis zu siebenunddreißig Grad. Die Pinguine tauschen ständig die Position innerhalb der Ansammlung, damit ihnen weder zu kalt noch zu warm wird. Kein anderes Lebewesen auf der Erde kann es mit ihren Überlebensfertigkeiten aufnehmen.

»Wenn sie sich so gut anpassen können, dann können wir das wahrscheinlich auch«, sage ich zu Mike. Ich versuche, fröhlich zu sein, frage mich dann aber, ob wir in ein paar Monaten überhaupt noch hier sein werden.

Mike wirkt mürrisch, dann hellt sich seine Miene etwas auf.

»Wir könnten ja ihre Taktik kopieren und uns aneinanderkuscheln, um uns zu wärmen.«

»Ich glaube nicht, dass Charlotte das gut fände«, stelle ich fest. Charlotte ist Mikes Freundin. Er spricht nicht viel über sie, aber die beiden müssen Fernbeziehungsexperten sein. Sie lebte früher in London, wohnt jetzt allerdings in Cheltenham, und die beiden sind seit Ewigkeiten zusammen. Ich bin neugierig auf Charlotte, weiß aber nur, dass sie im Bereich Public Relations arbeitet, kunstvoll aufgedrehtes Haar hat und (nach dem Foto zu schließen, das Mike neben seinem Bett stehen hat) ziemlich hübsch ist.

Wir gehen unseren jeweiligen Weg zurück über vereistes Geröll und Schnee, um die Arbeit fortzusetzen, die wir erledigen müssen.

Bevor ich den Abhang hinunterklettere, drehe ich mich noch mal um und sehe Mrs Sooty zu ihrem Nest zurückkehren. Sie watschelt schnell auf ihren rosafarbenen Füßen. Sooty hüpft erwartungsvoll auf sie zu, um sie zu begrüßen. Einmal mehr muss ich an Patrick denken.

Ich komme mir lächerlich dabei vor, aber ich bin eifersüchtig auf die Pinguine. Sie müssen hart ums Überleben kämpfen, so viel steht fest, doch ihre Beziehungen sind im Vergleich zu unseren unkompliziert. Sie schlagen sich nicht ständig mit Problemen und Selbstzweifeln herum. Sie verschwenden keine Zeit mit Verhaltensmustern, die etwas anderes bedeuten, als sie kommunizieren. Ihr »Ich liebe dich« ist zarter Blickkontakt, das Berühren von Schnabel und Gefieder, das Teilen von Fisch … und ihr »Ich liebe dich« ist aufrichtig.

16

Veronica

Südostaustralien

»Wie lief's mit den Tölpeln?«, frage ich Sir Robert.

»Mit den Tölpeln lief es fabelhaft, danke, Veronica.«

Er ist hier, um uns im Ankunftsbereich in Empfang zu nehmen. Bekleidet ist er mit einem geschmackvollen avocadofarbenen Hemd, dunkler Hose, bei der es sich beinahe, aber nicht ganz, um Jeans handelt, und festen braunen Wanderstiefeln. Mit seiner schlanken Statur, seinem strahlenden Lächeln und der Lebensfreude und Zuversicht, die er ausstrahlt, ist er ein wirklich gut aussehender Mann. Nachdem ich auf der Flughafentoilette noch einmal Lippenstift aufgetragen und mir die Haare gekämmt habe, hoffe ich, dass ich keinen allzu verknitterten und mürrischen Eindruck mache.

Als wir in Melbourne gelandet sind, dachte ich, wir wären fast am Ende unserer Reise angelangt, dann entdeckte ich, dass noch ein regionaler Flug vor uns lag. Die gesamte Reise war ermüdend lang gewesen. Ich wurde jedoch auf der ganzen Strecke von einem sehr höflichen jungen Mann begleitet, dessen Name mir entfallen ist, der mir aber mit meinem Handgepäck geholfen und am Zoll den Weg geebnet hat. Wir haben uns nicht viel unterhalten, abgesehen vom Austausch von Höflichkeiten, und er wirkte ein wenig nervös. Auf der ersten Etappe des Fluges steckte er den Kopf in ein Buch; auf der zweiten, während der es dunkel war, gelang es mir, in einer halb liegenden Position zu schlafen. Außerdem brachte ich einige Zeit damit zu, bei einem kleinen Glas Sherry über Pinguine zu lesen. Mein genauer Wortlaut für die Dokumentation entscheidet sich erst, sobald wir wissen, welche Drehmöglichkeiten sich uns bieten, aber ich muss trotzdem meine Hausaufgaben machen und mir verschiedene Fakten und Zahlen zum Thema Pinguine aneignen.

»Hat Liam sich gut um Sie gekümmert?«, erkundigt sich Sir Robert.

Ich korrigiere ihn entschieden. »Ich habe mich gut um ihn gekümmert.« Der schüchterne junge Mann lächelt verlegen.

Vor dem Flughafen empfängt uns eine kleine Ansammlung von Menschen, Sir Roberts Entourage von Mitarbeitern der Fernsehproduktion. Die Lufttemperatur ist eine willkommene Erinnerung daran, dass wir im Hochsommer gelandet sind. Mir wird bewusst, dass ich ein bisschen zu warm angezogen bin. Außerdem spüre ich die metaphorische Wärme, Teil einer Gruppe zu sein. Das hier hat nichts mit meiner Ankunft in der Antarktis gemein. Ich werde nicht als lästige alte Schachtel wahrgenommen, sondern stelle jetzt ein respektiertes und geschätztes Mitglied eines Teams dar.

Bislang ist außer einem riesigen Parkplatz nicht viel zu sehen. Wir zwängen uns in einen Kleinbus. Während wir durch hell erleuchtete Ballungsgebiete gefahren werden, berichten mir Sir Robert und seine Begleiter von den Herausforderungen beim Dreh einer Tierdokumentation: Die Teammitglieder haben bereits an vielen abgelegenen, unwirtlichen Orten miteinander gearbeitet, haben mit widrigen Wetterbedingungen gekämpft, haben versucht, ängstliche und scheue Tiere vor die Kamera zu locken. Jeder Teil der Sendung folgt einem detaillierten Ablaufplan, am Schluss wird aber meistens die Hälfte wieder verworfen.

»Man versucht, den richtigen Moment zu wählen, letztendlich ergibt sich der richtige Moment jedoch oft von selbst«, erklärt mir der stille Liam, der sich in Gesellschaft seiner Kollegen plötzlich ermutigt fühlt, Informationen weiterzugeben. Ich bemühe mich aufzunehmen, was mir gesagt wird, und gleichzeitig meine Umgebung wahrzunehmen, aber ich bin müde, fühle mich beengt und finde das zersiedelte Gebiet um uns herum ziemlich enttäuschend. Doch irgendwann fährt der Kleinbus hinaus in die freie Natur, und an den Fenstern ziehen grüne Felder vorbei. Dann taucht das Blau des Meeres auf, und wir fahren an einer sandigen Küste mit verstreuten Felsen entlang.

Sir Robert, der neben mir sitzt, deutet auf einen Streifen Schiefergrau, der sich über den gelbbraunen Sand zu meiner Rechten erstreckt. Ich kneife die Augen zusammen, dann wird mir bewusst, dass die graue Form aus unzähligen kleineren Formen besteht. Zunächst halte ich sie für Steine. Doch dann sehe ich, dass sie aufrecht stehen. Was ich vor Augen habe, ist eine Schar Pinguine.

»Zwergpinguine«, klärt Sir Robert mich auf. »Sie werden sehr bald viel mehr davon zu Gesicht bekommen.«

Ich greife in meine Handtasche und nehme ein Taschentuch heraus.

»Alles in Ordnung, Veronica?«, erkundigt sich Sir Robert, als ich mir die Augen abtupfe.

»Und ob, Sir Robert«, erwidere ich.

Und ob.

Da nicht geplant ist, dass wir Zeit auf dem australischen Festland verbringen, werden wir über eine lange Landzunge zu einer flachen grünen Insel namens Ginty Island gefahren. Die ganze Insel ist Meeresschutzgebiet, um das sich neben dem Stammpersonal hauptsächlich Freiwillige kümmern. Durch die Erschließung der Küste ist die Insel jetzt besser zugänglich, was es Raubtieren leichter macht, die Bucht zu durchqueren und die Pinguine anzugreifen, die dort nisten. Aus diesem Grund werden auf der Insel jetzt sogenannte Maremmen-Abruzzen-Schäferhunde gehalten, die die gefiederten Bewohner beschützen sollen.

Als wir aus dem Kleinbus aussteigen, werden wir tatsächlich sofort von zwei Freiwilligen mit Hunden an kurzen Leinen empfangen. Ich schenke den Menschen kaum Beachtung, nehme aber wahr, dass es sich um einen Mann und eine Frau handelt. Meine ganze Aufmerksamkeit wird von den beiden Hunden in Beschlag genommen. Ich zögere, da mich ihre Größe und ihr Elan ein wenig einschüchtern. Wäre ich nicht aufgeklärt worden, hätte ich die beiden für Golden Retriever gehalten. Sie sind hübsche Tiere mit dichtem blassgoldfarbenem Fell, großen Pfoten, heraushängender Zunge und extrem enthusiastischem Gesichtsausdruck. Sie wedeln wie wild mit der Rute. Sir Robert, der sich im Tierreich sichtlich zu Hause fühlt, krault ihnen verzückt das Fell.

»Ich bin Sandra«, sagt die Frau, eine Blondine mit gebräunter Haut und breitem Lächeln. »Ich bin hier die Hundeausbilderin. Und das sind Sugar und Spice.«

Ich strecke die Hand aus und streichle Sugars Schnauze. Sie wedelt ein bisschen schneller und blickt mit Augen zu mir auf, die weich und braun … oder möglicherweise muscovadofarben … oder rohrzuckerfarben sind. Ich drehe mich und streichle Spice, der mir seine feuchte Schnauze in die Hand drückt.

Die Menschen und Hunde bringen uns zu einem eingeschossigen Gebäude, das – obwohl sie es *The Cabin*, »die Hütte«, nennen – ziemlich groß ist und aus Beton und Glas besteht. Die Hunde werden draußen an einem Pfosten angebunden, während wir hineingehen, um unser Quartier zu inspizieren. Als wir unsere (warmen und luftigen) Zimmer und die (klinisch sauberen und mit dicken, flauschigen Handtüchern ausgestatteten) Badezimmer gezeigt bekommen, denke ich darüber nach, wie luxuriös es hier verglichen mit der Forschungsstation auf Locket Island ist. Zum Glück gibt es hier Internet, sodass wir mit Eileen, Patrick und dem Locket-Island-Team in Verbindung bleiben können. Ich bin begieriger darauf denn je, weiterhin Terrys Pinguin-Blog zu lesen, um mich zu vergewissern, dass das Team trotz Patricks Abwesenheit weiterkämpft und dass Pip in Sicherheit ist. Leider ist Eileen nicht hier, um meine Briefe zu transkribieren und in den Äther zu schicken, aber Sir Robert hat mir großzügigerweise seine Hilfe angeboten.

Natürlich bekommen wir sofort Tee offeriert, und natürlich nehmen wir das Angebot bereitwillig an. Wir haben den Rest des Tages zur freien Verfügung, um uns einzugewöhnen und uns von der Reise zu erholen. Ich habe keine Ahnung, wie spät es ist, aber eine Siesta wäre höchst willkommen.

Ich erwache mit außerordentlich steifen Gliedmaßen und dem Wunsch, auf Erkundungstour zu gehen. Sir Robert und ich vertreten uns bei einem kleinen Spaziergang die Füße, genießen die Aussicht auf die Küste und plaudern ein wenig. Er erzählt mir alles über seinen Aufenthalt auf der Weihnachtsinsel und die Sichtungen von Graufußtölpeln mit ihren wundersamen hellblauen Füßen. Seine Begeisterung ist ansteckend. Morgen beginnt mein erster Ausflug in die Welt des Fernsehens. Ich bekomme Anweisungen, welche Informationen ich jeweils miteinbeziehen soll, aber ich darf selbst entscheiden, wie ich sie formuliere und präsentiere. Sir Robert meint, ich brauche keine Angst davor zu haben, Fehler zu machen.

»Ich habe kein bisschen Angst, Sir Robert«, versichere ich ihm.

Wir kehren zur »Hütte« zurück und nehmen gemeinsam mit dem Rest der Filmcrew unsere Plätze an dem langen Esstisch ein. Zum Abendessen, das die Freiwilligen zubereitet haben, gibt es Fleischpastete mit Gemüsebeilagen, gefolgt von einem Kokos-Biskuitkuchen. Das Essen schmeckt köstlich, und die Atmosphäre ist eine Mischung aus Geselligkeit und Vorfreude.

»Für Sie ist eine E-Mail gekommen, Veronica«, informiert Sir Robert mich, als ich anschließend bei einer Tasse Tee sitze. Er übereicht mir ein Blatt Papier. Ich nehme meine Lesebrille aus meiner Handtasche.

Liebe Mrs McCreedy,

ich hoffe, Sie hatten eine angenehme Reise und haben keine Verdauungsprobleme. Doug meint, ich soll mir nicht so viele Sorgen machen, schließlich begleitet Sir Robert Sie. Auf The Ballahays ist alles in bester Ordnung, aber es hat diese Woche noch einmal geschneit. Es muss schön sein, Sommer zu haben.

Als ich gestern vorbeigeschaut habe, um die Pflanzen zu gießen, ist etwas Aufregendes passiert. Ich war gerade bei dem Usambaraveilchen angelangt, als es an der Tür klopfte, und Sie werden nie erraten, wer es war. Es war ein schicker junger Mann, der mir Fragen gestellt hat, unzählige Fragen – und wie sich herausstellte, ist er Reporter und war da, um alles über Sie zu erfahren! Er arbeitet für keine geringere Zeitung als die Scots Times*! Ich habe ihm erzählt, dass Sie in die Antarktis gereist sind und Pip gerettet haben und dass Sie jetzt in*

Australien sind, wieder bei Pinguinen. Er war ganz wild darauf, von Robert Saddlebow zu erfahren – ich meine, von Sir Robert – und wie Sie beide sich kennengelernt haben, also habe ich ihm das auch erzählt. Ich habe außerdem erwähnt, dass Daisy bei I Wish *mitmacht und bald zu Ihnen auf die Falklandinseln fliegt. Vielleicht hätte ich das nicht sagen sollen, aber manchmal kann ich mich einfach nicht mehr bremsen.*

Sieht so aus, als wären Sie bald in der Zeitung, Mrs McCreedy. Wie schade, dass der Mann Sie nicht vor Ihrer Abreise erwischt hat – dann hätte er auch ein hübsches Foto von Ihnen in die Zeitung setzen können.

Mr Perkins lässt fragen, ob er den Kompost leeren soll?

Bitte passen Sie auf sich auf, Mrs McCreedy, und danke für die Marshmallows.

Viele Grüße
Eileen

Ich erinnere mich wieder daran, dass ich ihr sizilianische Marshmallows mit Zitronengeschmack als kleine Anerkennung für ihre harte Arbeit dagelassen habe. Die Sache mit dem Reporter beunruhigt mich allerdings ein wenig.

»Alles in Ordnung bei Eileen?«, erkundigt sich Sir Robert und schenkt sich noch einen Kaffee ein.

Ich neige den Kopf. Was für eine Wohltat es ist, dass er mir die E-Mail überreicht hat, ohne sie vorher zu lesen. Er ist eben ein Ehrenmann.

17

Veronica

Zwergpinguine sind im Gegensatz zu allen anderen Pinguinarten nachtaktiv. Deshalb müssen wir vor Tagesanbruch los, um sie zu filmen. Da mich der Jetlag ziemlich aus der Bahn geworfen hat, habe ich während der ersten vierundzwanzig Stunden die meiste Zeit geschlafen. Jetzt ist jedoch der zweite Tag, die Sonne zieht gerade erst in Erwägung aufzugehen, und wir sitzen bereits in dem Kleinbus und sind unterwegs zum ersten Drehort.

Ich habe meinen Spazierstock dabei, den ich auf Locket Island in unwegsamem Terrain benutzt habe. Da womöglich ein wenig körperliche Anstrengung erforderlich sein wird, habe ich meine festen Stiefel hinten in den Kleinbus geworfen, aber momentan trage ich noch die eleganten Pumps, die besser zu meinem Outfit passen. Für den ersten Dreh habe ich mein maulbeerrotes Kleid und eine Strickjacke aus schwarzer Mohairwolle mit einem Strickmuster aus großen Rosen ausgewählt. Mein Make-up habe ich mit äußerster Sorgfalt aufgetragen, und ich umklammere meine brandneue maulbeerrote Handtasche, die für maximale Farbabstimmung sorgt. Schließlich wird das mein allererster Fernsehauftritt.

Der Drehort ist ein grasbewachsener Landstrich, der von Erdhöhlen durchzogen ist. Vor vielen Höhleneingängen liegen graue und weiße Federn verstreut. Ein paar Pinguine watscheln im dämmrigen Licht umher. Ich bin überrascht, wie winzig sie sind. Sie besitzen keine scharf umrissene schwarz-weiße Zeichnung wie meine geliebten Adeliepinguine, sondern haben ein bläuliches Federkleid und eine schlankere, elfenhafte Statur. Sie bewegen sich leicht vorgebeugt vorwärts. Es ist ungewohnt, Pinguine anstatt in Schnee und Eis in einer grünen Landschaft zu sehen.

Sir Robert möchte mir unbedingt nach Kräften unter die Arme greifen, zumindest in der Anfangsphase. Er hat bereits eine reizende kurze Ansprache gedreht, bei der er an der Küste steht und mich vorstellt, indem er meine Qualifikationen aufzählt: meine Leidenschaft für das Abfallsammeln, meine Rettung von Pip, dem Adeliepinguin, und meine Unterstützung des Locket-Island-Projekts.

Die Crew besteht aus mehreren Tontechnikern und Kameramännern sowie einer Kamerafrau namens Miriam, während Liam ausdrücklich mir zugeteilt ist. Ich werde neben einer Erdhöhle positioniert, mit dem glitzernden Meer im Hintergrund. Eine Familie junger Pinguine beäugt mich aus der Höhle. Meine Anwesenheit verunsichert sie ein wenig, sie tolerieren mich aber trotzdem. Es stellt sich heraus, dass ich etwas tiefer positioniert werden muss, damit der gewünschte Bildausschnitt erreicht werden kann, deshalb eilt jemand los, um einen Stuhl zu holen. Dann werde ich künstlich beleuchtet, was wieder Zeit in Anspruch nimmt.

Mir wird ein Mikrofon am Revers befestigt, und ich werde gebeten, für den Soundcheck ein paar Sätze zu sprechen. Dann kann ich endlich meine ersten Zeilen zum Besten geben.

»Nur Ihre Einleitung, Veronica.«

Ich werfe Sir Robert einen Blick zu, und er reckt den Daumen hoch. Ich räuspere mich und beginne mit meinem Text. Kaum habe ich angefangen zu sprechen, wird mir gesagt, dass ich wieder aufhören soll, während eine Toneinstellung geändert wird. Das passiert zweimal. Letzten Endes darf ich meinen Text aufsagen.

»Verehrtes Publikum«, beginne ich und sehe, dass Sir Robert bereits lächelt. »Obschon ich es nicht gewohnt bin, in der Öffentlichkeit zu sprechen, ist es mir ein Anliegen und eine Freude, Ihnen diesen wunderbaren, ausgelassenen und faszinierenden Vogel auf den Bildschirm zu bringen: den Pinguin. Und um gleich stilvoll zu beginnen, befinde ich mich hier an der Küste von Ginty Island und stelle Ihnen den kleinsten Vertreter der Familie vor, der den passenden Namen ›Zwergpinguin‹ trägt. Zwergpinguine sind nur etwa fünfunddreißig Zentimeter groß.« (Ich wollte ursprünglich dreizehn Zoll sagen, aber Sir Robert meinte, dass dem Großteil der Menschheit Zentimeter vertrauter sind.) »Sie sind an den Küsten Südaustraliens und Neuseelands zu Hause. Wegen ihrer geringen Körpergröße und ihrer bezaubernden Art werden sie hier oft auch ›Feenpinguine‹ genannt, während sie in Neuseeland auch als ›kleine blaue Pinguine‹ oder *kororā* bekannt sind.« Die Aussprache ihres Māori-Namens habe ich gewissenhaft geübt. »Zwergpinguine verbringen den Großteil ihres Lebens im Meer und kommen nur zur Mauser an Land und um zu brüten. Wie Sie hinter mir sehen können, wohnen sie während der Brutsaison in Erdhöhlen, die sich in den Hängen an der Küste befinden. Sie folgen jeden Abend demselben Weg zu ihrer Höhle. Man kann erkennen, dass das ständige Auftreten von Schwimmfüßen Spuren im weichen Sandstein hinterlässt.«

»Stopp! Würden Sie bitte nach ›befinden‹ aufhören, Mrs McCreedy?«, ruft Liam. »Wir brauchen kurze, prägnante Happen. Und würde es Ihnen was ausmachen, den ganzen ersten Abschnitt noch mal zu wiederholen? Die Pinguine sind jetzt in einer besseren Position.«

Ich blicke mich um und sehe, dass sich eine größere Gruppe von Pinguinen versammelt hat, die um den Stuhl herumwatscheln, auf dem ich sitze. Unter ihnen sind auch einige unfassbar niedliche Küken.

»Sobald Sie so weit sind, bitte, Mrs McCreedy, bevor sie das Interesse verlieren.«

Ich umklammere meine Handtasche und wiederhole meine Worte.

Noch einmal. Und noch einmal.

Als die Crew endlich zufrieden ist, frage ich nach meinem Text für den nächsten Teil. Ich bin entschlossen, den Zuschauern zu erklären, dass die Färbung der Pinguine als Tarnung dient, wenn sie im Wasser schwimmen. Von oben ist ihr blauer Rücken beinahe unsichtbar, während ihr heller Bauch aus der Perspektive von Raubtieren unter ihnen mit der Meeresoberfläche verschmilzt.

»Denken Sie daran, weniger ist mehr«, sagt Sir Robert zu mir. »Ihre zusätzlichen Informationen können wir später immer noch als Off-Kommentar ergänzen und dazu im Meer schwimmende Pinguine zeigen.«

Eine Pause kann nicht schaden, und Sir Robert schenkt mir aus einer riesigen Kanne Kaffee ein. Ich bin eigentlich eher ein Tee-Typ, aber angesichts der Umstände weiß ich Koffein zu schätzen. Es hat den Anschein, als wäre fast der ganze Morgen für ein paar wenige Sätze draufgegangen. Ich möchte unbedingt wissen, ob meine Leistung akzeptabel war.

»War ich sehr schlecht?«, frage ich Sir Robert.

»Ganz und gar nicht!«, ruft er aus. »Meine liebe Veronica, Sie sind ein Naturtalent.«

Bei seinen Komplimenten wird mir warm ums Herz, ich täusche jedoch charmante Bescheidenheit vor. »Aber es hat sehr lange gedauert«, protestiere ich.

»Das ist ganz normal. Eigentlich ging es sogar schneller als sonst. Es ist unglaublich viel Mühe nötig, um etwas mühelos aussehen zu lassen.«

Wir werden zu unserer vorübergehenden Unterkunft zurückgebracht, damit wir zu Mittag essen und uns ausruhen können. Dann ist es für Sir Robert Zeit, sich der Vorstellung von Kurzschwanz-Sturmtauchern und Kormoranen zu widmen, die ebenfalls der Vogelwelt auf der Insel angehören. Mir wird eine Pause gewährt, da angenommen wird, dass ich immer noch an Jetlag leide. Ich fühle mich tatsächlich ein wenig erschöpft.

Liebe Mrs McCreedy,

ich habe Sie gefunden. Sie sind gleich auf der zweiten Seite der Scots Times*! Ich habe es allen erzählt, die ich kenne. Ich bin ja so stolz. Und sie haben mich sogar wörtlich zitiert! Ich habe es geschafft, den Artikel heute Vormittag mithilfe einer sehr netten Bibliotheksmitarbeiterin in Kilmarnock einzuscannen. Sie finden ihn im Anhang.*

Liebe Grüße
Eileen

Schon die Überschrift erstaunt mich: *Millionärin McCreedy auf Pinguinmission mit Sir Robert.*

Ich verschlinge den Artikel gierig.

Veronica McCreedy, 87, aus Ayrshire, die im vergangenen Jahr in die Antarktis gereist ist, wurde von Fernsehmoderator Sir Robert Saddlebow für seine neueste Tierdokumentation verpflichtet. McCreedy wurde durch ihr Erscheinen im Blog von

Wissenschaftlern auf Locket Island als Pinguinbotschafterin bekannt. Ursprünglich wollte sie den Pinguinen auf der Insel nur einen kurzen Besuch abstatten, sie blieb letztendlich aber mehrere Monate und rettete ein Pinguinküken. Seit ihr Enkel Teil des Teams vor Ort ist, unterstützt sie das Forschungsprojekt großzügig.

Sir Robert kontaktierte McCreedy wegen seines Filmprojekts, kurz nachdem im Januar seine Aufnahme in den Ritterstand verkündet wurde. Der Trip, der bereits begonnen hat, führt die beiden nach Südaustralien und auf die Falklandinseln. Mrs McCreedys Pflegerin Eileen Thompson sagte: »Wir brauchen uns keine Sorgen zu machen, weil sie für ihr Alter sehr rüstig ist. Sie ist erst vor ein paar Tagen mit Sir Robert aufgebrochen. Sehr romantisch, nicht wahr? Früher hat sie sich immer Sir Roberts Sendungen im Fernsehen angeschaut, und jetzt ist sie selber bei einer dabei! Es ist wundervoll, dass sie wieder bei den Pinguinen ist.«

Der Artikel enthält zwei Fotos. Eines von Sir Robert, ein sehr gutes Porträt, auf dem er mit einem herrlich unergründlichen Ausdruck in seinen exquisiten blauen Augen direkt in die Kamera schaut. Das andere zeigt mich. Ich erinnere mich vage daran. Es stammt aus einem von Terrys Blog-Einträgen. Ein Foto, das sie von mir gemacht hat, als ich gerade auf Locket Island angekommen war und zum allerersten Mal die Adeliepinguine zu Gesicht bekam. Da bin ich, in meiner hellroten Dynotherm-Jacke, mit Handtasche und farblich passendem Lippenstift, fasziniert von den Tausenden Pinguinen überall um mich herum. Ich sehe tatsächlich aus wie eine Pinguinbotschafterin.

Mit gemischten Gefühlen zeige ich den Artikel Sir Robert. »Ah«, sagt er, nachdem er ihn gelesen hat, »das ist bedauerlich.«

Ich frage ihn, warum. Obwohl der Artikel etliche sachliche Fehler enthält (und ich ziemlich brüskiert bin, dass Eileen als meine »Pflegerin« bezeichnet wird, als bräuchte ich so jemanden!), fand ich ihn recht harmlos. Tatsächlich spüre ich vor Stolz sogar ein leichtes Kribbeln.

»Das wird nicht der einzige Artikel bleiben«, erklärt Sir Robert. »Jetzt, wo die Katze aus dem Sack ist, wird es weitere geben, und die Reporter werden wahrscheinlich nach Skandalen suchen. Seien Sie gewarnt, Veronica.«

Ich zucke mit den Schultern. Es gibt wenig Skandalöses zu finden, es sei denn, sie gehen bis in meine Jugendjahre zurück (und zu diesem bestimmten Skandal gibt es keine Aufzeichnungen außer denen in meinen Tagebüchern, die Eileen nie zu Gesicht bekommen hat und die sicher weggeschlossen sind). Ich kann mich nicht allzu sehr darüber aufregen. Von Eileen bin ich etwas genervt, dass sie so ungeniert geplaudert hat, aber Übereifer liegt in ihrer Natur, und ich weiß, dass sie es gut gemeint hat.

Im Moment, inmitten der von Pinguinen bevölkerten Freuden von Ginty Island, scheint jeglicher von der britischen Presse hervorgebrachter Klatsch und Tratsch sowohl weit entfernt als auch irrelevant.

18

Veronica

Beim nächsten Dreh soll die Rolle der Maremmen-Abruzzen-Schäferhunde beim Schutz der Pinguine erläutert werden.

»Können wir sehen, wie Veronica mit den Hunden bekanntgemacht wird, als wäre es das erste Mal?«, fragt Liam. Mit einiger Empörung nehme ich zur Kenntnis, dass er aufgehört hat, mich Mrs McCreedy zu nennen, verzichte aber darauf, es anzusprechen.

Ich bin ziemlich entsetzt, dass alles so extrem inszeniert und koordiniert ist, doch Sir Robert sagt, dass es beim Filmen immer so läuft. Sandra, die Freiwillige mit dem breiten Lächeln, kommt mit den Hunden an ihrer Seite strammen Schrittes auf mich zumarschiert. Ich gebe mir Mühe, so zu reagieren, als würde ich ihnen gerade zum ersten Mal begegnen, und weiche mit entsetztem Gesichtsausdruck zurück.

»Können wir das noch mal filmen, bitte?«, ruft Liam. »Veronica, könnten Sie einen Schritt vortreten und etwas zu einem der Hunde sagen, wie *Du bist aber ein Hübscher* oder so was? Mit einem freundlichen Lächeln.«

Ich werfe ihm einen wütenden Blick zu. Ich bin es nicht gewohnt, gesagt zu bekommen, was ich sagen soll und wie ich es sagen soll.

Als die Kamera wieder läuft, streichle ich Sugar und Spice, sage aber zu meinem Publikum: »Ich hatte gestern das Vergnügen, diese beiden Hunde kennenzulernen. Wie Sie sehen, sind sie freundliche, gutmütige Tiere, wenn sie auch ziemlich sabbern. Aus der Perspektive eines Fuchses sind sie allerdings ziemlich groß und einschüchternd, habe ich mir sagen lassen.«

Ich ertappe Liam dabei, wie er Sir Robert einen hilfesuchenden Blick zuwirft. Er murmelt irgendetwas vor sich hin, das ich nicht verstehe, dann ruft er mir abermals zu: »Okay, können Sie uns bitte ein paar Fakten zu den Hunden und den Pinguinen präsentieren, Veronica?«

Sir Robert zuliebe tue ich es.

»Verehrte Zuschauer, leider wurden auf Ginty Island bereits mehrere hundert Pinguine von Füchsen gefressen. In der Zwischenzeit schrumpfte die Population auf ganze vier Tiere. Dank dieser Hunde ist sie wieder auf fast hundert Pinguine angewachsen.«

Ich erkläre, dass Hunde wie Sugar und Spice, die traditionell dem Schutz von Hühnern dienen, jetzt ausgebildet werden, um die einheimische Tierwelt zu schützen. Man lässt sie als Welpen an Pinguinen schnüffeln, sodass sie diese später als Spezies erkennen, die zu ihrem Territorium gehört. Füchse dagegen nehmen diese Hunde als fremd wahr und verscheuchen sie durch Bellen.

Nachdem ich mehrere, unterschiedlich lange Einstellungen abgedreht habe, bei denen ich mit einem Hund auf jeder Seite vor der Forschungsstation saß, soll ich ein kurzes Interview mit Sandra führen.

»Welcher von den beiden ist Ihrer Meinung nach der bessere Pinguinbewacher?«, frage ich sie.

»Oh, ich würde auf jeden Fall sagen, Spice. Sugar ist noch in der Ausbildung, und außerdem ist sie von ihrem Naturell her zu gutmütig. Wenn sie die Möglichkeit hätte, würde sie die Füchse einfach auf eine Tasse Tee einladen … aber Spice verscheucht sie.«

Sugars Gutmütigkeit hat allerdings auch einige Vorteile. Liam gelingt es, eine ganz reizende Szene zu filmen, in der sie mit einem Pinguinküken kuschelt und ihm mit ihrer rosafarbenen Zunge über den weichen Flaum auf dessen Kopf leckt.

Nach dem Dreh am Vormittag habe ich zärtliche Gefühle im Herzen, aber Hundesabber an meinem Seidenschal, der bei der ersten Gelegenheit von Hand gewaschen werden muss.

Ich genieße es sehr, wieder unter Pinguinen zu sein. Aber es erfüllt mich auch mit einer gewissen Sehnsucht nach meiner Zeit mit den Adeliepinguinen auf Locket Island. Mit Sir Roberts Hilfe habe ich auf dem Computer Terrys Blog gesucht. Er enthält viele Fotos, und ich freue mich, dass auf ihnen immer wieder auch Pip zu sehen ist. Terry verliert kein Wort über die augenfällige Abwesenheit meines Enkels und über ihre Sorgen. Ich frage mich, ob ich Patrick irgendwie überreden kann, dorthin zurückzukehren. Würde sie ihn überhaupt wiederhaben wollen? Nicht als ihren Freund – das wäre zu viel verlangt nach seinem beschämenden Abgang. Aber es besteht eine winzig kleine Chance, dass sie ihn als Mitarbeiter akzeptieren würde, wenn ich das Projekt unter dieser Voraussetzung weiterhin finanziell unterstütze. Indem ich ihn auf die Falklandinseln hole, nähre ich die schwache, aber hartnäckige Hoffnung, ihn zurück in die Welt der Pinguine locken zu können. Ich befürchte allerdings, dass nicht einmal ich, Veronica McCreedy, über die Macht verfüge, Patrick dazu zu bewegen, seine Meinung zu ändern.

Der Trip nach Kanada wird ihm aber sicher guttun. Vielleicht wird er herausfinden, warum sein Vater ihn im Stich gelassen hat. Ich hoffe um seinetwillen und um meinetwillen, es gibt eine Erklärung, die beweist, dass mein Enzo ein ehrenwertes Leben geführt hat. Wenn ich an meinen lieben Sohn denke, was ich in letzter Zeit immer häufiger tue, werde ich zwangsläufig emotional, deshalb ist es gut, dass es hier so vieles gibt, was mich ablenkt.

Sir Robert hat recht gehabt. Am Tag nach Eileens alarmierender E-Mail nimmt er sich in der Mittagspause etwas Zeit, um im Internet zu recherchieren, und findet heraus, dass einige weitere Zeitungen die Angelegenheit aufgegriffen haben.

»Man weiß nicht, ob man lachen oder weinen soll.« Er stöhnt und zeigt mir die Überschriften:

PENSIONISTEN TUN SICH FÜR PINGUINMISSION ZUSAMMEN
HAT SIR ROBERT SEIN GEGENSTÜCK GEFUNDEN?
DIE MILLIONÄRIN UND DER RITTER – EINE ALTERSROMANZE
PENSIONISTEN SADDLEBOW UND MCCREEDY – LIEBE AUF DEN ERSTEN PINGUIN?

Wäre ich ein Mensch, der leicht errötet, würde ich jetzt erröten. Stattdessen schlage ich vor Wut über die unverblümte Dreistigkeit die Hände über dem Kopf zusammen. Wie auch immer meine Gefühle gegenüber Sir Robert oder seine gegenüber mir aussehen mögen, es ist ungeheuerlich, diese Mutmaßungen und Unterstellungen zu verbreiten.

Allerdings sorgen nicht nur diese anzüglichen Gerüchte für Verärgerung bei mir. Es gibt andere Überschriften, die noch unflätiger sind:

HEUCHLERIN MCCREEDY AUF CO_2-INTENSIVER WELTREISE
BETAGTE UMWELTAKTIVISTIN UNTERNIMMT TREIBSTOFF-FRESSENDE FLUGREISE
MILLIONÄRIN MCCREEDY, HEUCHLERIN ERSTER GÜTE

»Nicht lesen!«, warnt Sir Robert mich, aber ich habe bereits ein paar Sätze erhascht, bevor er mich daran hindern kann:

Veronica McCreedy, selbst ernannte Pinguinbotschafterin, hat sich nicht nur dafür entschieden, selbst Tausende Meilen zu fliegen; sie hat auch Geld dafür hingeblättert, dass ihr Enkel ans andere Ende der Welt jettet. McCreedy, die gerade mit Sir Robert Saddlebow an einem Tierfilmprojekt arbeitet, trank Champagner auf ihrem Flug, der die Pinguine gefährdet, die ihr angeblich am Herzen liegen.

»Das habe ich nicht!«, blaffe ich den Monitor an. »Nicht einen Tropfen Champagner habe ich auf dem Flug getrunken. Das war Sherry!«

»Die machen sich nie die Mühe, die Fakten richtig hinzubekommen«, sagt Sir Robert mit einem Seufzen. »Sobald die Presse involviert ist, wird immer alles verdreht und verfälscht. Sie sind erpicht darauf, Namen durch den Dreck zu ziehen, weil das die Geschichte interessant macht. Aber wie es so schön heißt: ›Jede Publicity ist gute Publicity.‹ Ironischerweise werden die Pinguine und andere Meerestiere von dieser Berichterstattung profitieren, deshalb ist es ein lohnenswertes Opfer, meine liebe Heuchlerin.«

Das ist ein wenig unfair, finde ich. Meine Reise nach Australien, um an einer Tierdokumentation mitzuwirken, hat nichts mit Heuchelei zu tun. Heuchelei ist, wenn Menschen, die behaupten,

Christen zu sein, ein junges Mädchen einsperren und ihm sein Baby wegnehmen …

Ich lese mir den Artikel noch einmal genau durch und spüre, wie sich meine Nackenmuskulatur verkrampft. Es ist ein extrem unangenehmes Gefühl, meinen guten Namen beschmutzt zu sehen.

»Ich stelle fest, dass sich sämtliche Kritik auf *mich* richtet«, beklage ich mich. »*Ich* bin diejenige, die als Heuchlerin herausgehoben wird, weil ich um die halbe Welt geflogen bin, während Sie mit Ihren Tölpel-Eskapaden wesentlich weiter geflogen sind.«

Sir Robert nickt traurig. »Sie haben völlig recht, Veronica. Das ist nicht fair, und es tut mir leid.«

»Das ist Mobbing von der übelsten Sorte«, fauche ich. »Und wie alle Mobber sind sie Feiglinge. Weil Sie ein bekannter Fernsehmoderator und ein Publikumsliebling sind, wagen sie es nicht, Sie zu beschuldigen, sondern nur mich. Auf mir hacken sie sicher auch deshalb herum, weil ich eine Frau bin.«

»Das mag sein«, gibt er zu. »Ich werde über meinen Agenten ein Statement veröffentlichen lassen und erklären, so kurz und bündig wie möglich, dass wir penibel darauf achten, jeden Flug mit Spenden an Umweltschutzorganisationen zu kompensieren. Und ich werde erwähnen, dass solche Dokumentationen einen enormen Nutzen für die Tierwelt haben, weil sie das Problembewusstsein schärfen, was viel schwerer wiegt als der Schaden durchs Fliegen.«

Mit seinem gesunden Menschenverstand gelingt es ihm beinahe, mich zu besänftigen, und ich gewinne langsam die Fassung zurück, doch dann fällt mein Blick auf den unteren Rand seines Bildschirms, und ich sehe mit Entsetzen eine weitere Überschrift, die meinen Blutdruck in die Höhe schießen lässt: KREBSKRANKES KIND VON GIERIGER MCCREEDY AUSGEBEUTET.

Das bringt mich endgültig zur Weißglut. »Wie können sie es wagen, Daisy da mit hineinzuziehen?«

Sir Robert legt seine Hand auf meine. »Tief durchatmen, Veronica. Und versuchen Sie, sich nicht aufzuregen. Das geht vorüber.«

»Das will ich wirklich hoffen.«

»Sehen wir mal nach, ob Eileen eine E-Mail geschickt hat, die Sie vielleicht aufheitert.«

Seine Finger fliegen beeindruckend schnell über die Tastatur, dann erscheint eine Nachricht auf dem Bildschirm.

Oh, Mrs McCreedy, das tut mir so leid, so unglaublich leid. Ich kann Ihnen gar nicht sagen, wie leid es mir tut.

Ich hatte ja keine Ahnung, dass das passieren würde. Doug sagt, es wäre dumm von mir gewesen, überhaupt mit einem Reporter zu sprechen, aber ich habe nur Gutes über Sie gesagt, habe ein Loblied auf Sie gesungen, Ehrenwort, weil ich so stolz auf Sie war, Mrs McCreedy. Ich weiß nicht, warum sie alles verdrehen mussten, damit es so schlecht klingt. Sie sind bestimmt wütend, das ist mir klar. Ich bin selber wütend – und wütend AUF mich selber. Falls Sie der Meinung sind, ich sollte nicht mehr für Sie arbeiten, und mir kündigen möchten, hätte ich dafür vollstes Verständnis, aber ich hoffe inständig, dass Sie mich weiterhin für Sie auf The Ballahays arbeiten lassen. Ich wollte Sie nur wissen lassen, dass ich immer nur mein Bestes gegeben habe.

Ich bitte nochmals um Verzeihung und grüße Sie ganz herzlich
Eileen

Wie albern von ihr. Selbstverständlich werde ich sie weiterbeschäftigen. Wie würde ich auf The Ballahays jemals ohne sie zurechtkommen?

Als wir am Nachmittag zu Dreharbeiten aufbrechen, gehen wir

an den beiden Hunden vorbei, die bei der Eingangstür zur Forschungsstation ausgetreckt daliegen. Beide heben den Kopf und wedeln. Sie sehen sich so ähnlich, dass ich sie kaum auseinanderhalten kann, aber ich erinnere mich, was Sandra über ihr unterschiedliches Verhalten gegenüber Füchsen gesagt hat.

Anscheinend habe auch ich Raubtiere angelockt: die Journalisten. Müsste man Parallelen ziehen, wären Eileen und Sir Robert meine persönlichen Schutzhunde. Eileen ist ein bisschen wie Sugar, von Natur aus freundlich, aber viel zu arglos, und würde die Füchse hereinbitten. Sir Robert, so hoffe ich, ähnelt eher Spice; er würde bellen und sie verjagen.

Meine Gedanken wandern zu Daisy. Wenn sie von der Presse belästigt wurde, werde ich die Übeltäter persönlich aufspüren und ihnen den Marsch blasen. Womöglich werde ich sogar handgreiflich werden.

Ich werde Daisy sehr bald sehen, aber vorher muss ich noch einmal fliegen. Wegen dieser verdammten Überschriften habe ich jetzt ein schlechtes Gewissen dabei, in ein Flugzeug zu steigen. Schuldgefühle sind etwas Merkwürdiges. Ich bin es nicht gewohnt, mein Handeln anzuzweifeln oder infrage zu stellen, und mein Unbehagen fühlt sich an, als würde ich die Kleidung von jemand anders tragen, die mir weder passt noch steht.

Davon abgesehen haben die Zeitungsartikel meine Fantasie angeregt und mich auf die Idee einer neuen Verbindung zu Sir Robert gebracht. *Eine Altersromanze?*

Das ist natürlich lächerlich. Und völlig ausgeschlossen.

Aber es ist durchaus eine interessante Vorstellung.

19

Terry

Locket Island

Dietrich ist heute Morgen abgereist. Wir standen am Ufer und winkten ihm zum Abschied. Der Blick aufs Meer ist von hier wegen der sich ständig verändernden Eisberge immer anders. Die kleineren Brocken rotten sich zusammen, schaukeln und klimpern im Wind. Die größeren gleichen Kathedralen mit zerklüfteten Fassaden, kunstvoll geschnitzten Zinnen und blauen schattigen Torbogen, herausgemeißelt von Wind und Wellen. Sie schmelzen, brechen auseinander, verklumpen und verbinden sich wieder zu neuen Formationen. In einem endlosen langsamen Tanz sich auftürmenden Kristalls treiben manche fort, andere werden angeschwemmt.

Ich sah ewig zu, wie das Schiff durch die gläsernen Wellen pflügte, zwischen den Klippen hindurchfuhr und zu einem schwarzen Punkt in der schimmernden Ferne wurde, der Dietrich von uns wegbrachte.

Dietrich ist schon immer mehr als ein Kollege für mich gewesen. Manchmal übernimmt er eine Vaterrolle, manchmal die Rolle eines engen Freundes. Ich fühlte mich verlassen, als ich ihn gehen sah. Auch wenn er dieses Mal nur einen kleinen Rucksack dabeihat und seine Rückreise in drei Wochen bereits gebucht ist, werde ich das ungute Gefühl einfach nicht los, dass er überhaupt nicht mehr zurückkommt.

Ich habe immer noch keine Ahnung, wie es weitergehen wird. Patrick ist offenbar in Kanada, um Nachforschungen zu seinem Vater anzustellen. Seine Zukunft ist genauso ungewiss.

»Und dann waren es nur noch zwei«, stelle ich fest, als ich mich am Abend in der Forschungsstation zu Mike an den Tisch setze.

»Wo ist das Problem?«, fragt er. »Wir müssen einfach doppelt so viel arbeiten wie vorher.«

»Genau«, erwidere ich mit erzwungener Fröhlichkeit. »Nichts leichter als das!«

Ich mache mich über den Eintopf auf unseren Tellern her.

»Was, zum Teufel, ist das, Terry?«

»Futter für die Seele«, erwidere ich defensiv. »Zuckermais, Baked Beans und Erbsenmus, geschüttelt, nicht gerührt, auf Frankfurter Würstchen. Auch bekannt als Dinner aus der Dose.«

»Versuchst du, mich umzubringen, damit du die Insel für dich allein hast?«

»Schon möglich.«

Das Niveau ist gesunken, seit Patrick gegangen ist. Er war der beste Koch, den wir uns hätten wünschen können, und fand immer eine Möglichkeit, den Mangel an Obst und Gemüse zu kompensieren. Jetzt werfen wir meistens x-beliebige Lebensmittel zusammen. Wir können uns einfach nicht dazu aufraffen, irgendetwas Ausgefallenes zuzubereiten. Wir wechseln uns beim Kochen strikt ab, und ich bin nicht gerade begeistert, jeden zweiten Tag an der Reihe zu sein. Heute Abend habe ich anscheinend einen Allzeittiefpunkt erreicht und einfach irgendwelche Dosen geöffnet und zusammengekippt, die ich in der Vorratskammer gefunden habe. Das Ergebnis sieht zugegebenermaßen ziemlich unappetitlich aus. Ich schaufle mir eine Gabel davon in den Mund und mache »Mjam«-Laute.

»Schmeckt super«, sage ich zu Mike. »Probier doch mal.«

Er belädt vorsichtig seine Gabel, führt sie zum Mund, kaut, schluckt und verzieht das Gesicht.

Im Gegensatz zu ihm finde ich meine Kreation überraschend schmackhaft, auch wenn die Konsistenz ein bisschen eigenartig ist.

Mike räuspert sich. »Da fällt mir wieder was ein: Können wir uns über Pinguinkacke unterhalten?«

»Klar. Schieß los.« Mir ist alles recht, was mich von der Leere ablenkt, die hier ohne Patrick und Dietrich herrscht.

Mike sieht mich mit ernstem, prüfendem Blick an. »Du wirst das wahrscheinlich nicht hören wollen, aber ich muss es dir trotzdem sagen: In einer der Kotproben, die ich gestern untersucht habe, habe ich Mikrokügelchen gefunden.«

»Du meinst mikroskopisch kleine Plastikpartikel?«

»Ja, und zwar ziemlich viele.«

Ich ziehe ein Gesicht, da ich jetzt noch bedrückter bin als ohnehin schon. »Antarktische Pinguine haben *Plastik* gefressen? Ist denn nichts mehr heilig?«

»Früher oder später musste es so weit kommen.« Er rammt die Gabel energisch in eines seiner Würstchen. »In allen Ecken der Welt spülen Flüsse Plastik ins Meer.«

»Ich habe darüber schon einiges gelesen«, sage ich nachdenklich. »Der Grund dafür ist, dass reiche Länder ihren nicht recyclebaren Müll ärmeren Ländern aufhalsen, und die können ihn nicht ordnungsgemäß entsorgen.«

»Das ist nur ein Teil des Problems.« Er spült das Essen in seinem Mund mit einem Schluck Wasser hinunter. »Plastik schwimmt, deshalb kann es mit der Strömung Tausende Kilometer zurücklegen. Wusstest du, dass Plastik, wenn es monatelang im Meer getrieben ist, eine flüchtige Verbindung verströmt, die nach etwas Essbarem riecht? Deshalb sind Pinguine irritiert und schlucken es hinunter.«

»Das ist ja schrecklich. Arme Vögel.«

»Plastik sollte überhaupt nicht mehr hergestellt werden dürfen«, knurrt er. »Inzwischen gibt es ja Alternativen. Maisstärke, zum Beispiel.«

Da kann ich ihm nicht widersprechen. Menschen werden immer lieber das tun, was einfach und profitabel ist, anstatt das zu tun, was richtig ist. Die Unterhaltung hat mich völlig deprimiert. Ich weiß nicht, was ich sagen soll.

Mike streckt mir seinen Teller hin. Kaum zu glauben, aber er hat alles aufgegessen, bis zur letzten Erbse und Bohne. »Komm, dann gib mir noch was von dem Schweinefraß.«

Schnee weht mir ins Gesicht. Ein tiefhängender grauer Nebel verdeckt die Sicht auf die Berge und den See. Die Steine schimmern dunkel, und steife Grashalme bohren sich durch die dünne, flauschige Schneedecke. Jede Ritze und jede Mulde in der Landschaft ist eisverkrustet. Die Kälte durchdringt meine Jacke und nagt an meinen Knochen. Meine Muskeln sind seltsam steif und schwer, als wären sie aus Beton. Der Fußmarsch kommt mir länger vor als sonst. Ich bahne mir den Weg in die Mitte der Kolonie, da ich das Getümmel der Pinguine brauche. Der fischige Guano-Gestank ist heute besonders beißend.

Ich bin entschlossen, so viel Arbeit wie irgend möglich zu erledigen und nicht wieder in Weltuntergangsstimmung zu verfallen.

Mein Herz schlägt höher, als ich Pip entdecke. Er steht etwas abseits da, hat den Schnabel in den Wind gerichtet und einen nachdenklichen Ausdruck in seinen weiß umrandeten Augen. Ich beschließe, ein oder zwei Fotos von ihm für Veronica zu machen und für mich selbst. Als ich mit meiner Kamera in die Hocke gehe, um sein Gesicht besser vors Objektiv zu bekommen, watschelt er sofort auf mich zu. Vielleicht ist er auch einsam.

Die Kamera ist neu und war ein Weihnachtsgeschenk von Patrick. Da sie sehr hochwertig ist, vermute ich, dass Veronica womöglich etwas dazu beigesteuert hat. Veronica hat außerdem einige Satellitensender für die Pinguine spendiert, damit wir sie während ihrer Abwesenheit in den Wintermonaten orten können. Ich habe bereits einen davon an Pip befestigt.

Er kommt geradewegs auf die Kamera zu, und ich drehe ein Video, wie er mit dem Schnabel gegen das Objektiv hackt, wobei sein rosafarbener Rachen und seine stachelige Zunge zu sehen sind.

»Mach mal langsam, Pip. So gut kann die Kamera doch gar nicht schmecken.«

Er schüttelt sein Gefieder, hält inne und sieht mich an, als wartete er darauf, dass *ich* meinen nächsten Trick zum Besten gebe. Dann stürzt er sich auf meinen Ärmel und zieht daran. Er lässt nicht locker, und sein Kopf bewegt sich vor und zurück, wenn ich ziehe und drücke. Seine Mätzchen bringen mich zum Lachen. Ich kippe seitlich um. Er klettert auf mich, und ich kichere unkontrolliert, als er mich sanft anstupst und dann mit seinen Flossen auf die Wangen schlägt, wobei mir die Brille verrutscht. »Oh, Pip. Das habe ich gebraucht.« Er lässt sich von meiner Heiterkeit anstecken und stößt einen lauten Schrei aus.

Andere Pinguine zeigen Interesse. Mehrere Küken wagen sich mit wippenden Köpfen zu uns, um zu sehen, was vor sich geht.

So viel Spaß es mir auch macht, auf diese Art bekomme ich meine Arbeit nicht erledigt. Ich setze mich abrupt auf. Plötzlich steigt Übelkeit in mir auf, und ich muss Pip zur Seite schieben, um mich nicht auf ihn zu übergeben. Er stößt einen beleidigten Schrei aus und wirkt beunruhigt von meinem Würgen. Dann schlendert er wieder näher zu mir her und inspiziert die Pfütze Erbrochenes, die ich gerade auf dem verschneiten felsigen Boden hinterlassen habe.

Anscheinend war das Dinner aus der Dose doch keine so gute Idee. Ich hoffe, Mike leidet nicht ebenfalls unter Nachwirkungen. Normalerweise bin ich nicht so empfindlich. Wahrscheinlich liegt es an der zusätzlichen Arbeitsbelastung und an dem Stress, alles am Laufen zu halten. Ich atme tief durch. Überall um mich herum sind Köpfe mit Schnäbeln und kleine schwarz-weiße Körper. Ich fühle mich benommen. Und müde, unglaublich müde. O Gott, hoffentlich werde ich nicht krank.

Dann fällt es mir wie Schuppen von den Augen. Vielleicht sind nicht meine miserablen Kochkünste daran schuld, dass ich mich übergeben musste. Vielleicht ist nicht der Stress dafür verantwortlich, dass ich so erschöpft bin.

Patrick und ich haben aufgepasst, aber vielleicht haben wir nicht gut genug aufgepasst. Mein Zyklus war noch nie besonders regelmäßig. Ich muss kurz nachdenken und nachrechnen, wie lange es her ist. Über fünf Wochen. Schon mehr als sechs, wenn ich es mir recht überlege.

Ich bekomme hier nirgendwo einen Test, aber die Anzeichen lassen sich nicht leugnen.

20

Veronica

Ginty Island

»Man könnte Monate in Neuseeland verbringen und würde trotzdem nur einen Bruchteil der Fülle von wilder Schönheit entdecken, die das Land zu bieten hat«, erklärt Sir Robert mir. »Und ich bin nicht einmal eine Woche dort!«

Es ist unser letzter Abend auf Ginty Island, und wir vertreten uns nach dem Abendessen ein wenig die Füße. Während Sir Robert morgen Richtung Süden reist, fliege ich in weitaus weniger interessanter Begleitung in Person von Liam auf die Falklandinseln. Sir Robert stößt dort später wieder zu uns.

In Neuseeland, lasse ich mir sagen, gibt es unzählige Berge, Geysire, Seen und von Mineralablagerungen gebildete Terrassen aus Kristallgestein, und ich bin ein wenig neidisch auf Sir Robert. Außerdem sind dort drei Arten von Pinguinen beheimatet, die wir allerdings nicht mehr unterbringen können, weil Sir Robert noch so viele andere Meeresvögel berücksichtigen möchte: Sturmtaucher, Sturmvögel, Albatrosse und was weiß ich nicht alles. Wie dem auch sei, ich freue mich sehr darauf, Daisy wiederzusehen, von den Falkland-Pinguinen ganz zu schweigen. Sir Robert ist es offensichtlich gewohnt, von einem Land ins andere zu schwirren, und verfügt über einen erstaunlichen Stoffwechsel, der dadurch zu gedeihen scheint. Mir ist dieser hektische Lebenswandel fremd.

»Ich werde Sie vermissen, Sir Robert«, gebe ich zu.

»Ich werde Sie auch vermissen, Veronica. Sie und ich müssen das Beste aus diesem wunderschönen Abend machen.«

»Das machen wir.«

Das Tageslicht beginnt zu schwinden. Wir wandern einen felsigen Pfad entlang, begleitet vom Getöse der unerbittlichen Brandung. Sir Robert nimmt mich am Arm, als wir zu einer leichten Steigung kommen. Wenngleich ich keine Hilfe brauche, da ich die Rauheit der Küste von Ayrshire gewohnt bin, weiß ich seine Aufmerksamkeit und seine Höflichkeit durchaus zu schätzen. Die Bucht, die ein Stück unter uns zu unserer Rechten liegt, ist vom ständigen Gezeitenwechsel flach gespült. An den beiden Enden geht der Kies in Felsen über, die sich zu zerklüfteten Graten erheben. Zu unserer Linken befindet sich Buschwerk. Am Himmel kreisen Vögel, deren Schreie vom Wind fortgetragen werden, aber meine Sehkraft reicht nicht aus, um sie identifizieren zu können. Nicht weit entfernt mache ich einen blauschwarz und weiß gesprenkelten Fleck aus.

Um diese Tageszeit ist Zwergpinguin-Rushhour.

Die Mitglieder der Filmcrew, die ihre Ausrüstung am Strand aufgebaut haben, sind alle mit dem Versuch beschäftigt, die Pinguinversammlung mit der Kamera einzufangen. Pinguine verfolgen eine »In der Gruppe ist man sicherer«-Taktik und kommen meistens zu mehreren an Land. Sir Robert und ich genießen ausnahmsweise den Luxus, einfach zuschauen zu können.

Der Sonnenuntergang tüncht den Himmel schichtweise erst

bernsteinfarben, dann lachsrot, dann cremefarben, dann blaubeergrau. Wir stehen da und sehen ehrfürchtig zu, wie die winzigen Wesen von kräftigen Wellen gebeutelt und wieder zurück ins Meer gespült werden, wenn sie gerade das Ufer erreicht haben. Sie bleiben jedoch beharrlich bei ihren Bemühungen, nehmen immer wieder einen neuen Anlauf, bis sie schließlich an Land geschleudert werden. Es ist unglaublich, wie schnell sie inmitten der weißen Gischt Fuß fassen. Dann schließen sie sich mit abgespreizten Flossen der Prozession an, kreischen und schnattern miteinander, als würden sie Notizen über ihre Zeit im Meer vergleichen.

Ich starre sie voller Verwunderung an. Es fällt mir schwer zu begreifen, dass all das real ist, denn es wirkt wie eine Szene aus einem Märchen. Das trübe Licht verleiht den Scharen von winzigen Gestalten einen Silberglanz, sodass ich den Eindruck habe, eine Versammlung von Elfen zu beobachten.

»Sind Sie froh, hier zu sein?«, fragt Sir Robert sanft.

»Ja, und ob«, erwidere ich schniefend. »Aber verflucht sei diese kühle Luft! Sie lässt meine Augen tränen.«

Die letzten Nachzügler der Pinguingemeinde verschwinden langsam in der Dämmerung. Ein schüchterner Mond lugt hinter den Wolken hervor. Der Himmel verdunkelt sich zu einem reinen, dichten Schwarz, durchbohrt von einer Myriade stecknadelkopfgroßer Sterne. Sir Robert holt eine kleine Taschenlampe hervor. Wir lassen die Filmcrew die umfangreiche Ausrüstung zusammenpacken und gehen auf dem Pfad zurück. Die Lodge ist bei unserer Ankunft menschenleer. Die Freiwilligen patrouillieren mit den Hunden, und es wird noch einige Zeit dauern, bis Liam, Miriam und die anderen zurückkommen.

Wir kochen Kakao und setzen uns mit den heißen Bechern ins Wohnzimmer, lauschen dem Flüstern des Windes und den merkwürdigen Rufen nachtaktiver Vögel. Zum ersten Mal bin ich mit

Sir Robert ganz allein. Ich genieße es, ihn für mich zu haben, und doch habe ich das Gefühl, ich sollte mehr daraus machen.

In diesem Moment wird mir bewusst, dass der Mann, dem ich gegenübersitze, nie eine Frau oder Kinder hatte. Das weiß ich nicht deshalb, weil ich meine Nase in seine Angelegenheiten gesteckt habe, sondern weil Eileen, die immer gern herumschnüffelt, sein Privatleben mithilfe ihres Google-Dingsbums ausgekundschaftet hatte und die Ergebnisse unbedingt an mich weitergeben musste. Im Internet kommt man offenbar erschreckend einfach an Informationen über sämtliche berühmte Persönlichkeiten heran. Eileen zufolge sind die Details zu Sir Robert allerdings sehr dünn gesät.

Noch immer versunken in der romantischen Atmosphäre der abendlichen Pinguinbeobachtung, fasse ich den Mut, das Thema anzusprechen. Zunächst räuspere ich mich taktvoll. »Waren Sie eigentlich jemals verheiratet, Sir Robert?«, frage ich, Unwissenheit vortäuschend.

»Nein, Veronica. Nein, war ich nicht.«

Bevor ich nachhaken kann, stellt er mir die Gegenfrage: »Und Sie, Veronica? Sie waren verheiratet, nicht wahr?«

Ohne es zu wollen, verziehe ich verächtlich das Gesicht. »Mein Ehemann war ein verlogener, untreuer Mistkerl, und seine Niederträchtigkeit übertraf sogar noch meine Erwartungen.«

Sir Robert zieht die Augenbrauen leicht hoch. »Also verlorene Liebesmüh?«

»Allerdings. Das einzig Liebenswerte an ihm war sein Portemonnaie.« Aus Sorge, den Eindruck zu erwecken, ich hätte es nur aufs Geld abgesehen, beeile ich mich zu erklären: »Seit der Scheidung bin ich gut versorgt, aber ich habe ihn nicht wegen seines Geldes geheiratet. Ich habe ihn geheiratet, weil ich dachte, ich könnte mit ihm Spaß im Leben haben, was mir sehr gefehlt hat. Aber es war kein Spaß mit ihm.«

»Ihr Enkel Patrick ist also nicht auch sein Enkel?«

Eine diplomatische Art zu fragen, wie es sich für einen echten Gentleman geziemt.

»Nein, mein Sohn Enzo kam viele Jahre früher auf die Welt, und sein Vater war ein ganz anderer Mensch. Ich war Giovanni mit Haut und Haaren verfallen, trotz meiner Jugend.«

»Giovanni? Ein Italiener?«

»Ja, und ein echter Romantiker. Es war in den 1940er-Jahren, und er war Kriegsgefangener. Ein uneheliches Kind zu bekommen, das galt damals als Frevel, ein Kind vom Feind zu bekommen, machte das Ganze noch schlimmer, und dann kam noch dazu, dass ich erst sechzehn Jahre alt war. Giovanni war meine erste und wohl auch meine einzige Liebe.«

Giovanni, der Vater von meinem Enzo. Nostalgie überrollt mich wie eine Flutwelle. Es ist nicht so sehr die Sehnsucht nach Giovanni, sondern nach den Leidenschaften der Jugend, die so lebendig und spannend ist, so voller Möglichkeiten. Ich erinnere mich, wie mein Teenagerherz Purzelbäume schlug, wenn ich Giovanni über die Felder auf mich zukommen sah – die Arme weit ausgebreitet, die dunklen Augen voller Leidenschaft. Ich erinnere mich, wie er seine Mütze absetzte und ihm die Haare zu Berge standen und wie mir vor Freude schwindelig wurde, wenn er mich hochhob. Wie mein Puls beschleunigte, wenn er mich mit seinem exotischen Akzent »mein lieber Schatz Very« nannte. Ich, eine Teenagerin, mir meiner Reize bewusst, zerbrechlich in meiner frischen Trauer um meine Eltern, die Herausforderungen dieser neuen, verbotenen Liebe voll auskostend …

Sir Roberts Stimme reißt mich aus meinem Tagtraum. »Was ist denn aus ihm geworden, wenn Sie mir die Frage erlauben?«

Ich schüttle den Kopf. »Vom Krieg fortgespült wie Tausende andere tapfere junge Männer.«

Ich bin immer davon ausgegangen, dass Giovanni den Krieg nicht überlebt hat. Falls doch, ist er nie zu mir zurückgekommen. Er hat nie erfahren, dass ich ihm einen Sohn geschenkt habe.

Die Liebe ist ein glitschiger Fisch. Viele von uns fangen ihn, aber nur wenigen gelingt es, ihn festzuhalten.

Sir Robert, fällt mir auf, ist ebenfalls in Gedanken versunken. Er hat die Unterhaltung von sich weggelenkt, aber so leicht lasse ich ihn nicht davonkommen.

»Waren Sie nie verliebt?« Ich sehe mich genötigt, ihn zu fragen.

Er macht große Augen. »Das würde ich so nicht sagen, nein«, erwidert er leise.

Das ist eine verheißungsvolle Antwort, und ich warte darauf, dass er mehr preisgibt. Die Stille dehnt sich aus und füllt den Raum, zusammen mit dem Freesien- und Zitrusduft meines Estée-Lauder-Eau-de-Parfums, das ich zuvor am Hals und an den Innenseiten meiner Handgelenke aufgetragen habe. Sir Robert macht ein Gesicht, als würde er eine schwierige mathematische Gleichung lösen. Doch seine Lippen bleiben fest geschlossen. Ich nippe an meinem Kakao und frage mich, ob es salonfähig wäre, ihm noch eine Frage zu stellen. Ich komme zu dem Schluss, dass es das wäre, und habe sie gerade im Geiste ausformuliert, als er schließlich doch spricht.

»Sie denken wahrscheinlich, dass ich mit meinem Job verheiratet bin.«

Meine Fantasie ist eigentlich viel weiter gewandert als bis dorthin, aber ich nicke trotzdem. »Das ist vermutlich unvermeidlich.«

»Sie haben recht«, entgegnet er in ziemlich schroffem Ton. »Ich *bin* mit meinem Job verheiratet.«

Sein Job, schlussfolgere ich mit einigem Bedauern, kann sich sehr glücklich schätzen.

21

Patrick

Vancouver, Kanada

Langsam gewöhne ich mich wieder an die Zivilisation, aber Vancouver ist noch mal eine andere Liga. Überall funkelnde Wolkenkratzer, mit Bergen auf der einen Seite und den leuchtenden Weiten des Meeres auf der anderen. In der Stadt gibt es mehr als genug gepflegte Parks, schicke Bars und Cafés, und wenn ich auf Shoppen stehen würde, wäre ich hier im siebten Himmel. Die Schaufensterdekorationen sind Kunstwerke; einige von ihnen präsentieren elegant gekleidete Schaufensterpuppen, andere ein volles Sortiment von Sport- und Outdoor-Equipment, wieder andere ausgefallene Haushaltsgegenstände, die bestimmt nur Privilegierte kaufen würden. Ich laufe ziellos umher und frage mich, was, zum Teufel, ich hier eigentlich mache.

Ich weiß, ich sollte beeindruckt sein, aber ich nehme nicht wirklich viel von meiner Umgebung wahr. Zwei hartnäckige Gedanken plagen mich unentwegt. Sie wechseln sich in meinem Kopf ab wie die zwei Stellungen eines Kippschalters: der Gedanke an Terry und der Gedanke an meinen Dad. Manchmal beinhaltet die Terry-

Stellung Locket-Island-Landschaften und ein Meer von Adeliepinguinen im Hintergrund, die Gesichter von Mike und Dietrich, sogar Pip und seine Possen … aber meistens richtet sie sich auf Terry aus. Ich bin immer noch stinksauer auf sie. Bis vor Kurzem dachte ich, alles wäre in Butter und ich wäre der glücklichste Mensch auf Erden. Jetzt frage ich mich, ob ich mich vielleicht nur deshalb in sie verliebt habe, weil sie die einzige Frau weit und breit war.

Dann gibt es die Dad-Stellung. Und die löst bei mir einen hartnäckigen Wissensdurst aus. Die Angst ist noch da, aber sie ist durchsetzt mit Anflügen von Hoffnung. Morgen bin ich mit Denise Perry verabredet, der Adoptivcousine meines Vaters, die sich daran erinnert, ihm in ihrer Kindheit begegnet zu sein. Sie kann mir doch bestimmt etwas erzählen, oder? Ich sehne mich nach Antworten, hoffe auf spannende Enthüllungen. Das Ganze muss für mich einen Sinn ergeben.

Kaum zu glauben, dass ich hier bin, in der Stadt, in der mein Dad aufgewachsen ist und den Großteil seines Lebens verbracht hat. Wenn ich auf meine Schuhe schaue, wie sie auf der Straße auftreten, wird mir bewusst, dass ich vielleicht gerade genau dort gehe, wo auch er schon gegangen ist. Ich bleibe auf einer Brücke stehen und blicke in die Ferne. Ist er auf derselben Brücke stehen geblieben und hat in die Ferne geblickt, als er hier lebte? Ich esse in einem Café Waffeln. Hat auch er in diesem Café Waffeln gegessen? Es wäre schön, wenn ich eine Verbindung zu ihm spüren könnte, aber bis jetzt ist das noch nicht der Fall. Ich wünschte, es gäbe ein Grab, das ich aufsuchen könnte, aber der Leichnam meines Vaters wurde nie aus der Schlucht geborgen, in die er vor all den Jahren gestürzt ist.

Kurioser Fakt: Ich hatte in der Antarktis mehr Freunde, als ich in Bolton hatte. Und in Vancouver kenne ich keine Menschenseele.

Die Stadt ist voll mit Leuten, die mit schicken, farbenfrohen Wollsachen bekleidet sind, Arm in Arm gehen, plaudern und lachen und mich hin und wieder zur Kenntnis nehmen und sich fragen, warum ich so ein miesepetriger Penner bin.

Selbst mein Schatten sieht einsam aus, wenn er sich die breiten Gehwege entlangbewegt. Ich wünschte, Granny wäre hier, und wir könnten gemeinsam Nachforschungen zu Dad anstellen, aber Sir Robert und die Pinguine haben für sie anscheinend Priorität. Ich vermute, ich kann ihr das nicht übel nehmen. Es war einfach schlechtes Timing, außerdem würde sie mich nur aufhalten, wenn sie mich begleitet hätte. Wahrscheinlich dachte sie, dass ich auch eine Mission brauche. Und wahrscheinlich hatte sie recht. Manchmal frage ich mich, ob ich noch ganz richtig bin im Oberstübchen. Mein Hirn ist eine Müllhalde, auf der sich der ganze Mist auftürmt, der in meinem Leben passiert ist. Mums Selbstmord, die Pflegefamilien, dass ich erst vor anderthalb Jahren von Grannys Existenz erfahren habe und kurz darauf dachte, sie würde sterben, dass ich in der Antarktis gelandet bin, mich dann aber von Terry getrennt habe und an Bord des Schiffes gegangen bin, um wieder nach Hause zu kommen …

»*Nach Hause?* Welches Zuhause? Ich habe kein Zuhause«, brummle ich vor mich hin.

Ein verlockendes Bild taucht vor meinem inneren Auge auf: die beiden Topfpflanzen, die ich früher hatte, Weedledum und Weedledee. Für einen Joint würde ich gerade alles geben. Ich frage mich, wo man in Vancouver Drogen bekommt.

Ich setze mich in eine schmierige Fressbude, schlinge Junkfood hinunter und bereue es. Morgen werde ich richtig essen. Ich gehe zurück zum Hotel. Granny hat es ausgesucht und bezahlt. Ich hätte mir was Billigeres gesucht, aber ich kann mich schließlich nicht beklagen, oder? Das Gebäude hat eine absurde Anzahl von

Etagen, und außer einem hauseigenen Restaurant gibt es mehrere voll ausgestattete Küchen, die man benutzen darf, wenn man sich selber etwas kochen möchte. (Das werde ich tun. Jedenfalls dann, wenn ich mich ein bisschen gefangen habe.) Das Hotel hat sogar einen Lebensmittel-Lieferservice – man kann bestellen, was das Herz begehrt, und es bis vor die Tür liefern lassen. Mein Zimmer hat das riesigste Fenster, das ich je gesehen habe, mit Blick auf einen großen grünen Park, den Royal Vancouver Yacht Club und Coal Harbour. Seht mich an, mich mit meinem TV-Spiegel und meiner Minibar und meinem eigenen Badezimmer mit passend weißem Bademantel!

Ich lümmle auf dem Kingsize-Bett herum und zappe mich durch die Fernsehprogramme. Ab und zu nehme ich mein Handy in die Hand. Mich juckt es in den Fingern, auf eine gebookmarkte Seite zu gehen, die *Terrys Pinguin-Blog* heißt, aber ich verbiete es ihnen. Ich versuche, den Kopf von allem freizubekommen, das mit Pinguinen zu tun hat, was sich als erstaunlich schwierig erweist. Die kleinen Kerle sind bis in die unergründlichen Tiefen meiner Psyche gewatschelt.

Ich kann ewig nicht einschlafen. Als ich dann endlich wegdöse, träume ich von zwei Menschen, die »Vancouver« und »Bolton« heißen. Vancouver ist eine gebildete Frau mit makellosem Make-up und aufwendig gestyltem Haar, während Bolton ein Straßenjunge ist, ein schmuddeliges Kind mit verdreckten Knien und aufgeschürfter Haut. Er kann einfach nicht aufhören, in der Nase zu bohren. Vancouver versucht, ihn sauber zu machen. Sie schrubbt sein Gesicht mit einem rosafarbenen Waschlappen, aber der Schmutz geht nicht ab. Sie zieht ihm einen schicken kleinen Anzug an, aber er reißt ihn sich wieder herunter. Sie sagt ihm, er soll »bitte« und »danke« sagen, aber er grunzt nur wie ein Ferkel. Letzten Endes klettert Bolton aus dem Fenster und läuft davon.

Ich wache mit einem dicken Kloß Traurigkeit im Hals auf. Es kommt mir surreal vor, dass ich allein in einem großen luxuriösen Bett liege. Ich stehe auf, wickle mich in den weißen Bademantel und blicke aus den bodenhohen Fenstern hinaus auf die Stadt und den Hafen. Alles ist mit Schnee geschmückt, und die Spiegelbilder der Wolkenkratzer schimmern silberfarben und blau auf der Wasseroberfläche. Es ist eine perfekte Kulisse, ein Anblick, den man eigentlich gemeinsam mit seiner Freundin bewundern sollte.

22

Terry

Locket Island

Wenn es nicht so beängstigend wäre, könnte man es fast lustig finden. Ich weiß wesentlich mehr über den Brutzyklus von Pinguinen als über den von Menschen.

Als ich das nächste Mal das Internet zum Laufen bringe, lese ich nach, was der National Health Service auf seiner Website über Schwangerschaft zu sagen hat. Ach ja, natürlich, Folsäure ist eines von den Dingen, die man einnehmen soll. In der Vorratskammer befinden sich verschiedene Vitamine, also werde ich mich auf die Suche machen. Ich bin fest entschlossen, verantwortungsbewusst zu sein. Ich rauche nicht, und Gott sei Dank ich bin körperlich fit. Alkohol bedeutet mir nicht viel, deshalb habe ich keine Zweifel, dass ich auf das Glas Rotwein, das ich manchmal gern zum Abendessen trinke, verzichten kann.

All das ist der einfache Teil. Der schwierige Teil ist, die Zukunft zu fassen zu bekommen und ihr direkt in die Augen zu sehen.

In mir wächst ein Baby heran. Patricks Baby. Mein Baby.

Nein, noch ist es kein Baby, nur ein Klumpen Zellen, aber es hat bereits die Ansätze eines Nervensystems und eines Herzens und wird mit jedem Tag mehr zu einem Menschen. Ich sage mir immer wieder, dass es wahr ist, und wenn ich mir nicht glaube, dann sage ich es mir noch einmal.

Und dann frage ich mich: Möchte ich diese neue Erfahrung machen? Möchte ich dieses lebensverändernde Geschenk haben, das mir das Schicksal beschert hat?

Die Antwort folgt sofort, scharf wie eine Sense: nein. Ich kann es nicht ändern. Ich möchte es nicht.

Wenn Dietrich über seine Kinder spricht, hellt sich sein Gesicht jedes Mal auf. Aber sie sind auch eine richtige Familie, Vater, Mutter und drei Kinder. Ich male mir aus, wie sie gemeinsam an einem Tisch sitzen – was für eine gemütliche Vorstellung. Ich dachte immer, das sei etwas, das die Zukunft für mich bereithält: dass ich in meinen Dreißigern ein Baby bekomme, vielleicht sogar erst in meinen Vierzigern. Auf jeden Fall nicht jetzt. Ich bin erst sechsundzwanzig, und vorher gibt es noch jede Menge Pinguinarbeit zu erledigen. Das Timing könnte kaum schlechter sein. Ich bin frischer Single, und meine Eltern befinden sich am anderen Ende der Welt. Normalerweise macht es mir nichts aus, allein zu sein, aber wenn man schwanger ist, fühlt sich Alleinsein anders und unheimlich an. Außerdem bin ich wütend, dass ich in dieser Angelegenheit jeglicher Wahlmöglichkeit beraubt bin. Aber ich bin selber schuld. Ich hätte besser aufpassen sollen.

Ich überlege, was wohl vor mir liegt, und das ist ein riesiges unbekanntes Land voller unmöglicher Entscheidungen und Verwicklungen. Abtreibung? Nein. Ich würde bis aufs Messer für das Selbstbestimmungsrecht von Frauen kämpfen, aber ich selbst könnte diesen Weg nicht einschlagen. Wenn ich das Baby bekomme, kann ich jedoch auf keinen Fall hier auf Locket Island bleiben. O Gott, o Gott. Warum musste das passieren?

Wenn es Entscheidungen zu treffen gibt, denke ich normalerweise sehr lange nach, gehe ihnen aber nicht aus dem Weg. Jetzt entgleitet mir die Frage, was als Nächstes zu tun ist, immer wieder. Ich sollte es Patrick sagen, bevor ich es irgendjemand anders sage, doch dazu bin ich noch nicht bereit. Außerdem weiß ich nicht, wie. Nicht per E-Mail, nicht etwas so Bedeutendes. Persönlich kann ich es ihm aber auch nicht sagen, da er in Kanada ist und ich hier bin.

Vielleicht sollte ich einfach allein Pläne schmieden, ohne auf Patrick Rücksicht zu nehmen. Schließlich ist es mein Körper, meine Verantwortung …

Nein, ich muss versuchen, es ihm zu sagen. Es ist auch sein Baby.

Ich gehe ins Labor, weil ich ein freundliches Gesicht sehen muss. Mike beschriftet gerade eine Probe, bei der es sich vielleicht, vielleicht aber auch nicht, um etwas handelt, das aus dem Magen eines toten Pinguins stammt. Er legt den Behälter behutsam in einen Ablagekasten mit ähnlichen Proben, dann blickt er auf.

»Kann ich dir helfen?«, fragt er, als wäre ich eine Kundin, die gerade seinen Laden betreten hat.

»Das bezweifle ich«, erwidere ich etwas grimmig.

»Alles okay?«

»Äh, ja.« *Nein.*

Hier drin ist alles peinlich sauber und aufgeräumt. Mike ist auf seine Laborarbeit sehr stolz. Er nimmt den Ablagekasten mit den Proben und stellt ihn in den Gefrierschrank. Sie werden später im Jahr, wenn wir mehr Zeit haben, wieder aufgetaut und detailliert untersucht … das heißt, falls wir dann überhaupt noch hier sind. *Ich* werde ganz bestimmt nicht mehr hier sein. Ich werde nicht miterleben, welche Veränderungen der Wechsel der Jahreszeiten bringt, die gedämpfte Magie des Winters, den frischen Sonnenschein, der nach und nach über die Gletscher kriecht, und dann die freudige Rückkehr der Pinguine. Die Traurigkeit darüber rollt über mich hinweg wie eine kalte Welle.

»Tja, wenn du nichts Besseres zu tun hast, könntest du aufhören, wie ein Blödmann rumzustehen, und mir einen Kaffee bringen«, schlägt Mike vor.

Ich komme wieder zu mir. »Okay. Bin schon unterwegs.«

Die Küche ist ein gemütlicherer Ort, und es ist gut, meinen Händen etwas zu tun zu geben, bei dem ich nicht nachdenken muss. Wasserkocher an, Becher vom Haken, löslicher Kaffee aus dem Regal, ein gehäufter Löffel und warten, bis das Wasser kocht.

Wenn Dietrich wieder da ist, werde ich ihm und Mike die Neuigkeit erzählen müssen. Wir hatten bereits Zweifel, aber das bedeutet wirklich das Ende des Locket-Island-Pinguinprojekts. Es tut mir für beide wahnsinnig leid. Dietrich wird irgendetwas anderes in Teilzeit finden, da bin ich mir sicher. Vielleicht wird er durch Österreich tingeln und an Universitäten Gastvorträge über Pinguine halten. Aber Mike? Vogelschutzarbeit irgendwo anders? Oder Cheltenham mit Charlotte?

Es wird auch schwierig, es anderen Leuten zu erzählen. Meine Eltern werden sich nicht sicher sein, ob sie sich freuen oder am Boden zerstört sein sollen. Sie werden froh sein, dass das schwarze Schaf zur Herde zurückkehrt … aber vielleicht weniger begeistert über die Aussicht auf ein schwarzes Lamm. Sie wären so glücklich für mich, wenn ich »sesshaft« werden würde, aber sie stellen sich unter sesshaft einen Bürojob und einen Immobilienkredit vor, plus einen Ehemann, der seine Unterschrift geleistet hat. In ihrer Welt sollte all das passieren, bevor ein Baby die Unhöflichkeit besitzt, seine Existenz kundzutun.

Ich schließe die Augen und stelle mir mein Leben als alleinerziehende Mutter zu Hause in Großbritannien vor. Jobs im Umweltschutz sind dünn gesät, und ich werde niemals einen finden, der sich mit meinem Mum-Dasein in Einklang bringen lässt, deshalb werde ich jahrelang arbeitslos und auf Sozialhilfe angewiesen sein. Ich werde in einer Sozialwohnung mit hauchdünnen Wänden und einem hässlichen Secondhandsofa wohnen. Neben meinem Bett wird ein Kinderbett stehen, und das Weinen meines Babys wird mich jede Nacht mehrmals aus dem Schlaf reißen. Mein Leben wird daraus bestehen, dass ich ein kleines warmes Bündel, das Aa macht und aufstößt und sabbert, stille, ihm die Windeln wechsle und ihm Strampler und Strickpullover überziehe. Wenn ich Glück habe, kommen meine Eltern ab und zu zum Babysitten vorbei – etwas voreingenommen, wenn auch nicht mit Absicht.

Wenn Patrick davon erfährt, wird er vielleicht involviert sein wollen, vielleicht aber auch nicht. Ich habe keine Ahnung. Ich vermisse ihn noch immer fürchterlich, und er tut mir leid, weil ich weiß, dass er Probleme hat … aber wenn ich daran denke, wie er uns im Stich gelassen hat, will ich ihn nie wiedersehen. Das ist alles sehr verwirrend.

Der Wasserkocher erreicht den Höhepunkt seines Crescendos und schaltet sich von selbst aus. Ich gieße das Wasser in Mikes Becher und gebe ein kleines bisschen Milch dazu, sodass der Kaffee fast, aber nicht ganz schwarz ist, so wie er ihn am liebsten trinkt. Gedankenverloren bringe ich ihm den Becher ins Labor und stelle ihn ab.

»Nicht da hin!«, schreit er.

Ich habe ihn zu nahe neben ausgedruckte Daten gestellt, die unbrauchbar werden würden, wenn etwas überschwappt.

»Ein einfaches Danke hätte auch nicht geschadet«, sage ich zu ihm.

»Danke«, sagt er prompt, aber mürrisch.

»War mir ein Vergnügen.« Ich bin gut darin, nett zu sein, auch wenn mir eigentlich nicht danach zumute ist.

23

Veronica

Bolder Island, Falklandinseln

»Liebe Zuschauer, ich freue mich, Ihnen mitteilen zu können, dass ich sicher auf Bolder Island angekommen bin, einer der vielen mit üppiger Natur gesegneten Inseln des Falkland-Archipels.«

Ich bin ziemlich entspannt und habe alles im Griff. Ein paar bauschige Wolken bummeln über die blauen Weiten über uns, die sich in alle Richtungen erstrecken und sich noch weiter ausdehnen als der schottische Himmel. Vor mir befindet sich ein welliger, mit büscheligem Gras bewachsener Berghang, der mit Schafen gesprenkelt und von ein paar schmalen, leuchtenden Bächen durchzogen ist. Doch mein Publikum wird das nicht sehen können, da die Kamera auf mein Gesicht gerichtet ist.

Ich habe mir bei meinem Make-up größte Mühe gegeben. Dass ich mir am Morgen das Haar gekämmt habe, war dank einer gehässigen Windböe jedoch völlig umsonst. Ich kann nur hoffen, dass ich noch vorzeigbar aussehe.

»Ich gebe mir momentan Mühe, meinen Jetlag zu ignorieren, um Ihnen einen weiteren Vogel vorzustellen, den man hier in großer Zahl antrifft und der genauso gesellig ist wie alle anderen Arten der Familie: den Eselspinguin.«

Ich lege eine Pause ein, während die Kamera in einem Schwenk zeigt, dass ich inmitten der Kolonie stehe. Diese Pinguine sind etwa fünfzig Zentimeter groß und sehr hübsch. Sie besitzen einen leuchtend orangefarbenen Schnabel und dreieckige weiße Flecken über den Augen, die eine Art Haube auf ihrem Kopf bilden. Ihre mit Schwimmhäuten versehenen Füße sind blassrosafarben, und sie haben eine lange Schwanzflosse – die auffälligste Schwanzflosse aller Pinguinarten, habe ich mir sagen lassen. Hunderte Eselspinguine haben sich hier versammelt. Einige sitzen auf ihren Nestern, bei denen es sich um annähernd runde Steinhaufen handelt, während andere kleine flauschige Küken behüten. Viele der erwachsenen Tiere haben den Kopf in den Nacken gelegt und stoßen mit Hingabe laute, trompetenartige Schreie aus. Ich muss nachdrücklich und in beachtlicher Lautstärke sprechen, doch das stört mich nicht: Der kreischende Lärm der Pinguine ist Musik in meinen Ohren.

»Auf den Falklandinseln gibt es die weltweit größte Population von Eselspinguinen«, fahre ich fort. »Wie Sie an dieser riesigen Pinguinschar erkennen können, herrscht gerade Brutzeit, und sie haben sich eine geeignete Stelle an der Küste ausgesucht, wo sie schnell an Fische gelangen und ihnen Grasbüschel einen gewissen Schutz vor dem Wind bieten.«

Ein untersetztes Weibchen kommt auf mich zugewatschelt, wobei sich seine nach hinten ausgestreckte Schwanzflosse hin und her bewegt. Ich hebe meine Handtasche automatisch aus seiner Schnabelreichweite. »Nein, das tust du nicht«, sage ich zu ihr. Sie scheint das als Herausforderung zu betrachten, reckt den Kopf in Richtung Handtasche und stößt einen wiehernden Schrei aus, woraufhin ich die Tasche in die andere Hand nehme. Sie folgt ihr. Ich wechsle wieder die Hand, und das Pinguinweibchen folgt der Handtasche mit entschlossenem Blick. Unser kleiner Tanz dauert einige Minuten an, dann verliert sie das Interesse und watschelt davon.

»Cool! Das lassen wir drin«, verkündet Liam, als er hinter der Kamera auftaucht.

Daisy hat während meiner Präsentation ununterbrochen gelächelt und gewunken. Es ist eine gefühlte Ewigkeit her, dass wir gemeinsam auf The Ballahays waren, und es tut gut, sie wiederzusehen – vor allem, weil sie so glücklich wirkt. Wenn die Kamera läuft, muss ihre Mutter ständig dafür sorgen, dass sie leise ist. Daisy möchte mir zusehen, wenn ich drehe, aber sie möchte uns auch jedes Mal darauf aufmerksam machen, wenn sie sieht, wie einer der Eselspinguine den Fuß hebt, um sich am Kopf zu kratzen, oder mit anderen in einer Reihe watschelt oder Nahrung in den geöffneten Schnabel eines Kükens steckt … und all das passiert ständig.

Ich informiere meine Zuschauer, dass männliche Eselspinguine genau wie männliche Adeliepinguine oft Weibchen umwerben, indem sie ihnen einen ausgewählten Kieselstein schenken. »Eselspinguine pflanzen sich monogam fort. Untreue wird tatsächlich oft mit Verbannung aus der Kolonie bestraft. Außerdem besitzen sie einen ausgeprägten Sinn für Eigentum und bewachen ihr Nest vor Eindringlingen aus ihren eigenen Reihen. In dieser Hinsicht sind ihre angeborenen Instinkte den unseren erstaunlich ähnlich.«

Liam lächelt und hebt den Daumen. Wir sind vorerst fertig.

»Das war super, Veronica«, bestätigt Daisy.

Ich verbeuge mich elegant. »Nett von dir, das zu sagen, Daisy.«

Ich bin froh, dass am heutigen Vormittag nur sehr wenig gefilmt wird, obgleich es an meiner Beharrlichkeit liegt, dass ich heute überhaupt drehe. Wenn es nach dem Zeitplan ginge, würde ich mich heute ausruhen und vom gestrigen Flug erholen. Doch die mannigfachen Unbequemlichkeiten und Ärgernisse von Langstreckenreisen waren für mich, eine McCreedy, nur eine Kleinigkeit, und Liams Anwesenheit störte mein Behagen in nur sehr geringem Maß. Tatsächlich erwies er sich als besonders nützlich, was das Tragen von Gepäckstücken anbelangt. Ich habe zahlreiche Koffer dabei, in denen meine Outfits untergebracht sind, und ich habe ein paar Luxusartikel mitgenommen, wie etwa Badesalze und duftenden Blatttee.

Die Reise war nach einem Bruchteil der Zeit beendet, mit der ich gerechnet hatte, und ich war angenehm überrascht, als ich den Boden der Falklandinseln betrat. Wir wurden anschließend mit einem winzigen achtsitzigen Flugzeug weiter nach Bolder Island gebracht. Diese Etappe der Reise bot eine herrliche Aussicht. Als Erstes blickten wir auf das Städtchen Stanley hinunter, das mich mit seinen farbigen Dächern an eine von Daisys Lego-Ortschaften erinnerte. Dann flogen wir über eine Inselkette in einem klaren türkisfarbenen Meer.

Auf diesen Flug folgte eine etwas beengte Fahrt in einem Land Rover auf einem holprigen Pfad durch ausgedehntes grünes und goldfarbenes Weideland. Unser vorübergehendes Zuhause ist ein breites, mit Holz verkleidetes Gebäude mit leicht geneigten Dachflächen, großen Fenstern und einer eigenen Veranda. Es ist von mehreren kleinen Nebengebäuden umgeben. Daisy und ihre Mutter waren bereits am Tag zuvor eingetroffen und begrüßten uns, als wir ankamen.

Nach langem Überlegen hatten Daisys Eltern beschlossen, dass ihre Mutter Beth sie bei diesem Abenteuer begleiten sollte, während ihr Vater Gavin zu Hause bleiben und sich um Noah kümmern würde. Ich kann nur erahnen, wie aufgeregt Daisy auf der Reise gewesen sein muss, und ich bin froh, dass Beth hier ist, um ihre Fragen zu beantworten und ihren Wünschen nachzukommen.

Patrick bezeichnet Beth immer als »elfenhaft«, und ich verstehe, was er damit meint. Sie ist so dünn, dass sie beinahe durchsichtig wirkt, und Sorgenfalten lassen die Konturen ihres Gesichts verschwimmen. Ihr kurz geschnittenes braunes Haar ist weich wie das Fell eines Otters, und sie hat einen konventionellen Geschmack, was Bekleidung anbelangt. Bislang ist es mir gelungen, ihr die meiste Zeit aus dem Weg zu gehen. Das ist keine Böswilligkeit meinerseits, sondern liegt nur daran, dass sie so leise spricht, dass ich kein Wort von dem verstehe, was sie sagt, was ziemlich lästig ist. Es erscheint mir unhöflich, sie ständig zu bitten zu wiederholen, was sie gesagt hat.

Nachdem ich für heute mit dem Drehen fertig bin, bringt uns der Land Rover zurück zur Lodge, obwohl es von der Eselspinguinkolonie zu Fuß nur zehn Minuten dauern würde. Meine Gelenke fühlen sich eingerostet an, und ich muss mich ein bisschen hinsetzen und ausruhen. Im Gemeinschaftsraum stehen bequeme Sessel. Ich lasse mich in einen davon sinken und schließe die Augen.

»Aufwachen, Veronica!«

Ich zucke zusammen und brauche einen Moment, bis mir bewusst wird, wo ich mich befinde.

»Ich habe nicht geschlafen, Daisy. Ich habe nur meditiert.«

»Du hast geschnarcht!«, sagt sie kichernd.

Beth, die ebenfalls hier ist, weist sie zurecht: »Daisy, das ist ungezogen.«

Offenbar ist es Zeit fürs Abendessen.

Im Speisesaal stehen nur fünf kleine Tische, deshalb essen wir in Gruppen. Unsere Mahlzeiten bestehen hauptsächlich aus Fischgerichten mit üppigen Gemüsebeilagen. Die Portionen sind groß, wogegen nichts einzuwenden ist. Die Mitglieder der Filmcrew stürzen sich wie Geier darauf. Zubereitet werden die Gerichte von einem Einheimischen namens Keith, der sich um alles kümmert, was mit der Unterkunft zu tun hat. Keith ist ein gut gelaunter, strahlender Mittvierziger mit großen Händen, gebräunter Haut und dunklem halblangem Haar. Er wurde auf den Falklandinseln geboren und ist hier aufgewachsen. Seine Vorfahren waren walisische Schafzüchter, die in den 1830er-Jahren hierher ausgewandert sind. Während er hin und her huscht, plaudert er mit allen Anwesenden. Er hat eine abgehackte Art zu reden und die unangenehme Angewohnheit, von sich in der dritten Person zu sprechen: »Keith ist hier der Boss.« – »Keith ist Ihr Freund.« – »Ja, Mrs McCreedy, Keith kann Ihnen Salz und Pfeffer bringen.« Während der ersten zwei Tage ging ich davon aus, dass es sich bei Keith um jemand ganz anders handelt.

Keith, möchte ich an dieser Stelle hinzufügen, hat großen Gefallen an Daisy gefunden: »Wenn Miss Daisy irgendeinen Wunsch hat, braucht sie bloß zu fragen. Keith kümmert sich darum!« Daisy hat ebenfalls großen Gefallen an Keith gefunden.

Die frustrierend stille Beth hat versprochen, dass sie die Aufgabe übernimmt, Terrys Blog-Einträge und sämtliche an mich gerichtete E-Mails auszudrucken. Ich habe ihr deshalb die Details meines E-Mail-Accounts anvertraut, den Eileen für mich eingerichtet hat. Ich habe das Gefühl, dass Beth – wie Sir Robert und *anders* als Eileen – über genug Selbstkontrolle verfügt, um Nachrichten an mich weiterzugeben, ohne sie vorher zu lesen.

Wir waren bereits in Kontakt mit dem Locket-Island-Team und haben Pinguinneuigkeiten ausgetauscht. Dietrich ist momentan nicht vor Ort, hat aber ein paar Zeichnungen geschickt, die wir für Daisy ausdrucken. Terry ist sehr kurz angebunden, ich weiß aber, dass sie extrem viel zu tun hat.

Patrick hat sich seit seiner Ankunft in Vancouver noch nicht gemeldet, und ich muss sagen, dass ich darüber etwas enttäuscht bin. Allerdings gibt es hier genug, was mich ablenkt.

Ein paar weitere Zeitungen haben die McCreedy-Saddlebow-Geschichte aufgegriffen. Es scheint zwei Lager zu geben: Das eine beschäftigt sich mit meiner treibstoffintensiven Heuchelei, das andere mit meiner aufkeimenden Romanze mit Sir Robert. Ich bin wütend auf Ersteres und fassungslos über Letzteres. Romantische Liebe habe ich schon seit so vielen Jahrzehnten nicht mehr auf dem Schirm, dass ich die Vorstellung lächerlich finde, vor allem, wenn ich mich im Spiegel sehe. Diese Art von Liebe lag durchaus im Bereich des Möglichen, als ich noch volle Lippen, seidige kastanienbraune Locken und eine Pfirsichhaut hatte, jetzt ist sie jedoch völlig unvorstellbar. Romantische Liebe ist wie Sex die Domäne der Jungen und Attraktiven. Darüber bin ich mir völlig im Klaren. Und trotzdem …

Ich empfinde eine lang gehegte Bewunderung für Sir Robert, und obwohl ich ihn erst seit kurzer Zeit persönlich kenne, habe ich in seiner Gegenwart oft … wie soll ich sagen … ein gewisses »Kribbeln« gespürt. Ich fühle mich von ihm angezogen wie ein Schmetterling von einer Rose. Wie sehr ich auch versucht bin, ins Schwärmen zu geraten, ich muss jegliche Hoffnungen in dieser Hinsicht im Keim ersticken. Er ist zehn Jahre jünger als ich, und er ist, wie er mir selbst gesagt hat, ohnehin mit seinem Job verheiratet.

Wenn Sir Robert zu uns stößt, wird er nicht nur über die unglaubliche Vogelvielfalt hier berichten, sondern auch kurz über Seeelefanten, Delfine und Seelöwen sprechen. Die Pinguine sind jedoch meine Aufgabe. Ich soll zu jeder der fünf Pinguinarten, die auf den Falklandinseln heimisch sind (Eselspinguine, Felsenpinguine, Magellan-Pinguine, Königspinguine und Goldschopfpinguine), ein paar Worte sagen, wobei Sir Robert mich bereits gewarnt hat, dass womöglich nicht alle in die endgültige Fassung der Dokumentation aufgenommen werden können. Wie wir auf Ginty Island gelernt haben, werden zahllose Stunden Bildmaterial manchmal auf ganze zehn Minuten zusammengeschnitten oder sogar ganz verworfen. Bei Tierdokumentationen hängt viel vom Visuellen ab, und wir passen die Erzählung dem spektakulärsten und interessantesten Bildmaterial an, das die Kameraleute gedreht haben.

Daisy wird für *I Wish* natürlich selbst gefilmt. Die Macher der Sendung stecken unter einer Decke mit den Machern von *Who Cares About Seabirds?*. Und, um Geld zu sparen, haben die I-Wisher den Seabirders den Auftrag erteilt, Daisy ebenfalls zu filmen, während sie hier ist. Liam ist ihr, den Pinguinen und meiner einsatzfreudigen und unermüdlichen Wenigkeit als Kameramann zugeteilt.

Während ich an diesem Abend in kleinen Schlucken meinen Darjeeling trinke, verflechtet Daisy Fäden, auf die sie ihre gänseblümchenförmigen Perlen auffädelt, zu einem ihrer Freundschaftsbänder. Ihre kleinen Finger sind sehr flink.

»Ich werde für jeden hier eines flechten«, vertraut sie mir an. »Das hier ist für Sir Robert. Denkst du, er hätte lieber ein rotes oder ein gelbes?«

»Ein rotes«, entgegne ich und bin mir sicher, Sir Robert wird meiner Präferenz zustimmen. Allerdings bin ich mir nicht ganz so sicher, ob Sir Robert jemals ein solches Ding tragen würde.

»Hast du deines mitgenommen?«, erkundigt sich Daisy argwöhnisch, nachdem sie bemerkt hat, dass mein Handgelenk ungeschmückt ist.

»Es ist sicher in meiner Schmuckschachtel verstaut«, erkläre ich ihr.

»Aber dein Medaillon trägst du«, kontert sie. »Darf ich jetzt sehen, was drin ist? *Bitte.* Jetzt wäre ein guter Zeitpunkt.«

»Noch nicht, Daisy. Ich werde wissen, wenn der richtige Zeitpunkt gekommen ist.« Dann wechsle ich schnell das Thema. »Liam hat gesagt, dass er morgen *dich* filmt. Macht es dich nervös, im Fernsehen zu sein?«

»Nö«, entgegnet sie. Sie zieht an einem der Fäden in dem komplizierten Muster, das sie flechtet, bis er straff ist. »Ich muss doch nur ich selbst sein, oder? Das ist nicht schwer.«

Mir gehen meine Bedenken durch den Kopf, ob ich für die Kamera vorzeigbar bin und ob ich mich an meinen Text erinnere, und ich wünschte, ich könnte ihr zustimmen. Früher interessierte es mich nicht, was andere über mich denken, heute offenbar schon. Vielleicht hat das etwas mit Sir Robert zu tun. Daisy dagegen ist mit reichlich Selbstbewusstsein gesegnet.

»Mich macht nur eines nervös«, sagt sie zu mir.

»Oh, und was ist das, Daisy?«

»Wenn es mir richtig schlecht geht und ich ins Krankenhaus muss«, erklärt sie in sachlichem Ton, nach wie vor in ihre Arbeit vertieft. »Und wenn es ewig lange dauert, weil das Krankenhaus meilenweit weg ist, und ich im Auto Schmerzen habe. Dann habe ich Schmerzen, wenn wir mit den Ärzten und den Schwestern sprechen. Und wenn sie mir Nadeln reinstechen, wird mir übel im Bauch und im Kopf und bis in alle Knochen. Ich werde nervös, wenn das passiert, wegen den Schmerzen und weil ich vielleicht sterben muss. Aber sonst macht mich nichts nervös. Zurzeit nicht.«

Ich stelle meine Tasse ab. Mit einem Mal fällt es mir schwer, den Tee zu schlucken. Schuld daran ist der riesige Kloß in meinem Hals.

24

Veronica

Sir Robert ist wieder bei uns. Ich brauche nicht zu erwähnen, wie sehr ich mich freue, ihn wiederzusehen. Anscheinend hat er zahlreiche Abenteuer erlebt, seit wir uns das letzte Mal gesehen haben. Er wirkt zufrieden mit den Dreharbeiten in Neuseeland und erzählt uns am Abend seiner Ankunft alles über das zusätzliche Bildmaterial, das sie auf den Snares-Inseln filmen konnten. Ich soll später einen Hintergrundkommentar zum Snaresinselpinguin einsprechen, einem außergewöhnlichen Vogel, der im Wald nistet.

»Sind Sie sicher?«, fragt Daisy ihn. Sie hat von mir so viele Geschichten über die Adeliepinguine auf Locket Island gehört, dass sie (obwohl sie hier an der Küste Eselspinguine gesehen hat) Pinguine noch immer mit Schnee und Eis assoziiert.

»Ja, Daisy«, versichert Sir Robert ihr wie ein Wissenschaftler, der seine Aufzeichnungen mit einem Kollegen vergleicht. »Ich habe mit eigenen Augen eine Gruppe Pinguine in den Wald marschieren sehen. Gefolgt bin ich ihnen allerdings nicht«, fügt er augenzwinkernd hinzu. »Das war Aufgabe der Filmcrew, und zwar eine ziemlich matschige. All die hin und her watschelnden Pinguinfüße haben für einen ordentlichen Sumpf gesorgt. Miriam und David mussten auf dem Bauch über dicke Wurzeln und um Farne herum rutschen, durch ein Labyrinth aus feuchten, schlammigen Pinguinpfaden, bis sie an der Lichtung ankamen, auf der die Pinguine nisten. Als sie wieder herauskamen, waren sie von Kopf bis Fuß voller Matsch.«

Daisy lacht schrill.

Zum Thema Schlamm habe ich auch etwas beizusteuern. »Ich erinnere mich noch, wie ich als Teenagerin im Krieg durch den Morast gestapft bin, um ein Ferkel zu retten«, erzähle ich. »Mein Kleid war völlig dreckverkrustet und stank noch Wochen später, obwohl ich es stundenlang geschrubbt hatte.«

»Ich mag Matsch«, beteuert Daisy.

Beth macht eine Bemerkung, die klingt wie: »Ja, das stimmt«, aber ich bin mir nicht ganz sicher.

Sir Robert lächelt Daisy an. »Zu viel Matsch ist aber schlecht für Pinguine«, erklärt er. »Ihr Gefieder ist zur Wärmedämmung sehr dicht, funktioniert aber nicht richtig, wenn es schmutzverkrustet ist, deshalb ist es unglaublich wichtig für sie, dass sie sich waschen. Sie verbringen eine Menge Zeit damit, ihre Federn abzuspülen, dann machen sie sie mithilfe einer Wachsdrüse an ihrer Schwanzwurzel wieder wasserfest.«

Pinguine säubern sich mit bemerkenswerter Effizienz, aber ich werde daran erinnert, dass in unserer menschlichen Welt Schmutz leider kleben bleibt. Die britische Presse bezeichnet mich in ihren neuesten Veröffentlichungen einmal mehr als »gierige McCreedy« und listet verschiedene Machenschaften und Techtelmechtel auf, derer ich mich angeblich schuldig gemacht habe. Ein Artikel erwähnt Daisy und wirft mir mehr oder weniger vor, dass ich sie zu meinen Zwecken zu Kinderarbeit zwinge.

Alle raten mir, diese Ungeheuerlichkeit zu ignorieren, doch ich ärgere mich außerordentlich darüber. Wie es scheint, ist mein guter Ruf für immer ruiniert.

Das, meine Aufgaben beim Dreh, Daisys anstrengende Anwesenheit und das Kribbeln in Gegenwart von Sir Robert würden normalerweise ausreichen, um mich gedanklich voll und ganz in Anspruch zu nehmen. Doch egal, was ich tue, ich habe immer meinen Sohn Enzo im Hinterkopf. Und jedes Mal, wenn ich für eine Weile allein bin, werde ich von Erinnerungen an die kurze Zeit, die ich mit ihm hatte, überrollt und von der tiefen Sehnsucht danach, mehr über sein Leben zu erfahren.

Ich hoffe nur, dass Patrick bald etwas herausfindet und mich schnell darüber in Kenntnis setzt. Ein solches Maß an gespannter Erwartung kann nicht gut für die Gesundheit sein.

Der Morgen hat silbrige Wolken in den Himmel gepustet. Daisy geht mit ihrer Mutter am Strand entlang. Sie lässt einen Drachen steigen, der über ihr, den Launen des Windes ausgesetzt, anmutig auf und ab und hin und her tanzt. Die beiden Gestalten werden vor dem honigfarbenen Sand zu Silhouetten. Ich beobachte, wie sie ihre Schuhe und Socken ausziehen, sie auf den Felsen zurücklassen und dann Hand in Hand zum Meer laufen. Der Drachen folgt ihnen in der Höhe. Leuchtend weiße Wasserfontänen schießen auf beiden Seiten empor, als sie ins Meer springen.

Ich verweile hier mit Sir Robert, während die Crew Vorbereitungen trifft. Es ist eine Freude, Mutter und Tochter in fröhlicher Ausgelassenheit in den Wellen herumhüpfen zu sehen, vor allem, wenn man bedenkt, was die beiden in den vergangenen Monaten durchgemacht haben. Die Filmcrew hat sich bereits das blasse, butterweiche Licht und den berührenden Anblick von Mutter und Tochter zunutze gemacht, wobei ich mir nicht sicher bin, ob Beth in der Endfassung zu sehen sein möchte.

Jetzt gehen die beiden wieder am Strand zurück, und ihre Silhouetten werden größer, als sie sich nähern. Sie sind nicht mehr weit entfernt, als eine starke Böe den Drachen erfasst und ihn mit Wucht auf eine zerklüftete Felsnase schmettert. Ich befürchte, dass er beschädigt ist. Daisy und Beth eilen hin, um ihn zu bergen.

Eine kleine untersetzte Gestalt mit gewellter Frisur kommt aus dem Wasser geflitzt und steuert ebenfalls auf die Absturzstelle zu. Ah, die unersättliche Neugier von Pinguinen! Ich sehe, wie Daisy in die Hocke geht und die Hand nach ihm ausstreckt. Dann sehe ich, wie sich sein Kopf zu der Hand senkt, die schnell zurückgezogen wird. Eine besorgte Mutter, die ihre Tochter offenbar vor einem zuschnappenden Schnabel warnt. Noch einige Interaktion zwischen Mensch und Pinguin. Dann gehen Daisy und Beth mit dem Drachen weiter, wobei ich vermute, dass er flugunfähig ist. Der Pinguin watschelt mit ihnen mit, ganz das Herdentier. Es ist ein reizender Anblick.

»Schau mal, wen wir gefunden haben!«, ruft Daisy mir zu. »Das ist ein Goldschopf!«

Beth profitiert von der frischen Luft zweifellos fast genauso wie ihre Tochter. Auch sie wirkt aufgeregt und spricht in einer Lautstärke, in der ich sie tatsächlich verstehen kann.

»Er ist ein freches Kerlchen, nicht wahr?« Dann schaut sie Sir Robert fragend an. »Ist das ein Er oder eine Sie?«

Sir Robert sieht sich den Pinguin genau an. »Der Größe nach zu urteilen handelt es sich eher um eine Sie. Aber es ist kein Goldschopfpinguin, Daisy. Auf diesen Inseln hier gibt es andere Pinguine, die ebenfalls einen gelblichen Schopf haben: Felsenpinguine. Deine kleine Freundin ist ein Felsenpinguin oder ein Südlicher Felsenpinguin, um genau zu sein. Siehst du, wie ihre Kopffedern aussehen? Sie hat gelbe Augenbrauen, die seitlich vom Kopf abstehen. Goldschopfpinguine haben Kopffedern, die unmittelbar über ihrem Schnabel beginnen und sich über ihren Augen aufwölben. Und sie haben ein anderes Gelb.«

»Dieser Federschmuck hat einen Schlüsselblumenton«, stelle ich fest.

»Und der von Mac war eher sonnenblumengelb, stimmt's, Veronica?«, erinnert sich Daisy.

Der Pinguin hüpft jetzt mit erschreckender Energie die Felsen hinauf.

»Boing, boing, boing!«, ruft Daisy voller Begeisterung. Der kaputte Drachen ist ihr völlig egal. Ihre neue Freundin spreizt beide Flossen seitlich ab und steht inmitten der Filmcrew, inspiziert ein Kamerastativ und zupft an den Gurten eines Rucksacks, der auf dem Boden liegt. Sie ist eine ungestüme kleine Gesellin und völlig unbeeindruckt von den knubbeligen Riesen um sie herum. Beim Herumhüpfen stößt sie einen Pappbecher mit Kaffee um.

»Hey, das war meiner!«, ruft Sir Robert und klingt dabei wie ein Schuljunge. Dann dreht er sich zu Liam um. »Schnell! Das ist ein Geschenk des Himmels. Gehen Sie sofort wieder hinter die Kamera und filmen Sie das. Ich füge dann später einen Hintergrundkommentar hinzu. Oder Veronica. Und das wäre auch perfekt für *I Wish*. Versuchen Sie festzuhalten, wie der Pinguin mit Daisy interagiert.«

Daisy will das auch unbedingt. Es fällt ihr nicht schwer, wieder die Aufmerksamkeit des Pinguins auf sich zu lenken. Sie hält die Arme ganz steif, als wären sie ebenfalls Flossen, bewegt sie auf und ab und läuft mit winzigen watschelnden Schritten im Kreis und stößt dabei krächzende Laute aus. Das Pinguinweibchen ist fasziniert und watschelt ihr hinterher, als fragte es sich: Ist das ein Pinguin oder ein Mensch oder eine Kreuzung aus beidem?

»Das ist Fernsehgold«, murmelt Sir Robert.

Wir sind verzückt. Daisy strahlt übers ganze Gesicht, und ihre

Augen leuchten, als wären all ihre Träume auf einmal wahr geworden. Ich empfinde plötzlich eine starke Zuneigung für dieses einsame Pinguinweibchen, das bei Daisy eine solche Veränderung ausgelöst hat.

»Ich habe dich lieb!«, ruft Daisy ihrer neuen Freundin zu. »Ich habe dich lieb!«

Das Pinguinweibchen antwortet mit einem lauten Krächzen.

25

Veronica

Daisy und ich sind Frühaufsteherinnen und haben es uns angewöhnt, jeden Morgen vor dem Frühstück am Strand spazieren zu gehen. Ich nehme meinen Spazierstock und meine Handtasche mit, aber für eine Abfallgreifzange besteht kein Bedarf. Die Küste hier ist mangels Menschen völlig unberührt. Es ist wundervoll und ein erbaulicher Start in den Tag, am Morgen als Erstes eine Kolonie von Eselspinguinen zu sehen. Daisys Hauptgrund für den Spaziergang ist nicht meine reizende Gesellschaft oder unsere Unterhaltung, sondern die Kolonie. Außerdem hofft sie, ihre neue Pinguinfreundin zu finden.

Das kleine Felsenpinguinweibchen scheint lieber hier allein durch die Gegend zu watscheln, als sich beim Rest seiner Kolonie auf den Felsen aufzuhalten, ein Stück die Küste hinunter. Wie wir Menschen wollen die meisten Pinguine in der Menge aufgehen, während nur ein paar verschrobene Individuen lieber aus der Reihe tanzen und ihr eigenes Ding machen. Daisy und ich interessieren uns beide mehr für die verschrobenen Individuen, deshalb ihr Faible für das Felsenpinguinweibchen. Die Faszination beruht auf Gegenseitigkeit, und ich bin mir sicher, dass diese Pinguindame uns erkennt, so wie wir sie erkennen. Sie sieht genauso aus wie die anderen Felsenpinguine, doch wie Daisy sagt, hat sie es »faustdick hinter den Ohren«, und ihre Dreistigkeit hebt sie von den anderen ab, sodass wir sie meistens auch dann identifizieren können, wenn sie bei ihren Artgenossen ist.

»Ich glaube, ich nenne sie Petulia«, verkündet Daisy am vierten Tag bei unserem Räucherhering-Frühstück.

Die versammelte Gruppe lacht leise in sich hinein: Sir Robert, Beth, zwei Mitglieder der Kameracrew und ich. Anscheinend erinnert sich Daisy daran, dass ich auf The Ballahays über Petunien gesprochen habe.

»Ist Petulia ein zu langer Name?«, fragt sie defensiv und blickt von einem zum anderen.

»Nein, das ist ein schöner Name, mein Schatz«, höre ich Beth antworten. Ich stelle die Lautstärke meines Hörgeräts höher, damit ich sie besser verstehe. Daisy scheint angestrengt nachzudenken und hält mit ihrem Messer mitten in der Bewegung inne. Sie hat vorhin die Nase über die Räucherheringe gerümpft, weil sie »stinken«, und hat sich stattdessen für Toast mit Marmelade entschieden.

»Wir könnten ihn zu ›Petal‹ verkürzen«, sagt sie, ohne ganz überzeugt zu klingen.

»Oder vielleicht Petra?«, schlägt ihre Mutter vor. »Das bedeutet ›Felsen‹ im Griechischen, also wäre es der perfekte Name für einen Felsenpinguin.«

Ich hatte Beth intellektuell nicht besonders viel zugetraut, aber jetzt bin ich beeindruckt.

Daisy ist zufrieden. »Also gut, dann heißt sie Petra.« Ihr Messer setzt sich wieder in Bewegung und verteilt verschwenderisch einen zitternden Hügel Marmelade auf ihrem Toast. »Petra, Felsen, Petra, Felsen, Petra, Felsen«, sagt sie zwischen den Bissen. Sie ist wie ein kleiner Schwamm, wenn es darum geht, neue Informationen aufzusaugen. Ich kann mir vorstellen, wie sie ihren Schulfreundinnen schreibt: Meine Pinguinfreundin ist ein Felsenpinguin, und wir haben sie Petra genannt, was im Griechischen Felsen bedeutet.

»Denk dran, dass du in feiner Gesellschaft bist, Daisy«, sagt Beth. Sie deutet auf die marmeladeverschmierten Lippen ihrer Tochter und reicht ihr eine Papierserviette. Daisy nimmt sie widerwillig und wischt sich den Mund ab.

Dann schaut sie mich kritisch an. »Du brauchst auch eine, Veronica.«

Ich stelle leicht schockiert fest, dass ich tatsächlich einen Fettfleck am Kinn habe. Ich reibe ihn schnell mit meiner Serviette weg und hoffe, dass Sir Robert ihn nicht bemerkt hat.

»Wenn ich jemals eine Perücke bekomme, möchte ich eine wie die von Petra, ganz lang und gelb und nach oben abstehend«, verkündet Daisy.

Beth lächelt sie liebevoll an. »Wenn du so eine möchtest, dann bekommst du sie, mein Schatz.«

Ich bin bei meiner zweiten Tasse Tee und unterhalte mich mit Sir Robert über Walrosse, als Daisy abermals dazwischenplappert. »Kann ich für Petra ein Freundschaftsband machen?«, fragt sie ihn. Sie ist immer noch ganz versessen darauf, ihre Freundschaftsbänder zu flechten, und hat inzwischen mehreren Mitgliedern der Filmcrew eines geschenkt.

»Das ist eine nette Idee, Daisy, aber ich weiß nicht, wie das an ihr halten soll«, erwidert Sir Robert. Er nimmt Daisys Ideen immer ernst, wie skurril sie auch sein mögen. »Flossen sind glatt«, fügt er hinzu.

Sie runzelt die Stirn. »Aber Sie haben doch gesagt, Sie hätten auf Locket Island Bänder an den Flossen der Pinguine befestigt.«

»Ja, das stimmt«, räumt Sir Robert ein. »Wissenschaftler versehen jeden Vogel mit einem Markierungsband um eine Flosse. So können sie einzelne Pinguine identifizieren und ihre Spur verfolgen. Das hilft uns dabei, Veränderungen in ihrer Population zu verstehen. Aber diese Bänder sind speziell dafür gemacht.«

»Könnten wir denn nicht eines speziell für Petra machen? Mit einem *Gänseblümchen* drauf? Damit man sieht, dass sie und ich für immer Freundinnen sind.«

Sir Robert zögert. »Mir ist aufgefallen, dass hier einige Pinguine ein Band tragen …«, setzt er an.

Keith (der mit einer großen glänzenden Kaffeekanne hin und her eilt, um nachzuschenken) schaltet sich in das Gespräch ein. »Wenn Miss Daisy irgendeinen Wunsch hat, muss sie zu Keith kommen!« Er deutet mit seiner freien Hand auf seine breite Brust. »Keith kümmert sich drum! Ich bringe dir morgen ein Pinguinband für deine Petra. Du kannst dein Gänseblümchen draufmalen, dann ziehen wir es ihr so an.« Er stellt pantomimisch dar, wie er der imaginären Flosse der Kaffeekanne ein Band überstreift.

Daisy klatscht in die Hände. »O ja, Keith. *Bitte!*«

Daisy schiebt den Spielstein vier Felder nach vorn und schubst ihn dann heimlich auf das fünfte.

»Das habe ich gesehen, junge Dame«, sage ich zu ihr. »Hier wird nicht geschummelt!«

Sie sieht mich finster an. Sie soll von einer besonders langen Schlange verschlungen werden, während ich meine letzte Leiter erklimme.

»Ich versuche es einfach noch mal«, sagt sie, schnappt sich den Würfel und schüttelt ihn wie wild in ihrer geballten Faust. »Da war eine kleine Falte in der Tischdecke, also war es vielleicht wirklich eine Fünf.«

»Nein, du hast eine Vier gewürfelt, deshalb musst du vier Felder gehen«, beharre ich.

Sie stößt einen gequälten Laut aus, der ein bisschen wie ein Jaulen klingt, und schiebt ihren Spielstein im Zeitlupentempo auf dem Rücken der Schlange zurück auf Feld drei.

Ihre Mundwinkel ziehen sich noch weiter nach unten, als ich genau die Zahl würfle, die ich zum Gewinnen brauche. Ich schiebe meinen Stein rasch aufs Ziel.

Daraufhin klappt Daisy das Spielbrett zornig zusammen. Ich vermute, ihre Eltern lassen sie normalerweise gewinnen, um den Frieden zu wahren.

Sie ist tatsächlich so wütend auf mich, dass ich beschließe, sie um ihre Hilfe zu bitten, damit sie wieder Oberwasser bekommt. Es geht um eine Sache, die mich seit einiger Zeit beschäftigt: Ich würde gerne die Kunst des Googelns erlernen. Googeln scheint eine der Lieblingsbeschäftigungen junger Leute zu sein, und ich bin inzwischen ziemlich neugierig darauf. Daisy findet mit ein paar blitzschnellen Bewegungen ihrer Finger auf ihrem winzig kleinen Gerät Informationen über alles Mögliche. Ich besitze zwar kein solches Gerät, habe aber uneingeschränkten Zugang zu dem Computer hier im Büro, falls ich ihn benötigen sollte.

Kaum habe ich meine Bitte formuliert, schon hat Daisy wieder gute Laune. Sie zerrt mich ins Büro und fängt an, auf die Tastatur einzuhämmern und auf Symbole auf dem Bildschirm zu deuten. Ich muss sie auffordern, langsamer zu machen. Langsam liegt zwar nicht in ihrer Natur, aber sie ist bereit, Dinge unendlich oft zu wiederholen, sodass ich nach und nach beginne, die Grundlagen zu begreifen, nachdem ich sie etwa zwanzig Minuten lang immer wieder gebeten habe, das zu wiederholen, was sie gerade gesagt hat.

»Also, hör gut zu, Veronica. Wenn du was googeln möchtest,

sagen wir mal *Brontosaurus rex*, gehst du hier hin und tippst die Wörter ein. Oh, wie schreibt man denn Brontosaurus?«

Ich fange an, den Namen für sie zu buchstabieren, bin aber noch nicht einmal halb fertig, als sie bereits zwei Millionen achthundertsechzigtausend Seiten mit Informationen über besagten Dinosaurier gefunden hat.

Sie demonstriert mir das Ganze noch einmal mit *Frisbee* und *Little Mix*. Ich bin davon ausgegangen, dass Little Mix ein Lakritzkonfekt ist, und bin überrascht zu erfahren, dass es sich um eine Popgruppe mit Sängerinnen handelt, die kaum älter sind als Daisy selbst.

Es ist bereits nach Daisys Bettgehzeit, und Beth ruft sie. Ich beschließe, noch im Büro zu bleiben und meine neuen Google-Fähigkeiten anzuwenden, bevor ich sie wieder verlerne, und tippe die Wörter *Robert Saddlebow*. Meine Neugier übermannt mich, und ich lese mir einige Artikel durch. Es gibt eine Fülle von Informationen über seine Filmexpeditionen und seine zahlreichen Preise und Auszeichnungen. Außerdem finde ich das eine oder andere über sein Privatleben: Er hat eine Privatschule besucht, hat an der University of St Andrews studiert, bevor er sich bei der BBC hochgearbeitet hat, und lebt derzeit allein in Edinburgh. Über ehemalige Beziehungen ist nichts zu finden, was mich wundert. Entweder ist Sir Robert ein Experte darin, solche Dinge geheim zu halten, oder er hat für Romantik nichts übrig. Offenbar gibt es Spekulationen, er sei vom anderen Ufer, wie man zu sagen pflegt, aber davon glaube ich kein Wort.

26

Veronica

Es ist eine allgemein bekannte Tatsache, dass ein Pinguin, dem das Schicksal wohlgesinnt ist, ein Freundschaftsband braucht. Petra ist nun im Besitz eines solchen, dank Daisys Beharrlichkeit und Keiths Bereitschaft, ihrem Wunsch nachzukommen. Das Band ist sehr pinkfarben und gespickt mit Gänseblümchen-Perlen. Ich bin sicher, dass es im ganzen Universum kein vergleichbares Pinguinflossenband gibt.

Daisy ist inzwischen extrem auf Petra fixiert. Sie möchte sie füttern und unbedingt ein Haustier aus ihr machen. Letzteres können wir jedoch nicht zulassen.

»Aber du hast doch in der Antarktis auch einen Pinguin adoptiert und ihn gefüttert, und er hat bei dir auf dem Schoß gesessen!«, jammert Daisy.

»Ja, das stimmt, Daisy. Aber Pip war ein winziges verwaistes Pinguinküken, das ganz sicher gestorben wäre, wenn wir nicht eingegriffen hätten. Und ich musste die Wissenschaftler trotzdem anflehen und bestechen, damit sie mich ihn retten ließen. Sie sind der Ansicht, man sollte die Natur ihren Lauf nehmen lassen, aber dieses Küken hatte etwas …« Ich gerate ins Stocken, und vor meinem inneren Auge blitzen verschiedene Szenen auf. Ich erinnere mich noch genau, wie die kleine durchnässte Kreatur mit hängendem Kopf durch den Schnee taumelte, kaum in der Lage, die Füße zu heben. Ich erinnere mich, dass mir ihr Anblick vor Augen führte, wie schmerzhaft es für mich gewesen war, eine Waise zu sein, zurückgewiesen zu werden, und dass es mir einen Stich mitten ins Herz versetzte, der mir beinahe den Atem raubte. Und ich erinnere mich, wie all meine mütterlichen Instinkte wiedererweckt wurden, als ich Pip zum ersten Mal in den Armen hielt. An das Feuer der Liebe, an die Wut über die Grausamkeit der Natur, so etwas zuzulassen, an die Sehnsucht zu beschützen, koste es, was es wolle.

Daisy sieht mich neugierig an. Ich reiße mich zusammen und zwinge meine Gedanken zurück in die Gegenwart.

Meine Stimme klingt hart und kalt. »Das war etwas anderes. Pip wäre gestorben, daran besteht kein Zweifel. Petra dagegen ist ein kräftiger, junger, erwachsener Pinguin. Sie ist durchaus in der Lage, auf sich selbst aufzupassen.«

»Aber sie braucht mich«, argumentiert Daisy. »Sie ist einsam! Darum möchte sie spielen.«

Ich möchte sie nicht desillusionieren und erkläre ihr, dass alle Pinguine extrovertiert sind und keine Angst vor Menschen haben und dass sie Petra nur vermenschlicht, was Kinder für gewöhnlich tun. Pinguine wirken wie kleine watschelnde Menschen im Smoking, und es fällt schwer, ihnen keine menschlichen Eigenschaften zuzuschreiben. Auch ich tue das manchmal. In anderen Lebensbereichen neige ich nicht zu Sanftmut, aber wenn es um Pinguine geht, werde ich richtig rührselig.

Sir Robert, stelle ich fest, verfällt nie in eine solche Sentimentalität. Er zeigt größten Respekt für wild lebende Tiere, wird aber nicht emotional, wenn die Natur ihn mit ihrer blutigeren Seite konfrontiert. Er hat mit Daisy geredet und ihr gesagt, ja, sie kann jeden Tag zum Strand hinuntergehen und mit Petra sprechen, darf sie aber auf gar keinen Fall füttern oder anfassen.

Sir Robert macht seine Strenge greifbar, indem er Geschichten von seinen Reisen zum Besten gibt und vor allem über die Begebenheiten ausführlicher berichtet, die mit Pinguinen zu tun haben. Eines Abends erzählt er uns von den Kehlstreifpinguinen, die in zirkumpolaren Gebieten zu Hause sind und unterhalb ihres weißen Gesichts eine schmale schwarze Linie haben, sodass es aussieht, als trügen sie einen Helm.

»Sie sehen niedlich aus«, sagt er nachdenklich. »Genau genommen sehen sie aus, als würden sie lächeln, aber für Pinguinverhältnisse sind sie streitsüchtig und aggressiv. Manchmal verprügeln sie ohne ersichtlichen Grund kleinere Artgenossen.«

»Dass einer lächeln kann und immer lächeln und doch ein Schurke sein«, merke ich an, als mir (wie so oft) eine Zeile aus *Hamlet* aus meinen Schultagen einfällt.

Sir Robert nickt weise. »Auf ihre Hinterteile muss man auch achten.«

»Wie meinen Sie das?«, fragt Daisy.

»Sie haben eine Vorliebe dafür, einen geschossartig anzukacken.«

Daisy spitzt die Ohren. Sie ist unverständlicherweise fasziniert von Fäkalthemen.

»Ankacken verstehe ich, aber was ist *ge-schoss-ar-tig*?« Sie zieht das Wort in die Länge, probiert den Klang jeder Silbe aus.

»Ihre Toilettengewohnheiten lassen stark zu wünschen übrig«, erkläre ich. Ähnliche Verhaltensmuster habe ich auch bei den Adeliepinguinen beobachtet, die sich manchmal druckvoll erleichtern, um die Verschmutzung von ihrem Nest fernzuhalten.

»Das ist, als würde man beschossen werden, allerdings mit Kacke«, fügt Sir Robert hinzu. »In hohem Bogen. Es kann einen aus drei Metern Entfernung treffen.«

»Soll das heißen, sie feuern aus dem Po auf einen?«

»Ganz genau.«

»Und es hat Sie mal erwischt?«

Er fixiert sie mit stählernem Blick, dem aber auch ein Funkeln innewohnt. »Viele Male, Daisy. Viele Male.« Selbst bei einem solchen Geständnis gibt Sir Robert nichts von seiner Würde auf.

Daisy kugelt sich vor Lachen. Wie es scheint, ist Sir Robert soeben in ihrer Wertschätzung um einige Stufen aufgestiegen.

Wir bekommen Petra oft zu Gesicht, wenn sie allein herumwatschelt oder mit einer Gruppe von Freunden (obwohl Daisy darauf beharrt, dass sie einsam ist). Ich habe Liam über Robert Saddlebow sagen hören, er sei ein »selbstbestimmter Mensch«. Für Daisy und mich liegt auf der Hand, dass Petra ein »selbstbestimmter Pinguin« ist. In Gesellschaft ihrer Artgenossen ist sie eine richtige Draufgängerin, hackt spielerisch auf andere ein und kommuniziert durch Schreien und Krächzen mit ihnen, wenn sie in der Gruppe herumwatscheln. Wenn sie allein ist, legt sie ein ähnliches Selbstbewusstsein an den Tag. Sie scheint Daisy unterhaltsam zu finden, was nicht weiter überraschend ist, da Daisy alles tut, um Petras Aufmerksamkeit zu erregen, und ihr nicht nur Kieselsteine überreicht, sondern ihr sogar Popsongs vorsingt.

»Ich würde gern am Strand Räder schlagen«, sagt Daisy zu mir. »Und ich glaube, Petra würde das gefallen. Aber meine Muskeln spielen nicht mit.«

Trotzdem kann sie von Tag zu Tag weiter gehen, und Petra watschelt manchmal ein Stück neben uns her. Daisy schickt ihren Schulfreundinnen voller Freude Bildnachrichten mit vielen Fotos und schreibt dazu: »Beim Gassigehen mit meinem Pinguin.«

Ich vermute, sie sammelt damit unzählige Beliebtheitspunkte bei ihren Freundinnen, fürchte allerdings, dass viele neidisch sein werden. Da ich weiß, wie grausam Kinder sein können, beunruhigt mich das ein wenig. Dennoch hoffe ich aufrichtig, dass sich die meisten nicht bösartig gegenüber einem krebskranken Mädchen verhalten würden.

Daisy sieht tatsächlich schon viel besser aus. Ihr Haar hat wieder begonnen zu wachsen, ein zarter brauner Flaum, sodass ihre Konturen, die an eine Tuschezeichnung erinnerten, jetzt aussehen, als wären sie mit einem weichen breiten Pinsel gemalt worden. Ihre Wangen sind rosig, die Sommersprossen auf ihrer Nase sind dunkler geworden, weil sie so viel Zeit draußen in der Sonne verbringt, und ihre Augen, die schon immer auffallend groß waren, strahlen in einem Glanz, der mir bislang nicht aufgefallen war. Ich bin froh, dass sie hier ist, und mächtig stolz darauf, dass sie sich das ausschließlich selbst zu verdanken hat. Sie hat in ihrem kurzen Leben bereits so viel überwunden, und ich habe das Gefühl, dass sie es weit bringen wird. Ich wünschte, ich wäre jünger, damit ich sie aufwachsen sehen und beobachten könnte, wie sich ihr Leben entfaltet.

Vielleicht liegt es an Daisy, dass ich zum Stift gegriffen und wieder begonnen habe, ein Tagebuch zu führen. Ich habe das seit meiner Teenagerzeit nicht mehr getan und damals an dem Tag aufgehört, an dem mir mein Baby weggenommen wurde. Von da an erschien mir mein Leben sinnlos, doch jetzt verspüre ich den Drang, wieder zu schreiben. Der Grund dafür könnte sein, dass ich von neuer Hoffnung erfüllt bin.

Patrick hat mir eine E-Mail geschrieben und mitgeteilt, dass er morgen mit der Frau verabredet ist, die Joe Fuller kannte – meinen geliebten Enzo. Ich sprudle vor Aufregung wie eine Flasche lange gereifter Champagner. Endlich, endlich stehe ich kurz davor, meinen eignen Sohn kennenzulernen.

27

Patrick

Vancouver

Die Straße, in der Denise Perry wohnt, ist eine breite, von Bäumen gesäumte Allee. Ein paar Schneeflocken rieseln vom Himmel, und ich wünschte, ich hätte Handschuhe dabei. Ich gehe an einer Reihe grau-gelber Häuser mit Spitzdächern und großen Veranden entlang, bis ich bei Nummer vierunddreißig ankomme. Neben der Tür steht ein Bottich mit einem Strauch mit hellroten Beeren, der sich unter der Schneelast ein wenig beugt.

Ich höre das Blut in meinen Adern pochen. Mein Besuch wurde auf heute verschoben, weil Denise sich versehentlich doppelt verabredet hatte, aber jetzt ist es so weit. Jetzt ist es endlich so weit.

Ich drücke auf den Klingelknopf. Auf der anderen Seite der Tür sind Schritte zu hören.

»Hey, Sie müssen Patrick sein«, ruft die Frau, die mir aufmacht. Ihr Lächeln ist vielversprechend, und ihre Stimme klingt euphorisch. Sie hat stark gelocktes Haar, das eigentlich grau sein sollte, aber braun mit goldfarbenen Strähnchen gefärbt ist. Sie trägt riesige glänzende Ohrringe, ein geknöpftes pinkfarben-graues Kleid, eine Wollstrumpfhose und flache Schuhe. Auf dem Arm hält sie einen kleinen stupsnasigen Hund.

»Sie haben es also geschafft. Alle Achtung, dass Sie den ganzen weiten Weg gekommen sind!«

Sie überrascht mich damit, dass sie sich reckt und mich auf die Wange küsst. Ich spüre eine schnüffelnde Hundenase im Nacken.

»Freut mich sehr, Sie kennenzulernen, Mrs Perry.«

»Ach, nennen Sie mich doch bitte Denise«, sagt sie nachdrücklich. Mir wird bewusst, dass ich es mit meiner Förmlichkeit übertrieben habe. Gedankennotiz: locker bleiben. Zumindest versuchen, locker zu bleiben.

Sie hält mir den Hund hin, damit ich ihn streicheln kann. »Das ist Lulu.«

»Hi, Lulu.«

Bevor wir zur Sache kommen, scheint sie es für nötig zu halten, mir eine Führung durchs Haus zu geben (groß und kitschig eingerichtet) und mir ihre Lebensgeschichte zu erzählen. Sie ist Witwe und hat drei Kinder (Arzt, Anwältin und Lehrerin) und mehrere Enkel. Sie zeigt mir ein Foto. Ich ertappe mich dabei, wie ich nach einer Ähnlichkeit Ausschau halte, doch dann fällt mir ein, dass sie gar nicht blutsverwandt mit mir sind.

Als wir uns endlich mit Tee und Keksen in ihrem Wohnzimmer hingesetzt haben, kann ich sie fragen, was sie über meinen Vater weiß.

»An ein paar Dinge erinnere ich mich, aber nicht an viele, fürchte ich. Joe und ich sind uns als Kinder etliche Male begegnet, aber dann sind wir nach Chicago gezogen, und als Erwachsene haben wir uns nur noch ein Mal gesehen. Ich war jünger als er und fand ihn ziemlich attraktiv, mit seinen funkelnden dunklen Augen. Er sah ein bisschen aus wie Sie.« Sie mustert meine Gesichtszüge mit Interesse, dann fährt sie fort: »Seine Eltern, die Cousine meiner

Mutter und ihr Mann, vergötterten ihn. Ich hielt ihn für ziemlich verzogen und arrogant, aber vielleicht lag das nur daran, dass ich mir wünschte, er würde mir mehr Aufmerksamkeit schenken. Nicht wahr, Sweetie?« Letzteres ist (Gott sei Dank) an den Hund gerichtet.

Sie fährt fort und erzählt mir von den Adoptiveltern meines Vaters. Anscheinend waren die beiden Säulen ihrer Gemeinde und sammelten Spenden für die örtliche Kirche. Natürlich, mir fällt jetzt wieder ein, dass sie den kleinen Enzo erstmals zu Gesicht bekamen, als sie in Großbritannien waren und das Kloster besuchten, in dem Veronica für die Nonnen arbeitete.

Ich frage Denise, ob mein Vater wusste, dass er adoptiert war, aber sie schüttelt den Kopf. »Daran erinnere ich mich nicht mehr. Ich habe es selber erst nach seinem Tod erfahren.«

Also hat Joe Fuller wahrscheinlich nie erfahren, dass er als Enzo McCreedy geboren wurde.

»Er war ein ziemlicher Rabauke, ein ziemlicher Rebell«, fährt Denise fort. »Meine Mom hat mir erzählt, dass er als Kind immer die Schule geschwänzt und sie dann irgendwann ganz geschmissen hat. Später fing er mit Extremsportarten an. Fallschirmspringen, Felsklettern, Snowboarden und so weiter.«

Bislang habe ich nicht viel mehr erfahren, als ich ohnehin schon wusste, aber ich notiere im Kopf »arrogant«, »Rebell« und »sportlich«.

»Soweit ich weiß, wurde er später ein bisschen seltsam.«

»Was meinen Sie denn mit seltsam?«, frage ich. Es fällt mir plötzlich schwer, die Worte herauszubringen, weil mein Mund ganz trocken ist. »Hatte das was mit Mum und mir zu tun?«

Sie runzelt die Stirn. »Na ja, ich glaube, ich erinnere mich, dass das seinen Eltern ziemlich zugesetzt hat. Er ist ständig umgezogen und kam sie kaum besuchen, und wenn, dann ist er unangekündigt aufgetaucht, meistens zu einem ungünstigen Zeitpunkt, wenn sie gerade eine wichtige Wohltätigkeitsveranstaltung oder so was organisierten.«

Ich wette – und ich *hoffe* –, er war von Gewissensbissen geplagt, weil er uns hatte sitzen lassen. Ich werde mir zumindest einreden, dass das der Grund war, warum er »seltsam« geworden ist. Aber ich bin enttäuscht, dass ich nichts Genaueres erfahre. Denises Redefluss ist versiegt, und sie blickt zu Lulu hinunter und krault ihr die Ohren. Ich setze mich auf, werfe einen Blick auf die Uhr und fange an »Ich muss jetzt wirklich los«-Laute von mir zu geben.

Dann hat Denise noch eine Überraschung parat.

»Es gibt einen Karton mit Sachen, die der Familie Fuller gehörten, falls Sie Interesse daran haben. Es sind einige Wertgegenstände und ein paar persönliche Dinge drin, die meine Eltern nicht wegwerfen wollten. Er ist hier, auf dem Speicher.«

Ich muss mich beherrschen, dass ich nicht in die Luft boxe. Endlich machen wir Fortschritte.

»Dürfte ich hochgehen und ihn suchen?«

»Sicher! Aber es ist furchtbar staubig da oben, fürchte ich. Da war seit Jahren niemand mehr. Stimmt's, Luluchen?« Scheint so, als bräuchte sie hin und wieder die Bestätigung ihres Hundes. Lulu streckt ihre kleine rosafarbene Zunge heraus und leckt sich über die Schnauze.

Ich versichere Denise, dass mir Staub nichts ausmacht, und lasse sie so höflich wie möglich wissen, dass ich alles, was mit Dad zu tun hat, so schnell wie möglich sehen will. Sie schnalzt mit der Zunge, weil sie sich freut, dass ich es sofort machen möchte und nicht erst Donnerstag in drei Wochen.

»Tja, meinetwegen können Sie jetzt gleich hochsteigen, wenn Sie das wirklich wollen, mein Lieber.«

»Und ob.«

Sie hat nicht übertrieben. Der Speicher ist voller Staub, und ein Teil davon rieselt mir sofort auf den Kopf, als ich die Leiter in Position bringe. Ich klettere hoch und atme den muffigen Gestank ein. Es stehen jede Menge Kisten und Möbelstücke herum und ein altes Fahrrad, das mich normalerweise ziemlich interessieren würde, aber ich gehe schnurstracks auf den Berg von Kartons zu, den ich in einer Ecke sehe. Zum Glück sind sie alle mit Filzstift auf der Seite oder oben beschriftet. »Lornas Spielsachen«, »Altes Geschirr/Picknicksachen«, »Nähzeug und Stoffreste«, »Töpfe und Tupperware« – und dann rutscht mir das Herz in die Hose, als ich den gesuchten Karton entdecke: »Fuller-Sachen«.

Ich klettere hustend wieder nach unten, den Karton unter dem Arm.

Denise ist in der Küche und füttert ihren Hund mit einem Stück Keks.

»Oh, Sie haben ihn gefunden.« Sie ist beeindruckt von meiner extremen Effizienz.

Ich möchte ihn aber nicht hier aufmachen. Das könnte nämlich emotional werden.

»Wär's okay, wenn ich ihn mit ins Hotel nehme?«, frage ich. »Ich bringe ihn bald zurück, versprochen.«

Sie winkt beiläufig ab. »Wann immer Sie wollen, mein Lieber.«

Wir vereinbaren, dass ich sie anrufe und den Karton in drei Tagen wieder zurückbringe. Gut möglich, dass sie froh wäre, ihn loszuwerden, aber ich möchte das Zeug darin nicht haben, falls es sich nur um alte Serviettenringe oder so was handelt.

Es ist mühsam, den Karton durch die überfüllten Straßen zur Bushaltestelle zu schleppen. Ich bin versucht, ihn schon auf dem Rückweg im Bus aufzureißen, verzichte aber aus Rücksicht auf die anderen Fahrgäste darauf, weil ich keine Schimmelsporen verteilen möchte. Die Rezeptionistin im Hotel, eine hübsche junge Frau mit gekräuseltem braunem Haar, das ihr in die Stirn fällt, lächelt mich an, als ich mit meiner merkwürdigen Fracht und den Haaren voller Spinnweben an ihr vorbeigehe. In meinem Zimmer angekommen, kann mich allerdings nichts mehr aufhalten. Ich tauche in den Karton hinein wie ein Pirat in eine Schatztruhe.

Zunächst bin ich enttäuscht. Der Inhalt besteht überwiegend aus Müll, und ich kann unmöglich beurteilen, was wem gehört hat. Dann fange ich an, im Kopf zusammenzusetzen, was Denise mir erzählt hat. Eine Familienbibel – na ja, die muss wohl Mr und Mrs Fuller gehört haben, oder nicht? Ein paar Schmuckstücke in schäbigen, mit Samt gesäumten Schachteln. Etwas Porzellan. Dann entdecke ich ein paar Sachen, die mich mehr interessieren: einen Schulpokal im Hochsprung, einige alte Schallplatten (überwiegend mit Musik von Little Richard und Ray Charles) und eine mit rotem und schwarzem Buntstift gezeichnete Spirale mit einem großen J in der Mitte. Im Papier befinden sich Löcher von Reißnägeln, als hätte die Zeichnung einmal an der Wand gehangen. Ich nehme an, es handelt sich um Dinge, die mein Dad als Junge aufgehoben hat.

Als ich einen Stoß Briefe in die Hand nehme, rechne ich mit einem Aha-Erlebnis. Wie sich herausstellt, sind die Briefe jedoch wahnsinnig langweilig. Sie sind alle an Mrs Fuller adressiert und stammen von ihrer Schwester. Mein Vater hat nicht einen einzigen davon geschrieben. Es wird ein paarmal auf ihn Bezug genommen, wie zum Beispiel: »Ich nehme an, Dein Junge hat sich in der Schule schon besser eingewöhnt«, oder: »Tut mir leid zu hören, dass Dein Junge einen Unfall hatte. Hoffentlich können die Fäden bald gezogen werden. Du solltest ihm in Zukunft verbieten, auf Bäume zu klettern«. Ich ahne eine Menge Missbilligung. Scheint so, als wäre die Schwester von der Adoption nicht gerade begeistert gewesen.

Nachdem ich die Briefe durchgeackert habe, lasse ich vor Enttäuschung den Kopf hängen. Viel Neues habe ich nicht herausgefunden. Aber ich hole trotzdem mein Notizbuch hervor und schreibe meine Erkenntnisse auf, um sicherzugehen, dass ich nichts vergesse:

- kletterte gern auf Bäume
- neigte zu Unfällen
- mochte Little Richard und Ray Charles
- hatte in der Schule Probleme, sich einzugewöhnen
- mochte Spiralen und den Buchstaben J

Besser als nichts.

Dann habe ich wirklich ein Aha-Erlebnis. Ganz unten im Karton, eingewickelt in braunes Papier, entdecke ich ein Fotoalbum.

Mein Magen krampft sich vor Aufregung zusammen. Ich nehme das Album heraus und lege es aufs Bett. Die Seiten umzublättern fühlt sich unheimlich an. Da, vor meiner Nase, ist mein Dad, in menschlicher Gestalt. Dazwischen befinden sich ziemlich viele Landschafts- und Stadtaufnahmen und auch einige Fotos von den Eltern, die immer Arm in Arm abgelichtet sind und einen ruhigen Eindruck machen. Aber da ist er: Grannys kleiner Enzo – vermutlich kurz nachdem er ihr weggenommen und in Joe umbenannt worden war –, in eine Decke gewickelt, neben sich einen blauen Teddybären. Bei seiner Taufe in einem Miniatur-Matrosenanzug, ihn bewundernde Erwachsene um sich geschart. Beim Spielen mit Plastikkegeln im Garten. Als frecher Hosenmatz auf einem Dreirad. Als Junge beim Herumplantschen mit seinen Freunden in einem Swimmingpool. Bei einem Ausflug in den Zoo mit seinen Eltern. Ein Schulfoto von ihm im Blazer, mit einem aufgesetzten Zahnlücken-Lächeln. Das alles ist da.

Aber eines ist seltsam. Unter den Fotos befinden sich handgeschriebene Anmerkungen in kleiner, ordentlicher Schrift, bei der es sich vermutlich um die von Mrs Fuller handelt. Und sie verwendet nicht den Namen Joe, sondern nennt den Jungen ständig »Joshua«. Ich bin verwirrt. Warum die Namensänderung?

Ich kann nicht aufhören, den kleinen Kerl anzustarren. Er hat dunkles Haar und dunkle Augen wie ich, und er hat etwas Schelmisches an sich. Er erinnert mich an mich selbst in diesem Alter, allerdings mit einem großen Unterschied: Er war verwöhnt und verhätschelt, während ich ungeliebt war und von einer Pflegefamilie zur nächsten weitergereicht wurde.

Mit einem sehr eigenartigen Gefühl mache ich Fotos von den Fotos und schicke eines nach dem anderen an Grannys E-Mail-Adresse. Ich stelle mir vor, wie sie die Mails auf ihrer Falklandinsel öffnet, stelle mir ihr Gesicht vor, wenn sie ihren Sohn zum allerersten Mal in seiner Kindheit sieht.

28

Terry

Locket Island

Im frühen Stadium der Schwangerschaft werden zur Unterstützung Ihres Babys Östrogen und Progesteron produziert, bis die Plazenta übernimmt. Der hohe Spiegel dieser Hormone kann den Bandapparat schwächen, wodurch Druck auf den unteren Rücken und das Becken entsteht. Außerdem kann er Symptome wie Sodbrennen, Erbrechen, Reflux, Blähungen und Verstopfung verursachen.

Wem sagt ihr das!

Östrogen und Progesteron können Ihre Stimmung beeinflussen und dafür sorgen, dass Sie emotionaler sind als unter normalen Umständen. Stimmungsschwankungen sind während der Schwangerschaft an der Tagesordnung und können als Angstzustände, Depressionen, Gereiztheit und Euphorie auftreten.

Ich scheine die Liste der Reihe nach abzuarbeiten. Und trotzdem habe ich noch überhaupt keine Vorkehrungen für die Zukunft getroffen. Ich kann Mike hier nicht alleinlassen, also kann ich sowieso nicht zurück nach England, bevor Dietrich wieder da ist. Vielleicht habe ich bis dahin einen Plan.

Sehr viele Frauen geben für ihre Kinder ihren Job auf: Daisys Mutter, zum Beispiel. Ich habe bislang extrem schwarzgemalt, aber jetzt fange ich langsam an, die Dinge in einem anderen Licht zu sehen. Vielleicht wird es sogar eine Erleichterung sein, meinen eigenen kleinen Menschen zu haben, um den ich mich kümmern muss, anstatt um ein schrumpfendes Team von Pinguinschützern. Ich weiß, Mutter zu sein ist kein Zuckerschlecken, aber es wird eine interessante Herausforderung und ganz sicher eine lohnenswerte.

Wenn ich doch nur dieses sinkende Schiff nicht verlassen müsste. Ich habe so verdammt hart dafür gearbeitet, um dort hinzukommen, wo ich bin, und bis jetzt war das Projekt mein Baby. Wie kann ich all das zurücklassen? Schließlich kann ich nicht einfach wieder zurückkommen – wahrscheinlich *nie* wieder.

Mein Gott, werde ich diese Insel vermissen. Ich klammere mich an Erinnerungen … Wie zum Beispiel an jenen Tag, als wir alle mit den Ski-Doos losfuhren, um den Kehlstreifpinguinen an der Südküste der Insel einen Besuch abzustatten. Bei den Ski-Doos (auch Schneemobile genannt) handelt es sich um alte Zweisitzer. Wir benutzen sie nicht oft, weil die Adeliepinguinkolonie zu Fuß erreichbar ist, aber wenn wir sie benutzen, ist es jedes Mal ein Riesenspaß. Mike und Dietrich quetschten sich an jenem Morgen auf eines, während Patrick und ich uns das andere teilten. Der Tag war strahlend schön, und wir jauchzten vor Freude, als wir durch den Schnee rauschten. Irgendwann wurde die Fahrt unweigerlich zu einem Rennen. Das Gelände ist hier alles andere als eben, deshalb wurden wir ziemlich herumgeschleudert und hatten anschließend alle einen wunden Po. Dietrich und Mike gewannen das Rennen letztendlich, aber nur um Haaresbreite.

Dann, am Beginn der Saison, kam der Tag, an dem wir die Bündel mit Pflöcken zur Markierung der Nester herausholten. Eintausend Pflöcke, und alle mussten repariert und neu gestrichen werden, weil sie den Elementen und den kräftigen Schnäbeln von Albatrossen ausgesetzt gewesen waren. Wir legten sie vor der Forschungsstation aus und machten uns alle zusammen an die Arbeit.

»Wie hättest du deine Pflöcke denn gern?«, fragte Patrick augenzwinkernd. »Blutig, halb durch oder ganz durch?«

»Also halb durch sind wir hier ganz bestimmt noch nicht«, erwiderte ich und schwang meinen Pinsel. »Ganz durch wäre gut, wenn du die Zeit entbehren kannst.«

Er schüttelte mit ernster Miene den Kopf. »Nein, davon haben wir keine in der Vorratskammer. Petersilie und Salbei, ja. Aber keine Beeren.«

»Euer britischer Humor macht mich fertig«, stellte Dietrich fest, nachdem wir uns schlappgelacht hatten.

Als die Pinguine mit dem Eierlegen begannen, forderte Dietrich uns alle heraus zu wetten, wie viele Küken in diesem Jahr in der Kolonie geboren werden würden. Wer am weitesten danebenläge, müsse einen Kuchen für die Person backen, deren Schätzung am genauesten sei. Ich hatte das Glück zu gewinnen, und Patrick war derjenige, der den Kuchen für mich backen musste. Es war der leckerste Schokobiskuitkuchen, den ich je gegessen habe, aber am Schluss teilte ich ihn natürlich mit den anderen.

Wir waren ein gutes Team, wir vier.

Es ist Abend, und alles ist ruhig in der Forschungsstation. In meiner Tasche befindet sich ein Fischstäbchen. Ich habe es heimlich dort hineingesteckt, weil mich die Vorstellung, es zu essen, angewidert hat. Aber ich wollte Mike nicht verprellen, der für uns zwei das Abendessen zubereitet hat. Ich bin sogar recht stolz auf mich, dass ich es geschafft habe, die Erbsen und die Kartoffeln hinunterzuwürgen. Mike ist jetzt im Labor, also gehe ich zur Eingangstür und werfe das Beweisstück hinaus, über die Felsen und das Eis. Doch dann wird mir bewusst, dass mein Wurf ziemlich erbärmlich war und das Fischstäbchen nicht weit genug entfernt gelandet ist. Falls es nicht eine Möwe holt, wird Mike es am Morgen vielleicht finden. Also ziehe ich meine Stiefel an und gehe nach draußen. Ich hebe es auf, wobei ich meinen Ekel unterdrücke, und scharre ein Stück weiter mit den bloßen Händen im Schnee, um es zu vergraben.

Als ich die Forschungsstation wieder betrete, bin ich völlig durchgefroren.

Kurz darauf entdeckt Mike mich, wie ich im Aufenthaltsraum im Schneidersitz auf dem Boden sitze, die Ellbogen auf die Knie gestützt und die Daumen und Zeigefinger mit kleinen kreisförmigen Bewegungen aneinanderreibe. Panflötenmusik von einer der CDs, die normalerweise nie gespielt werden, füllt den Raum. Eigentlich ist sie gar nicht so schlecht. Sie erinnert mich an das Heulen von Eulen.

Mike wirkt verdutzt. »Was, zum …?«

»Ich mache Achtsamkeitsübungen«, sage ich zu ihm.

»Drehst du mir jetzt ab?«, will er wissen.

»Ja, wahrscheinlich. Ist das okay?«

»Mir wär's lieber, du würdest es nicht tun.«

»Spielverderber.«

»Spinnerin.«

»Idiot.«

»Freak.«

Ich habe keine Lust mehr auf das Geplänkel. Mir wird auch

langsam wieder übel. »Mann, das ist nicht gerade hilfreich. Ich versuche, eine Atmosphäre ruhiger Gelassenheit herzustellen.«

»Was soll dieser Scheiß eigentlich?«, fragt er und schaltet den CD-Player mitten im Heulen aus.

»Hey, ich wollte das hören.«

»Pass mal auf, Terry, wenn du dich entspannen möchtest, habe ich was Besseres.«

Er verschwindet in der Küche, und ich höre einen Korken knallen. Dann kommt er mit einer Flasche und zwei Gläsern wieder zurück.

»Nein, Mike, das geht wirklich nicht«, protestiere ich und rapple mich von Fußboden hoch.

»Natürlich geht das. Komm schon, das wird dir helfen, diesen Scheißkerl Patrick zu vergessen.«

Er schenkt beide Gläser randvoll ein und hält mir eines davon hin.

»Ich habe nein gesagt«, erinnere ich ihn, allmählich gereizt.

Er zieht das Glas so schnell zurück, dass der Wein auf den Untersetzer überschwappt, dann flucht er laut.

Plötzlich ist mir zum Heulen zumute. Mike hat ein Händchen dafür, sich den richtigen Moment auszusuchen.

»Ich gehe heute früh ins Bett«, brumme ich und mache mich erschöpft auf den Weg zur Tür. »Die Sauerei kannst du aufwischen.«

Er sagt mir, dass ich mich verpissen soll.

»Wenn du in England bist, was tust du dann eigentlich so mit Charlotte am Wochenende?«, frage ich Mike, als wir uns am nächsten Morgen auf den Weg machen und uns ein Graupelschauer ins Gesicht weht. Ich versuche, mich an die Vorstellung von einem normalen Leben in Großbritannien zu gewöhnen.

»Komische Frage«, erwidert er gereizt.

»Findest du?« Ich sehe das anders. »Wie lautet die Antwort?«

»Manchmal gehen wir ins Museum oder in eine Galerie.«

»Ah, dann ist sie also kulturell interessiert?«

»In gewisser Weise. Nicht immer. Kommt drauf an.«

Mike geht schweigend neben mir. Für einen Moment stelle ich ihn mir gegen meinen Willen beim Sex mit Charlotte vor. Zunächst geht er ziemlich verklemmt und wissenschaftlich an die Sache heran. Dann zieht sie sich aus und stürzt sich voller Wollust auf ihn, presst ihn aufs Bett, und plötzlich ist er wie verwandelt. Ich muss kurz lächeln, bevor mich die harte Realität wieder einholt. Der Wind beißt mir in die Wangen, Eisregen läuft mir über die Brillengläser, und vor uns liegt ein ganzer Tag Pinguinbestandsaufnahme.

Ich stelle Mike die Frage ganz vorsichtig: »Was hast du vor, wenn wir den Laden hier dichtmachen müssen? Wirst du dich nach einem ähnlichen Job umsehen, oder wirst du dich in Cheltenham niederlassen – mit Charlotte?«

»Terry«, entgegnet er, »kümmere dich um deine eigenen Angelegenheiten.«

Was auch immer Mike sagt (oder nicht sagt), ich nehme an, dass seine Freundin am Wochenende auch einmal richtig die Sau rauslässt. Ich frage mich, ob sie während Mikes langen Abwesenheiten die eine oder andere Affäre hat und irgendwelche anderen Typen voller Wollust aufs Bett presst. Mike zuliebe hoffe ich, dass dem nicht so ist.

Er steuert auf den ihm zugeteilten Bereich der Kolonie zu, und ich gehe zu meinem Bereich. Ich bin jetzt in meiner Komfortzone, wieder umgeben von Pinguinen. Der Graupelschauer ist weitergezogen, die Sonne scheint durch die Lücken in den Wolken, und ich höre das leise, musikalische Tröpfeln von Schmelzwasser.

Überall sind flaumige Pinguinküken, so zahlreich, dass es den Anschein hat, als wäre der Boden zu meinen Füßen mit einem Teppich überzogen. Sie purzeln und kullern herum, spielen miteinander zwischen den Steinen und in den Pfützen. Was für ein niedlicher Anblick.

Weniger erfreulich ist, dass ich oft pinkeln muss, wenn ich draußen arbeite. Den Pinguinen ist das natürlich völlig egal; sie wirken fast schon schadenfroh beim Anblick einer erschöpften Wissenschaftlerin, die ständig ihre Thermohose und ihre Unterhose hinunterschiebt und im Schnee in die Hocke geht. Ich bin angewidert von meinem eigenen Körper. Aus irgendeinem Grund sind menschliche Hinterlassenschaften viel schlimmer als die von Pinguinen.

Ich mache mich wieder an die Arbeit. Doch zum allerersten Mal fühlt sie sich an wie Plackerei. Ich kann es nicht glauben. Fangen Pinguine etwa an, mich zu *langweilen*?

Ich lege eine Hand auf den Bauch, wo mein Baby heranwächst.

Ein geflügelter Schatten huscht über den Schnee. In geringer Entfernung stürzt ein riesiger Sturmvogel herab und landet auf einem Felsen. Er beäugt eine Gruppe umherstreifender Pinguinküken. Dann krümmt er seine riesigen dunklen Flügel, macht einen Satz nach vorn und schnappt nach ihnen. Sich der Gefahr bewusst, weichen die Küken zurück und bilden eine Verteidigungsformation. Der Sturmvogel wird jeden Moment zuschlagen und sich einen von ihnen als Mahlzeit schnappen. Ich distanziere mich emotional, wie ich es schon Tausende Male getan habe, aber diesmal fällt es mir schwerer als sonst. Ich bin meinen Hormonen ausgeliefert, und die Schwangerschaft hat mich in eine totale Mimose verwandelt.

Ich mache mit dem Wiegen von Küken und dem Erstellen von Statistiken weiter, doch es dauert nicht lange, bis ich hinter mir

Krawall höre. Ich kann nicht umhin, mich umzublicken, und rechne damit zu sehen, wie der Sturmvogel ein blutüberströmtes Pinguinbaby über die Felsen zerrt. Stattdessen sehe ich jedoch einen beherzten, jungen, erwachsenen Adeliepinguin, der die Gruppe vor dem Sturmvogel beschützt, indem er herausfordernd die Flossen abspreizt. Ich liebe den angeborenen Beschützerinstinkt der Adeliepinguine. Langsam hole ich meine Kamera hervor und zoome die Szene heran, da ich glaube, dass sie sich gut für meinen Blog eignet. Zu meinem Erstaunen entdecke ich, dass der tapfere erwachsene Pinguin ein orangefarbenes Flossenband trägt. Es ist unser Pip! Er hat sich zwischen dem Küken und dem Räuber aufgebaut und trompetet laut, um den Sturmvogel zu verscheuchen. Der Sturmvogel weicht unbeholfen zurück. Er weiß, dass er sich nicht mit einem ausgewachsenen Adeliepinguin anlegen sollte, und fliegt mit ein paar starken Schlägen seiner gewaltigen Flügel weg.

»Pip!«, rufe ich voller Verwunderung. »Ich bin ja so stolz auf dich!«

Pip erinnert mich daran, dass ich ein bisschen Erfahrung mit dem Aufziehen eines kleinen Lebewesens habe. Und zumindest kann mir niemand die Jahre wegnehmen, die ich hier verbracht habe, was auch immer die Zukunft bringen mag, eine Zeit, die meine kühnsten Erwartungen übertroffen hat. Ich bin unendlich dankbar für alles und werde Locket Island und die Pinguine niemals vergessen.

Ich bin jetzt viel positiver gestimmt. Da mir wieder eine Pause zusteht, gehe ich den ganzen Weg bis zu Sootys Nest. Sooty ist nicht da, aber Mrs Sooty stopft Mini-Sooty gerade hochgewürgten Fisch in den Schnabel. Sie hat ein gieriges, forderndes Kind, doch das scheint ihr nicht das Geringste auszumachen, und sie widmet ihre gesamte Energie selbstlos seinen Bedürfnissen.

Ich werde mein Baby genauso lieben, wie sie ihres liebt, und alles tun, was in meiner Macht steht. Wenn es ein Junge wird, werde ich ihn Archie nennen, glaube ich. Wenn es ein Mädchen wird … mal sehen … Veronica? Wahrscheinlich eher nicht. Eva, vielleicht. Ja, Eva. Ich wäre mit beidem glücklich, manchmal habe ich tatsächlich das Gefühl, es wird ein Mädchen.

Ich möchte aber nicht allzu bald zurück nach Großbritannien. Mir ist in den Sinn gekommen, dass eine klitzekleine Chance für die Fortführung des Pinguinprojekts besteht, wenn für mich Ersatz gefunden wird und Veronica ihre großzügige finanzielle Unterstützung fortsetzt.

Ich muss ihr noch einmal schreiben. Ich brauche unbedingt einen Hinweis, wie Patrick über mich denkt – und über Locket Island …

Irgendjemand schreit immer wieder meinen Namen. Natürlich kann das nur eine Person sein.

Mike. Er ist vor Wut scharlachrot angelaufen. »Terry, warum gehst du denn nicht an dein Funkgerät? Ich war krank vor Sorge um dich.«

»O Gott, das muss ich aus Versehen ausgeschaltet haben.« Ich trage das Funkgerät am Gürtel. Ich muss an den Ausschaltknopf gekommen sein, als ich mir nach meiner wenig damenhaften Hocke-Einlage die Hose wieder hochgezogen habe.

Mike giftet mich an. »Haben wir nicht schon genug Probleme ohne deine Schusseligkeit?«

»Entschuldige. Das war echt dumm von mir. Hast du lange nach mir gesucht?«

»Drei beschissene Stunden.«

Ich bin schockiert. »Mike, es tut mir wirklich leid.«

Das ist gar nicht meine Art. Und es ist unverzeihlich. Mein Bauch tut weh, meine Brüste spannen, ich bin erschöpft, und ich fühle mich überfordert. Ich vergrabe den Kopf in den Händen und fange an zu weinen. Es ist mir egal, dass Mike mich so sieht. Es ist mir egal, wenn er denkt, ich hätte nicht mehr alle Tassen im Schrank. Ich kann nichts gegen die Flut von Tränen tun, die aus mir herausströmt.

»Herrgott noch mal, Terry.«

Aber dieses Mal sagt er es in sanftem Tonfall. Er legt die Arme um mich. Ich schluchze an seiner Brust. Er weiß nichts von der Schwangerschaft und glaubt, das alles läge immer noch daran, dass Patrick gegangen ist. Er hält mich fest. Ich bin überrascht von seinen gemurmelten tröstenden Worten, von der Art und Weise, wie er mir übers Haar streichelt, wie er mir die Tränen von den Wangen wischt.

Ich blicke wieder zu ihm auf. Weitere Tränen lasten schwer auf meinen Wimpern, sodass ich ihn nur verschwommen sehe. Ich muss versuchen, mich zusammenzureißen. So möchte ich nicht sein.

Er hält mein Gesicht zwischen den Händen. Seine Lippen senken sich und berühren meine.

»Mein Gott, Terry«, flüstert er. »Ich liebe dich so sehr.«

29

Veronica

Bolder Island

Sir Robert lächelt mich über den Frühstückstisch hinweg an.

»Und, sind Sie bereit, heute etwas über Magellan-Pinguine zu erzählen, Veronica?«

»Ich bin zu jeder Zeit bereit, über jede Art von Pinguinen zu sprechen, Sir Robert«, erwidere ich, während ich eine dicke Schicht Marmelade auf meinem Toast verteile. »Allerdings glaube ich, dass es heute um Goldschopfpinguine geht.«

Er schüttelt den Kopf. »Nein, es geht um Magellan-Pinguine. Haben Sie das nicht im Ablaufplan gelesen?«

»Verzeihen Sie mir, Sir Robert, aber Sie täuschen sich. Ich habe erst vor zwanzig Minuten nachgesehen. Es steht dort schwarz auf weiß. Ich soll heute Vormittag Goldschopfpinguine vorstellen.«

Er sieht mir in die Augen, und sein attraktives Lächeln verwandelt sich in ein nicht minder attraktives Stirnrunzeln. »Für uns alle ist um neun Uhr ein Flug gebucht, der uns zur nächstgelegenen Magellan-Kolonie bringt.«

Er scheint sich sehr sicher zu sein, aber ich weiß, dass ich recht habe.

»Wenn Sie Ihr Croissant gegessen haben, gehen wir und sehen auf der Pinnwand nach«, sage ich zu ihm. Da der arme Mann in letzter Zeit sehr beschäftigt war, ist es nicht verwunderlich, dass er manchmal ein paar Dinge durcheinanderbringt. Jeder von uns hat eine Kopie des Ablaufplans, doch die lassen wir meistens in unseren Zimmern, deshalb geht es am schnellsten, einen Blick auf den Plan zu werfen, der im Aufenthaltsraum hängt. Als wir mit dem Frühstück fertig sind, gehen wir gemeinsam nachsehen.

Sir Robert deutet auf meinen Namen, der gut leserlich neben dem Wort »Magellan-Pinguine« unter Donnerstag steht.

Kann es tatsächlich schon Donnerstag sein? Und wie konnte ich Magellan-Pinguine mit Goldschopfpinguinen verwechseln? Jemand muss den Ablaufplan geändert haben, ohne mir Bescheid zu sagen.

Trotzdem komme ich mir ziemlich töricht vor. Zum Glück gelingt es mir, die Situation mit einem passenden Zitat aus *Hamlet* zu retten: »Ich bin nur toll bei Nordnordwest; wenn der Wind südlich ist, kann ich einen Falken von einem Reiher unterscheiden.«

Sir Roberts Lächeln ist zurückgekehrt. Er ist beeindruckt von der Bandbreite meines literarischen Wissens und von meinem exzellenten Gedächtnis. In der Tat glaube ich, dass all die jüngsten Anforderungen an meine grauen Zellen diese sogar noch weiter geschärft haben.

Der Tag verläuft genau nach Plan. Sir Robert, Liam, Beth, Daisy und ich werden von einem der örtlichen Kleinstflugzeuge auf eine benachbarte Insel gebracht. Daisy lässt sich nur widerwillig von ihrer geliebten Petra loseisen, ist aber wie immer ganz versessen darauf, mir beim Drehen zuzusehen. Ihre Mutter weiß nichts Besseres mit sich anzufangen, als sich uns anzuschließen.

Jetzt sind wir unter einem blau-silberfarben gestreiften Himmel in der Nähe einer Felshöhle versammelt. Wir haben vor einem pittoresken Hintergrund aufgebaut: Der Sandstrand ist blassgoldfarben und mit Pinguinen gesprenkelt, während sich das Meer in einer prächtigen Mischung aus grün und türkis präsentiert, durchzogen von leuchtend silberfarbenen Streifen. Wir bilden eine kleine Gruppe von Menschen inmitten eines Wirrwarrs von Pinguinen. Die Magellan-Pinguine haben eine attraktive Zeichnung, mit einem markanten weißen Ring um das Gesicht und einem hufeisenförmigen Band aus schwarzen Federn um die weiße Brust und den weißen Bauch. Bei unserer Ankunft haben die Pinguine den Kopf gehoben und laut gekreischt, doch jetzt, wo die Kameras aufgestellt sind, ist überraschenderweise Stille eingekehrt.

Liam zufolge verbringen Kameraleute den Großteil ihres Lebens damit zu versuchen, sich an scheue Tiere heranzupirschen, ohne sie zu verscheuchen, aber hier ist es anders. Mehrere Objektive sind auf die beschnabelten Gesichter gerichtet, und die beschnabelten Gesichter schauen direkt in die Objektive. Seit einer halben Stunde warten wir darauf, dass sie irgendetwas Interessantes tun. Doch anscheinend warten die Pinguine, die genauso fasziniert sind wie wir, darauf, dass *wir* irgendetwas Interessantes tun.

Schließlich ergreift einer von ihnen die Initiative. Er tritt mit hoch erhobenem Kopf vor und stolziert umher, wobei er den Blick fest auf uns gerichtet hat, aber zweifellos vor seinen Gefährten angibt. Beinahe sofort stolpert er und fällt auf äußerst ungraziöse Weise hin. Daisy johlt vor Lachen. Ich bin mir nicht sicher, ob es das ist, was wir filmen wollten. Wenn diese Szene bestehen bleibt, muss sie mit komischer Musik unterlegt werden. Der Pinguin rappelt sich fröhlich wieder auf und kehrt genau an die Stelle zurück, an der er ursprünglich gestanden hat. Es scheint ihn überhaupt nicht zu stören, dass er sich lächerlich gemacht hat. Die Pinguin-Mensch-Pattsituation ist wiederhergestellt.

Endlich hüpft ein erwachsenes Pinguinweibchen aus dem Meer und watschelt am Strand in unsere Richtung. Seine Silhouette schwankt vor dem Hintergrund heller Wellen hin und her, als es auf ein großes, pummeliges, graubraunes Küken zusteuert.

»Los, Veronica!«, ruft Liam.

Ich beginne zu sprechen. »Wie Sie an diesem reizenden Beispiel erkennen können, meine lieben Zuschauer, sind die Muttergefühle stark ausgeprägt.« Sir Robert deutet auf die Pinguine, um mir zu verstehen zu geben, dass ich beschreiben soll, was gerade vor sich geht, anstatt die Fakten wiederzugeben, die ich mir eingeprägt habe. »Diese Mutter scheint es kaum erwarten zu können, ihr Junges wiederzusehen.« Hier halte ich inne, da ich gelernt habe, wie wichtig bedeutungsschwangere Pausen sind, vor allem dann, wenn gleich etwas passieren wird. Die Kameras, meine Zuschauer und ich beobachten, wie die Mutter ihren aufgeweichten Fang in den wartenden Schnabel ihres Kükens hochwürgt. Das Küken schluckt alles hinunter, was die Mutter ihm anbietet, dann läuft es ihr hinterher und verlangt nach mehr.

Liam kommt hinter seinem Kamerastativ hervor. »Gut, ist im Kasten.«

»Würden Sie jetzt etwas über ihre Nester erzählen?«, schlägt Sir Robert vor.

Ich willige ein. Wir ziehen weiter zu den gelblichen, mit Grasbüscheln bewachsenen Dünen und richten unser Augenmerk auf eine andere Gruppe von Pinguinen. Ich informiere meine Zuschauer, dass die Eltern mit ihren kräftigen Schnäbeln und Flossen Erdlöcher graben, um ihre Jungen vor Räubern zu schützen.

»Seelöwen, Seeelefanten und Orcas – besser bekannt als Killerwale – sind im Meer gefährlicher als an Land. Seeelefanten mögen wie schwerfällige Tollpatsche wirken, sind unter Wasser aber ziemlich tödlich. Doch es sind Möwen und Skuas, die für diese Küken am gefährlichsten werden, da sie jeden Moment herabstoßen können, wenn die Eltern nicht aufpassen.«

Wir haben das einmal auf Bolder Island miterlebt, und es war eine wirklich blutige und tragische Angelegenheit. Ich kann mir nicht vorstellen, dass sich die Mutter des Kükens davon jemals ganz erholen wird.

Bislang habe ich Eselspinguine und Magellan-Pinguine abgehandelt. Felsenpinguine, Goldschopfpinguine und Königspinguine stehen noch auf dem Plan. Daisy wird für *I Wish* vor der Kamera ebenfalls etwas über Felsenpinguine erzählen, vor allem über ihre entzückende Freundschaft mit Petra. Während ich heute Nachmittag im Aufenthaltsraum gelesen habe, hat sie mit Beth ihren Text einstudiert. Eines muss ich Beth lassen: Sie besitzt unendlich viel Geduld.

Als ich von Emily Brontë aufblicke, steht sie vor mir. Beth, meine ich, nicht Emily Brontë. Ich war so in *Wuthering Heights* vertieft, dass ich ein bisschen auf dem Schlauch stehe und mir einen Moment lang schwertue, Wirklichkeit und Fiktion zu unterscheiden. Beth drückt mir ein paar Blätter Papier in die Hand und nuschelt etwas, das ich nicht verstehe, aber ich glaube, es enthält die Worte »E-Mail« und »Patrick«.

Meine Verwirrung verfliegt schnell und weicht kribbelnder Aufregung. Ich bedanke mich bei ihr und nehme die Seiten entgegen. Wie ich sehe, enthalten sie überhaupt keinen Text, dafür aber zahlreiche Fotos. Ich raffe mich, so schnell ich kann, von meinem Sessel auf und ziehe mich in die Privatsphäre meines Zimmers zurück, um unbeobachtet und in aller Ruhe aufsaugen zu können, was ich erhalten habe.

Ich setze mich ans Fenster, hole tief Luft und nehme das erste Foto in Augenschein.

Mein Baby schaut mich mit großen Augen an. Mein Enzo. Genau so, wie ich ihn in Erinnerung habe, aber mit einem unrealistisch vergissmeinnichtblauen Teddybären in eine Decke gewickelt. Oh, Enzo, ich habe dich nicht vergessen, hätte dich niemals vergessen können …

Das Blau verschwimmt, und das Foto wird unscharf. Es ist so viele Jahre her, so viele Jahrzehnte, aber endlich sehe ich ihn wieder, wahrscheinlich nur ein oder zwei Wochen nachdem er mir weggenommen wurde. Ich blinzle. Ein Tropfen ist auf das Foto gefallen und lässt die Druckertinte laufen. Ich wische ihn weg und halte das Papier in sicherem Abstand, werde jedoch von einer Welle der Emotion nach der anderen überrollt. Ich habe meine eigenen Erinnerungen an denselben Jungen: Wie ich ihn im Nonnenkloster im Spülbecken gebadet habe. Wie ich ihm »It's a Long Way to Tipperary« und »You Are My Sunshine« vorgesungen habe, und wie Schwester Amelia den Kopf zur Tür hereingestreckt und mir gesagt hat, ich solle leise sein – und wie ich umso lauter gesungen habe, weil ich Enzo weiter lächeln sehen wollte. Sein wunderschönes Babylächeln!

Ich hole mehrmals zittrig tief Luft. Endlich bin ich in der Lage, mir die anderen Fotos anzusehen, die anderen Erinnerungen, die nicht meine sind. Meine Tränen versiegen nicht, sondern strömen mir ungehindert über die Wangen und den Hals. Mein Enzo ist vor mir, liebkost und angehimmelt von Fremden, auf den Knien geschaukelt von dem jungen Paar, das ihn mir weggenommen hat, an dessen Gesichter ich mich kaum noch erinnere, das mir jedoch mein ganzes Glück geraubt hat, als ich selbst fast noch ein Kind war. Ich sehe mit Erleichterung, dass die beiden ihn geliebt haben, und doch flammt meine Wut auf, weil diese Liebe meine hätte sein sollen.

Ich betrachte die Fotos meines sich verwandelnden Jungen, eines nach dem anderen, Jahr um Jahr. Dichte dunkle Locken umranden sein Gesicht, und er wird größer. Er sitzt auf einer Picknickdecke. Er steckt die Finger in die Glasur eines Geburtstagskuchens. Er spielt auf einem Karussell im Park. Er stapft durch den Schnee. Dann fährt er auf einem kleinen roten Fahrrad mit Stützrädern. Dann ist er im Zoo, betrachtet Affen, deutet mit einem kurzen Finger auf Giraffen. Dann ist er in der Schule, in einer schicken Uniform für ein Klassenfoto mit seinen Mitschülern. Dann ist er auf einem Spielfeld und schießt einen Fußball. Dann springt er von einem Sprungbrett in ein Schwimmbecken. Das letzte Foto zeigt nur sein Gesicht.

Mein Herz droht zu bersten. Ich ertrage es kaum. Er lächelt das wunderschönste Lächeln der Welt. Seine dunklen Augen blicken direkt in die Kamera, direkt auf mich, seine Mutter.

30

Patrick

Vancouver

»Hallo, ich bin's wieder!«

Denises Ohrringe und ihr Lächeln strahlen genauso wie beim letzten Mal. Sie küsst mich auf die Wange und lässt mich herein. Ich stelle den Karton im Flur ab. Sie möchte gern die Routine mit Hund-Streicheln, Teetrinken und Small Talk durchziehen, aber das kommt überhaupt nicht infrage. In den vergangenen Tagen habe ich mehrmals vergeblich versucht, sie anzurufen. Jetzt ist meine Geduld am Ende.

»Hieß er jetzt Joshua oder Joe?«, will ich von ihr wissen. Ich weiß, dass ich eigentlich erst fragen sollte: »Wie geht's, Denise?«, aber ich habe inzwischen den leisen Verdacht, dass wir womöglich den Falschen erwischt haben.

Lulu schnüffelt an meinen Absätzen. Denises Lächeln weicht einem Stirnrunzeln. »Joshua?«

»Ja, es gibt ein Fotoalbum mit jeder Menge Bildern, aber unter denen steht immer ›Joshua‹«, erkläre ich gereizt.

»Lassen Sie mich nachdenken.« Nach dem leeren Ausdruck in

ihren Augen zu schließen, gehört Nachdenken nicht zu den Aktivitäten, die sie gewohnt ist.

»Wasserkocher, während Mommy versucht drauf zu kommen.«

Ich bin einen Moment lang beunruhigt, bis mir bewusst wird, dass sie mit Lulu spricht. Ich folge ihr in die Küche, und sie knallt zwei Becher und ein Päckchen Kekse auf die Anrichte. Ich versuche, den Wasserkocher durch Willenskraft dazu zu bringen, das Wasser schneller kochen zu lassen, was aber nicht funktioniert.

Als wir mit unserem Tee wieder im Wohnzimmer sind, gelingt es mir, Denise das Fotoalbum aufzunötigen. »Schauen Sie, da steht Joshua.«

Sie blättert in dem Album. »Tatsächlich.« Sie blickt verwirrt auf die Fotos hinunter. »Aber ich habe ihn als Joe in Erinnerung. Das ist eindeutig er.«

Ja, aber ist es der *richtige* Er?, möchte ich schreien.

»Ich frage mich, ob Emma sich erinnern könnte.«

»Wer ist denn Emma?«

»Meine Tochter, die Anwältin. Sie hat ein Gedächtnis wie ein Elefant. Sie hat Joe natürlich nie kennengelernt, aber sie ist ziemlich auf Zack, was die Familiengeschichte angeht. Wenn Sie möchten, rufe ich sie an, sobald wir unseren Tee getrunken haben.«

»Müssen wir damit warten, bis wir unseren Tee getrunken haben?«, frage ich.

»Na ja, Patrick … Sie haben es ziemlich eilig, oder?«

Sie hat's bemerkt!

Sie sieht mich jetzt weniger begeistert an, steht aber auf und geht zum Telefon. »Emma, mein Schatz, ich bin's, Mom. Ja, mir geht's gut, Lulu auch … Oh, das ist gut zu wissen … Hör mal, Schatz, ich habe hier einen jungen Mann sitzen, der Nachforschungen zu den Fullers anstellt. Er hat ihre Sachen auf dem Speicher gefunden, und darunter war ein Fotoalbum, aber es sieht so aus, als wäre Joe … vielleicht gar nicht Joe gewesen. Seine Mutter nennt ihn in den Bildunterschriften Joshua.«

Es entsteht eine lange Pause. Dann winkt Denise mich zu sich und hält die Hand über die Sprechmuschel. »Sie möchte mit Ihnen sprechen«, zischt sie.

Ich nehme ihr das Telefon ungeduldig aus der Hand.

Eine forsche junge Stimme ertönt an meinem Ohr. »Hallo, spreche ich mit Patrick?«

»Ja, tut mir leid, dass ich Ihnen Umstände mache, äh, Emma, aber mir ist die Sache sehr wichtig.«

»Verstehe ich. Er war schließlich Ihr Vater. Hören Sie, ich weiß, dass Mom bei solchen Dingen ein bisschen konfus ist. Sie hat vieles vergessen, aber ich erinnere mich, dass ich da mal nachgeforscht habe. Die Fullers haben ihn auf den Namen Joshua getauft, aber er nannte sich lieber Joe und hat seinen Namen später offiziell geändert. Wahrscheinlich haben ihm die biblischen Konnotationen von Joshua nicht gefallen. Aber es handelt sich definitiv um ein und dieselbe Person.«

Ich bin froh. Er war ein süßes Kind, auch wenn er später zu einem miesen Typen wurde. Ich habe angefangen, mich auf merkwürdige Art und Weise mit ihm verbunden zu fühlen.

»Danke, Emma. Sie können sich gar nicht vorstellen, wie gut es tut, das geklärt zu haben.«

Dann rückt sie raus damit: »Hat Mom Ihnen gesagt, dass noch ein zweiter Karton da ist?«

»Nein. Ein zweiter Karton?«

»Aha, dann hat sie das auch vergessen. Richten Sie ihr bitte von mir aus, dass sie ein hoffnungsloser Fall ist, ja?«

»Okay, aber was befindet sich denn in dem anderen Karton?« Mein Puls hat sich wie verrückt beschleunigt.

»Er ist nur ganz klein: ein Schuhkarton, glaube ich. Wir haben ihn zugeschickt bekommen, als Joe Fuller gestorben ist. Von einem Freund von ihm. Ich habe nie reingeschaut, aber ich nehme an, es sind ein paar von seinen persönlichen Sachen drin. Ich finde, Sie sollten sie jetzt bekommen. Der Karton muss auch irgendwo bei Mom auf dem Speicher sein. Sie bewahrt sämtliche Familiensachen auf.«

»Mein Gott, Emma, Sie sind ein Engel. Vielen herzlichen Dank.«

Auch ein Schuhkarton ist besser als nichts. Denise hat ihren Tee noch nicht getrunken und auch ihren Keks nicht aufgegessen, erteilt mir aber die Erlaubnis, ihrem Speicher einen weiteren Besuch abzustatten. Ich bin aus dem Zimmer, bevor sie ihren Satz zu Ende gesprochen hat.

Als ich die Luke öffne, bekomme ich sofort wieder eine verdammte Staubdusche auf den Kopf.

Es dauert einige Zeit, bis ich den Schuhkarton finde, aber da steht er, ganz allein in einer Ecke. Er ist ebenfalls mit einer Staubschicht und einigen Mäuseköteln bedeckt.

Ich habe vergessen zu fragen, ob ich den Karton behalten darf. Ich habe das Gefühl, ich kann Denise nicht noch einen dritten Besuch abstatten, um ihn zurückzubringen. Selbst Lulu ist schon gelangweilt von mir. Aber ich möchte ihn auch nicht öffnen, wenn Denise mir dabei zuschaut.

Ich werde ihn hier und jetzt aufmachen.

Das Paketklebeband ist alt und brüchig, wurde aber so oft um den Karton gewickelt, dass es ihn noch immer fest verschließt. Ich durchtrenne es mit dem Fingernagel und reiße es herunter. Dann hebe ich den Deckel hoch. In dem Schuhkarton befindet sich nicht viel. Ich nehme die Gegenstände einen nach dem anderen heraus und schreibe dabei jeweils ein paar Stichworte in meinen Notizblock.

Eine Armbanduhr, die vor langer Zeit stehen geblieben ist. Sie hat eine quadratische Form, sieht teuer und klassisch aus und ist auf der Rückseite graviert: *Für Joe, in Liebe von Deinen Eltern.*

Etwas gekränkt und eifersüchtig schreibe ich:

– wurde von seinen Eltern geliebt

Als Nächstes nehme ich eine abgewetzte Ledermappe mit umlaufendem Reißverschluss heraus. Ich mache den Reißverschluss auf. In der Mappe befinden sich einige Postkarten und Geburtstagskarten von Leuten, deren Namen ich nicht kenne, und ein paar Fotos. Ich sehe die Fotos schnell durch.

Es dauert nur Sekunden, bis ich es gefunden habe: ein Foto des erwachsenen Joe Fuller. Dad. Meine Augen sind plötzlich wässrig, aber ich blinzle die Tränen weg und starre ihn an. Er steht mit einem anderen Typen auf dem Gipfel eines Berges, und jeder hat einen Rucksack ans Bein gelehnt. Beide grinsen mit einem stolzen »Wir haben's geschafft«-Gesichtsausdruck. Dad hat genau das Aussehen, das bei Frauen gut ankommt: tief gebräunt und sportlich. Ich kann mir den Gedanken nicht verkneifen, dass er wirkt wie ein anständiger Kerl, wie jemand, der ein guter Kumpel ist. Auf der Rückseite steht: *Joe, von Maurice. In den Rockies, 1967.*

Ich notiere es mir.

– war beim Klettern in den Rockies
– hatte einen Freund namens Maurice

Ich betrachte das Foto noch einmal, und plötzlich überkommt mich eine unbändige Wut, weil er so verdammt unbekümmert dasteht. Okay, dieses Foto ist lange vor meiner Geburt entstanden, aber ich ertrage diesen selbstgefälligen Gesichtsausdruck trotzdem nicht. Ich spreche mit ihm, die Zähne zusammengebissen: »Warum, Dad, warum? Warum hast du Mum einfach so im Stich gelassen, obwohl du wusstest, dass sie depressiv ist? Obwohl du einen Sohn hattest, ein Baby, eine Woche alt? Warum bist du abgehauen und hast uns nie wieder kontaktiert? Wusstest du denn nicht, dass die Trauer sie umgebracht hat? Hast du jemals erfahren, dass sie sich Steine in die Taschen gestopft hat und ins Meer gegangen ist?«

Ich schüttle das Foto, als könnte ich die Schande und den Schrecken in ihn hineinschütteln.

»Hast du überhaupt irgendwann mal an mich gedacht? Hast du? Hast du?«

Dann, wie als Antwort, fällt mir ein sehr kleines Schwarz-Weiß-Foto in den Schoß.

Das Foto eines Neugeborenen, in eine Decke gewickelt.

Ich? Möglich, dass ich das bin.

Mit einem Mal ist es hier auf dem Speicher sehr stickig geworden. Ich muss mich auf eine alte Truhe setzen. Mein Hals fühlt sich wie zugeschnürt an, und ich habe einen unangenehmen Geschmack im Mund.

Ich habe kein Foto von mir als Baby. Nicht ein einziges.

Ich muss mich daran erinnern zu atmen.

Neugeborene Babys sehen sich alle ziemlich ähnlich, aber das *muss* ich sein, oder nicht? Zumindest ist das ein Indiz dafür, dass mein Dad mich vielleicht doch nicht völlig vergessen hatte. Immerhin hat er das Foto all die Jahre aufbewahrt. Ich durchwühle den Inhalt der Mappe und breite sämtliche Fotos aus.

Und endlich finde ich den Beweis, nach dem ich gesucht habe: ein gemeinsames Foto von Mum und mir als Winzling. Sie drückt mich an sich, ihr Haar fällt ihr offen auf die Schultern, und sie hat ein Lachen in den Augen. Genau wie ich sie in Erinnerung habe.

Und ich kann beinahe die Stimme von Joni Mitchell hören und den Duft von Rosenseife und billigem Shampoo, gemischt mit dem penetranten Geruch von Bier, riechen. Eine heftige Traurigkeit packt mich, und ich muss für einen Moment die Augen schließen. Wäre Mum doch nur bei mir geblieben. Hätte uns dieser verdammte Joe Fuller doch nicht einfach sitzen lassen.

31

Patrick

Denise hat mir den Schuhkarton überlassen. Er steht jetzt in meinem Hotelzimmer bei dem riesigen Fenster auf dem Fußboden. Ich fühle mich immer noch ein bisschen wackelig auf den Beinen.

Von Granny V bin ich wieder einmal ziemlich genervt. Sie sollte, verdammt noch mal, hier bei mir sein. Wir hatten schließlich ausgemacht, wir erledigen das gemeinsam. In einer solchen Situation sollte man einen Kumpel oder ein Familienmitglied dabeihaben. Oder seine Freundin.

Bis zu meinem Flug auf die Falklandinseln muss ich fast noch eine Woche totschlagen. Was soll ich bloß die ganze Zeit machen? Ich frage mich erneut, ob es wohl möglich wäre, an Drogen zu kommen, habe aber keine Ahnung, wie ich das in Kanada anstellen soll. Wahrscheinlich sollte ich einfach das Beste aus meinem Aufenthalt machen und mir einiges anschauen, auch wenn ich nicht in der Stimmung für Sightseeing bin. Vielleicht würde es mir ja leichter fallen, wenn ich erst mal damit angefangen habe.

Ich gehe zum Aufzug, dann wird mir bewusst, dass ich es nicht ertragen würde, in diesem kleinen geschlossenen Raum gefangen zu sein. Stattdessen mache ich mich auf, Hunderte glänzende braune Stufen hinunterzugehen. Tempo scheint nötig zu sein, und ich sause so schnell nach unten, dass ich stolpere und mich gerade noch am Geländer festhalten kann, bevor ich mich ernsthaft verletze. Unten angekommen, drücke ich eine Brandschutztür auf, poltere einen Korridor entlang und tauche schließlich hinter dem Rezeptionsbereich auf. Der Duft von frischem Kaffee vermischt sich mit dem Geruch von neuem Teppich. Auf einem Glastisch, vor einer von diesen Zierorchideen, die von nichts als Luft leben, finde ich einen Ständer voller Flyer über Vancouver. Ich fische wahllos ein paar heraus und überfliege sie.

Anscheinend hat diese Stadt für jeden etwas zu bieten – von der Familie mit Kleinkindern bis hin zu Reisenden aus der LGBT-Gemeinde. (Und was ist mit armseligen, einsamen Idioten?) Es gibt buchstäblich Hunderte Sehenswürdigkeiten und Freizeitangebote: ein Bummel über den Granville Market, ein Spaziergang durch Chinatown, Shopping in der Robinson Street, die Erkundung von Waldwegen, Segeln in der Straße von Georgia, mit der Gondel auf den Grouse Mountain für einen Ausblick auf das gitterförmige Straßennetz und den Hafen …

Anstatt einen von diesen Vorschlägen aufzugreifen, konzentriere ich mich auf den Flyer des Greater Vancouver Zoo. Mein Dad hat ihn als Kind besucht, also möchte ich auch dorthin. Außerdem muss ich zugeben, dass ich Locket Island vermisse und ein bisschen Pinguintherapie wirklich gut brauchen könnte.

Wie sich herausstellt, befindet sich der Zoo ein erhebliches Stück außerhalb der Stadt. Ich gehe auf die junge Frau mit dem gelockten Pony an der Rezeption zu. Sie wirkt sehr gelangweilt, wenn auch auf eine ordentliche, effiziente Weise, setzt aber extra für mich ein professionelles Lächeln auf. Ich erkundige mich, ob sie mir einen Autoverleih in der Nähe empfehlen kann, und sie gibt mir ein paar Tipps, ohne dass das Lächeln von ihren Lippen verschwindet. Ich wette, sie denkt: *Aha, der Spinnweben-Typ kommt bald wieder mit vergammelten Kartons an.*

Ein Auto zu mieten ist ein Riesentheater, das mich mein letztes bisschen Geduld kostet, aber es lenkt mich eine Zeit lang von meinen erbärmlichen Gedanken ab. Als ich endlich mit meinem blauen Nissan vom Highway herunterfahre, froh über das Navi, und auf den riesigen Parkplatz abbiege, bleibt nicht mehr allzu viel Zeit, um Tiere anzuschauen. Trotzdem wird es sich lohnen. Pinguine machen mich einfach glücklich, und allein der Gedanke an sie hilft mir dabei, mich meinem Dad gegenüber etwas mehr zu erwärmen. Ich *will* ihn mögen, nachdem ich die Fotos gesehen habe, aber es fällt mir schwer, weil ich einfach nicht verstehe, warum er nie Kontakt mit mir aufgenommen hat, warum er mich nie kennenlernen wollte.

Der Zoo ist absolut riesig. Es ist ein kalter, trostloser Tag, aber ich gehe mit so großen Schritten, dass ich trotzdem ins Schwitzen komme. Ich haste zwischen Büffeln und Alligatoren und Luchsen umher, kann das Pinguingehege aber beim besten Willen nicht finden. Am Eingang habe ich einen Plan bekommen, doch das Wort »Pinguine« steht nicht darauf. Zebras, ja; Lamas – ich habe noch nie so viele Lamas gesehen; Flamingos – mir kommen die verdammten Flamingos schon zu den Ohren raus! Ich sehe Nilpferde und Jaguare und Geparden und eine ganze Menge anderer seltsamer Tiere, von denen ich noch nie etwas gehört habe, wie Addaxe und Nilgaue und Onager. Aber nirgendwo eine Spur von einem Pinguin.

Ich entdecke einen Zoomitarbeiter, der neben einem Orang-Utan-Käfig steht. Er hat etwas Offizielles an sich mit seinem großen orangefarbenen Namensschild, trotz seines süffisanten Grinsens.

»Wo sind denn Ihre Pinguine?«, frage ich ihn.

Sein Grinsen wird noch süffisanter. »Tut mir leid, Sir. Wir haben hier keine Pinguine.«

Ich traue meinen Ohren nicht. Dann explodiere ich und fahre ihn an: »Was? Was ist das für ein Zoo, der keine Pinguine hat?«

»Wenn Sie Pinguine sehen möchten, müssen Sie ins Vancouver Aquarium gehen. Da sind die ganzen Meerestiere. Es wäre unsinnig, hier das Gleiche zu zeigen wie dort.«

Ich fluche lautstark. Die Leute starren mich an.

»Was glotzt ihr denn so?«, brülle ich, und einige ziehen geschockt ihre Kinder weiter. Meine Schläfen pochen. Ich hätte es wissen müssen. Natürlich gibt es hier keine verfluchten Pinguine. Ich mache mich Richtung Parkplatz aus dem Staub, erschöpft und beschämt.

Mein Gott, was ist nur aus mir geworden?

Ich fahre mit einem solchen Hass auf mich selbst zurück, dass ich heulen könnte. Nachdem ich den Wagen abgegeben habe, mache ich mich auf den Rückweg zum Hotel. Ich bin zu erledigt, um all die Stufen wieder hinaufzugehen, also beiße ich die Zähne zusammen und nehme den Aufzug nach oben. In meinem bescheuert luxuriösen Zimmer angekommen werfe ich mich aufs Bett.

Einmal mehr juckt es mich in den Fingern, auf meinem Handy Terrys Blog aufzurufen. Ich schaffe es nur mit Mühe, sie davon abzuhalten, indem ich sie dazu bringe, stattdessen Granny zu mailen. Ich bin nicht gut darin, Gedanken in Worte zu fassen, und bleibe deshalb sachlich. Meinen misslungenen Zoobesuch erwähne ich nicht.

Hi, Granny,

ich hoffe, dir geht's gut – und Daisy und RS ebenfalls. Habe heute noch mehr rausgefunden. Denises Tochter (Emma) hatte viel mehr Infos als Denise, darum habe ich jetzt auch einen Schuhkarton mit Sachen von Dad, als er schon älter war. Habe außerdem rausgefunden, dass er Joshua getauft wurde, aber den Namen nicht mochte und ihn in Joe geändert hat. Vielleicht hat er darüber nachgedacht, als er die Spirale mit dem J in der Mitte gezeichnet hat?

Ich hänge das Foto von der Zeichnung, das ich vorhin gemacht habe, an die E-Mail an. Da ich schon dabei bin, nehme ich die Armbanduhr, die Ledermappe und die neuesten Fotos aus dem Karton und fotografiere alles.

Hier ist er als Erwachsener. Und da ist ein Foto von meiner Wenigkeit mit meiner Mum. Hoffentlich bedeutet das, dass er uns nicht ganz vergessen hat. Wahrscheinlich werden wir nie erfahren, warum er gegangen ist.

Das wird mich bis an mein Lebensende verfolgen. Aber zumindest habe ich die Fotos. Granny wird sich bestimmt auch darüber freuen.

Ich sammle den ganzen Krempel zusammen und verstaue ihn wieder in dem Schuhkarton.

Mir kommt in den Sinn, dass das Internet vielleicht noch irgendwelche Informationen liefert, wenn ich nach Joshua Fuller anstatt nach Joe Fuller suche. Möglicherweise ist auf einigen offiziellen Dokumenten der Name Joshua stehen geblieben. Ich schalte den Wasserkocher ein und mache mir mit den kleinen Aufgussbeuteln, die mir hingelegt wurden, einen Kaffee. Dann nehme ich mein Telefon wieder in die Hand und tippe die Worte »Joshua Fuller« ein. Es werden Unmengen von Treffern angezeigt, und ich scrolle nach unten. Meine Augenlider werden schwer, als ich die Masse an irrelevanten Suchergebnissen durchsiebe. Froh über Kaffee mache ich weiter.

Etliche Seiten später stoße ich auf einen Zeitungsartikel von 1985, dem Jahr, in dem ich geboren wurde, dem Jahr, in dem mein Vater uns verlassen hat. Über der Spalte mit dem Text befindet sich ein Foto meines Vaters, den ich jetzt erkenne – als denselben Mann, der grinsend auf dem Berggipfel steht, wobei er hier irgendwie ernster und düsterer dreinblickt. Ich werfe einen Blick auf die Überschrift.

Ich muss blinzeln und noch einmal hinsehen, weil ich nicht glauben kann, dass ich tatsächlich diese vier Wörter lese. Es besteht jedoch kein Zweifel daran, wie sehr ich mir auch wünsche, es wären andere Worte, Worte, die von irgendeiner heldenhaften Tat berichten. Und es besteht kein Zweifel daran, dass sie sich auf den Mann auf dem Foto beziehen, meinen Dad.

MÖRDER FLÜCHTET INS AUSLAND.

32

Veronica

Bolder Island

Als Beth mir die neueste E-Mail überreicht, kann ich nichts dagegen tun, dass meine Hand zittert. Mein Atem stockt, und mir ist ganz schwindlig vor Anspannung. Was hat Patrick noch über meinen geliebten Sohn zutage gefördert? In der Tat *geliebt*, denn in der Stille meines Zimmers eingeschlossen habe ich mir die Fotos immer und immer wieder angesehen und versucht, auch das letzte Detail aufzusaugen. Ich habe mich noch einmal in meinen Enzo verliebt.

Ich platze heraus: »Danke, Beth.« In meiner Ungeduld bin ich kurz angebunden, und sie weicht vor mir zurück, als wäre ich ein Krokodil.

Ich sehe sofort, dass die E-Mail diesmal keine Fotos enthält, was eine Enttäuschung ist, aber sie enthält eine ganze Seite Text. Da Patrick normalerweise nicht zu wortreichen Ausführungen neigt, wird das nur bedeuten, dass er mit neuen Informationen aufwarten kann.

Ich ziehe mich sofort in mein Zimmer zurück, um die E-Mail zu verschlingen, doch die dümmste, ärgerlichste Lappalie hält mich davon ab, weitere wertvolle Minuten mit meinem Sohn zu verbringen: Meine Lesebrille ist nirgendwo zu finden. Sie steckt in keiner meiner Handtaschen. In meinem Zimmer gibt es nur wenige Möbelstücke, aber ich durchwühle sämtliche Schubladen der Kommode, suche die Oberfläche des Nachtschränkchens und das Fensterbrett ab und kontrolliere sogar das obere Regalbrett im Kleiderschrank.

Ich bin stolz auf mein Gedächtnis, das mich trotz meines fortgeschrittenen Alters nie im Stich lässt, und doch scheinen sich diese verflixten Unannehmlichkeiten zu häufen. Wäre ich kein so geduldiger Mensch, dann wäre ich inzwischen unglaublich wütend.

Ich stampfe hinaus in den Gemeinschaftsbereich und rufe der kleinen Gruppe entgegen: »Hat jemand meine Brille gesehen?« Die Unterhaltung verstummt, und Köpfe drehen sich zu mir. »Es ist extrem wichtig, dass ich sie unverzüglich finde«, versichere ich auf autoritäre Weise. Alle treten sofort in Aktion.

»Keine Sorge, Mrs McCreedy«, ruft Keith. »Sie wenden sich an den Richtigen. Keith wird sie finden.«

»Ich will doch hoffen, dass er sie findet.«

Die Überbleibsel des Frühstücks sind auf den Tischen verteilt, und in der Luft hängt noch der Geruch von Gebratenem. Sir Robert ist bereits unterwegs, um zu drehen, aber Keith, Beth, Daisy und mehrere Kameramänner sind allesamt auf der Suche nach der verschwundenen Brille. Würde ich nicht unbedingt Patricks E-Mail lesen wollen, fände ich Gefallen daran, das Kommando zu haben.

Daisy ist diejenige, die das ärgerliche, aber unverzichtbare Ding hinter einer Teekanne entdeckt.

Ich danke ihr, eile in mein Zimmer und schließe die Tür fest hinter mir. Welche Enthüllungen auch immer auf mich zukommen mögen, ich bin dafür gerüstet. Ich setze meine Brille auf und bin endlich bereit, die E-Mail zu verschlingen.

Doch zu meiner Bestürzung wird mir bewusst, dass sie gar nicht von Patrick ist. Sie ist von Terry.

Meine Enttäuschung ist greifbar, trotzdem bin ich zunehmend gefesselt, je mehr ich lese. Was als ziemlich harmloser, unterhaltsamer Brief mit Neuigkeiten beginnt, erweist sich schließlich als verzweifelte Bitte etwas mysteriöser Natur.

Liebe Veronica,

ich hoffe, es geht Ihnen gut, Sie überanstrengen sich nicht (als ob irgendjemand Sie davon abhalten könnte!) und genießen es, wieder unter Pinguinen zu sein. Bitte verzeihen Sie mir, dass es in dieser E-Mail überwiegend um mich geht. Ich kann Ihnen versichern, dass es den Pinguinen auf Locket Island gut geht und dass die Anzahl der brütenden Paare seit letztem Jahr leicht gestiegen ist, was erstaunlich ist. Und Pip ist noch genauso ein Charakter wie eh und je. Ich sehe ihn fast jeden Tag herumstolzieren. Er ist voll in die Kolonie integriert. Wenn er mich entdeckt, kommt er sofort angewatschelt, um hallo zu sagen. Gestern hat er sich richtig heldenhaft verhalten und eine Gruppe Küken vor einem riesigen Sturmvogel beschützt. Wenn Sie einen Blick in den Blog werfen, finden Sie dort ein Video.

Wir vermissen Patrick hier und hoffen, dass er glücklich ist, was auch immer er gerade macht.

Terry hat keine Ahnung, wie viel Patrick über seinen Vater herausgefunden hat. Ich frage mich, ob sie nach seinem unfeinen Abgang noch Zuneigung für ihn empfindet. Bislang waren ihre Worte erstaunlicherweise frei von Anschuldigungen.

Es gibt Neuigkeiten, Veronica, und ich mache mir wirklich große Sorgen. Sie haben sowohl auf die Zukunft des Locket-Island-Projekts Auswirkungen als auch auf meine Zukunft, und ich bin mir überhaupt noch nicht im Klaren darüber, wie es bei mir weitergehen wird. Könnten Sie vielleicht irgendwie bei Patrick auf den Busch klopfen und in Erfahrung bringen, wie er mir gegenüber empfindet? Bitte sagen Sie ihm nicht, dass ich Sie darum gebeten habe, ich würde mich sonst in Grund und Boden schämen. Ich weiß, er ist wegen unserer Beziehungsprobleme gegangen und nicht wegen der Arbeit hier, darum frage ich mich, ob Sie vielleicht auch herausfinden könnten, ob er es in Betracht ziehen würde, jemals wieder hierherzukommen, wenn ich nicht da wäre.

Ich habe über diese Möglichkeit noch nicht mit Mike und Dietrich gesprochen, und wahrscheinlich kommt sie ohnehin nicht infrage. Es war nur eine Idee von mir. Ich zerbreche mir den Kopf bei der Suche nach einer Lösung.

Es tut mir wirklich leid, Sie darum bitten zu müssen, Veronica. Ich denke ständig an die Zeit, als wir beide uns um Pip gekümmert haben, und daran, wie Sie Patrick dazu ermutigt haben, sich unserem Team anzuschließen. Ich weiß, dass Ihnen das Projekt und wir alle am Herzen liegen.

Bitte erwähnen Sie Patrick gegenüber nicht, dass etwas nicht stimmt, und lassen Sie mich einfach wissen, wie er zu alldem steht. Das würde mir dabei helfen, die nächsten Schritte zu planen.

Ganz liebe Grüße
Terry

Ich bin vollkommen verwirrt. Was ist nur los? Ist sie krank? Gibt es irgendein Problem mit ihrer Familie zu Hause in England? Und wie, in aller Welt, soll ich »bei Patrick auf den Busch klopfen«?

Nachdem ich inzwischen mit den unergründlichen Wegen des Internets besser vertraut bin, glaube ich, ich sollte selbst lernen, wie man diese verflixten E-Mail-Tricks anwendet. Es ist wirklich äußerst ärgerlich, immer darauf angewiesen zu sein, dass mir andere Leute diese elektrische Post übermitteln.

Ich werde mein Hörgerät auf höchste Lautstärke stellen und Beth bitten müssen, mir alles zu erklären. Oder ich könnte Daisy fragen, bei der ich die Lautstärke nicht voll aufdrehen müsste, da ihre Lautstärke schon von Natur aus mehr als ausreichend ist. Allerdings habe ich das Gefühl, dass ich Daisys Geduld bereits bei der Google-Lektion erschöpft habe. Deshalb sollte ich mich wohl besser an ihre Mutter wenden.

Ich suche Beth und finde sie im Aufenthaltsraum, wo sie mit ihrer Tochter an einem Puzzle sitzt. Als ich meine Bitte an sie herantrage, erwidert sie, dass sie mir sehr gerne hilft, und geht mit mir zum Büro.

»Ich bin so dankbar für alles, was Sie für Daisy getan haben«, sagt sie auf dem Weg dorthin. »Sie haben ihr mehr geholfen, als ich Ihnen sagen kann. Ich habe sogar Zweifel, ob sie ohne Sie wieder gesund geworden wäre. Und dass Sie ihr immer wieder gesagt haben, sie soll an die Pinguine denken, als sie im Krankenhaus war – das war einfach wunderbar. Und dass wir die Chance bekommen haben, hier zu sein, auf Bolder Island …«

»Das ist doch alles nicht der Rede wert, überhaupt nicht der Rede wert«, entgegne ich überrascht. »Ich bin froh, wenn ich mich nützlich machen kann. Es hat Daisy unglaublich gutgetan, unter Pinguinen zu sein. Ich habe mir oft gedacht, dass die Natur verborgene Heilkräfte besitzt. Sowohl für den Geist als auch für den Körper, und Daisy ist der Beweis dafür.«

Beth scheint mit den Tränen zu kämpfen. Ich lege ihr die Hand auf die Schulter.

»Entschuldigung«, schnieft sie und erinnert mich an Terry, da sie sich für etwas entschuldigt, das nicht ihre Schuld ist.

»Das kommt vor«, sage ich zu ihr.

Im Büro setze ich mich neben sie und warte, während sie eine Weile an dem Gerät herumfummelt. Dann dreht sie sich zu mir und deutet auf den Bildschirm.

»Also, ich habe die Seite hier für Sie gebookmarkt, Veronica.«

»Bookmarks«, erklärt sie mir, sind so etwas wie Lesezeichen, als würde es sich beim Internet um ein echtes Buch handeln. Ich soll auf besagtes Bookmark »klicken«, dann erscheinen meine E-Mails in Form einer Liste, auf der links der jeweilige Absender steht und rechts der jeweilige Betreff. Wenn man eines von beiden anklickt, wird die Nachricht plötzlich angezeigt. Beth lässt mich das ein paarmal üben. Es freut mich, sagen zu können, dass Anklicken keine allzu beschwerliche Aufgabe für mich ist. Tatsächlich klicke ich nach den ersten paar Versuchen recht fröhlich vor mich hin. Sie zeigt mir außerdem, wie ich die Bildschirmanzeige vergrößern kann, um die Nachrichten ohne Brille lesen zu können. Das ist eine äußerst umsichtige Erfindung, muss ich zugeben.

Dann erklärt mir Beth noch, dass ich, wenn ich auf eine E-Mail antworten möchte, die ich erhalten habe, auf den gebogenen Pfeil in der Ecke klicken muss. Dann tippe ich meine Nachricht und klicke auf das blaue Kästchen, auf dem »Senden« steht. Auch das ist nicht annähernd so kompliziert, wie ich befürchtet hatte.

Wir sehen, dass tatsächlich eine E-Mail von Patrick auf mich wartet. Sie enthält einen kurzen Absatz, in dem steht, dass er noch mehr herausgefunden hat und dass sich im Anhang ein paar Fotos befinden. In Beth' Anwesenheit werfe ich nur einen flüchtigen Blick darauf. Dieses Mal zeigen die Fotos Habseligkeiten von meinem Enzo. Ein paar Aufnahmen von ihm als Erwachsener sind auch dabei. Bei einem davon handelt es sich um das Porträt einer Frau mit Baby – nicht ich und Enzo, sondern die nächste Generation. Patrick war ein sehr süßes Baby, genauso wie vor ihm sein Vater. Ich betrachte das Foto von Patricks Mutter mit Interesse; von der Frau, die mit Steinen in ihren Taschen ins Meer ging, als ihr Sohn erst sechs Jahre alt war. Sie trägt einen zusammengestückelten Schal um den Hals, und ihr offenes Haar fällt ihr locker über die Schultern. Obwohl ein Lächeln auf ihrem Gesicht liegt, glaube ich, etwas Befremdliches, Wildes in ihrem Blick zu erkennen.

Ich kann es kaum erwarten, mir die Fotos von meinem Enzo als Erwachsener ungestört in meinem Zimmer anzusehen. Bislang ist es mir gelungen, meine Emotionen zu unterdrücken, und Beth wendet diskret den Blick ab. Mit ihrer Hilfe schicke ich Patrick eine kurze Antwort und bedanke mich für seine Bemühungen. Ich bitte ihn flehentlich, mir sofort Bescheid zu geben, wenn er noch etwas herausfindet.

33

Veronica

Glücklicherweise werden heute graue Regenwände über die Insel geweht, sodass ich von jeglichen Drehverpflichtungen entbunden bin. Liam und Miriam sind draußen, nehmen es mit dem Sturm auf und versuchen, ein paar windgepeitschte Seevögel zu filmen, während Daisy, die den Elementen getrotzt hat, um gleich am Morgen Petra zu treffen, jetzt still in ihrem Zimmer sitzt und malt. Sir Robert hat sich ebenfalls zurückgezogen, um zu lesen, also bin ich mir selbst überlassen.

In der Stille meines Zimmers starre ich die neuen Fotos an. Als junger Mann sieht mein Enzo erstaunlich vertraut aus. Mit seinen ausgeprägten Wangenknochen und seinem markanten Kinn erinnert er mich ein bisschen an mich selbst, aber seine Ähnlichkeit mit meinem Giovanni ist wirklich verblüffend. Als ich Giovanni kannte, war er erst achtzehn Jahre alt, während dieses Foto unseren Sohn in seinen Zwanzigern zeigt, aber dieser Gesichtsausdruck bringt Giovannis grenzenlose Begeisterung für das Leben vollständig zurück, eine Begeisterung, die er sich auch als Gefangener in einem fremden Land weit weg von seiner Familie nicht nehmen ließ. Er war wirklich etwas ganz Besonderes.

Das ist also der Mann, zu dem mein Baby geworden ist. Auch er ist etwas ganz Besonderes, wie er auf seinem Berggipfel steht, als wäre er der König der Welt. Ich habe mich oft gefragt, was er wohl gerade macht. Wie gern würde ich mich jetzt mit ihm unterhalten. Wir würden über das Leben sprechen, das er bei mir gehabt hätte. Ich hätte ganz bestimmt nie geheiratet und wäre nie zu der Millionärin geworden, die ich dank meines niederträchtigen, aber praktischerweise reichen Ex-Ehemanns heute bin. Ich hätte mir niemals ein Haus wie The Ballahays leisten können, und Enzo und ich wären von der Gesellschaft verstoßen worden, weil wir ihre herzlosen Regeln gebrochen haben. Aber ich wäre glücklich gewesen, und ich hoffe, er auch. Wir hätten einander gehabt. Er wäre trotzdem zu dem adretten jungen Mann herangewachsen, den ich auf dem Foto sehe, erfüllt von McCreedy-typischer Abenteuerlust. Wie stolz ich gewesen wäre. Wie stolz ich tatsächlich bin – aber auch wie verbittert und enttäuscht und getroffen von der Ungeheuerlichkeit meines Verlusts.

Das Bild zeigt eine Madonna mit Kind und hängt an der Wand eines Klosters. Ich bin fasziniert und gehe darauf zu, um es mir aus der Nähe anzusehen, doch sobald ich in Reichweite der Pinselstriche bin, werde ich abrupt nach oben gerissen. Jetzt betrachte ich die Gestalten aus großer Höhe, aber sie sind aus dem Gemälde herausgestiegen. Es handelt sich um eine Mutter mit Kind im echten Leben. Bin ich das mit meinem Enzo? Nein, das kann nicht sein. Die Frau hat zotteliges blondes Haar und eine Brille.

Ich setze mich im Bett kerzengerade auf. Natürlich! Strom ist durch meine Nervenbahnen geflossen und hat Verbindungen hergestellt. Während mein Bewusstsein auf die Vergangenheit fokussiert war, hat mein Unterbewusstsein Verbindungen zur Gegenwart geknüpft. Terrys Worte, die sich in mein Gedächtnis eingeprägt haben, sind in einem Interpretationsprozess gefiltert worden, und ich habe endlich begriffen, was ihr solche Sorgen bereitet. Wie langsam ich gewesen bin, wie dumm!

Ich hätte keinen Traum brauchen sollen, um zu verstehen, dass das Mädchen schwanger ist. Nichts anderes würde sie dazu veranlassen, mir so zu schreiben und mich zu bitten, bei Patrick »auf den Busch zu klopfen«, was seine Gefühle für sie anbelangt; anzudeuten, dass sie Locket Island für immer verlassen wird, und sich zu erkundigen, ob er dorthin zurückkehren würde, wenn sie nicht mehr da wäre.

Ich denke an den Tag, an dem mir bewusst wurde, dass ich ein Kind erwarte. Ich war schlichtweg verängstigt. Allerdings war meine Lebenssituation völlig anders als die von Terry. Es herrschte Krieg, ich ging noch zur Schule, ich hatte gerade meine Eltern verloren und meinen Liebhaber. In der damaligen Zeit eine unverheiratete Mutter zu sein, das bedeutete Schande und Zurückweisung für den Rest meines Lebens. Mein erster Impuls war, das Baby abzutreiben, doch das war nicht möglich – zumindest nicht für mich –, und mein Kind wuchs in mir weiter, ob es mir gefiel oder nicht. Es gefiel mir nicht, ganz und gar nicht, bis zu dem Tag, an dem ich meinen Enzo zur Welt brachte. Von dem Moment an, als ich ihn das erste Mal sah, sprudelte mein Herz vor Liebe über.

Terry ist Mitte zwanzig, ein viel vernünftigeres Alter, um ein Kind zu bekommen, doch auch sie ist mit einigen Hürden konfrontiert. Sie muss viel opfern, wenn sie dieses Baby bekommt. Elternschaft geht jedoch immer mit Opfern einher … Wie sehr ich mir wünsche, ich hätte die Chance gehabt, diese Opfer zu bringen.

Ich schalte meine Nachttischlampe an, orte meine Brille, die diesmal zum Glück auf dem Tisch liegt, und lese ihre E-Mail noch einmal. So glücklich mich die Aussicht auf ein Urenkelkind macht, ich darf mich nicht zu früh freuen. Wer weiß, wozu sie fähig ist. In einer Hinsicht bin ich mir bei Terry sicher: Sie wird sich nicht von den Pinguinen trennen wollen.

Wenn mich die Pinguine jedoch eines gelehrt haben, dann ist das der Stellenwert von Familie. Nachdem ich meine verloren hatte, habe ich Jahrzehnte die Augen vor dieser einfachen Wahrheit verschlossen. Jetzt weiß ich: Wenn man etwas – irgendetwas – für seine Familie tun kann, dann sollte man es tun.

In meinem Kopf nimmt ein Plan Gestalt an.

Ich bin eine McCreedy, und ich muss sofort handeln, ehe mir der Antrieb verloren geht. Ich kämpfe mich aus dem Bett, schlüpfe in meine Pantoffeln und ziehe mein scharlachrotes Seidennegligé über. Es ist immer noch tiefste Nacht, aber ich gehe entschiedenen Schrittes und mit einer Entschlossenheit im Herzen den Korridor entlang zum Büro.

Zwei Dinge auf der Welt bereiten mir mehr Kummer als alles andere: Menschen, die zusammen sein sollten, aber getrennt sind, und verlorene Babys. Ich muss für dieses Baby, mein Urenkelkind, alles tun, was in meiner Macht steht. Ich habe schon einmal dazu beigetragen, Patrick und Terry zusammenzuschweißen, und ich werde mir Mühe geben, es noch einmal zu tun, ob mit fairen Mitteln oder mit unlauteren.

Der Computer weigert sich hartnäckig, und zunächst befürchte ich, dass ich das verdammte Ding nicht zum Laufen bringe. Meine Ungeduld ist dabei nicht gerade hilfreich, da sie mich daran hindert, einen klaren Gedanken zu fassen. Doch schließlich entdecke ich einen Schalter, und der Bildschirm erwacht zum Leben. Ich klicke zuerst auf das Lesezeichen, das meine E-Mails erscheinen lässt, und dann auf die letzte E-Mail von Eileen. Ich klicke auf den gebogenen Pfeil ganz oben und beginne zu tippen.

Das Schicksal hat mich mit einem sofort verfügbaren Vorrat an

Geld gesegnet, deshalb instruiere ich Eileen, nach der schnellsten Möglichkeit zu suchen, um Terry hierherzuverfrachten, und schnellstens Reisevorbereitungen zu treffen, ohne Rücksicht auf die Kosten. Ich kann nicht zu lange warten, aber soweit ich weiß, müsste sie noch gefahrlos fliegen können. Von Locket Island aus kann sie viel schneller auf die Falklandinseln reisen als nach Großbritannien, denn auf der Weltkarte im Speisesaal beträgt die Entfernung nur ein paar Zentimeter. Patrick hat mir erzählt, dass das Schiff jetzt ein Mal in der Woche an der Insel anlegt. Terry könnte problemlos nach Südamerika reisen und dort in ein Flugzeug nach Port Stanley steigen. Sie könnte in weniger als einer Woche hier eintreffen. Und Eileen muss mittlerweile die weltbeste Expertin im Buchen von Last-Minute-Flügen sein.

Nachdem ich mit äußerster Effizienz auf das blaue Kästchen geklickt und die E-Mail an Eileen abgeschickt habe, muss ich nur noch Terry selbst kontaktieren. Ich suche ihre E-Mail, klicke auf den gebogenen Pfeil und tippe meine kurze, aber zweckmäßige Antwort. Ich präsentiere den Erwerb ihrer Reisetickets als vollendete Tatsache. Wenn ich sie in dieser Angelegenheit konsultiert hätte, dann hätte sie zweifellos ein schlechtes Gewissen. Sie würde sich grämen, weil sie meine Großzügigkeit ausgenutzt hat oder wegen irgendwelcher anderer Belanglosigkeiten.

Ich bin selbst erstaunt über meine Scharfsinnigkeit, wenn man bedenkt, wie wenig ich in meinem Leben an andere Menschen gedacht habe. Meine Verwunderung ist so groß, dass ich mich frage, ob ich wirklich noch Veronica McCreedy bin oder ob ich mich irgendwie in jemand anders verwandelt habe.

Jetzt, nachdem ich Maßnahmen ergriffen habe, beunruhigt mich die ganze Angelegenheit nicht mehr so sehr. Terry ist vernünftig und wird sicher akzeptieren, dass sie unverzüglich hierherkommen und mit Patrick sprechen muss. Ich kann nur hoffen, dass die beiden einen Weg finden, wie sie die Elternschaft gemeinsam angehen können.

Ich schließe meine E-Mails, indem ich auf das X in der Ecke klicke.

Dann kommt mir in den Sinn, dass ich meinem Enkel vielleicht ebenfalls schreiben sollte, und zwar in Form eines vorbereitenden Auf-den-Busch-Klopfens. Ich klicke abermals auf das Lesezeichen. Es scheint bereits eine neue Nachricht von Patrick eingetroffen zu sein. Ich weiß, dass es sich um eine neue handelt, weil der Betreff fettgedruckt ist. Er lautet: »Keine guten Neuigkeiten«.

So unangenehm dieser Betreff klingen mag, ich klicke ihn mit der Maus an, bevor ich mich zurückhalten kann.

Hi, Gav und Beth,

Gav und Beth? Bin ich jetzt völlig übergeschnappt? Dann dämmert es mir, dass ich anscheinend auf das falsche Lesezeichen geklickt habe. Das ist die E-Mail-Liste von Beth und ihrem Mann, nicht meine.

Trotzdem, es war ein Versehen, und da die Nachricht nun schon einmal auf dem Bildschirm vor mir geöffnet ist, wäre es unsinnig zu erwarten, dass ich nicht weiterlese.

Hi, Gav und Beth,

ich muss einfach jemanden wissen lassen, was ich herausgefunden habe. Es macht mir Tag und Nacht das Leben zur Hölle. Ich kann nicht fassen, dass mein Dad das getan hat, aber die Beweise sind erdrückend. Ich glaube nicht, dass ich das Granny zeigen kann, oder? Sie würde vielleicht nie drüber hinwegkommen.

Wenigstens weiß ich jetzt, warum er uns hat sitzen lassen. Krass.

Ich hoffe, bei euch ist alles okay. Ich bin bald bei dir auf den Falklandinseln, Beth, und werde mir dann überlegen, ob ich Granny die Hiobsbotschaft überbringe. Vielleicht ist es besser, so zu tun, als hätte ich sonst nichts mehr rausgefunden, und ihr die glücklichen Erinnerungen zu lassen. Was man nicht weiß, macht einen nicht heiß etc.

Bis bald
Patrick

Was? *Was?* Wie kann er es wagen, mir etwas zu verheimlichen? Wie kann er es wagen, seinen Freunden etwas über meinen Sohn anzuvertrauen, das er nicht einmal mir gesagt hat? Und was hat Enzo überhaupt getan? Auf dem Bildschirm ist eine Zeile blaues Kauderwelsch, die mit den Buchstaben »https« beginnt, gefolgt von verschiedenen Doppelpunkten, Schrägstrichen und miteinander verbundenen Wörtern. Ich klicke die Zeile versuchsweise an. Ein Zeitungsartikel erscheint und füllt den Bildschirm aus. Vor meinen Augen befindet sich ein Foto von Enzo als Erwachsener. Die Überschrift schreit mir entgegen. Die Worte bohren sich in mein Gehirn: MÖRDER FLÜCHTET INS AUSLAND.

Ich starre auf den Bildschirm. Die Zeitung ist vom September 1985 datiert. Ich überfliege den Artikel, bin aber kaum in der Lage, etwas davon aufzunehmen. Er verrät mir, dass auf einer abgelegenen Landstraße ein Toter gefunden wurde, der von einem Auto angefahren worden war. Der Unfallverursacher, Joshua Fuller, beging Fahrerflucht. Wie sich herausstellte, flog er zurück in seine Heimat Kanada, bevor die Polizei ihn ausfindig machen konnte. Die kanadischen Behörden wurden verständigt.

Ich lese den Artikel einmal, zweimal, dreimal. Kann das wahr sein? Nein, kann es nicht. Ich weigere mich, es zu glauben.

Doch wir wissen in der Tat, dass Patricks Vater England sehr plötzlich verlassen hat und nie mehr zurückgekehrt ist. Der Zeitung zufolge hätten forensische Beweise bestätigt, dass es sich bei dem Fahrzeug, von dem der Mann angefahren worden war, tatsächlich um Joshua Fullers Wagen gehandelt habe – um dasselbe Auto, das dieser in Heathrow auf dem Parkplatz abstellte, bevor er das Land fluchtartig verließ. Der verletzte Mann sei in der Zwischenzeit am Straßenrand verblutet.

Ich rapple mich von dem Stuhl hoch, aber meine Beine scheinen nicht richtig zu funktionieren, und ich muss mich wieder hinsetzen. Meine Gedanken sind völlig durcheinandergewirbelt. Es muss irgendein Fehler vorliegen. Ich bin immer noch verwirrt von dem Joshua-Joe-Wortspiel. Hat Patrick seinen Vater womöglich falsch identifiziert? Ich betrachte das Foto noch einmal, studiere jeden Gesichtszug des Mannes. Er hat das typische McCreedy-Kinn, so viel ist sicher, und ich erkenne in ihm etwas von meinem Vater, etwas von Giovanni und etwas von Patrick. Auch wenn ich es nicht wahrhaben will, ich habe nicht den geringsten Zweifel daran, dass der Mann auf dem Foto mein Enzo ist.

Als ich den Computer ausschalte, dringt der Schock in mein Bewusstsein ein. Mein Sohn hat keinen Krankenwagen gerufen, hat nicht angehalten und versucht, dem Mann das Leben zu retten. Stattdessen ist er abgehauen und hat einen Unschuldigen sterben lassen.

Ich stolpere zurück in mein Zimmer. Meine Gliedmaßen erlauben es mir nicht, dass ich mich aufs Bett werfe, aber ich sinke geschockt darauf nieder. Mir ist nach Heulen zumute, doch das verbiete ich mir. Daisy schläft im Zimmer nebenan. Stattdessen balle ich die

Hände so fest zu Fäusten, dass meine Nägel ins Fleisch schneiden, und ich beiße ins Kopfkissen, genau wie ich es vor all den Jahren getan habe, als ich eine Teenagerin war und krank vor Heimweh und gerade erfahren hatte, dass meine Eltern tot sind. Genau wie ich es getan habe, als mir mein Baby weggenommen wurde.

Mein Baby. Oh, mein Baby.

34

Veronica

Den Rest der Nacht wälze ich mich im Bett herum, zwischen Unglauben und Schock hin- und hergerissen. Ich melde mich bei Daisy von unserem frühen Morgenspaziergang ab, mit der Begründung, dass ich schlecht geschlafen habe, was nur allzu wahr ist. Sie ist sauer auf mich, weil sie Petra suchen möchte, aber sie wird sich damit abfinden müssen. Beth wird nach dem Frühstück sicher mit ihr rausgehen. Ich selbst nehme mir Tee und ein Croissant mit auf mein Zimmer, da ich mir nichts mehr wünsche, als allein zu sein.

Die Erkenntnis, was mein Sohn getan hat, sickert langsam in mich hinein und lässt mir das Blut in den Adern gefrieren. Ich kann einen solchen Akt der Grausamkeit und Feigheit bei niemandem begreifen, erst recht nicht bei dem süßen Kind mit dem strahlenden Lächeln, das einst seine winzigen Finger um meinen Daumen geschlungen hat.

Ich erinnere mich an die Liebenswürdigkeit und die moralischen Werte meiner Eltern. An das Vorbild meiner Mutter, die regelmäßig nach unserer betagten Nachbarin sah und während der deutschen Luftangriffe auf London unermüdlich Krankenwagen fuhr, um Menschenleben zu retten. An die Worte meines Vaters an mich: »Es gibt diejenigen, die die Welt schlechter machen, diejenigen, die keinen Unterschied machen, und diejenigen, die sie besser machen. Streng dich an und sei einer von den Menschen, die die Welt besser machen.«

Wäre Enzo zu einem besseren Menschen herangewachsen, wenn Giovanni und ich ihn hätten großziehen dürfen? Ich sitze in meinem Zimmer, habe mein Croissant noch nicht angerührt, und meine Gedanken springen um Jahrzehnte zurück. Ich erinnere mich an meine erste Begegnung mit Giovanni, als mir auffiel, wie nett er mit dem Pferd sprach, das den Farmwagen zog. Ich erinnere mich, wie er seine Hände an mein Gesicht legte, nachdem meine Eltern ums Leben gekommen waren. Aus seinen Augen sprach pure, leidenschaftliche Liebe, er nahm Anteil an meinem Schmerz, wollte mich trösten, so gut er konnte. Er wollte an jenem Abend nicht mit mir schlafen, weil er mich für zu jung hielt, obwohl ich ihn bezüglich meines Alters angelogen hatte. Ich war diejenige, die darauf bestand.

Es ist unvorstellbar, dass das Baby, das wir gezeugt haben, zu einem kaltherzigen Kriminellen herangewachsen ist. Die Adoptiveltern müssen daran schuld gewesen sein. Wenn ich mich doch nur selbst um Enzo hätte kümmern können, hätte ich ihn zu einem anständigen Menschen erzogen. Ich hätte ihm die richtigen moralischen Werte vermittelt, sodass er zu einer solchen Tat nicht imstande gewesen wäre.

Als ich vorhin die Fotos von meinem Sohn sah, weinte ich, weil ich zu seinen Lebzeiten nichts über ihn erfahren habe. Doch zumindest war ich in der Lage, für mich selbst das Modell eines liebenswürdigen und mutigen Jungen zu entwerfen, eines Sohnes, der mein Herz vor Stolz anschwellen ließ. Jetzt habe ich das ebenfalls verloren.

Ein Klopfen an der Tür lässt mich zusammenzucken. Sir Roberts Stimme ertönt: »Alles in Ordnung, Veronica? Sie sind in anderthalb Stunden zu Dreharbeiten dran. Wenn Sie sich nicht wohlfühlen, können wir das Ganze auch auf morgen verschieben, aber ich muss der Crew Bescheid sagen.«

»Es geht mir gut, Sir Robert. Ich komme gleich zu Ihnen«, rufe ich durch die geschlossene Tür und zwinge dabei meine Stimme, normal zu klingen.

Der Spiegel offenbart, dass mein Erscheinungsbild stark zu wünschen übrig lässt. Ich bin bleich im Gesicht, und meine Falten sehen tiefer aus als je zuvor. Sie scheinen meinem Elend Ausdruck zu verleihen.

Ich trage Grundierung in dicken Schichten auf und pinsle mir Rouge auf die Wangen. Anschließend nehme ich meinen Augenbrauenstift und ziehe meine Augenbrauen scharf nach. Ich umrande meine Augen mit einem dunklen Kajalstift, dann suche ich meinen kräftigsten rubinroten Lippenstift aus. Ich lasse mich nicht unterkriegen.

Ich verlasse mein Zimmer, bekleidet mit meinem fliederfarbenen Kleid, einer goldfarbenen Strickjacke und dazu passenden goldfarbenen Schuhen. Meine Haltung ist aufrecht, ich gehe mit festem Schritt, doch hinter meinem Draufgängertum und hinter meiner Kriegsbemalung bin ich ausgelaugt und müde und gereizt, und hinter der Ausgelaugtheit und der Müdigkeit und der Gereiztheit herrscht völlige Trostlosigkeit.

Wir werden mit dem Minibus zum heutigen Drehort gebracht. Während einer Unterhaltung über die Symbolik von Albatrossen taucht Terry wieder in meinen Gedanken auf.

Ich sehe jetzt, dass ich mit meiner Annahme, alles neue Leben sei wertvoll, falschgelegen habe. Meine ganze Familiengeschichte ist ein einziger Leidensweg. Meine geliebten Eltern, in Stücke gerissen bei einem Luftangriff. Mein eigenes erbärmliches Leben: verwaist, drangsaliert, verhöhnt. Ich bin sicher, alles hätte sich besser entwickelt, wenn ich kein Kind bekommen hätte. Der Mann, der am Straßenrand gestorben ist, wäre auch noch am Leben. Mein Sohn muss tatsächlich zu einer gequälten Seele herangewachsen sein. Als wäre das noch nicht tragisch genug, war die Frau, die er verließ, so todunglücklich, dass sie Selbstmord beging und ein weiteres Kind den grausamen Händen des Schicksals überließ. Und Patrick ist ebenfalls durcheinander und verzweifelt. Als ich ihm das erste Mal begegnet bin, stand er unter Drogeneinfluss. Ich hatte geglaubt, er hätte sich gefangen, aber er hat Terry und das Locket-Island-Team Hals über Kopf im Stich gelassen, oder etwa nicht?

Ich bin wütend auf den Jungen, weil er nicht ehrlich zu mir war, und ich mache mir Sorgen um ihn. So labil, wie er ist, wird er sich womöglich wieder Drogen zuwenden, vor allem in der jetzigen Situation. Ist er verantwortungsbewusst genug, um Vater zu werden? Ich habe große Zweifel.

Wir sind da. Ich werde auf einer flachen, steinigen Ebene neben einer Kolonie von Felsenpinguinen platziert, doch heute nehme ich sie kaum zur Kenntnis.

»Okay, Veronica, wir legen los!«, ruft Liam.

Ich krame die Worte aus den verstaubten Regalen in meinem Gehirn hervor. »Der Felsenpinguin ist treffend benannt …«

»Der Felsenpinguin ist treffend benannt …«

»Der Felsenpinguin ist treffend benannt, denn man kann gut die unglaubliche Kraft …«

Sir Robert gibt Liam ein Zeichen, dass er aufhören soll zu filmen. »Nehmen Sie sich einen Moment Zeit, Veronica. Atmen Sie tief durch. Gehen Sie die Worte noch einmal in Gedanken durch. Sie können das.«

»Natürlich kann ich das!«, blaffe ich zurück. »Das habe ich ja schon oft genug bewiesen. Ich finde nur, dass das Licht ziemlich schlecht ist. Es wäre besser, wenn wir es verschieben würden.«

»Das Licht ist gut«, protestiert Liam. »Alles in Ordnung.«

»Wenn Sie lieber abbrechen und das Ganze verschieben möchten, können wir das natürlich machen, Veronica«, beharrt Sir Robert.

»Keineswegs«, entgegne ich kurz angebunden. »Seien Sie so freundlich, und filmen Sie weiter.«

Liam kommt meiner Aufforderung nach.

»Der Felsenpinguin ist treffend benannt. Man kann gut die unglaubliche Kraft der Muskulatur dieses Weibchens erkennen, das sich den Weg über die Felsen bahnt, ungeachtet der Wellen, des Windes und des steilen, harten …«

Ich räuspere mich und beginne erneut.

»Der Felsenpinguin ist treffend …«

Meine verflixte Stimme trocknet immer wieder aus. Ich versuche, mir die Worte in Erinnerung zu rufen, doch das ist so, als würde ich den Mond anbellen.

»Komm schon, Veronica«, jammert Daisy, »die Felsenpinguine sind *wichtig*. Petra ist ein Felsenpinguin.«

Ich umklammere meine Handtasche fest und versuche es noch einmal. »Der Felsenpinguin ist treffend benannt. Man kann gut die Kraft der … die Kraft … die unglaubliche Kraft …«

»Ich denke, wir sollten es später noch einmal versuchen«, verkündet Sir Robert mit finsterem Blick und einem Kopfschütteln. »Sie sind müde.«

Seine bevormundende Art bringt das Fass zum Überlaufen. Vor Wut schäumend, spucke ich die Worte aus. »Ich will es nicht später noch einmal versuchen. Ich will es überhaupt nicht mehr versuchen!«

Es herrscht fassungslose Stille. Ich breche in eine flammende, an Sir Robert gerichtete Wutrede aus: »Sie benutzen mich nur zu Ihren Zwecken, um Ihre kostbare Sendung populärer zu machen. Das ganze Konzept ist lächerlich und war von Anfang an zum Scheitern verurteilt. Sie erwarten, dass ich angetrabt komme, wenn Sie pfeifen, erwarten, dass ich es demütig erdulde, wenn mein Name von der Presse in den Schmutz gezogen wird, erwarten, dass ich all meine Bedürfnisse und Gefühle auf den Altar Ihres Ruhms lege. Sie denken, alle tanzen nach Ihrer Pfeife, nur weil Sie ein Prominenter sind. Aber lassen Sie mich Ihnen etwas sagen: Veronica McCreedy ist aus anderem Holz geschnitzt. Ich bin nicht bereit zu katzbuckeln. Ich weigere mich, weiterhin Ihre Marionette zu sein. Ich habe die Nase voll von dem Ganzen und will nichts mehr damit zu tun haben.«

Sir Robert verharrt regungslos, bis auf eine Strähne seines weißen Haars, die vom Wind leicht angehoben wird. Sein Gesichtsausdruck lässt sich nicht lesen. »Soll das heißen, Sie kündigen, Veronica?«

»Ja, bravo. Sie haben es richtig erraten. Ja, ich kündige«, sage ich zu ihm, sage ich zu allen. Und zwar laut.

Liam wirkt entsetzt und kommt einen Schritt auf mich zu. »Das können Sie nicht tun.«

Ich entferne das kleine Mikrofon von meinem Revers, werfe es auf den Boden und gehe steif davon, wobei ich ihm die Worte über die Schulter hinschleudere.

»Es sieht ganz so aus, als hätte ich es gerade getan.«

35

Terrys Schwangerschafts-Blog

So lächerlich und gefährlich es ist, hier auf Locket Island sind nur noch zwei Personen übrig. Eine davon ist von ihrem Ex schwanger, und die andere behauptet, sie liebt sie. Unterdessen wächst die kleine Eva (oder vielleicht der kleine Archie) Zelle um Zelle, bildet clever Gewebe und Organe aus und wird mit jedem Tag ein klitzekleines bisschen mehr zu einem Menschen.

Während Mike noch immer nichts ahnt, fragt sich Terry, wie es weitergehen soll. Frustriert wie eh und je über die Schneckentempo-Internetverbindung auf Locket Island ist es ihr gelungen, verschiedene Geburtsmethoden zu recherchieren. Sie bezweifelt, dass sie zu einer Wassergeburt imstande wäre. Offenbar hilft das dem Körper, Oxytocin auszuschütten. Mehr Oxytocin von der Mutter hilft wiederum dem Baby, Endorphine auszuschütten, sodass Eva vermutlich mehr Vergnügen und weniger Schmerzen empfinden würde, wenn sie den Geburtskanal passiert.

Terry fragt sich außerdem, wie ihr Gebärmutterhals das schaffen soll.

Das ist natürlich nicht die Version, die ich veröffentlichen werde. Ich lösche sie, einschließlich der Überschrift, und fange noch einmal an.

Terrys Pinguin-Blog

Die Adelie-Küken wachsen schnell. Seidig glänzendes schwarz-weißes Gefieder erscheint dort, wo sich zuvor ihr Babyflaum befand, und sie werden jetzt von beiden Elternteilen für längere Zeit in ihren Krippen zurückgelassen. Bald werden die Tage dunkler, was den Pinguinen die Nahrungssuche erschwert. Sobald Teile des Meeres zufrieren, beginnen die Erwachsenen und ihre Jungen ihre Migration nach Norden, der Sonne hinterher und auf der Suche nach Futterquellen.

Nachdem die Pinguine in Scharen aufgebrochen sind, verändert sich normalerweise unsere Arbeitsroutine. Die Feldforschung konzentriert sich auf den Lebensraum der Pinguine anstatt auf die Pinguine selbst. Wir studieren den Krill, von dem sie sich ernähren, und die Robben und andere Tiere der Insel. Unsere Aufgaben sind mehr auf Labor- und Bürotätigkeiten ausgerichtet sowie auf die Instandhaltung des Gebäudes und der Infrastruktur.

Bei diesen Dingen war Patrick besonders gut.

Bislang ist nicht bekannt, wie schnell Pinguine ihr Migrationsverhalten anpassen können, um mit Umweltveränderungen Schritt zu halten, vor allem mit dem Rückgang des Meereises. Wir verwenden inzwischen Markierungsbänder mit Satellitensender, um die Spur einiger Pinguine zu verfolgen, und Pip wurde mit einem solchen Sender ausgestattet. Wir können nur hoffen, dass ihm nichts zustößt. Die Wintermigration nicht zu überleben ist die häufigste Todesursache bei erwachsenen Pinguinen. Ungefähr ein Viertel von ihnen kehrt nicht zurück …

Ich muss aufhören zu tippen. Ich schnappe nach Luft und eile zum Spülbecken. Ich rechne damit, dass ich mich übergeben muss, doch stattdessen bleibe ich nur eine Zeit lang dort stehen und würge. Mike arbeitet mit Probenröhrchen im Labor. Unglaublich, dass er noch nicht vermutet hat, dass ich schwanger bin.

Wir tun beide so, als hätte seine Liebeserklärung nie stattgefunden. Zu dem Zeitpunkt war ich so baff, dass ich erstarrt bin, und ich habe länger gebraucht, um seinem Kuss zu entkommen, als ich hätte brauchen sollen.

»Tja, wenigstens hat es dich davon abgebracht zu heulen«, sagte er.

»Mike … ich habe für dich keine solchen Gefühle. Ich werde damit momentan einfach nicht fertig«, stammelte ich.

»Pssst …« Er legte mir den Zeigefinger auf die Lippen. »Das war ein Schock für dich. Tut mir leid, dass ich wütend war.«

»Du hattest guten Grund, wütend zu sein«, versicherte ich ihm. Es war einfacher, über seine Wut zu sprechen als über den Kuss.

Er trat unruhig von einem Fuß auf den anderen. Ich hatte ihn noch nie so verlegen gesehen.

Wir fingen gleichzeitig an zu sprechen: »Mike, ich …«, und: »Ich wollte dich nicht …«.

Wir verstummten beide. Ich nahm meine Brille ab und rieb sie wie wild.

Er trat einen Schritt zurück. »Na ja, da ich jetzt weiß, dass mit dir alles in Ordnung ist, mache ich mich besser wieder an die Arbeit. Wir sehen uns später, Terry.«

Und schon ging er weg, wurde zu einer Silhouette vor dem hellen Schnee, eine Hand zum Abschied erhoben.

Während ich durch den Rest des Tages stolperte, versuchte ich, diese neue Enthüllung zu verarbeiten. Meine Fantasie malte für mich das seltsame Szenario von mir mit Mike als meinem Freund aus. Oder vielleicht war es gar nicht so seltsam? Ich weiß, dass ich mit ihm zusammenleben kann … und wenn das Pinguinprojekt ohnehin dichtmacht, könnten Mike und ich uns in England gemeinsam eine Wohnung suchen. In unserem neuerdings pinguinlosen Leben könnten wir uns mit Gesprächen über Pinguinkacke beim Abendessen gegenseitig trösten. Es sind schon seltsamere Dinge passiert.

Die Vorstellung verstetigte sich allerdings nicht, und zwar aus drei sehr guten Gründen: Ich liebe ihn nicht, ich bekomme Patricks Baby, und ich könnte das Charlotte in Cheltenham sowieso niemals antun.

Ich startete einen Versuch, beim Abendessen am selben Tag, die Sache durchzusprechen.

»Wir müssen uns unterhalten, Mike«, sagte ich in die peinliche Stille hinein.

»Nein, müssen wir nicht«, blaffte er zurück.

»Findest du?«

Er schleuderte mir die Worte hin: »Ich habe mich hinreißen lassen, okay? Ich habe Dinge gesagt, die ich nicht so gemeint habe. Ich war sauer, weil das mit dem Projekt so ein verdammtes Chaos ist, und dann warst du plötzlich verschwunden, und ich war erleichtert, als ich dich fand, und du sahst so … so … Mein Hirn hat einen Moment lang einfach nicht funktioniert. Wahrscheinlich habe ich Charlotte vermisst und bin ausgeflippt. Also können wir die Sache bitte einfach vergessen?«

Ich spüre Blut in meine Wangen steigen. »Gut. Ich wollte es nur wissen.«

»Jetzt weißt du es. Nachspeise?«

Ich hielt ihm meine Schale hin, und er klatschte ein Stück Biskuitkuchen hinein, dann kippte er noch ein paar Dosenpfirsiche darüber.

»Danke«, sagte ich erleichtert. Ich war ernsthaft versucht hinzuzufügen: »Übrigens, ich bekomme ein Kind von Patrick«, um zu sehen, wie sich sein Gesichtsausdruck verändert, schaffte es aber gerade noch rechtzeitig, mich zu beherrschen. Patrick muss es als Erster erfahren.

Ich verweile im Badezimmer und mache ein paar Atemübungen, zähle beim Einatmen langsam bis acht, halte genauso lange die Luft an und atme dann aus, während ich bis sechzehn zähle. Ein paar Wiederholungen, dann bin ich ruhiger und in der Lage, mich wieder meinem Blog zuzuwenden. Mir ist bewusst geworden, wie wichtig es für die Gesundheit ist, entspannt zu sein. Musik hilft ebenfalls enorm. Die Panflöten-CD habe ich nicht mehr gehört, weil sie Mike auf die Palme bringt, aber ich habe ein paar von Dietrichs Jazz-CDs herausgekramt, die ihn anscheinend nicht so sehr stören.

Veronicas Nachricht, die ich über Eileen erhalten habe, hat mich ein bisschen beruhigt. Sie hat es zwar nicht ausdrücklich gesagt, aber aus ihren Formulierungen in der E-Mail lese ich heraus, dass sie mein Geheimnis erraten hat und mich unterstützen wird, auch wenn Patrick es nicht tut. Wie wundervoll sie ist! Und wie beruhigend es ist zu wissen, dass Eva eine in sie vernarrte Urgroßmutter haben wird, selbst wenn ihr Vater nicht für sie da sein sollte.

Ich freue mich darauf, Eva kennenzulernen. Manchmal spreche ich mit ihr und sage ihr, wie leid es mir tut, dass ich sie nicht angemessen willkommen geheißen habe, mit der Liebe, die ihr von Anfang an gebührt hätte. Sie macht mir das Leben schwer, ja, aber das ist ganz und gar nicht ihre Schuld. Sie braucht mich, wie mich noch nie jemand gebraucht hat. Ich bin ihre Mutter, und ich spüre große Wellen der Liebe auf sie zurollen.

Ich werde auf die Falklandinseln reisen, wie Veronica es arrangiert hat. Ich werde es Patrick sagen, weil ich es ihm sagen muss. Das könnte hässlich und schmerzhaft werden, aber es ist das einzig Richtige. Wie auch immer er für sich entscheidet, Eva und ich können anschließend unserer Wege gehen.

36

Patrick

Vancouver

Ich liege in meinem piekfeinen, versilberten Hotelbadezimmer in der Wanne und denke intensiv an meine Mum.

Ich bin in der Zeit zurückgereist, habe mich in die Schuhe des vierjährigen Patrick gezwängt. Ich gehe mit Mum von der Kita nach Hause, meine Hand in ihrer. Es regnet leicht, und ich habe meine Kapuze aufgesetzt, aber ich blicke zu ihr hoch und frage sie: »Wo ist mein Daddy?« Ich habe gerade den Vater eines Freundes kennengelernt, einen Typen auf einem Motorrad, der schwarze Lederbekleidung trug und seinen Helm absetzte, seine Mähne ausschüttelte und eine Tätowierung am Handgelenk hatte. Ich hoffe, dass Mum vielleicht von irgendwo einen Daddy für mich herzaubern kann, der genauso cool ist. Doch ihre Miene erstarrt, und sie schaut stur geradeaus.

»Du hast keinen Vater.«

Sie wusste es, da bin ich mir sicher. Sie ertrug es nicht, an ihn zu denken und an das, was er getan hatte. Kein Wunder, dass es ihr die Stimme verschlug. Kein Wunder, dass sie nie über ihn sprechen wollte. Jetzt verstehe ich. Arme, arme Mum. Kein Wunder, dass sie zerbrach.

Das Foto, auf dem sie mich auf dem Arm trägt, habe ich auf den Wasserhahn gestellt, sodass ich einen guten Blick darauf habe. Sie lacht übers ganze Gesicht. Ich erinnere mich an den Klang dieses Lachens, das nicht sehr oft zu hören war, aber wenn, dann ertönte es in wilden Schrotflintensalven.

Das Gedächtnis ist etwas Seltsames. Kann man ihm jemals wirklich trauen? Ich glaube, mich an alles Mögliche über Mum erinnern zu können, dabei war ich erst sechs Jahre alt, als sie starb. Vielleicht habe ich mich nur an winzig kleine Fragmente geklammert, die mir in Erinnerung geblieben sind, und habe dann meine eigenen Details hinzugefügt, um die Lücken zu füllen. Womöglich habe ich mir sogar eine Mutter zusammengebastelt, die nichts mehr mit der Person zu tun hat, die sie in Wirklichkeit war.

Doch wenn ich das Foto betrachte, kann ich mehrere Szenen heraufbeschwören. Zum Beispiel die, als wir so taten, als wären wir Ritter bei der Tjost im mittelalterlichen England, und mit langen Karotten aufeinander zuliefen. Oder als ich ihr an ihrem Geburtstag das Frühstück ans Bett brachte, eine angebrannte Scheibe Toast, die zentimeterdick mit Schokoladencreme beschmiert war. Ich wünschte mir so sehr, dass sie glücklich ist.

Ich sehe sie auch noch, wie sie sich das Haar zusammenbindet und Wimperntusche aufträgt. Ich erinnere mich, dass die Wimperntusche schwarze Spuren auf ihren Wangen hinterließ, wenn sie weinte. O Gott, wenn ich mir vorstelle, wie sie eisern versucht hat, eine gute Mutter für mich zu sein, und dabei die ganze Zeit diese schreckliche Wahrheit mit sich herumtrug.

Ich reiße ein lächerlich kleines Gratispäckchen parfümierte Waschlotion auf und kippe sie mir auf die Zehen.

Meine Hassgefühle gegenüber meinem Vater sind nichts Neues.

Für den Großteil meines Lebens habe ich ihm die Schuld an Mums Tod gegeben. Doch aus irgendeinem Grund schien meine ganze Verbitterung letztes Jahr zu verschwinden, als ich Granny V kennenlernte und Terry und ihre Kollegen in der Antarktis. Ich beschloss damals, Gnade vor Recht walten zu lassen. Vielleicht hatte er Mum und mich nur verlassen, weil er irgendein persönliches Problem hatte. Ich dachte mir eine ganze Reihe von Möglichkeiten aus: Vielleicht waren seine Adoptiveltern krank geworden, oder er hatte sich in eine andere verliebt, oder er hatte einen Nervenzusammenbruch gehabt oder so. Verdammt, ich dachte mir fast jede erdenkliche Ausrede aus.

Ich rechnete allerdings nicht damit, dass er jemanden getötet haben könnte. Komisch, das kam mir einfach nicht in den Sinn.

Das Badewasser wird langsam kalt, und ich sehe schon ganz verschrumpelt aus. Ich klettere aus der Wanne, wickle mich in das gigantische Handtuch und tappe zurück ins Zimmer. Schnee klatscht gegen die riesigen Fenster.

Es ist mir egal, dass ich gerade gebadet habe und dass es draußen bitterkalt ist – ich gehe laufen. Ich trockne mich rasch ab, ziehe meine Jogginghose und ein Sweatshirt an und stampfe hinaus in den Korridor. Ich nehme den Aufzug. Die Frau an der Rezeption – dieses Mal eine andere – blickt nicht einmal auf, als ich mich abermals hinaus in die Straßen von Vancouver stürze.

Ich sprinte am Hafen entlang und in eine der riesigen Parklandschaften, in der sich nicht allzu viele Leute aufhalten. Einige Bäume sind immergrün, doch die meisten sind skelettartig, ihre Zweige mit Schnee bedeckt. Laufen wirkt sich positiv auf mein Stresslevel aus, aber ich bin immer noch aufgewühlt, als ich mich keuchend auf eine Parkbank fallen lasse, weil ich nicht mehr kann.

Es wäre gut, mit irgendjemandem sprechen zu können. Gestern Abend habe ich Gav und Beth gemailt, weil ich diese Neuigkeiten unbedingt loswerden musste, und es wäre nicht richtig gewesen, bei Granny mit der Tür ins Haus zu fallen. Ich will schließlich nicht, dass sie einen Herzinfarkt bekommt.

Ich wünschte, es gäbe noch jemand anders, mit dem ich darüber reden könnte, und derjenige wäre jetzt hier. Menschen gäbe es hier genug, Einheimische, die einen netten Eindruck machen. Ich frage mich, ob ich einfach irgendjemandem x-Beliebigen mein Herz ausschütten könnte. Heißt es nicht, es wäre einfacher, Fremden etwas anzuvertrauen? Ich denke an Forrest Gump, der an der Bushaltestelle allen, die sich neben ihn setzen, nach und nach seine ganze Lebensgeschichte erzählt. Das würde ich auch gern machen. Eine Frau mittleren Alters mit rosigen Wangen geht, mit Einkaufstüten beladen, an mir vorbei. Sie scheint nicht in Eile zu sein und wäre vielleicht eine gute Zuhörerin. Aber sie fände es bestimmt unheimlich, oder? Vor allem, wenn ich an die Stelle käme, als mein Vater einen Mann überfuhr. Ich kann mir vorstellen, wie diese Zufallszuhörerin unruhig wird, plötzlich auf die Uhr schaut und beschließt, dass sie dringend woandershin muss.

Mir fällt nur eine Person auf der Welt ein, die mich verstehen würde.

O Gott, wie sehr ich mir wünsche, sie wäre hier. Diesmal kann ich mich nicht beherrschen. Ich lasse zu, dass ich mein Handy heraushole und Terrys Pinguin-Blog öffne. Ich lese einen Eintrag nach dem anderen. Sie enthalten Fotos, auf denen Locket Island so … so rein wirkt, und das trotz (oder vielleicht gerade wegen) der ganzen Pinguinkacke überall. Ich sehe Pip, erkenne ihn an jeder einzelnen Feder. Und da ist Sooty mit seinem kleinen Küken. Was für ein seltsam aussehender Pinguin er ist. Ich überfliege einige Panoramaaufnahmen: die Kolonie aus der Ferne, schwarz-weiße Flecken auf den Felsen und im Hintergrund die bläulichen Berge. Da, auf meinem Telefon, ist das Südpolarmeer. Da ist der See, der wie die Öse eines Medaillons geformt ist. Da ist der vulkanische

Strand. Da sind die glitzernden Eisberge, und da ist der Schnee, in dicken Schichten oder spärlich verstreut, vom Wind flach geweht oder zu riesigen weißen Hügeln und Klippen geformt. Ich sehe Pinguine in allen möglichen Positionen: in die Wellen tauchend, eine Pinguinautobahn entlangwatschelnd, auf dem Bauch rutschend, schlafend, beim Füttern von Küken, bei Balzritualen mit in den Himmel gerecktem Schnabel. Terry ist besessen von Pinguinen, doch das wusste ich schon immer. Es ist einer der Gründe, warum ich mich in sie verliebt habe. In den letzten Wochen war ich unfassbar wütend auf sie, aber heute würde ich alles dafür geben, sie in die Arme schließen zu können.

Ich lese alle Blog-Einträge, die sie seit meiner Abreise geschrieben hat. Sie schreibt über die neuen Küken, die Kükenhorte. Sie schreibt über Pip und seine Freunde, über Sooty und seine Familie, über Sichtungen von Kaiserpinguinen und über sich ändernde Wetterbedingungen. Ein paarmal erwähnt sie Mike und Dietrich. Mich erwähnt sie kein einziges Mal.

Sie kann froh sein, dass sie mich los ist. Mein Dad war ein Krimineller. Wer weiß, was *ich* vielleicht einmal tun werde?

Ich ziehe mir meine Kapuze über den Kopf und beuge mich nach vorn, weil ich Übelkeit in mir aufsteigen spüre. Ich wünschte, ich hätte die Fotos von meinem Dad nie zu Gesicht bekommen. Alles ist furchtbar schiefgegangen.

Trotzdem nagen immer noch Zweifel an mir. Er hat das Foto von Mum und mir all die Jahre aufbewahrt, also muss es ihm eine Menge bedeutet haben. Hatte er vor, eines Tages zurückzukehren und uns zu suchen? Wusste er, dass sie Selbstmord begangen hatte? Hat er sich jemals gefragt, was ich mit meinem Leben anfange? Und wie schaffte er es, mit dem, was er getan hatte, zu leben?

Ich öffne das Foto von Joe Fuller, auf dem er mit seinem Freund auf dem Gipfel steht und so glücklich und triumphierend aussieht.

Mir will einfach nicht in den Kopf, dass dieser Mann jemanden sterbend auf der Straße hat liegen lassen. Mir fällt wieder die Nachricht ein auf der Rückseite des Fotos, von einem Maurice Soundso. Nach dem Foto zu urteilen, stand er meinem Dad nahe. Er musste jetzt in seinen Sechzigern oder Siebzigern sein, höchstwahrscheinlich noch am Leben. Womöglich war mein Dad auch nach meiner Geburt noch mit ihm in Kontakt. Er könnte etwas wissen …

Ich habe noch ein paar Tage in diesem Land und ertrage kein Sightseeing mehr. Also werde ich versuchen, diesen Maurice ausfindig zu machen.

Ich bin ein verdammtes Genie, dass ich mir Emmas Telefonnummer habe geben lassen, bevor ich von Denise weggegangen bin.

Ich rufe Emma an.

Ihre Stimme klingt müde, aber bestimmt. »Tut mir leid, Patrick, über seine Freunde weiß ich nichts. Ich habe ihn ja nie persönlich kennengelernt. Da müssen Sie noch mal mit Mum sprechen.«

Ich rufe Denise an, ohne große Hoffnung zu haben.

»Ja, es gab da einen Maurice«, sagt sie nachdenklich. »Er war derjenige, der nach dem Tod Ihres Vaters die Sachen geschickt hat. Die beiden waren ziemlich eng befreundet, glaube ich. Sie sind gemeinsam bergsteigen gegangen.«

Ich versuche, seinen Nachnamen aus ihr herauszuquetschen. Sie gibt etliche Ähs und Hms von sich. »Tut mir leid, mein Lieber. Es ist zu lange her, und ich kannte ihn nicht persönlich. Ich bin mir nicht sicher, ob ich überhaupt wusste, wie er mit Nachnamen heißt.«

Meine Güte, niemand erinnert sich an irgendwas.

Dann sagt sie: »Ich glaube, er ist später Schriftsteller geworden.«

Schriftsteller. Okay, immerhin etwas. Ich bedanke mich bei ihr.

Dann fange ich an, kanadische Schriftsteller der siebziger und achtziger Jahre mit dem Vornamen Maurice zu googeln.

37

Veronica

Bolder Island

Ich werde Eileen bitten, noch einen Flug für mich zu buchen, einen Flug, der so bald wie möglich geht. Nach meiner Erfahrung lassen sich die meisten Dinge ändern, wenn man genug Geld in die Hand nimmt. Mein größter Wunsch ist jetzt, allein bei mir zu Hause auf The Ballahays zu sein. Wenn ich keine Rückerstattung für den gebuchten Flug in zwei Wochen bekomme, sei's drum. Geldangelegenheiten stehen für mich im Moment nicht an erster Stelle.

Ich möchte mich nicht aus der Verantwortung stehlen, aber ich kann nicht mehr Teil dieses Dreh-Kokolores sein. Ich bin dazu nicht in der Lage. Ich bin einfach nicht mit dem Herzen dabei.

Ich habe meine Kündigung offiziell eingereicht. Beth und Liam kamen beide unabhängig voneinander zu mir und haben versucht, mich zu überreden, es mir anders zu überlegen. Liam griff sogar zu milden Drohungen und sagte, ich hätte einen Vertrag mit der BBC unterschrieben und sei juristisch verpflichtet, diesen zu erfüllen. Ich sagte ihm, dass mich die BBC und ihre dämlichen Verträge nicht die Bohne interessieren.

Seit ich nach meiner Kündigung in die Lodge zurückgekehrt bin, habe ich sie nicht mehr verlassen. Mir spukt ein Zitat im Kopf herum, das so ähnlich lautet, wie: »Wenn man einen Pinguin betrachtet, kann man einfach nicht verärgert sein.« Im Moment ist mir nicht danach, Pinguine zu betrachten. Ich muss meinen Groll aufrechterhalten. Er verleiht mir eine Energie und eine Kraft, die mich daran hindern, mich ganz meinem Kummer hinzugeben.

Sir Robert, stelle ich fest, hat nicht versucht, mich zum Bleiben zu überreden. Er scheint meine Kündigung mit kühler Selbstgefälligkeit zu akzeptieren und setzt seine Arbeit mit noch größerer Gewissenhaftigkeit als zuvor fort. Tatsächlich habe ich ihn seitdem kaum zu Gesicht bekommen. Meine an ihn gerichtete Wutrede mag in ihrer Vehemenz etwas übertrieben gewesen sein, doch das Ausbleiben einer Reaktion seinerseits hat mich irritiert, um nicht zu sagen, ziemlich verletzt.

Daisy ist stinksauer auf mich und spricht gar nicht mehr mit mir. Sie lässt mich bewusst abblitzen und setzt sich beim Essen an einen anderen Tisch.

Ich habe keinem von ihnen meine innere Bestürzung anvertraut. Beth hat Patricks E-Mail inzwischen sicher gelesen und kennt das schreckliche Geheimnis unserer Familie. Sie lässt sich aber nichts anmerken … allerdings denkt sie natürlich, dass ich nichts davon weiß.

Patrick wiederum weiß nicht, dass seine Freundin, die er in der Antarktis hat sitzen lassen, schwanger von ihm ist.

Die Crew ist heute Vormittag unterwegs und versucht wahrscheinlich, die Zeit wiedergutzumachen, die sie gestern meinetwegen verloren hat. Als ich mein Zimmer verlasse, ist nur Keith in der Lodge. Er kehrt den Fußboden des Flurs mit einem übergroßen Besen.

»Hallo, Mrs McCreedy!«, ruft er. »Heute gar nicht unterwegs beim Drehen?«

»Nein.«

Er ist völlig nichtsahnend. Je früher ich mich aus diesem Etablissement entfernen kann, desto besser. Ich muss Eileen eine E-Mail schreiben. Ich glaube, ich erinnere mich, wie man das macht, und nehme Kurs aufs Büro. Alles ist still, und der Computer wartet auf mich. Ich schalte ihn ein. Mit großer Sorgfalt klicke ich auf das Lesezeichen, das für mich und niemand anders bestimmt ist. Vor meinen Augen erscheint eine Liste mit E-Mails.

Eine neue Nachricht wartet auf mich. Sie ist von Eileen.

Liebe Mrs McCreedy,

ich hoffe, Ihnen, Sir Robert, Daisy und den Pinguinen geht es gut. Diese Sache mit der Zeitung tut mir immer noch so leid, und ich werde mir das nie verzeihen. Auf The Ballahays ist alles in bester Ordnung, und die Schneeglöckchen sind einfach entzückend.

Ihre Anweisungen für Terrys Reise zu Ihnen auf die Falklandinseln habe ich erhalten, und ich glaube, ich habe es geschafft! Im Internet bin ich irgendwann nicht mehr weitergekommen, aber die nette Dame im Reisebüro in Kilmarnock war unglaublich hilfsbereit. Ich habe die Codes und die Details zu sämtlichen Tickets direkt an Terry geschickt, so wie Sie es mir aufgetragen hatten. Wie wundervoll es wird, wenn Sie und Terry und Patrick wieder bei den Pinguinen vereint sind! Ich habe heute Morgen zu Doug gesagt, wie sehr ich mich für Sie alle freue, und zu Mr Perkins habe ich es ebenfalls gesagt, als er Holzscheite hereinbrachte. Vielleicht kann Terry ja auch beim

Filmen mitmachen, nachdem sie so gut mit Pinguinen umgehen kann und so hübsch anzusehen ist.

Im Kirchenchor läuft es gut. Wir lernen gerade ein neues Stück. Es ist ein richtiger Ohrwurm. Ich muss es die ganze Zeit summen.

Alles Gute
Eileen

Nun, es sieht so aus, als wäre Terry bald hier und würde sich zumindest mit Patrick treffen können. Ich dagegen werde dann schon wieder in Schottland sein. Einen Moment lang frage ich mich, ob ich warten soll, bis die beiden angekommen sind, bevor ich abreise, falls ich irgendwie helfen kann. Es wäre schön, Terry wiederzusehen, und es könnte für lange Zeit meine letzte Gelegenheit sein.

Allerdings ist meine Anwesenheit hier jetzt außerordentlich unangenehm, da ich bei der Filmcrew als Verräterin gelte. Schweren Herzens tippe ich meine Antwort an Eileen und bitte sie, den nächstmöglichen Flug nach Großbritannien für mich zu buchen. Dann klicke ich auf das blaue Kästchen, in dem »Senden« steht.

Nachdem es vollbracht ist, spüre ich ein Rinnsal der Erleichterung inmitten der Flut meines Kummers. Sobald ich zurück auf The Ballahays bin, kann ich mich in Tee und Einsamkeit suhlen, bis ich wieder als respektables menschliches Wesen durchgehe.

Ich würde jetzt gerne einen ruhigen Spaziergang machen und ein bisschen frische Luft schnappen. Doch ich verspüre den makabren Drang, vorher noch einmal einen Blick auf das Leben meines Sohnes zu werfen. Alle E-Mails, die ich von Patrick bekommen habe und die Beth mir ausgedruckt hat, befinden sich in der Kommode in meinem Zimmer. Ich hole sie heraus, breite sie auf dem

Bett aus und lasse den Blick über die Fotos von seinen Habseligkeiten, seinen Erlebnissen, seinem Gesicht wandern.

Als Baby war mein Enzo ein süßer Schatz … doch Menschen ändern sich, und ich muss akzeptieren, dass er nicht gut geraten ist. Ganz im Gegenteil. Ich denke an den armen Mann, den er sterbend auf der Straße hat liegen lassen. Dann denke ich an meinen lieben Patrick, der als Waise aufgewachsen ist, sein ganzes Leben ruiniert. Wut steigt in mir auf, strömt mir durch die Adern, fordert mich zum Handeln auf. Ich stürze mich mit bloßen Händen auf die Fotos und zerreiße sie, eines nach dem anderen. Ich zerreiße sie in so viele Stücke, wie ich kann: ein Teil Hand, ein Abschnitt Stirn, ein Stück Knie und Fuß und Auge. Als das erledigt ist, knülle ich die Schnipsel zusammen.

Wenn es hier ein Feuer gäbe, würde ich sie in die Flammen werfen. Stattdessen werde ich sie mitnehmen und ins Meer streuen. Ich habe keine Skrupel, das zu tun: Papier ist biologisch abbaubar, und ich kann mir nicht vorstellen, dass Druckertinte der Umwelt stark schadet. Es ist ein symbolischer Akt, den ich unbedingt brauche.

Ich zwänge mich in meine Wanderstiefel, stopfe alle Schnipsel in die Innentasche meiner Handtasche, nehme meinen Stock und gehe nach draußen. Ich bin allein auf dem Pfad zur Küste. Mein Kopf pocht schmerzhaft, und mir tun alle Gliedmaßen weh, als hätte sich mein Körper den Gefühlen meines Herzens angepasst. Einmal mehr habe ich alles verloren: meine Arbeit, meine Würde, meine Freunde. Selbst meine wertvollsten Erinnerungen sind irreparabel zerstört. Warum verfolgt mich das Leben immer wieder? Womit habe ich das verdient?

Ich werde auf die nicht weit entfernte Kolonie von Eselspinguinen aufmerksam. Ihr Geschrei, das der Wind zu mir trägt, klingt wie verzweifeltes Wehklagen.

Ich gehe weiter zum Strand und bleibe dort eine Weile stehen, um den kleinen blaugrünen Wellen zuzusehen, wie sie mit ihren weißen Rüschen vor- und zurückhuschen. Dann den größeren Wellen, die sich auftürmen, krümmen und kräuseln, ehe sie brechen. Dann der Weite des Meeres, das sich dahinter erstreckt. Es ist breit und tief, voller geheimnisvoller Kreaturen, die sich im Meeresgrund vergraben oder sich an Felsen heften oder sich mit der Strömung treiben lassen. Was für Unmengen von unsichtbarem Leben es dort draußen gibt. Die Erde und die Meere sind voll davon … und doch fühle ich mich so einsam.

Ein einzelner Pinguin kommt über den Sand auf mich zugewatschelt. Ich bin gerührt. Wenigstens dieser Pinguin geht mir nicht aus dem Weg. Ich beuge mich leicht hinunter und ertappe mich dabei, wie ich sage: »Hallo, mein Kleiner«, und die Hand ausstrecke, um ihn dazu zu ermutigen, noch näher zu kommen. Er macht ein paar Hüpfer, und ich erkenne an dem Band mit den aufgemalten Gänseblümchen, dass es sich – wie ich schon vermutet hatte – um Petra handelt. Als sie nur noch dreißig Zentimeter von mir entfernt ist, bleibt sie stehen und blickt nach oben, mir ins Gesicht, den Kopf neugierig zur Seite geneigt. Ich habe zu diesem Pinguin keine so enge Bindung, wie ich sie einst zu Pip hatte, aber ich kann nicht umhin, entzückt zu sein.

»Tja, das ist vielleicht das letzte Mal, dass wir uns sehen, Petra«, sage ich zu ihr.

Sie schüttelt ihren ganzen Körper, dann kommt sie noch einen Schritt näher. Ihre Augen sind sehr ausdrucksstark. Sie tappt um mich herum, dann pickt sie ein oder zwei Mal gegen meinen Stock. Ich gehe weiter. Sie hüpft neben mir her.

Als ich nah genug am Meer bin, öffne ich meine Handtasche. Ich greife in die Papierschnipsel, nehme eine Hand voll heraus und schleudere sie den Wellen entgegen. Doch eine Böe weht mir die kleinen Teile meines Sohnes ins Gesicht. Ich greife wütend nach einer weiteren Hand voll, hole aus und schleudere sie mit aller Kraft weg. Der Wind ist stärker. Die Schnipsel umtanzen mich wie Konfetti, umschwärmen mich wie Fliegen, hüllen mich wie ein schwarz-weißer Schneesturm ein. Die letzten Bruchstücke eines schlechten, schlechten Lebens, das ich unwissentlich in die Welt gesetzt habe. Ich wünschte, ich hätte es nie getan.

Petra ist fasziniert und hüpft den Schnipseln in einem wilden Tanz hinterher. Sie schafft es, eines mit dem Schnabel zu fangen, und schluckt es prompt hinunter.

»Gut gemacht, Petra!«, rufe ich verbittert.

Die Schnipsel werden vom Wind aufgewirbelt, vermischt mit Sandkörnern, und wieder auf dem Strand verteilt. Ich bin zu erschöpft, um sie einzusammeln. Die Flut wird sie bald verschlucken. Ich habe getan, was ich kann.

Der Wind lässt meine Augen so stark tränen, dass es eine Weile dauert, bis ich die beiden Personen zur Kenntnis nehme. Die kleinere kommt auf mich zugerannt.

38

Veronica

»Veronica!« Es ist Daisys Stimme. »Du hast sie gefunden!«

Ich nehme an, sie meint Petra. Aus meiner Kehle dringt ein leiser grummelnder Laut.

»Ich habe überall nach ihr gesucht. Hey, Petra!« Sie tanzt eine Weile um den Pinguin herum, ehe sie innehält und auf den wirbelnden Sand blickt. »Was sind das alles für Schnipsel auf dem Strand?«, fragt sie.

»Nichts, worum du dir Gedanken machen müsstest«, erwidere ich, während ich ein Schnipsel unter der Schuhsohle zermahle.

Daisy legt den Kopf in den Nacken und sieht mich an. Dann nimmt sie mich an der Hand. Ihre Hand fühlt sich winzig an, als sie nach meiner greift. Ihr Gesicht sieht ebenfalls klein aus unter ihrer engen Wollmütze, die den Flaum braunen Haars verdeckt.

»Sei nicht traurig, Veronica!« Das ist ein Befehl. »Es tut mir echt leid, dass ich ungezogen zu dir war.«

»Entschuldigung angenommen, Daisy. Aber ich habe Gründe, warum ich traurig bin … Gründe, von denen ich dir nicht erzählen kann.« Ich blicke in die Ferne und stelle fest, dass die andere Person, die ich jetzt als Daisys Mutter erkenne, zurückgeblieben ist.

Sie scheint Muscheln zu sammeln, ich vermute jedoch, sie möchte uns die Möglichkeit geben, unter vier Augen zu sprechen. Petra hört uns allerdings aufmerksam zu.

»Du willst nicht wirklich abreisen, oder, Veronica?« Daisy klingt traurig.

»Doch, Daisy. Doch, ich fürchte, schon.«

Sie umklammert jetzt meinen ganzen Arm. »Bitte nicht, Veronica. Das darfst du nicht. Du musst hier bei uns bleiben. Du musst mit dem Filmen weitermachen.«

Ich richte den Blick auf die Linie, wo Himmel und Meer aufeinandertreffen. »Ist das so wichtig?«

»Ja«, beteuert sie mit ziemlicher Dringlichkeit, »ist es.«

»Aber …« Ich fühle mich so erbärmlich und spüre abermals, dass mir Tränen über die Wangen laufen. »Dieser Wind ist ganz schlecht für mein Augenproblem«, murmle ich, ziehe den Arm aus ihrer Umklammerung und betupfe mir das Gesicht.

»Du *kannst* weitermachen, und du *wirst* weitermachen.« Ihre Stimme klingt jetzt hart und bestimmt, lässt keine Zweifel aufkommen. »Denk an die Pinguine!«

Wie oft habe ich das zu ihr gesagt, als sie krank war und die Hoffnung aufgegeben hatte? Wie oft habe ich das als Aufruf zu Mut, Standhaftigkeit und Durchhaltewillen angeführt? Daisy hat sich an den Satz geklammert, und er hat ihr dabei geholfen, lange Phasen mit Schmerzen und körperlichen Einschränkungen zu überstehen – und sie ist noch ein Kind. Sie lehrt mich Demut. Selbst Petra lehrt mich Demut, die den Kopf reckt, ihre dünnen gelben Federn wie Luftschlangen im Wind, ihr kleiner Körper umgeben von aufgewirbeltem Sand, und den Böen trotzt. Sie scheint die Herausforderung beinahe zu genießen.

»Denk an die Pinguine!«, wiederholt Daisy lauter, da sie bemerkt, dass die Worte bei mir Wirkung zeigen.

Welches Zeichen setze ich für dieses Kind, wenn ich jetzt aufgebe?

Doch es ist zu spät. »Ich habe Eileen gebeten, für mich den nächstmöglichen Flug nach Hause zu buchen.«

»Dann schreib ihr noch eine E-Mail, und bitte sie, es *nicht* zu tun! Schnell!«

Sie fängt an, mich den Pfad entlangzuzerren, der zur Lodge führt. »Mum!«, schreit sie, und Beth dreht sich um und geht auf uns zu, während der Wind mit ihrem Haar spielt.

Ich werfe noch einmal einen Blick auf das Kind, und als sich die letzten Wolken meiner Wut verflüchtigen, kehrt Klarheit zurück. Ich habe eine Entscheidung getroffen. Aber wir müssen uns beeilen.

»Möchtest du mit deiner Mutter schon vorauslaufen? Sie weiß, wie sie an meine E-Mails kommt. Ihr beiden seid besser zu Fuß als ich und ohne mich schneller.«

»Ja!« Daisy boxt mit der Faust in die Luft, dann rennt sie zu ihrer Mutter und weiht sie ein. Beth sieht mich fragend an, und ich signalisiere ihr mit einem Nicken mein Einverständnis. Die beiden sausen zurück zur Lodge.

Ich verweile noch einen Moment bei Petra, ehe ich – schwindelig von meiner Kehrtwende – ihnen folge.

Ich blicke in mich hinein und stelle fest: Ich bin froh, dass ich mich habe umstimmen lassen. Vielleicht habe ich die frische Luft und die Meeresbrise zur Beruhigung meines Gemüts gebraucht. Vielleicht war es die Nähe zu einem Pinguin, die mich dazu bewogen hat, meine Meinung zu ändern. Oder vielleicht habe ich einfach nur jemanden gebraucht, der mich bittet zu bleiben.

Trotzdem wünschte ich, diese Person wäre Sir Robert gewesen.

39

Veronica

Liebe Mrs McCreedy,

ich hoffe, es geht Ihnen gut. Ich war ein bisschen aus dem Häuschen, weil ich ganz verschiedene E-Mails bekommen habe, in denen stand, dass Sie zurückkommen möchten und dann doch nicht. Diejenige, in der es hieß, Sie möchten nicht zurückkommen, war von der kleinen Daisy, deshalb dachte ich mir, ich frage lieber nach, ob sie sich vielleicht nur einen Spaß erlaubt hat. Aber bitte machen Sie sich keine Sorgen. Ich und die reizende Dame vom Reisebüro in Kilmarnock haben nach einem früheren Rückflug für Sie gesucht. Es gäbe einen am Donnerstag, wenn Sie möchten, aber wir haben noch nichts gebucht, falls Sie doch nicht möchten. Würden Sie mir bitte schnellstmöglich Bescheid sagen?

Mr Perkins hat die hintere Hecke geschnitten. Sie sieht ordentlich aus.

Viele Grüße
Eileen

Ich maile Eileen und teile ihr mit, dass ich mit dem ursprünglichen Flug in zwei Wochen zurückreisen werde und dass sie das Reisebüro in Kilmarnock unter keinen Umständen weiter bemühen soll.

Ich ziehe in Erwägung, beim Abendessen eine förmliche Ankündigung gegenüber der Kameracrew zu machen, um bekanntzugeben, dass ich meinen Aufgaben beim Drehen wieder nachkommen werde, entscheide dann aber, dass es angemessener ist, nur die wichtigsten Mitglieder des Teams zu informieren und darauf zu setzen, dass sich die Neuigkeiten von selbst herumsprechen. Der Erste, dem ich es sagen muss, ist natürlich Sir Robert. Er kommt erst spät von seinen Dreharbeiten zurück, aber ich nehme ihn sofort zur Seite, als er eintrifft.

»Sir Robert, dürfte ich Sie kurz sprechen, bitte?«

»Worum geht's denn, Veronica?« Seine Miene ist undurchdringlich.

»Ich möchte Ihnen mitteilen, dass ich beschlossen habe, doch zu bleiben.«

Er zieht eine wunderbar buschige, aber enttäuschend gleichgültige Augenbraue hoch.

Ich beeile mich, meine Absicht zu bekräftigen, falls er mich nicht gehört oder irgendwie missverstanden hat. »Ich werde ab morgen wieder an Ihrer Dokumentation mitarbeiten.«

Die andere Augenbraue hebt sich langsam auf dieselbe Höhe an wie ihr Gegenstück. Beide entbehren noch immer jeglicher Begeisterung. »Ich dachte, Sie hätten die Nase voll von dem Ganzen und wollten nichts mehr damit zu tun haben? Ich dachte, Sie wollten nicht mehr meine Marionette sein?«

Wie ärgerlich, dass er sich genau an die Worte erinnern kann, die ich ihm entgegengeschleudert habe.

»Ich war vielleicht ein bisschen harsch bei meiner Wortwahl und vorschnell bei meiner Entscheidung. Es liegt in der Natur der

McCreedys, etwas launenhaft zu sein«, erkläre ich. »Auf jeden Fall ist es das Recht einer Frau, ihre Meinung zu ändern.«

»Ich verstehe.«

Seine unterkühlte Art entmutigt mich. Ich hatte gehofft, er würde die Neuigkeit zumindest mit einem Quäntchen Jubel begrüßen. Er wirkt jedoch müde und unbeeindruckt. Er behauptet, dass er gehen müsse, um etwas mit dem Produktionsleiter zu besprechen, und verlässt ohne ein weiteres Wort den Raum.

Beth hat mich über einige weitere unerfreuliche Überschriften in der britischen Presse in Kenntnis gesetzt:

MCCREEDY LEGT SICH MIT SIR ROBERT AN
LAUNISCHE MCCREEDY FLIPPT AUS
GIERIGE MCCREEDY MUSS IHREN WILLEN DURCHSETZEN
HAT MCCREEDY DEN VERSTAND VERLOREN?

Ich bin völlig verblüfft, wie die Klatschpresse an solche Informationen gelangt ist, denn Eileen versichert mir, dass sie seit ihrem Ausrutscher keinerlei Neuigkeiten mehr preisgegeben hat. Das ist alles ziemlich beunruhigend, aber man darf den Kopf nicht hängen und sich nicht beirren lassen.

Es wurde entschieden, dass bei meinem nächsten Einsatz der Beitrag für die Sendung *I Wish* mit Daisy gedreht wird. Wenn es läuft wie erhofft, wird dabei vor allem Petra mitwirken. Beth wurde gebeten, vor der Kamera ein paar Worte über ihre Tochter zu sagen und darüber, wie deren Krebserkrankung ihr Leben überschattet, aber sie hat das abgelehnt. Ich glaube, sie ist kamerascheu. Ich dagegen bin es nicht. Allerdings habe ich durchaus Bedenken, dass ich womöglich meine Sätze durcheinanderbringe oder dass es mir ganz die Sprache verschlägt, wie es mir bereits passiert ist. Ich habe zwar beschlossen, meinen Verpflichtungen nachzukommen, bin aber noch immer stark traumatisiert von dem, was ich über meinen Sohn erfahren habe.

Daisy und gehen wieder frühmorgens spazieren. Sie hat keine Ahnung, warum ich gedankenverloren und traurig bin, und ich werde es ihr niemals erzählen, aber sie hilft mir dabei, meinen (glücklicherweise kurzen) Text einzuüben, indem sie die Worte mit lobenswerter Geduld immer und immer wieder mit mir durchgeht.

Am Tag nachdem ich verkündet habe, dass ich bleibe, finde ich mit Entsetzen heraus, dass uns Sir Robert verlässt.

»Das habe ich Ihnen doch gesagt, Veronica, mindestens zweimal«, behauptet er, als ich meinen Schock zum Ausdruck bringe.

»Das haben Sie nicht, Sir Robert.«

Ich werde nicht so tun, als wäre ich darüber erfreut.

»Ich habe es Ihnen ganz sicher gesagt, Veronica«, beharrt er, »aber vielleicht haben Sie es nicht gehört … oder vielleicht haben Sie es einfach vergessen.«

»Ich vergesse nie etwas.« Ich werde jetzt lauter.

Er hebt die Hände hoch. »Es ist doch nur für ein paar Tage, für einen Abstecher nach Südgeorgien. Ich brauche noch Bildmaterial von Felsenpinguinen und von Goldschopfpinguinen.«

»Aber Pinguine sind *meine* Domäne.« Ich bin in dieser Hinsicht ziemlich besitzergreifend geworden. Ich spüre, wie sich meine Wangen röten und wie meine Verärgerung meiner Stimme Schärfe verleiht.

»Es ist alles vereinbart, und die Reisevorbereitungen wurden getroffen. Ich fliege morgen ab. Sie bleiben mit einem Teil des Teams hier und filmen mit Daisy für *I Wish*. Außerdem kommt doch Ihr Enkel, Sie müssen also sowieso hier sein, nicht wahr?«

Ich lasse mich nicht zu einer Antwort herab.

40

Patrick

Vancouver

Ich habe ewig gebraucht, aber ich glaube, nach etwa fünftausend Autoren namens Maurice habe ich ihn gefunden. Zumindest habe ich ein Buch ausfindig gemacht, das ungefähr aus der richtigen Zeit stammt, von einem Maurice Timmin geschrieben wurde und *Mensch und Berg* heißt. Vom selben Autor gibt es noch drei spätere Bücher mit den Titeln *Ihr Rosengarten*, *Pflanzen richtig zurückschneiden* und *Rosen schmerzfrei.*

Da ich jetzt seinen Nachnamen kenne, starte ich mit angehaltenem Atem eine Suche nach »Maurice Timmin Autor«, weil ich wissen will, ob ich Fotos von ihm finde. Ja! Er taucht sofort auf meinem Bildschirm auf: eine ältere, grauere Version des Mannes auf dem Foto mit Joe Fuller. Es handelt sich zweifelsfrei um denselben Mann.

»Ich hab dich!«, rufe ich.

Nachdem ich seinen vollen Namen weiß, ist es einfach. Ich orte ihn über seine Website, auf der sich ein Kontaktformular befindet, und schicke ihm – nichts leichter als das – eine Nachricht.

Hallo, bitte entschuldigen Sie, wenn ich Ihnen Umstände mache, aber ich glaube, Sie kannten meinen Vater, Joe Fuller alias Joshua Fuller. Ich bin gerade in Vancouver, würde aber überallhin reisen.

Granny hat bestimmt nichts dagegen, wenn ich dafür beliebig viel von ihrem Geld ausgebe. Ich kann später immer noch entscheiden, wie viel ich ihr erzähle, je nachdem, was Maurice sagt.

Könnten wir uns so bald wie möglich treffen, um uns zu unterhalten?

Und ich hänge das Foto von den beiden auf dem Gipfel an.

Dann setze ich mich in eines der schicken Cafés, die den Coal Harbour säumen, trinke einen Cappuccino nach dem anderen und schaue alle zwei Minuten auf mein Handy.

Er antwortet nach drei Stunden. Ja, wir können uns treffen. Aber er wohnt in Ontario.

Am schnellsten geht es, wenn ich fliege.

Ich kann Flughäfen nicht ausstehen. Und es kommt mir so vor, als würde ich heutzutage die Hälfte meines Lebens in einem von ihnen verbringen. Ich reise mit leichtem Gepäck, aber die ganze Check-in- und Zollprozedur ist nervtötend mühselig. Dann treibt mich die Rumsitzerei und Warterei in den Wahnsinn. Ich lese nicht gern Romane so wie Granny, und ich gehe nicht gern Duty-free-Shoppen. Googeln habe ich so satt, dass ich inzwischen allein den Anblick meines Telefons hasse.

Man muss im Leben zu oft anreisen und wieder abreisen. Ich bin erledigt und würde eigentlich gern eine Zeit lang an einem Ort bleiben.

Im Zeitschriftenladen am Flughafen durchstöbere ich einen Stapel britische Zeitungen und lese lustlos Überschriften, während ich aus einem Plastikbecher Kaffee trinke. Es geht nur um langweilige und deprimierende Themen, und ich kann mich nicht richtig konzentrieren. Ich wünschte, ich könnte einfach die Uhr vorstellen und bereits bei Maurice Timmin sein.

Dann springt mich das Wort »McCreedy« an. Ich muss zweimal hinschauen. Die Überschrift lautet: »MCCREEDY UND SADDLEBOW – EIN LIEBESSTREIT?« Was, zum Teufel, führt Granny im Schilde? *Liebesstreit?* Ich lache lauthals. In ihrem Alter! Diese Journalisten erlauben sich doch einen Spaß. Ich verschlinge den Artikel trotzdem, da ich vor Neugier platze. Es heißt darin, Granny sei mitten bei den Dreharbeiten wutentbrannt davongestürmt. Das ist ziemlich übel, falls es tatsächlich stimmt. Sieht so aus, als hätte sie nicht die schöne, idyllische Zeit, auf die sie gehofft hat. Vielleicht werde ich praktischerweise einfach vergessen, ihr von der verbrecherischen Tat ihres Sohnes zu erzählen. Irgendwie bezweifle ich, dass sie damit zurechtkommen würde.

41

Patrick

Ontario

»Ja, ich war eng befreundet mit ihm.«

Maurice Timmin ist kleiner, als ich erwartet hatte. Sein Gesicht ist faltig, und alle Falten hängen nach unten, als hätte ihm seine Haut noch nie richtig gepasst. Seine Augenlider liegen schlaff auf blassen, wässrigen Augen, und sein fliehendes Kinn ist mit einer dünnen Schicht grauer Bartstoppel überzogen. Er steht nicht ganz aufrecht da. Als er mich ins Wohnzimmer seines Bungalows führt, stelle ich fest, dass seine gebeugte Haltung ein Dauerzustand ist.

Die Wände sind mit Fotos von Vögeln und von Rosen zugepflastert. Er sieht, dass ich sie betrachte.

»Früher hingen da nur Berglandschaften«, sagt er zu mir, »aber jetzt nicht mehr. Wegen Joe.«

Natürlich, mein Vater kam bei einem Kletterunfall ums Leben. Ich war so damit beschäftigt, über sein Verbrechen nachzudenken, dass ich das fast vergessen hatte.

»Sie haben mit dem Bergsteigen aufgehört, nachdem …?«

»Ja, ich war traumatisiert. Ich war dabei, wissen Sie, als er abgestürzt ist.«

Maurice deutet auf einen Sessel, und ich setze mich. Er ist so groß und tief, dass ich beinahe von ihm verschluckt werde. Mein Gastgeber bleibt stehen und stützt sich ab, indem er die Lehne eines anderen Sessels umklammert. Ich erkenne, dass er nervös und aufgeregt ist.

»Sie sehen aus wie er«, stellt er nach einer Pause fest. Er kneift die Augen zusammen. »Ja, man könnte Sie fast für ihn halten.«

Ich runzle die Stirn, da ich mir nicht sicher bin, wie ich das finden soll.

»Bitte setzen Sie sich«, flehe ich ihn an. »Ich möchte alles hören.«

Maurice bietet mir keinen Tee und keine Kekse an wie Denise und keine knappe Effizienz wie Emma, aber ich habe das Gefühl, dass ich von ihm die Wahrheit erfahren werde, die ganze Wahrheit und nichts als die Wahrheit. Er setzt sich hin und fixiert mich mit seinen traurigen Augen.

»Ich schrieb das Buch über Berge, als er noch am Leben war. Wir hatten beide eine besondere Beziehung zu Bergen: einen Gipfel zu erreichen oder einen Kamm entlangzugehen, die frische Luft zu atmen und zu sehen, wie sich die Welt unter uns ausbreitet – wir fühlten uns nur hoch oben in den Bergen frei. Nach seinem Tod konnte ich sie weder besteigen noch über sie schreiben. Ich hatte einen Zusammenbruch und musste mehrere Jahre wegen Belastungsstörungen behandelt werden. Seitdem habe ich mich auf Rosen verlegt.«

Er deutet zum Fenster hinaus auf einen Rosengarten, der im Sommer wahrscheinlich dem auf The Ballahays Konkurrenz machen könnte, momentan aber nur ein Dickicht aus grauen stacheligen Stangen ist.

Ich habe die Ledermappe meines Vaters dabei. In der Hoffnung, dass es ihm helfen wird, sich zu erinnern, halte ich ihm das Foto von ihm und Joe auf dem Gipfel hin, dann drehe ich es um und zeige ihm die Nachricht, die auf der Rückseite steht.

»Ah ja, das Foto habe ich ihm geschickt. Ich dachte, er hätte es gern als Andenken. Es entstand an einem wunderschönen sonnigen Tag in der Gegend von Banff. Ich erinnere mich noch gut, wie wir beide angeseilt und mit Helm von einem Felsvorsprung zum nächsten kletterten, umgeben von Gebirgsgraten, und unter uns Gletschertäler und smaragdgrüne Seen. Beim letzten Abschnitt des Aufstiegs waren wir high im doppelten Wortsinn. Ihr Vater sang die ganze Zeit aus vollem Hals. Er war so fit, dass er den Sauerstoffmangel überhaupt nicht wahrnahm. Und er besaß einen eisernen Willen.«

Granny würde sagen, das sind die McCreedy-Gene. Trotzdem bin ich nicht in der Lage, stolz zu sein.

»Das war natürlich, bevor bei ihm alles in die Binsen ging.«

Im Haus ist im Hintergrund ein Summen zu hören, das von der Zentralheizung stammen muss. Es kommt mir sehr laut vor. Ich möchte Maurice nicht unter Druck setzen, aber ich bin schrecklich angespannt und kann es kaum erwarten zu hören, was er zu sagen hat. Da ich mich nicht überwinden kann, direkt zu fragen, öffne ich auf meinem Handy die Seite mit dem Zeitungsartikel und reiche es ihm.

Ich rechne damit, dass er zusammenzuckt und vielleicht vor Entsetzen aufschreit oder so etwas, doch das tut er nicht. Er sagt nur noch einmal »ah, ja« und schaut mich mit seinen traurigen Augen an. Die Situation ist surreal.

»Dann … *wussten* Sie also davon?«, frage ich und starre ihn an.

Er nickt. Das Summen der Zentralheizung scheint immer lauter zu werden.

Ich muss ganz sicher sein. »Sie wussten, dass mein Vater jemanden getötet hat?«

»O nein«, entgegnet er. Seine Stimme klingt jetzt ganz ruhig. »Nicht Ihr Vater hat jemanden getötet. Das war Ihre Mutter.«

42

Patrick

»Meine Mutter?«

Die Worte hämmern auf mein Gehirn ein.

»Leider ja.« Maurice' Hände liegen mit fest verschränkten Fingern auf seinem Schoß.

Ich stemme mich aus dem Sessel hoch und stelle mich vor ihn. »Nein. Nein, da täuschen Sie sich.«

Er weicht zurück, und mir wird bewusst, dass ich möglicherweise bedrohlich auf ihn gewirkt habe. »Das steht hier doch anders!« Ich reiße ihm mein Telefon aus der Hand schwenke es vor seinem Gesicht.

Er wird blass und schüttelt den Kopf. »So war es nicht. Das entspricht nicht der Wahrheit.«

»So war es nicht?«

»Ich erkläre es Ihnen.«

»Das will ich doch hoffen.« Ich klinge wieder viel härter, als ich möchte, doch das Ganze ist echt schwer zu verdauen.

Er schluckt geräuschvoll.

»Tut mir leid«, sage ich zu ihm. »Ich bin einfach geschockt.« Ich zwinge mich dazu, mich wieder in den großen schwammartigen Sessel zu setzen. »Bitte erzählen Sie mir alles. Ich bin ganz Ohr.«

»Mir ist klar, dass Sie Ihrer Mutter bestimmt nahestanden …«, setzt er an. »Aber Joe war ein guter Mensch.«

Ein leises Zischen entweicht zwischen meinen Zähnen.

Er fährt fort: »Wir haben uns viel unterhalten, er und ich, bei unseren langen Aufstiegen. Gehen macht es einem leichter, Vertraulichkeiten auszutauschen, denke ich mir immer. Ich hatte nie besonders viel über mein Leben zu erzählen, das im Vergleich zu seinem langweilig war. Er erlebte ständig Abenteuer: Fallschirmspringen, Tauchen, Hindernisparcours, Reisen an interessante Orte …«

»Und einer dieser interessanten Orte war Großbritannien, nehme ich an?«

»Ja. Das war allerdings lange Zeit, nachdem dieses Foto entstanden ist. Als er Ihre Mutter kennenlernte, war er Anfang vierzig.« Maurice zögert und räuspert sich. »Wie … wie geht es ihr?«

Ich teile ihm mit, dass Mum nicht mehr lebt. Er spricht mir höflich sein Beileid aus, wirkt aber beinahe erleichtert. Vermutlich bedeutet das, dass er offener über sie sprechen kann.

»Fay war ihr Name, nicht wahr?«

Ich nicke und denke an das Foto von ihr, auf dem sie mich in den Armen hält. Ich unterdrücke eine Woge von Traurigkeit.

»Bitte, erzählen Sie weiter.«

An Maurice' Gesicht lässt sich ablesen, dass er sich gestattet hat, in die Vergangenheit zurückzukehren. »Er hatte zu diesem Zeitpunkt natürlich schon mit vielen Frauen Beziehungen gehabt. Er war ein gut aussehender und charmanter Mann, deshalb tat er sich in dieser Hinsicht leicht.«

Ich habe den Eindruck, dass Maurice Timmin ein bisschen eifersüchtig war.

»Nicht dass ich mit ihm hätte tauschen wollen«, fährt er fort, als hätte er meine Gedanken gelesen. »Nicht nach dem, was er mir erzählt hat.«

»Fahren Sie bitte fort«, sage ich noch einmal. Ich bin mir nicht sicher, ob meine Ohren es hören wollen, aber gleichzeitig will ich es unbedingt wissen.

Maurice kommt in Fahrt. »Während einer Europareise hatte Joe eine stürmische Romanze mit Fay. Er sagte mir, dass er sich vor allem wegen ihres vagabundenhaften Lebenswandels und ihrer Weigerung, sich anzupassen, zu ihr hingezogen fühle. Er sah in ihr einen seelenverwandten Freigeist, wissen Sie? Doch in ihrem Fall hatte das auch eine Schattenseite.« Er sieht mich merkwürdig an. »Wussten Sie, dass sie drogenabhängig war?«

Das wusste ich nicht, aber plötzlich ergibt alles einen Sinn.

»Verdammt noch mal.«

»Die Schwangerschaft war ein Versehen, aber Joe wollte das Richtige tun und ihr zur Seite stehen, obwohl die Beziehung stürmisch und nie einfach war. Die beiden mieteten in England ein Häuschen auf dem Land, das kaum mehr als eine Hütte war, und er suchte sich Arbeit als Helfer in der Landwirtschaft, um ihren Lebensunterhalt bestreiten zu können. Er vermisste sein Leben in Kanada, aber er war enorm stolz, als Sie auf die Welt kamen.«

Mein Hals fühlt sich plötzlich wie zugeschnürt an, und ich traue mich nicht mehr, ihm ins Gesicht zu sehen. Ich richte den Blick auf meine Knie.

»Ich würde Ihnen gern erzählen, dass Fay eine gute Mutter war … und vielleicht war sie das in gewisser Weise auch. Das wissen Sie bestimmt besser als ich.«

Ich bringe kein Wort heraus.

»Tut mir leid, dass ich mich nicht an mehr Details erinnern kann. Ich weiß noch, dass Joe sagte, er versuche, ihr zu helfen, aber sie würde sich nicht helfen lassen. Er hoffte, Mutter zu werden würde ihr als Anreiz genügen, um von den Drogen loszukommen, aber dem war nicht so. Was für eine schreckliche Sache für eine junge Mutter. Jedenfalls fuhr sie nicht lange nach Ihrer Geburt mit ihrem alten ramponierten Auto weg. Wie so oft drückte sie Joe vorher ihr Baby in die Arme. Sie kam erst mitten in der Nacht zurück, war völlig von der Rolle und redete zusammenhangsloses Zeug. Sie behauptete, mit einem Mann zusammengestoßen zu sein, aber als Joe nachhakte, äußerte sie sich sehr unklar. Er nahm an, dass sie meinte, sie wäre jemandem gegenüber handgreiflich geworden, vielleicht im Pub. Erst am nächsten Tag, als es in den Nachrichten hieß, dass in der Nähe die Leiche eines Mannes neben der Straße gefunden worden war, fiel der Groschen.

Als Fay begriff, was sie getan hatte, war sie völlig außer sich und schwor, nie wieder Drogen anzufassen. Joe wusste nicht, ob er ihr glauben sollte oder nicht, wollte es aber tun. In der Zwischenzeit ging die Polizei von Tür zu Tür und stellte Nachforschungen an. Fay war schon einmal wegen ihrer Drogensucht mit dem Gesetz in Konflikt geraten, und außerdem war ihr Auto am Abend der Unfallflucht, mit überhöhter Geschwindigkeit fahrend, in der Gegend gesehen worden. Es war nur eine Frage der Zeit, bis sie verhaftet und ins Gefängnis gesteckt werden würde. Fay redete lautstark auf Joe ein, er solle ihr helfen. Was konnte er tun?

Er kam auf die Idee, die Schuld auf sich zu nehmen. Er glaubte, er könne zurück nach Kanada gelangen, wenn er schnell handelte, dann würde angenommen werden, er sei verantwortlich. Und genau das tat er dann, ungeachtet der möglichen Folgen.

Die Polizei hätte ihn durchaus aufgreifen können, bevor er das Land verließ, doch das Glück war ausnahmsweise einmal auf seiner Seite. Sein Name stiftete Verwirrung. Sie suchten nach einen Joe Fuller, doch der Name in seinem Pass lautete Joshua

Fuller, deshalb gelang es ihm, durch die Passkontrolle zu schlüpfen, bevor ihnen das bewusst wurde. Als er wieder in seinem Heimatland war, vernichtete er als Erstes seinen Pass, tauchte unter und änderte seinen Namen abermals. Er sah sich nicht einmal imstande, seine Eltern zu besuchen, weil die ihn sonst womöglich unabsichtlich verraten hätten. Ein paar Jahre später stand er jedoch vor meiner Tür. Wir setzten unsere Freundschaft fort und auch unsere Bergtouren, und er erzählte mir nach und nach seine Geschichte.«

»Mein Gott«, murmle ich. »Mein Gott.« Ich sehe meine Eltern jetzt plötzlich in einem anderen Licht. Mir wird mit einem Mal bewusst, dass nicht extreme Einsamkeit, sondern ein extremes Schuldgefühl meine Mum in den Selbstmord getrieben hat.

Trotzdem ergibt das Ganze noch nicht wirklich einen Sinn. Ich zwinge mein Gehirn, zu kooperieren und zu versuchen, die Zusammenhänge herzustellen.

»Aber hätte er denn nicht bleiben und uns beiden zur Seite stehen können?«

»Stellen Sie sich doch mal die Situation vor. Er war in England ein Fremder. Sein richtiges Zuhause war hier. Er war energiegeladen und getrieben, nicht jemand, der es ertragen hätte, jahrelang eingesperrt zu sein. Wären *Sie* dazu bereit – für etwas, das Sie nicht getan haben?«

Er wartet nicht auf eine Antwort von mir. »Und er hätte auch nicht mitansehen können, wenn Fay – einer jungen Mutter, verängstigt und reumütig – ein langer Gefängnisaufenthalt bevorgestanden hätte. Er wusste nichts über das britische Rechtssystem, aber er ging davon aus, dass Sie Ihrer Mutter sofort weggenommen und in Pflege gegeben worden wären, sobald man sie für schuldig befunden hätte. Er wollte, dass Sie mit einer Mutter aufwachsen.«

»Tja, das hat ja gut funktioniert, oder?«, sage ich verbittert.

»Wenn er geblieben wäre, dann wäre Mum jetzt vielleicht noch am Leben.«

Ich erzähle ihm kurz, wie sie gestorben ist, erzähle ihm, dass ich in Pflegefamilien aufgewachsen bin und erst vor Kurzem Granny V entdeckt habe.

»Oh, mein lieber Junge, das tut mir ja so leid. Ich habe das Ganze all die Jahre für mich behalten, weil ich davon ausgegangen bin, dass Fay gesund und munter ist, und nicht wollte, dass sie beschuldigt und zur Rechenschaft gezogen wird. Ich dachte, Ihnen würde es auch gut gehen.«

Ich beiße mir auf die Lippe. »Von wegen.«

Er verzieht kurz das Gesicht, dann betrachtet er, die Stirn gerunzelt, seine Hände.

Ich versuche, die Emotionen zu unterdrücken, aber sie bahnen sich immer wieder den Weg nach oben, und jetzt heule ich ungeniert, heule mir wie ein Kind die Augen aus dem Kopf.

Maurice denkt sicher, ich habe ganz nah am Wasser gebaut. Allerdings scheint er es durchaus mit mir aufnehmen zu können. Dicke Tränen rollen ihm über die Wangen und in seine Bartstoppeln, wo sie sich wie zitternde Perlen verfangen.

»Ich kann nur noch einmal sagen, wie leid es mir tut. Aber eines kann ich Ihnen versichern: Er kannte Sie nur in der ersten Woche Ihres Lebens, aber er sprach sehr oft von Ihnen. Er liebte Sie.«

»Er liebte mich?«, knurre ich. »Er hätte mich ausfindig machen können, wenn er sich ein bisschen angestrengt hätte. Er hätte irgendwie Kontakt mit mir aufnehmen können.«

Maurice bleibt hartnäckig. »Er hat versucht, Ihre Mutter anzurufen, viele Male, aber sie war offenbar umgezogen. Ich nehme an, sie konnte es sich nicht leisten, dort zu bleiben, wo sie wohnte. Sie hat ihn nicht wissen lassen, wohin sie gegangen war, und er konnte ohne Pass natürlich nie mehr nach England zurückkehren.«

Ich erinnere mich noch vage an den Wohnwagen und an die Sozialwohnung, die anschließend für kurze Zeit unser Zuhause war. Mum ist ganz sicher schwer ausfindig zu machen gewesen.

»Er hätte wenigstens schreiben können«, argumentiere ich. »Einen Brief hätte doch bestimmt jemand an sie weitergeleitet.«

Maurice schüttelt den Kopf. »Das konnte er nicht.«

»Was?«

»Er konnte nicht schreiben. Er hat es nie gelernt. Irgendwie hat er es geschafft, sich durch die Schulzeit zu mogeln, indem er einen Mitschüler dafür bezahlt hat, dass er die Hausaufgaben für ihn macht. Er war das, was man heute als schweren Legastheniker bezeichnen würde. Heutzutage würde er alle möglichen Arten von Unterstützung bekommen, aber in den Fünfzigern war nicht viel über diese Störung bekannt, und die Lehrer hielten ihn einfach für langsam oder faul. Er konnte nie mehr als ein paar Wörter erkennen. Das war auch der Grund, warum er seinen Namen von Joshua zu Joe änderte. Er konnte es nicht verhindern, seinen Namen ab und zu schreiben zu müssen, und ›Joe‹ ist schließlich deutlich kürzer und einfacher.«

Ich denke an das »J« in einer Spirale, das er als Schuljunge gezeichnet und an die Wand gehängt hatte. Wahrscheinlich, damit er sich einprägen konnte, wie man es schreibt. Ich verstehe jetzt noch besser, warum er beschloss, zurück nach Kanada zu flüchten. Wie schwer wäre es für einen Analphabeten aus einem anderen Land gewesen, mit der Bürokratie britischer Gerichte zurechtzukommen? Er war in dem Wissen geflohen, dass ihm die Schuld für immer zugeschrieben werden würde. Er hatte es für Mum und für mich getan.

43

Veronica

Bolder Island

Mein armer Patrick. An dem Grau um seine Augen erkenne ich, dass ihn die jüngsten Entdeckungen genauso traumatisiert haben wie mich. Vielleicht sogar mehr. Ich hoffe, dass ihm der Sonnenschein und die Anwesenheit von Pinguinen in den kommenden Tagen dabei helfen werden, sich zu entspannen. Es ist wichtig, dass er sich ein bisschen erholt, bevor Terry kommt.

Ich habe ihm gegenüber natürlich nichts von Terrys Schwangerschaft erwähnt oder davon, dass sie in einer Woche hier eintrifft. Es genügt schon, dass er die Neuigkeit verdauen muss, dass seine Mutter kriminell war – und nicht, wie er zunächst geglaubt hatte, sein Vater. Von seinen Eltern ist schließlich seine Mutter diejenige, an die er sich erinnert, die er gekannt und die er geliebt hat. Er steht immer noch schwer unter Schock. Wir McCreedys empfinden stark, und ich weiß, der arme Patrick wird für den Rest seines Lebens Narben davontragen.

Als mir mein Enkel von den erstaunlichen Enthüllungen seines Treffens mit Maurice Timmin berichtete, war ich völlig von den

Socken. Zum Glück saß ich zu dem Zeitpunkt, und er hatte mir vorher eine Kanne guten, starken Darjeeling gekocht. Es war Abend, er war gerade von einer kurzen, von Daisy geführten Inselbesichtigung zurückgekommen, und die anderen hatten uns auf der Veranda allein gelassen, damit wir uns gegenseitig auf den neuesten Stand bringen konnten. Einmal mehr musste ich die Vergangenheit neu justieren und Missverständnisse durch frische Fakten ersetzen. Ich muss zugeben, dass ich einige Zeit brauchte, um alles zu begreifen. Doch anschließend war ich vor Erleichterung überwältigt.

Patrick presste sich die Fäuste auf die Augen. »Jetzt ist mir klar, warum mein Dad abgehauen ist ... aber ich wünsche mir trotzdem, er hätte eine Möglichkeit gefunden, um zurückzukommen, um bei mir zu sein, als ich ein Kind war.«

»Ich wünschte, er hätte auch eine Möglichkeit gefunden, um bei mir zu sein«, gestehe ich und starre dabei in meinen Tee. »Es gibt viele Gründe wegzulaufen, aber manchmal gibt es auch sehr gute Gründe, zurückzukommen und es noch einmal zu versuchen.«

Ich lasse diesen Gedanken kurz wirken. Wir sind in letzter Zeit beide oft genug davongelaufen.

»Mir kommt es merkwürdig vor, dass mein Enzo, mit seiner privilegierten Kinderstube, nie lesen und schreiben gelernt hat.«

»Ja, ich weiß«, entgegnete Patrick. »Aber Beth hat mir erzählt, dass sie eine Weile in der Erwachsenenbildung gearbeitet hat und dass man nicht glauben würde, wie viele Leute das auch heute noch nicht können. Und mit Legasthenie muss es besonders schwierig gewesen sein.«

Ich dachte an das »J«, das mein Sohn als Kind gezeichnet hatte, und mich überkam eine unbeschreibliche Traurigkeit. Hätte ich ihn großziehen dürfen, dann hätte ich es ihm selbst beigebracht, hätte mit ihm jeden Buchstaben immer und immer wieder geübt, sooft wie nötig. Ich bin nicht gerade mit Geduld gesegnet, aber ich hätte es ihm beigebracht, ganz egal, wie lange es gedauert hätte. Ich hätte ihn auf die beste Schule geschickt. Ich wäre ihm eine gute Mutter gewesen, das weiß ich.

»Ich wünschte, ich hätte die Fotos behalten, die du mir netterweise geschickt hast«, sagte ich niedergeschlagen zu Patrick.

»Hast du die Ausdrucke nicht aufgehoben? Was ist denn aus ihnen geworden?«, fragte er.

»Ich habe sie zerrissen und sämtliche Schnipsel ins Meer geworfen.«

Seine Augen weiteten sich überrascht. »Dann ist es ja gut, dass ich sie hier habe.« Er tippte auf sein Telefon.

Ich bin darüber sehr froh. Ich werde ihn bitten, die Fotos noch einmal für mich auszudrucken, und die besten auf The Ballahays in Goldrahmen auf den Kaminsims zu stellen. Wenn Besucher kommen und sie sehen, kann Eileen ihnen vertraulich sagen: »Ach ja, das war Mrs McCreedys Sohn. So eine tapfere Seele. So ein tragischer Tod.«

Denn auch wenn er nie zu uns zurückgekehrt ist, mein lieber Sohn, mein geliebter Enzo, ist er in meinem Herzen als mutiger und aufrichtiger Mensch wiederauferstanden. In der Tat ist es nach meinem Empfinden geradezu heldenhaft, die Schuld für eine abscheuliche Tat auf sich zu nehmen, um die Mutter seines Kindes zu schützen. Könnte ich ihn doch nur fest in die Arme schließen und ihm sagen, wie stolz ich auf ihn bin.

Patrick ist weniger überzeugt vom Heldentum seines Vaters. Nachdem wir alles besprochen hatten, sagte er zu mir: »Ich habe immer noch Schwierigkeiten zu akzeptieren, dass er sich einfach aus dem Staub gemacht hat und zurück nach Kanada gegangen ist. Aber eines kann ich dir versprechen, Granny: Ich werde nie, nie wieder Drogen anfassen.« Sein Tonfall war energisch. Ich hörte den Schmerz in seiner Stimme und die Entschlossenheit. »Nichts kann mich dazu bringen, auch nur in die Nähe von diesem Zeug zu gehen, jetzt, wo ich weiß, was es mit meiner Mum angerichtet hat und wie viele Leben es zerstört hat – das des Typen, den sie überfahren hat, ihres, Dads, meines …«

Ich tupfte mir die Augen ab und sagte ihm, dass ich froh darüber bin. »Wir machen schon noch einen Mann aus dir, mein Junge.«

»Danke. Das ist nett von dir, Granny.«

Das Wirrwarr von Gefühlen, das in mir gebrodelt hat, kommt langsam zur Ruhe. Ich habe die Fassung hinlänglich zurückgewonnen. Wären da nicht meine Auseinandersetzung mit Sir Robert und meine Bedenken in Bezug auf Terry und Patrick, würde ich mich wieder mit großem Elan meinen Aufgaben beim Drehen widmen. Sir Robert ist noch unterwegs und filmt auf der Insel Südgeorgien. Bei seiner Abreise war sein Verhalten mir gegenüber ausgesprochen frostig.

Wenigstens sehe ich Terry bald wieder. Ihre Anwesenheit wirkt auf andere immer aufheiternd und ermunternd. Sie besitzt diese Gabe, auch wenn sie sich dessen nicht bewusst ist. Ich nehme an, dass sie momentan sehr gestresst ist. Nichtsdestoweniger habe ich große Hoffnungen, dass sie und Patrick ihre Probleme aus der Welt schaffen und sich gemeinsam in das wunderbare Abenteuer Elternschaft stürzen werden, denn dann kann ich mich in das wunderbare Abenteuer Urgroßmutterschaft stürzen.

Abends erzählt Patrick Daisy immer etwas über das Leben auf Locket Island: über Schneestürme und wie schwierig es ist, in der heruntergekommenen Forschungsstation alles am Laufen zu halten. Sie lauscht ihm mit glänzenden Augen und kann nie genug über die Adeliepinguine und vor allem über unseren lieben Pip hören. Patrick spricht von Mike und Dietrich und von dem Team im Allgemeinen, aber Terry erwähnt er nie mit Namen. Mich wundert, dass Daisy ihn noch nicht ausgefragt hat, wenn man bedenkt, wie gern sie Hochzeitsglocken hätte läuten hören. Jetzt bin ich diejenige, die darauf hofft.

Ich frage mich, ob Patrick das Leben auf Locket Island vermisst. Er muss es doch vermissen, zumindest ein bisschen. Wie sehr, lässt sich nur schwer abschätzen. Wenn ich Terrys Pinguin-Blog lese, überkommt auch mich häufig eine heftige Sehnsucht nach der Insel. Für ihn ist sie fast schon ein Zuhause.

Mir wird bewusst, dass ich meinen Enkel noch immer nicht besonders gut kenne. Ich finde, er ist schwer zu durchschauen. Er hat die Wahrheit über seinen Vater aufgedeckt, vertraut mir aber nicht seine Gefühle an, wie ich gehofft hatte. Mit Beth scheint er sich allerdings gut zu verstehen. Sie ist die Frau seines Freundes und früheren Arbeitgebers Gavin, deshalb nehme ich an, die beiden unterhalten sich über den Fahrradladen und gemeinsame Bekannte in Bolton.

Mir ist aufgefallen, wie außerordentlich gut Patrick mit Daisy umgehen kann. Er ist ein großer kräftiger Mann und kann sie sich auf die Schultern setzen und sie herumwirbeln, bis sie kreischt vor Lachen. Ich glaube, sie vermisst ihren Vater, und Patrick ist der beste Ersatz.

Daisy hat ihm ein Freundschaftsband geflochten, das er, wie ich mit Interesse zur Kenntnis genommen habe, tatsächlich trägt. Ich erkenne Vaterpotential in ihm. Immerhin geht er auf die dreißig zu, was (hoffentlich) auf ein gewisses Maß an Reife schließen lässt. Andererseits sprechen wir hier von Patrick.

44

Veronica

»Meine lieben Zuschauer und Pinguin-Fans«, beginne ich. Ursprünglich hatte ich vor, das Wort »Bewunderer« anstelle von »Fans« zu benutzen, aber ich wurde angewiesen, mich etwas einfacher auszudrücken und Wörter mit weniger Silben zu verwenden. Als Grund dafür wird angeführt, dass wir gerade für *I Wish* drehen, dessen Publikum vor allem aus Familien mit kleinen Kindern besteht, die mich sonst womöglich nicht verstehen würden. Ich widerspreche dieser Philosophie, da Daisy mich einwandfrei versteht. Und außerdem: Wie sollen die jungen Leute ihren Wortschatz vergrößern, wenn man sie nicht mit Herausforderungen konfrontiert? Wie dem auch sei, ich bin hocherfreut, dass ich außer in Sir Roberts Sendung auch in dieser mitwirken soll, und deshalb bereit, Kompromisse einzugehen.

»Meine lieben Zuschauer und Pinguin-Fans, ich bin Veronica McCreedy, und ich bin siebenundachtzig Jahre alt. Erlauben Sie mir, Ihnen eine besondere Freundin von mir vorzustellen. Ihr Name ist Daisy.«

An diesem Punkt schwenkt die Kamera auf Daisy, die winkt und von einem Ohr zum anderen lächelt. »Hallo allerseits. Ich bin

Daisy, und ich bin neun Jahre alt. Erlauben Sie *mir*, Ihnen eine besondere Freundin von mir vorzustellen. Ihr Name ist Petra.«

Die Kamera schwenkt nach unten auf Petra, die gerade ein Stück Fisch verspeist, mit dem sie vorsorglich bestochen wurde.

Das ist mein Einsatz. »Wir wissen nicht, wie alt Petra ist, aber wir wissen, dass sie ein Felsenpinguin ist und hier an der Küste von Bolder Island lebt, das zu den Falklandinseln gehört.«

Daisy strahlt vor Stolz und setzt zu einer enthusiastischen Improvisation an: »Felsenpinguine sind jetzt meine Lieblingspinguine. Früher waren es Adeliepinguine, ganz besonders Pip. Pip ist ein weiterer Freund von Veronica, der in der Antarktis lebt, und ich habe ihn auch sehr lieb …«

»Schnitt!«, ruft Liam. »Bitte keine Pip-Geschichten. Zu verwirrend für die Zuschauer. Sei so gut, und bleib bei Petra, Daisy.«

Wir fangen noch einmal von vorn an. Beim fünften Take schaffen wir es, unsere Sätze nahtlos aneinanderzureihen. Daisy erzählt, wie sie Petra gefunden hat, und präsentiert die wichtigsten Fakten über Felsenpinguine: dass sie hübsch sind, kräftig und über unglaubliche »Hüpffertigkeiten« verfügen, wie sie es nennt. Obwohl Letzteres ein Wort mit deutlich mehr als einer Silbe ist, scheint es der Crew zu gefallen. Daisy kommt mit allem davon.

Glücklicherweise haben wir mehrere Takes benötigt, denn Petra sorgt jetzt gerade für eine äußerst malerische Szene. Sie bewundert ihr Spiegelbild in einer seichten Pfütze, die von den Gezeiten zurückgelassen wurde. Die auf den Kopf gestellte Petra, mit dem blauen Himmel im Hintergrund, Schnabel an Schnabel mit der richtigen Petra. Beide sind fasziniert. Auf der Wasseroberfläche kann man jedes Detail genau erkennen: ihr fröhliches, neugieriges Gesicht, ihre gelben Augenbrauenbüschel und um ihre leicht angehobene linke Flosse das pinkfarbene, mit Gänseblümchen gespickte Freundschaftsband.

»Ja, sieh dich nur an, Petra. Sieh dir an, wie hübsch du bist!«, begeistert sich Daisy.

Petra hebt den Kopf, und Liam gelingt es, einen reizenden kleinen Daisy-Petra-Tanz einzufangen, als die beiden sich im Kreis jagen. Noch besser ist, dass sie mit ihrer Tollerei die Aufmerksamkeit eines anderen Pinguins erregt haben, der von der anderen Seite des Strandes angewatschelt kommt, um nachzusehen, was los ist. Er hat eine gedrungene Statur, und an der sonnengelben Färbung seiner Kopffedern erkennen wir, dass es sich um einen Goldschopfpinguin handelt.

Zuerst drückt er sich ein Stück entfernt herum und beobachtet, dann kann er sich nicht mehr beherrschen und schließt sich dem Tanz an. Er senkt den Kopf und heftet sich an Petras Fersen, wobei seine Füße auf den Sand klatschen und er die Flossen leicht nach hinten streckt. Entzückt tänzelt Daisy um beide herum. Plötzlich bleibt Petra stehen, als sie den Pinguin hinter ihr wahrnimmt. Er bleibt ebenfalls stehen. Sie dreht den Kopf, um ihn zu beäugen, erst über die rechte Schulter, dann über die linke. Dann dreht sie sich langsam um und sieht ihn sich genauer an. Er steht da, mit hängenden Flossen, und wirkt etwas verlegen. Sie macht einen Schritt auf ihn zu. Er weicht zurück, dann dreht er sich um und flüchtet. Petra verfolgt ihn. Daisy kringelt sich vor Lachen. Etwas so Lustiges habe ich seit Jahren nicht mehr gesehen, und ich muss ebenfalls aus vollem Hals lachen. Wie befreiend dieses Lachen ist.

Daisy kann es kaum erwarten, ihrer Mutter und Patrick von dem Goldschopfpinguin zu erzählen, als die beiden von ihrem Spaziergang zurückkommen. Sie lauschen lächelnd ihrem begeisterten Bericht.

Patrick, der inzwischen ein ziemlicher Pinguinexperte ist, zeigt sich besonders interessiert. Ich erkläre ihm, dass Goldschopfpinguine und Felsenpinguine sich oft Brutstätten teilen und sich sozial vermischen. Manchmal kreuzen sie sich sogar.

»Ist doch niedlich, wenn verschiedene Arten Freundschaft miteinander schließen, findest du nicht, Daisy?«, merkt Patrick an.

»Ja!«, ruft sie. »Total niedlich. Wie sollen wir Petras Freund denn nennen?«

Ich schlage den Namen Ptolemäus vor, aber Daisy macht ein finsteres Gesicht. Wahrscheinlich ist es zu viel verlangt zu erwarten, dass sie mit den Philosophen und Astronomen des antiken Alexandria vertraut ist.

Patrick macht auch einen Vorschlag: »Ich glaube, er ist ein Tony. Tony der Goldschopfpinguin, *Tony the Macaroni*!« Er sagt das mit einem drolligen italienischen Akzent und erinnert mich dabei sofort an meinen Giovanni.

Daisy, die ein riesengroßer Fan sowohl von Reimen als auch von lustigen Akzenten ist, stürzt sich auf die Idee. »Ja«, stimmt sie sofort zu. »So heißt er. Tony der Makkaroni.«

An den meisten Tagen, wenn wir mit Drehen beschäftigt sind, ziehen Patrick und Beth gemeinsam los. Sie unternehmen Spaziergänge von einer Dynamik, wie sie Sir Robert und ich mit unserer unterschiedlich ausgeprägten Altersschwäche nicht schaffen würden.

Sir Robert und ich? Ich fürchte, ich gehöre leider nicht einmal mehr in ein und denselben Satz mit meinem Lieblingsritter. Es scheint so, als hätte ich sein Wohlwollen für immer verloren. Er ist zwar inzwischen wieder auf Bolder Island, verhält sich aber außerordentlich abweisend.

»Wie war denn Ihr Aufenthalt auf Sankt Georgien, Sir Robert?«, erkundigte ich mich höflich, als die Crew ihn in der Lodge empfing.

»Die Insel heißt Südgeorgien, nicht Sankt Georgien«, erwiderte er mit einer Spur von Unmut.

Trotzdem erzählte er mir mehr. Er teilte mir mit, dass dort in manchen Gegenden praktisch jeder Quadratzentimeter mit Pinguinen gefüllt ist. Er und Miriam wurden bei starkem Wind von einem Helikopter mitten in die Kolonie abgeseilt, um die beeindruckende Aussicht einfangen und aus dem Zentrum des Geschehens berichten zu können. Sosehr ich es ihm verüble, dass er einen Teil der Berichterstattung über Pinguine übernommen hat, die ich als mein Spezialgebiet betrachte, ich würde zögern, mich bei starkem Wind aus einem Helikopter abseilen zu lassen. In der Tat hätte ich unter solchen Umständen womöglich meine Handtasche auf die arglosen Pinguine unter mir fallen lassen, was auf mehr als eine Weise ärgerlich gewesen wäre.

Sir Robert hat Patrick die Hand geschüttelt und ihn herzlich willkommen geheißen, aber die Unterhaltung kam nicht in Schwung. Patrick hat vermutlich nicht dazu beigetragen, indem er sich als »Gammler, der zum Pinguinwissenschaftler wurde und dann wieder zum Gammler« vorstellte.

Ich sah, dass Sir Robert davon nicht gerade begeistert war. Außer der Leidenschaft für wildlebende Tiere, die wir alle teilen, haben die beiden wenig gemein.

Es obliegt mir, Sir Robert über Terrys bevorstehende Ankunft auf Bolder Island in Kenntnis zu setzen. Ich nehme ihn nach dem Abendessen zur Seite und sage es ihm unter vier Augen, wobei ich ihn warne, es auf keinen Fall Patrick gegenüber zu erwähnen.

»Ich bin hoffnungsvoll, dass das Treffen der beiden *produktiv* sein wird«, füge ich mysteriös hinzu. Mehr als das kann ich nicht preisgeben.

Sir Roberts Mundwinkel ziehen sich nach unten. »Das hier ist keine Gratisveranstaltung für alle Freunde und Verwandte, Veronica«, sagt er in strengem Ton zu mir. »Wir hatten vereinbart, dass Sie mit auf Tour kommen. Dann haben wir Daisy noch für die Reise eingeplant – schön und gut. Und ihre Mutter musste mitkommen – auch schön und gut. Aber Sie haben darauf bestanden, dass Ihr Enkel zu uns stößt – und jetzt auch noch Terry? Ich respektiere Terry, aber das ist weder der Crew noch Keith gegenüber fair. Sie schikanieren alle, Veronica.«

Ich fühle mich angegriffen und bin aufgebracht. Ich hatte im Lauf meines langen Lebens nur wenige Freunde, doch Sir Robert hätte ich ganz sicher als einen davon eingestuft. Außerdem weiß ich aus Erfahrung, dass Freundschaften, genauso wie die Milch der Menschenliebe, sauer werden können. Freunde können einen im Stich lassen, wenn man sie am dringendsten braucht, und grausamer sein, als man sich jemals hätte vorstellen können.

Sir Roberts Worte brennen sich tief ein, und das nicht zuletzt deshalb, weil sie mich an mir zweifeln lassen. Schikaniere ich tatsächlich alle? Sollte ich aufhören, mich einzumischen, tatenlos zusehen und die Dinge einfach ihren Lauf nehmen lassen? Bin ich tatsächlich, wie Patrick es formulieren würde, ein »Kontrollfreak«?

Ich werde von Selbstzweifeln befallen und brauche dringend Tee. Gott sei Dank steht im Speisesaal ein Spender mit kochend heißem Wasser bereit. Ich mache mir eine Kanne Darjeeling, während meine Gedanken philosophische Pfade beschreiten. Wir sind nicht wirklich zu Hause in dieser Welt, in dieser Ansammlung menschlicher Beschränkungen, in der wir stets vorgeben, etwas zu sein, das wir von Natur aus nicht sind – in der wir nach einem Ideal streben und es nie erreichen.

Als ich dachte, mein Sohn sei Abschaum von der übelsten Sorte gewesen, lähmten mich meine Emotionen vorübergehend und machten mich arbeitsunfähig. Ich verabscheute – wie ich es schon immer getan habe – jedes Zeichen von Schwäche bei mir, und das potentielle Mitleid anderer widerte mich an. Doch jetzt erkenne ich, dass dieser unglückliche Vorfall ein weiteres Beispiel dafür war, dass ich »alle anderen schikaniere« … Und dabei habe ich mich völlig lächerlich gemacht.

Nur wenig ist schwieriger zu akzeptieren als meine eigenen Unzulänglichkeiten.

»Was ist denn los, Granny?«

Patrick ist hereingekommen und hat meinen gramerfüllten Gesichtsausdruck gesehen.

»Ich habe nur gerade darüber nachgedacht, was für ein unangenehmer und anstrengender Mensch ich bin.«

Er legt mir die Hand auf den Arm. »Ich habe den Eindruck, du bist anderen gegenüber toleranter und nachsichtiger als früher, Granny. Wie wär's, wenn du anfangen würdest, ein bisschen freundlicher zu dir selbst zu sein? Es ist okay, hin und wieder zu scheitern. Glaub mir. Ich tue es die ganze verdammte Zeit.«

»Das ist wahr«, entgegne ich nachdenklich.

45

Patrick

Bolder Island

Granny ist launisch. Erst lächelt sie gelassen, und im nächsten Moment blickt sie drein, als hätte sie in eine Zitrone gebissen. Am besten ist sie drauf, wenn Daisy bei ihr ist, habe ich festgestellt, also ist es gut, dass die beiden gemeinsam drehen. Sir Robert will mit ihr anscheinend nichts mehr zu tun haben und macht sein eigenes Ding. Arroganter Schnösel.

Ich kann mir nicht helfen, aber Bolder Island gefällt mir. Es tut gut, wieder warme Sonnenstrahlen zu spüren und grüne Hügel und goldgelbe Strände zu sehen, und es ist merkwürdig zu hören, wie sich das Blöken von Schafen mit den trompetenartigen Schreien von Pinguinen mischt. Die Pinguine lösen bei mir schmerzhafte Erinnerungen aus, sind aber gleichzeitig ein echtes Geschenk. Der Impuls, sie zu zählen, zu wiegen und zu markieren, ist inzwischen tief in mir verwurzelt, und ich ertappe mich immer wieder dabei, dass ich all die kleinen Nuancen in ihrem Verhalten beobachte.

Ich bin froh, dass ich doch nicht direkt nach Bolton zurückgekehrt bin. Das bedeutet, dass ich es noch hinausschieben kann,

Entscheidungen zu treffen, was auch gut ist. Wenn ich an meine Eltern denke, habe ich das Gefühl, Stück für Stück auseinanderzufallen. Gott sei Dank ist Daisy hier und lenkt mich ab.

»Ich weiß, was du brauchst«, sage ich zu ihr, als wir eines Morgens in der Gruppe zurück zur Lodge gehen und freche Windböen uns von hinten anschieben.

»Was brauche ich denn?«, fragt sie, ganz Ohr.

»Einen Drachen.«

»Sie hatte einen«, sagt Beth zu mir. »Er ist auf die Felsen abgestürzt und kaputtgegangen.«

Daisy beschreibt ihn mir begeistert in allen Details: »Ja! Es war ein guter Drachen. Er war groß und richtig flatterig und orange. Als er abgestürzt ist, haben wir Petra entdeckt. Das war toll, und ich bin nicht traurig. Aber ich vermisse ihn sehr.« Sie wirkt jetzt doch ein bisschen enttäuscht.

»Ich glaube, ich könnte dir einen neuen Drachen bauen.«

Sie ist von diesem Vorschlag so aus dem Häuschen, dass sie stehen bleibt und mir gegen die Knie boxt.

»Au, aufhören!«

»Das bedeutet, dass ich mich freue!«, ruft sie. »Kannst du mir wirklich einen bauen?«

»Klar. Welche Farbe soll er denn haben?«

Sie überlegt. »Gelb. Nein, grün. Nein, lila.«

»Mal schauen, was ich tun kann.«

Ich mache mich auf die Suche und finde in der Lodge und in den Nebengebäuden Kleiderbügel, Schnüre und Bambusrohre. Dann frage ich Keith, ob er einen Werkzeugkasten und irgendeinen leichten, robusten Stoff für mich hat. Hat er. Ich glaube, es könnte klappen.

Es kostet mich einen ganzen Tag und einigen Erfindungsreichtum, aber dann ist er fertig: ein großer diamantförmiger Drachen, den ich Daisy überreiche, damit sie ihn nach ihren Vorstellungen bemalen kann. Sie verbringt den ganzen nächsten Vormittag damit, ihn mit Klecksen, Kringeln und Herzen zu bemalen. Wir befestigen einen langen lilafarbenen Schwanz an ihm.

»Ta-da!«, ruft sie und zeigt ihn Granny.

»Meine Güte, Daisy. Das ist ja ein Kunstwerk!«

Außerhalb Daisys Hörweite bezeichnet sie die Bemalung später als »grässlich grelles Geschmiere«, aber sie ist genauso gespannt wie ich, ob wir den Drachen zum Fliegen bringen. Zum Glück herrschen hier auf Bolder Island, wo ein kräftiger ablandiger Wind weht, perfekte Bedingungen. Es ist toll, Daisy den Strand entlanglaufen und unseren verrückten mehrfarbigen Drachen über ihr am Himmel flattern zu sehen. Vielleicht liegt es daran, dass es hier keine Bäume gibt, aber der Himmel wirkt besonders riesig. Wenn ich nach oben schaue, habe ich das Gefühl, darin zu ertrinken.

Nachdem Daisy den Drachen in alle Richtungen gesteuert hat, kommt sie zurück, strahlend und außer Atem. Selbst Sir Robert, der sich ausnahmsweise einmal hat blicken lassen, um gemeinsam mit uns zuzuschauen, scheint beeindruckt zu sein.

Er lächelt ihr zu. »Aus der Ferne sah der Drachen wie ein Vogel aus, so wie du ihn hast herabschießen lassen.«

Liam ist es gelungen, Daisy mit einer Truppe neugieriger Pinguine zu filmen, die sich um sie tummelten, während vor ihr der Drachen tanzte und sein langer Schwanz Schleifen machte.

»Die *I Wish*-Leute werden mich dafür lieben«, murmelt er. »Und Sie natürlich auch«, fügt er an mich gerichtet hinzu.

Es ist toll, wieder unter Leuten zu sein. Keith ist ein netter Kerl, und der Großteil der Crew scheint auch in Ordnung zu sein. Sie sind allerdings ziemlich beschäftigt. Beth weiß nicht so recht, was sie mit sich anfangen soll, genau wie ich. Ich kenne sie durch Gav schon seit Jahren, aber ich hatte nie die Gelegenheit, mich länger mit ihr zu unterhalten. Da Beth und Gav eine gemeinsame E-Mail-Adresse haben, weiß sie bereits, was mit meiner Mum und mit meinem Dad passiert ist und wie ich es herausgefunden habe.

»Ich kann nur erahnen, wie schrecklich das für dich sein muss«, sagte sie am Abend meiner Ankunft leise zu mir.

Daisy verbringt viel Zeit damit, Granny mit ihrem Text zu helfen, und auch bei den Dreharbeiten, deshalb haben Beth und ich beschlossen, uns einige Sehenswürdigkeiten der Falklandinseln gemeinsam anzuschauen. Diese Inselgruppe ist wirklich eigenartig. Sie ist fünfhundert Kilometer von Argentinien entfernt und dreizehntausend von Großbritannien, trotzdem fühlt sich hier alles seltsam britisch an. Keith zufolge stehen die kulturellen Sehenswürdigkeiten überwiegend im Zusammenhang mit dem Krieg von 1982: eine Bronzebüste von Margaret Thatcher, der argentinische Militärfriedhof, verschiedene andere Denkmäler und ein von Militärangehörigen errichteter Totempfahl. Außerdem gibt es ein Schiffswrack, einen Leuchtturm, eine kleine Kathedrale und ein oder zwei Museen. Das Beste von allem ist natürlich die Tierwelt. Als Fortbewegungsmittel können wir achtsitzige Flugzeuge nutzen, die ziemlich gute Verbindungen anbieten, aber nicht immer den Zeitplan einhalten.

Während wir auf Erkundungstour sind, schütte ich Beth mein Herz aus. Sie kann erstaunlich gut zuhören, noch besser als Gav. Es hilft, sich alles von der Seele zu reden.

Nach und nach kann ich mich an immer mehr kleine Details im Zusammenhang mit meiner Mum erinnern. Und mir wird klar, ich habe meine Erinnerungen unbewusst so verdreht und hingebogen, dass sie zu dem passten, was ich für die Wahrheit hielt. Mein ganzes Leben lang habe ich geglaubt, meine Mutter sei von meinem Dad schlecht behandelt worden, sei von ihm mit ihrem Baby sitzen gelassen worden, ohne einen Penny und zu Depressionen neigend, und habe ihre Sorgen irgendwann nicht mehr ertragen. Ich habe sie als das unschuldige Opfer betrachtet und ihn als den Schurken. Jetzt fangen die Erinnerungen langsam an, sich zu entwirren. Ich erkenne Schuld in ihrem Gesicht, in ihrem Handeln, in ihren Tränen.

»Ich weiß, dass das, was Mum getan hat, ein Unfall war, aber ihn dafür den Kopf hinhalten zu lassen und nie irgendeine Verantwortung einzugestehen … Das ist es, was ich schwer akzeptieren kann. Und *mich* mein ganzes Leben lang in dem Glauben zu lassen, er hätte uns verlassen. Warum konnte sie mir nicht sagen, was er für uns getan hat?«

»Aber du hast doch erzählt, du warst erst sechs, als sie Selbstmord begangen hat«, argumentiert Beth. »Viel zu jung, um so was gesagt zu bekommen.«

»Okay, das sehe ich ein. Aber sie hätte alles aufschreiben und bei einem Anwalt hinterlegen können, damit ich es an meinem einundzwanzigsten Geburtstag lesen kann oder so. *Sie* war schließlich keine Legasthenikerin.«

»Sei nicht zu hart zu ihr«, rät Beth mir. »Du weißt nicht, wie es für sie war. Sie musste mit einer Menge Dämonen fertigwerden. Ich bin sicher, sie hat getan, was sie für das Beste hielt. Das tun die meisten Menschen. Mag sein, dass sie falschliegen, aber sie *versuchen* zumindest, das Richtige zu tun.«

»Schon möglich«, gebe ich zu. Im Gegensatz zu Beth ziehe ich immer voreilige Schlüsse. Ich werfe ihr einen bewundernden Blick zu. »Wie kommt es, dass du die ganze Zeit so verdammt positiv bist?«

Sie lächelt nur und schüttelt den Kopf, als würden solche Dinge meinen Horizont übersteigen.

46

Patrick

Ostfalkland

Wir sind auf Ostfalkland, der größten Falklandinsel, die mit ihrer Bevölkerung von knapp über zweitausend Menschen im Vergleich zu Bolder Island geradezu wie eine Metropole wirkt. Heute ist die gesamte Crew dabei. Während die anderen beschäftigt waren, besichtigten Beth und ich die Marine- und Militärdenkmäler in Stanley, sahen uns die Christ Church Cathedral und ihren Doppelbogen aus Walknochen an und tranken dann in einer der Gaststätten ein schnelles Bier. Dann machten wir uns auf den Weg zum Volunteer Point. Ich dachte, die Dreharbeiten seien inzwischen abgeschlossen, aber nein: Granny schwingt immer noch Reden, umgeben von ihrer menschlichen Entourage und einem riesigen Aufgebot von Königspinguinen.

»Sollen wir ein bisschen an der Küste spazieren gehen?«, schlägt Beth vor.

»Ja, machen wir das.«

Wir gehen und reden. Als wir oben auf einer grünen Erhebung ankommen, bleiben wir stehen und blicken zum Horizont. Die

Landschaft ist zerklüftet und mit Grasbüscheln und Wildblumen und leuchtend gelben Ginsterbüschen gesprenkelt. Aus der Ferne ist noch immer das Geschrei der Pinguinkolonie zu hören. Unter uns tost das Meer; von hier oben sehen die riesigen Brecher aus wie kleine weiße Schaumkronen im gestreiften Wasser. Die Landschaft ist beeindruckend, auf völlig andere Art und Weise als in der Antarktis. Ich denke darüber nach, dass ich in den letzten Wochen Tausende Kilometer weit gereist bin. Obwohl ich Locket Island geografisch wieder näher bin, scheint es weiter entfernt zu sein als je zuvor.

Plötzlich quassle ich Beth über Terry voll. Ich erzähle ihr von Ex-Freundinnen und dass ich mich anscheinend immer Hals über Kopf verliebe. Dass ich jedes Mal besessen und übertrieben sentimental bin. Aber dass ich bei Terry anders empfunden habe. Dass ich sie mit meiner männlichen Begierde ansehen konnte und gleichzeitig mit meiner typischen Patrick-Gefühlsduselei und dass beides miteinander verschmolz, aber dass ich auch einen Schritt zurücktreten und alle ihre Qualitäten erkennen konnte, ihre unglaubliche Kraft und Güte … und begriff, wie großartig sie ist, weil sie imstande ist, dort zu leben und das zu tun, was sie tut. Ja, Mike und Dietrich tun es ebenfalls, aber Mike ist seltsam und hart, seien wir ehrlich, und Dietrich kehrt immer wieder nach Österreich zurück, um Zeit bei seiner Familie zu verbringen. Aber Terry … bei ihr kann ich mir vorstellen, dass sie für immer dortbleibt. Sie liebt es dort so sehr.

»Mehr, als sie mich jemals geliebt hat«, sage ich zu Beth. Mir ist bewusst, dass ich selbstmitleidig und kindisch klinge.

»Das weißt du doch nicht«, entgegnet sie. »Ich wette, sie hat dich geliebt, fand es als Leiterin des Teams und als einzige Frau dort aber nicht einfach. Wahrscheinlich hat sie sich wegen all der finanziellen Probleme schwergetan, alles am Laufen zu halten. Dein Klammern hat da vermutlich nicht gerade geholfen.«

»Denkst du? Mike meinte, sie sei nur wegen Grannys finanzieller Unterstützung mit mir zusammen.«

Beth bleibt überrascht stehen. »Tja, dann war er bestimmt eifersüchtig und hat das aus Boshaftigkeit gesagt. Für mich hört es sich nicht so an, als wäre sie so drauf. Sie wäre sicher total entsetzt, wenn sie wüsste, dass du sie für so unaufrichtig und habgierig hältst.«

Als sie es sagt, wird mir bewusst, dass sie recht hat. Niemand ist *weniger* unaufrichtig und habgierig als Terry. Es waren meine Paranoia und meine Unsicherheit, die mich das glauben ließen.

»Ich bin kein besonders guter Fang, oder?«, murmle ich niedergeschlagen.

Beth lacht. »Jetzt mach mal halblang, Patrick!« Dann sieht sie, dass ich es ernst meine. »Wenn es unbedingt sein muss, dann sage ich es eben. Du bist ein guter Fang. Das kannst du mir glauben. Du hast es nicht leicht gehabt, und das hat Spuren hinterlassen, aber du hast ein gutes Herz, und du bringst einen zum Lachen. Frauen ist so was wichtig.«

»Sprich weiter.« Komplimente sind immer willkommen.

»Na ja, du bist sensibel, und ob du es glaubst oder nicht, das gefällt uns. Machos sind nicht mehr zeitgemäß und zudem langweilig. Wir mögen Männer, die gefühlsbetont sind und sich nicht dafür schämen.«

Ich bin mir nicht sicher, was ich darauf antworten soll. Um ehrlich zu sein, wäre ich lieber deutlich weniger gefühlsbetont.

»*Und* du siehst gut aus«, fügt sie hinzu und mustert kurz mein Gesicht.

»Wow, danke! Du bist auch nicht zu verachten.«

Sie macht einen kleinen Knicks. Was ich gesagt habe, war eine automatische Reaktion von mir, doch jetzt sehe ich ihre glänzenden braunen Augen, und mir fällt auf, dass es stimmt. Als ich ihr in

Bolton begegnete, kam sie mir immer schrecklich dünn und elfenhaft vor, fast schon durchsichtig. Aber jetzt ist ihre Haut von der Sonne gebräunt, und sie wirkt irgendwie robuster – auf eine gute Art und Weise. Wie ausgewechselt. Wie glücklich jemand ist, hat einen riesigen Einfluss auf das Erscheinungsbild. Das ist mir aufgefallen. Sie ist bestimmt erleichtert wegen Daisy.

Mir wird bewusst, wie unhöflich es von mir war, ständig nur über mich zu reden, da diese Frau einen Albtraum durchgemacht hat, den ich mir nicht einmal annähernd vorstellen kann.

»Daisy macht gerade recht gute Fortschritte, oder?«, beginne ich.

»O ja, sie genießt jeden Moment ihrer Zeit hier, vor allem dank deiner Großmutter. Es ist auch wunderbar, dass sie eine Pinguinfreundin gefunden hat. Ich weiß nicht, wie sie sich von Petra trennen soll, wenn wir zurückfliegen.«

»Ich nehme an, sie wird Keith beauftragen, ihr wöchentliche Updates zu schicken. Und er wird das wahrscheinlich auch machen.«

Sie lacht. »Ja, schon möglich. Sie ist gut darin, ihren Kopf durchzusetzen.«

Ich versuche, meine Sensibilität zu mobilisieren, die ihr so gut gefällt, und erkundige mich nach Daisys Krankheitsgeschichte und nach ihrer Diagnose. »Ach, das möchtest du alles gar nicht wissen«, erwidert sie und schüttelt traurig den Kopf.

»Doch.«

Also erzählt sie mir die ganze Geschichte, die ich von Gav nie gehört habe, wobei ich mir Teile davon zusammenreimen konnte. Alles begann damit, dass Daisy vor drei Jahren auf einmal Schmerzen hatte – Schmerzen, die nicht mehr aufhörten. Die Ärzte äußerten sich widersprüchlich, stellten letzten Endes eine Fehldiagnose und verschrieben eine Reihe von Medikamenten, die überhaupt keine Wirkung zeigten. Inzwischen konnte die arme

Daisy kaum noch gehen und kam nicht mehr ohne Schmerztabletten und Wärmflaschen aus. Sie weinte die Nächte durch und war völlig erschöpft, sodass sie wochenlang nicht die Schule besuchte.

Beth erzählt mir von dem Tag, an dem sie die schreckliche Wahrheit erfuhren, dass sie nicht aufhören konnte zu weinen und sich wünschte, sie könne die Krankheit auf sich nehmen, um ihre Tochter nicht mehr leiden sehen zu müssen.

»Krebs ist für jeden eine grässliche Sache«, sagt sie mit einem Seufzen. »Aber bei einem Kind ist er ein Monster.«

Sie beschreibt die Krankenhausbesuche, das endlose Warten auf den Stationen nach Biopsien und Scans und Chemos. Sie erzählt mir, dass Gav, der ein sehr gläubiger Christ ist, der Meinung war, sie bräuchten nur weiterhin zu beten, und alles würde gut werden, und sie erzählt mir, wie wütend seine Einstellung sie manchmal machte. Sie erzählt mir, dass sie weinte, als Daisy die Haare ausgingen, und sie erzählt mir von ihrer Angst um Daisys kleinen Bruder Noah, der nicht so viel Aufmerksamkeit bekommt, wie er verdient hätte.

Mein Gott, wie verdammt ahnungslos ich war, als ich bei Gav im Fahrradladen arbeitete. Ich wusste, dass er familiäre Probleme hatte, aber ich hatte keinen blassen Schimmer, welche Qualen sie durchmachten. Wahrscheinlich hat jeder seine Probleme, von denen man nichts weiß, seine verborgenen Belastungen, nur machen manche viel mehr Geschrei darum als andere. Ich frage mich langsam, ob diejenigen, die weniger Geschrei machen, womöglich am meisten leiden.

Mein Respekt für Gav und seine ganze Familie ist in die Höhe geschnellt. Vor allem aber für Beth, die alles so still und tapfer ertragen hat.

47

Veronica

Ostfalkland

Heute befinden wir uns am Volunteer Point, wo fast die gesamte Königspinguinpopulation der Falklandinseln (tausendfünfhundert brütende Paare) ansässig ist. Ich drehe wieder für Sir Roberts Dokumentation, und er beehrt uns mit seiner Anwesenheit. Da ich ziemlich schlecht durch die erste Stunde der Dreharbeiten gestolpert bin, habe ich mich nicht gerade mit Ruhm bekleckert. Im Moment machen wir Pause. Die Sonne scheint, und mein Enkel und Beth haben beschlossen, sich nicht einzumischen.

»Warum gehen Patrick und Mum immer miteinander weg?«

Ich blicke den Rücken der beiden nach, als sie sich von uns entfernen, und frage mich dasselbe.

»Sie haben wahrscheinlich viel zu besprechen, Daisy. Fahrräder und Bolton, was weiß ich.«

Wir sind von Königspinguinen umgeben. Diese attraktiven Vögel sind die imposanteste Pinguinart, die ich bislang gesehen habe. Sie sind groß – die zweitgrößten Pinguine weltweit nach den Kaiserpinguinen –, und sie besitzen eine ganz besondere Zeichnung.

Während ihr Rücken und ihre Flossen eine seidig glänzende silbergraue Färbung haben, ist ihr Kopf makellos nachtschwarz, bis auf einen wunderschön kontrastierenden krokusgelben Streifen an der Schnabelwurzel und auf ihren Wangen. Das Gelb taucht außerdem an ihrem Hals auf und läuft in dem schneeweißen Gefieder auf ihrer Brust aus.

Bei ihren Küken zeigt sich jedoch nichts von ihrer Eleganz. Diese sind richtige Wonneproppen mit dichtem braunem Flaum, kleinem Kopf und großen Füßen, die unter ihrem Bauch drollig hervorragen. Es ist kaum zu glauben, dass sie echt sind. Viele von ihnen verlieren bereits ihren Babyflaum, dessen Überreste noch an ihrem Hals oder auf ihrem Kopf oder an ihrer Brust hängen. Sie sind eine Mischung aus ihren jüngeren, teddybärartigen Verwandten und ihren eleganten Eltern.

Um den ästhetischen Reiz des Anblicks zu verstärken und passend zum Farbschema der Kaiserpinguine, habe ich heute auf meine scharlach- und rubinroten Lieblingsfarbtöne verzichtet und trage stattdessen eine leuchtend bernsteingelbe Strickjacke über einem blauen Cordkleid. Meine Handtasche ist passend bernsteingelb und mit silbernen Rosenknospen verziert.

»Okay, Kamera läuft!«, ruft Liam.

Ich informiere meine Zuschauer, dass der Brutzyklus der Königspinguine der komplizierteste aller Pinguinarten ist. Eltern können innerhalb eines Zeitraums von drei Jahren nur zwei Küken großziehen, was zum Teil daran liegt, dass sie sich nach den Anstrengungen der Elternschaft ein Jahr freinehmen. In jeder Saison wird jeweils nur ein Ei gelegt. Wie Kaiserpinguine bauen Königspinguine kein Nest, sondern balancieren ihr Ei stattdessen auf den Füßen und bebrüten es in einer sogenannten Bruttasche. Von April bis August (wenn hier Winter herrscht) bleiben die Küken an Land, während deren Eltern im Meer unterwegs sind und auf der Suche nach Nahrung manchmal Hunderte Kilometer zurücklegen.

Nur dass ich nicht »Suche nach Nahrung« sage; ich sage versehentlich »Suche nach Liebe«.

Ich werfe einen flüchtigen Blick zu Sir Robert, räuspere mich und fange noch einmal an.

Diesmal läuft es besser. »Weil die Eltern die Kolonie seltener besuchen, verlieren die jungen Pinguine bis zur Hälfte ihres Körpergewichts. Es ist kein Wunder, dass die Heranwachsenden jetzt so pummelig sind. Sie werden in den kommenden Monaten all ihre Reserven brauchen.«

Liam richtet die Kamera auf das unbestreitbar wunderschöne Gefieder eines einzelnen Königpinguins.

»Ich habe noch keine beeindruckenderen Pinguine gesehen als diese«, teile ich meinen Zuschauern mit. »Die prächtige gelbe Färbung an ihrem Kopf und ihrem Hals dient als Lockmittel bei der Partnersuche.«

Ich bin erleichtert, dass ich diesen Teil der Reportage hinter mir habe. Ich schiele wieder zu Sir Robert. Normalerweise würde er jetzt herkommen und mich in irgendeiner Form zu meiner Arbeit beglückwünschen, aber er sieht mich nicht einmal an.

Meine Trauer um meinen Sohn hat sich seit Patricks Enthüllung deutlich abgeschwächt. Meine Trauer um den Verlust eines lebenden Freundes, Sir Robert, ist genauso schmerzhaft wie eh und je. Ich muss die Vergangenheit wieder in ihrer Schachtel verstauen und versuchen, mein Augenmerk auf die Gegenwart zu richten. Mir ist inzwischen bewusst, wie unangemessen ich mich verhalten habe, indem ich gekündigt und dann meine Kündigung widerrufen habe. Meine Versuche, das wiedergutzumachen, waren unzureichend. Meine Integrität steht auf dem Spiel, und ich muss mich unbedingt formell entschuldigen. Ich habe große Hoffnungen, dass

Sir Robert sich großmütig zeigen und unsere frühere Freundschaft wiederhergestellt werden wird.

Zu Kreuze zu kriechen hat noch nie zu meinen Lieblingsbeschäftigungen gezählt, aber ich bin fest entschlossen, es zu tun. Deshalb gehe ich zu ihm, nachdem ich mit meiner Präsentation der Königspinguine fertig bin.

»Sir Robert, ich möchte mich für mein Benehmen neulich entschuldigen. Es war nicht so tadellos, wie ich mir gewünscht hätte. Genau genommen war es unhöflich und abscheulich. Ich schäme mich zutiefst.«

»Sie wirkten sehr … verärgert«, stellt er fest.

»Ich stand völlig neben mir. Ich war stark abgelenkt.«

»Hm.« Er scheint ebenfalls abgelenkt zu sein und richtet den Blick auf einen Vogel über mir.

»Können Sie mir verzeihen?« Wenn ich noch die junge, knackige Veronica wäre, dann wäre es ein Kinderspiel. Alt, mürrisch und eingerostet, wie ich bin, ist es das nicht. Ich kann mich beinahe von außen sehen: meinen Lippenstift, der auf meinen runzligen Lippen austrocknet, mein teures Outfit, das vergeblich sein Bestes gibt, um meinem verwelkten Körper zu schmeicheln, meine uralten fleckigen Hände, die ängstlich die Griffe meiner Handtasche umklammern. Er muss mich für eine erbärmliche Kreatur halten.

Er schaut mich kurz an, dann sieht er wieder weg.

»Entschuldigung angenommen«, sagt er mit einer steifen Verbeugung und nicht mit einem Augenzwinkern und mit Herzlichkeit, wie er es früher getan hätte.

Ich drehe mich um und gehe weg, da ich tief durchatmen muss. Melancholie überkommt mich. Ich wandere langsam über die Landzunge und weiß meinen Stock mehr zu schätzen als sonst. Ich ermahne mich, an die Pinguine zu denken.

Als der Pfad eine Biegung macht, sehe ich in einiger Entfernung vor mir Patrick und Beth. Ich fixiere Patricks Silhouette. Ich mache mir Sorgen um den Jungen. Terry wird bald hier eintreffen, und es ist mir nicht gelungen, irgendetwas über seine Gefühle für sie herauszufinden. Obwohl es mir nicht zusteht, ihm zu sagen, dass seine Ex-Freundin schwanger ist, konnte ich mich nur mit Mühe beherrschen. Ich habe das Gefühl, ich sollte Vorarbeit leisten, bin mir aber nicht sicher, wie. Mein Enkel ist unberechenbar, und ich mache mir Sorgen, dass der Schock dieser neuen Enthüllung bei ihm wieder eine seiner seltsamen Phasen auslösen könnte.

Patrick und Beth sind auf dem Pfad stehen geblieben. Die beiden sind sich nahe. Dann sind sie sich noch näher. Sie verschmelzen miteinander.

Ich kann nicht glauben, was ich sehe. Meine Bestürzung darüber, die beiden in einer so intimen Pose zu beobachten, lässt mich erstarren.

Wut gibt meinen Beinen schließlich Antrieb, schnürt mir aber auch die Kehle zu, und ich mache kehrt und gehe auf demselben Weg zurück, auf dem ich gekommen bin.

Was für ein Unding ist das schon wieder? Ich wusste, dass mein Enkel in schlechter Verfassung ist, aber sich an die Frau seines Freundes ranzumachen? Niemals hätte ich es für möglich gehalten, dass er so tief sinken könnte! Und dass sie, die ich für eine Sauberfrau gehalten habe, sich nicht einmal eine Woche nach seiner Ankunft an ihn ranschmeißt! Das ist ein Gräuel. Eine Schandtat. Und die arme schwangere Terry, die nichts von alledem ahnt, kommt demnächst hier an.

Beth denkt offenbar, sie kann sich Patrick zu Willen machen, während sie weit weg von Daisys Vater am anderen Ende der Welt ist. Für sie ist ein Urlaubsflirt offenbar völlig in Ordnung. Tja, für mich ist er das nicht.

48

Terry

Locket Island

Ich denke täglich viele Male an die kleine Eva, die in mir wächst. Langsam bekomme ich eine Vorstellung von unserer gemeinsamen Zukunft. In meinem Kopf spielen sich verschiedene Szenarien ab. Eva sitzt in der Badewanne, umgeben von Schaumblasen, auf ihrer Nase zittert ein kleiner Batzen davon. Sie liebt das warme Wasser, und sie lacht gackernd, zappelt herum und spritzt mich an, was mir nichts ausmacht. Ich lache ebenfalls. Dann ihr erstes Weihnachten. Sie sitzt unter einem Baum und betrachtet staunend die bunten Lichter. Sie streckt ihre winzigen Finger aus, um die Kugeln zu berühren, fasziniert von dem Zauber von allem. Evas erste Schritte werden wackelig sein, aber ich werde sie an der Hand halten. Womöglich werde ich ein bisschen weinen. Und wie begeistert werde ich sein, wenn sie zum ersten Mal »Mum« sagt?

Wenn sie zur Schule geht, wird sie ihr Haar zu Zöpfen flechten, vielleicht an jedem Wochentag mit andersfarbigen Schleifen. Ich frage mich, ob sie blond sein wird wie ich oder dunkel wie Patrick. Sie wird ganz bestimmt Abenteuerlust besitzen und für ihr Leben gern klettern. Vielleicht werde ich mir ein Klettergerüst für den Garten leisten können. Ich werde ihr bei ihren Hausaufgaben helfen, wann immer sie mich braucht. Sie wird gut in naturwissenschaftlichen Fächern und im Kunstunterricht sein. Dietrich wird ihr seine Pinguinzeichnungen schicken, und sie wird für mich welche zeichnen, damit ich sie ihm schicke. Aber die meisten ihrer Zeichnungen werde ich mir an den Kühlschrank hängen.

Ich lege die Hand auf meinen Bauch und verspreche Eva, dass ich mein Allerbestes für sie geben werde. Ich wünsche mir für sie, dass sie zu einem gesunden und kräftigen und schlauen und interessanten und, allem voran, guten Menschen heranwachsen wird. Die Verantwortung, die mir übertragen wurde, flößt mir Ehrfurcht ein.

Gleichzeitig empfinde ich ein beinahe unerträgliches Verlustgefühl, wenn ich meinen Blog über Locket Island schreibe. Ich gehe schon so bald von hier weg, erst auf die Falklandinseln und kurz danach für immer zurück nach Großbritannien.

Langsam macht mich die Frage wieder nervös, wie ich Patrick die Neuigkeiten beibringen soll. Ich weiß, dass er Nachforschungen zu seinem Dad angestellt hat, habe aber keine Ahnung, wie er es finden wird, dass er selbst einer wird. Veronica hat ihm nicht gesagt, dass ich komme, und hält es offenbar für eine gute Idee, mich aus dem Hut zu zaubern. Ich bin mir nicht sicher, ob er etwas derart Dramatisches zu würdigen weiß. Ich bin schon gespannt auf sein Gesicht, wenn er mich sieht … Ob er sich freuen wird? Ehrlich gesagt glaube ich, er wird eher geschockt sein. Und dann steht ihm noch ein weiterer, größerer Schock bevor, wenn ich ihm sage, warum ich da bin.

Mike und ich bahnen uns den Weg über die glatten Steine am Strand. Als ich Dietrich mit seinem Rucksack und seinem fröhlichen Winken das Schiff verlassen sehe, empfinde ich vieles gleichzeitig, aber vor allem quälende Schuldgefühle. Er hat uns per E-Mail wissen lassen, dass es seiner Frau wieder gut geht, und er bringt neuen Optimismus mit, was die Zukunft unserer Forschung anbelangt. Er wird am Boden zerstört sein, wenn er erfährt, dass ich aufhöre.

Als er mir in die Augen schaut, merkt er sofort, dass etwas nicht stimmt. Er verpasst mir eine seiner kräftigen Umarmungen, die länger dauert als üblicherweise, und sie ist sehr willkommen.

»Keine Sorge, Terry. Du kannst uns die Pinguine anvertrauen.«

»Das weiß ich.« Mehr kann ich nicht sagen, weil Mike dabei ist. Er und Dietrich umarmen sich kürzer und weniger herzlich.

Ich werde Locket Island mit demselben Schiff verlassen, das Dietrich hier abgesetzt hat. Zum Glück hat er seine Rückkehr so arrangiert, dass er genau jetzt zurückkommt, trotzdem wünschte ich, wir hätten Zeit, um uns gegenseitig auf den neuesten Stand zu bringen. Natürlich muss Patrick meine Neuigkeiten als Erster erfahren, aber ich hätte Dietrich gerne zur Seite genommen und ihm alles gebeichtet. Jetzt bleiben mir nur ein paar Stunden, um über Pinguinneuigkeiten zu berichten und ihm und Mike Instruktionen für die Woche meiner Abwesenheit zu geben.

Mike war in den vergangenen Tagen gereizt und kratzbürstig, doch heute Morgen hat er bessere Laune. Wahrscheinlich ist er froh, dass ich abreise. Ich habe ihm gesagt, der Grund für meinen Trip auf die Falklandinseln sei, Veronica zu treffen und sie zu bezirzen, uns auch weiterhin finanziell zu unterstützen. Ganz bestimmt denkt er auch, dass ich ihm wegen seiner Schwärmerei für mich eine Weile aus dem Weg gehen möchte. Er ahnt ja nicht, dass das – verglichen mit allem anderen – bis zur Bedeutungslosigkeit verblasst.

In der Forschungsstation erkläre ich, wie das Arbeitspensum aufgeteilt wird, was einfach ist, weil Dietrich die Aufgaben übernehmen wird, für die er zuvor zuständig war, und die beiden sich meinen Bereich teilen werden. Beim Blog wird es eine Pause geben, es sei denn, einer der beiden fühlt sich inspiriert, etwas zu schreiben oder ein Foto zu posten, was allerdings unwahrscheinlich ist.

Sie begleiten mich beide zurück zu dem Schlauchboot, das mich durch das seichte Wasser zum Schiff bringt.

»Tschüs, Terry. Grüß Veronica ganz herzlich von uns.«

»Mache ich. Tschüs, Leute. Benehmt euch!«

»Du dich auch!«, ruft Dietrich mir nach.

Das kleine Boot schaukelt heftig auf den Wellen, aber ich ignoriere die Übelkeit, die in mir aufsteigt. Ich bin plötzlich wieder hoffnungsvoll. An den Gipfeln der Berge hängen weiche Nebelschwaden. Die Sonne lugt immer wieder hinter den Wolken hervor, und ich bin von funkelnden Eisbergen umgeben. Das Licht bildet einen Regenbogen in der Gischt. Unmittelbar hinter dem Boot tummeln sich Pinguine im Wasser und springen wie Delfine in hohem Bogen in die Fluten hinein und wieder heraus. Der Wind zerrt an meinem Haar. Es ist Zeit, der Zukunft ins Auge zu sehen.

49

Patrick

Bolder Island

Granny leidet an einem akuten Anfall von Verdrießlichkeit. Aus irgendeinem Grund scheint sich ihre schlechte Laune gegen mich zu richten. Sie macht immer wieder Bemerkungen über Loyalität und sieht mich dabei demonstrativ an. Ich nehme an, das sind verschleierte Anspielungen auf meine Fahnenflucht beim Locket-Island-Projekt.

Ich habe sie in den letzten Tagen beim Drehen beobachtet. Trotz Daisys Coaching vergisst sie häufig ihren Text und muss einen Take nach dem anderen wiederholen. Wahrscheinlich ist sie in Gedanken bei ihrem Sohn, durchlebt noch einmal die Vergangenheit, wie sie ihn in dem Nonnenkloster zur Welt gebracht hat, und den schrecklichen Tag, als er ihr weggenommen wurde. Ich bewundere sie dafür, dass sie sich nicht hat unterkriegen lassen.

Ich blödle herum und mache ein fröhliches Gesicht, aber innerlich bin auch ich ziemlich von der Rolle. Die Sache mit Mum und Dad ist grauenhaft, scheußlich und fürchterlich schwer zu verdauen. Ich muss ständig daran denken. Es ist gut, dass Beth hier ist.

Sie ist genau die Richtige zum genau richtigen Zeitpunkt, um mich daran zu hindern, dass ich explodiere.

Granny schleicht schon den ganzen Vormittag herum und keift jeden an, der sie anspricht. Jetzt winkt sie mich zu sich. Ich nehme sofort Haltung an.

Sie schlüpft in ihre Jacke und setzt eine extrem wichtige Miene auf. »Patrick, du und ich, wir müssen einen Spaziergang machen. Ja, jetzt. Und nein, Daisy, du kannst nicht mitkommen. Ich muss meinem Enkel ein oder zwei Worte unter vier Augen sagen.«

Ihre Lippen sind eine gerade Linie, und ich habe den Verdacht, dass ich einen Anschiss kriege. Was habe ich denn jetzt schon wieder ausgefressen?

Sie marschiert zur Tür hinaus, wobei sie ihre Handtasche wie eine glänzend rote Waffe schwingt. Ihre Schritte klingen hart auf dem Kies. Ich folge ihr mit einem gewissen Abstand, als wäre sie ein Mitglied des Königshauses.

»Was ist denn, Granny? Was ist los?«

»Ich habe verschiedene Bedenken, Patrick. Verschiedene und erhebliche.«

Sie weigert sich, mir irgendetwas zu sagen, bevor wir uns ein gutes Stück von der Lodge entfernt haben. Der Wind zerrt an ihrem grauen Haar, als sie sich zu mir umdreht. Ihre Strenge kann nicht über das nervöse Flackern in ihren Augen hinwegtäuschen.

»Ich möchte nicht um den heißen Brei herumreden, sondern dich wissen lassen, dass ich dein widerwärtiges Verhalten mit Beth zur Kenntnis genommen habe.«

»Was?«

»Ich habe euch beide gestern auf dem Küstenpfad rumknutschen sehen.«

»Nein!« Ich kann, verdammt noch mal, nicht glauben, dass sie uns beobachtet hat. Und natürlich hat sie sofort angenommen, dass der böse, durchgeknallte Patrick wieder etwas angestellt hat. »Nein, Granny. Nein! Es war nicht so, wie du …«

Sie fällt mir ins Wort, ihre Stimme ein leiser Giftstrom. »Es erübrigt sich zu sagen, dass ich extrem enttäuscht von dir bin. Mir ist bewusst, dass du eine schwere Zeit durchmachst, und ich verstehe, dass du – als ein McCreedy – dazu neigst, sprunghaft zu sein. Aber tiefer kann man nicht sinken. Sich mit diesem kleinen Flittchen davonzuschleichen, das nicht nur die Mutter unserer lieben Daisy ist, sondern auch die Ehefrau von jemandem, den du als deinen Freund bezeichnest. Ich schäme mich zutiefst für dich. Ich kann nur hoffen, dass du dich ebenfalls schämst und nicht beabsichtigst, die Sache fortzusetzen.«

Ich halte die Hände hoch. »Natürlich nicht, Granny. Zwischen Beth und mir läuft absolut nichts. Wir haben uns nur gegenseitig das Herz ausgeschüttet. Ich habe mich ein bisschen aufgeregt wegen Mum, und sie hat sich ein bisschen aufgeregt wegen Daisy, und wir haben beide eine Umarmung gebraucht.«

»Nur das Herz ausgeschüttet?«, sagt sie und spitzt die Ohren.

»Nur das Herz ausgeschüttet, das schwöre ich dir bei … was auch immer du willst … bei den Pinguinen.«

Zum ersten Mal seit Ewigkeiten zeichnet sich auf ihren Lippen ein natürliches Lächeln ab. Dann runzelt sie wieder die Stirn. »Wenn du jemanden das Herz ausschütten musstest, warum bist du dann nicht einfach zu mir gekommen?«, fragt sie verärgert. »Bin ich keine gute Zuhörerin?«

»Na ja, in gewisser Weise schon, aber die Hälfte der Zeit verstehst du nicht, was ich sage, und ich will nicht so laut schreien, dass es alle Welt hört.«

»*Das* habe ich verstanden«, schnaubt sie.

Wir gehen eine Weile schweigend weiter, bis wir den Rand der Eselspinguinkolonie erreichen. Tausende kleine Gestalten watscheln auf großen rosafarbenen Füßen umher. Der Lärm macht eine Unterhaltung immer schwieriger.

»Du vermisst Terry, habe ich recht?«, sagt Granny plötzlich. Ein sehr schneller Satz, der beinahe verzweifelt klingt.

Tja, sie ist beleidigt, dass ich ihr bislang noch nicht viel anvertraut habe, dann tue ich es eben jetzt. »Um ganz ehrlich zu sein, Granny, ja. Ich vermisse sie mehr, als ich sagen kann. Jeder Zentimeter von mir vermisst sie. Jeder Millimeter. Jedes Atom.«

»Oh, Patrick«, sagt sie eigenartig nachdrücklich, »ich bin ja so froh.« Zumindest glaube ich, dass sie das gesagt hat. Ihre Worte werden vom Schnattern der Küken und vom Trompeten der erwachsenen Pinguine übertönt.

Ich lasse den Blick über die Menge wandern und verspüre große Sehnsucht nach Locket Island.

Dann schaue ich zurück zu Granny und sehe, dass sie auf etwas deutet.

50

Terry

Bolder Island

Es fühlt sich an, als würde ich schon ewig auf diesem Stein sitzen. Vielleicht wachse ich sogar in ihn hinein und verwandle mich langsam in einen eigenartigen Felsen. Der ruhige, freundliche Typ namens Liam, der mich mit einem Land Rover abgeholt und hierhergebracht hat, meinte, das wäre genau die Stelle, an der ich laut Veronicas Anweisungen warten soll. Mein Gepäck nahm er mit und sagte: »Prima. Dann wären Sie schon mal versorgt. Wir sehen uns in der Lodge.«

Jetzt bin ich ganz allein, was auch in Ordnung ist. Ich fühle mich noch nicht bereit, Patrick oder Veronica oder irgendjemand anders gegenüberzutreten. Ich brauche die Zeit, um hier zu sitzen, regungslos, mit der warmen Sonne im Rücken und den Rufen von Pinguinen in den Ohren.

Veronica hat alles bis ins letzte Detail geplant. Mit ihrer Vorliebe für Dramatik hat sie diesen Ort ausgewählt, weil er malerisch und romantisch ist. Vom Weg aus gesehen bin ich von der welligen Landschaft verdeckt, doch wenn Patrick mich erblickt, befindet sich im Hintergrund das glitzernd blaue Meer und ein elegant geschwungener Hügel, wobei die Eselspinguinkolonie zwischen uns für Leben und Dynamik sorgt.

Momentan verspüre ich keine Übelkeit, nur ein flaues Gefühl im Magen und eine überwältigende Müdigkeit. Die vergangene Nacht habe ich in einem Hotel in Ushuaia verbracht, abgeschottet, und den Geräuschen der Stadt hinter dem Fenster gelauscht. Trotz meiner Erschöpfung habe ich mich die ganze Nacht hin und her gewälzt und kein Auge zugemacht.

Ich beobachte, wie die Schatten der Wolken über die olivgrünen Hügel gleiten. Ich habe keine Ahnung, was ich sagen werde, wenn Patrick auftaucht. In meinem Kopf habe ich unzählige Versionen der Szene durchgespielt, aber keine davon hat sich echt angefühlt, und was auch immer passieren wird, ich möchte, dass es echt ist. Ich werde einfach reden, wie mir der Schnabel gewachsen ist, wenn ich mein Geheimnis lüfte.

Ich höre ihn rufen, bevor ich ihn sehe. »Terry!«

Ich zucke zusammen, obwohl ich seit einer halben Stunde damit rechne.

In seiner Stimme klingt völlige Verwunderung mit.

»Mein Gott, Terry! Du bist hier!« Verwunderung und Erregung … und Zärtlichkeit.

Mein Herz beginnt wie wild zu schlagen. Ich sehne mich so sehr nach ihm, doch das kann ich ihm nicht sagen.

Mein ganzer Körper fühlt sich taub an, als ich mich hochrappele. Patrick kommt mit ausgestreckten Armen auf mich zugelaufen, und Unmengen von kreischenden Pinguinen stieben vor ihm in alle Richtungen auseinander. Ein gutes Stück hinter ihm mache ich Veronica aus, ganz in Rot, die mir zuwinkt. Sie ist nicht weit von der Lodge entfernt stehen geblieben und wird erst näher kommen, wenn ich die Gelegenheit hatte, mit Patrick zu sprechen.

Und jetzt ist er hier, schlingt die Arme um mich, hebt mich hoch und küsst mich. Seine Küsse fühlen sich an wie weiche Regentropfen für eine vertrocknete Pflanze. Patrick hält meine Anwesenheit für ein Zeichen dafür, dass ich ihn immer noch liebe. Und das tue ich. Das tue ich.

Aber ich kann nicht vergessen, dass er uns im Stich gelassen hat. Ich stoße ihn weg und verpasse ihm eine feste Ohrfeige. Er schreit auf und taumelt nach hinten. Dann fängt er an, schnell zu sprechen: »Ich weiß, ich weiß, ich mache dir keine Vorwürfe. Ich habe mich beschissen und bescheuert und rücksichtslos verhalten, und ich habe dich nicht verdient.«

Er brabbelt und brabbelt, und was er sagt, das ist genauso unverständlich für mich wie das Geschrei der Pinguine.

»Aufhören! Bitte hör auf, Patrick.«

Er verstummt.

Es ist Zeit, es ihm zu sagen.

Die Worte kullern aus mir heraus.

51

Patrick

Bolder Island

Ich fasse es nicht, dass sie hier ist. Es kommt mir vor wie ein Traum – ein Traum, in dem sie wieder in meinen Armen liegt. Zumindest so lange, bis sie mich schlägt. Dann weiß ich, dass ich wach bin. Worte des Schocks, der Entschuldigung und der Liebe sprudeln aus mir heraus. Sie bringt mich mit einer einzigen scharfen Handbewegung zum Schweigen. Sie muss mir etwas sagen. Ihr Gesichtsausdruck ist fremd und anders, und ich kann nicht daran ablesen, ob ihre Neuigkeiten gut, schlecht oder traurig sind.

Dann höre ich sie sagen, dass ich Vater werde.

Ich, Patrick, ein Vater.

»*Was?*«

Ihre Augen sind feucht. Meine ebenfalls.

»Freust du dich, Patrick?«, fragt sie ängstlich. Ihre Wut ist restlos verschwunden. Sie wartet jetzt auf mich, ist auf meine Antwort angewiesen.

»›Freuen‹ reicht nicht mal ansatzweise!«

Wie elektrisiert hebe ich sie noch einmal hoch, küsse sie, danke ihr, starre sie an, ihren Körper, der dieses Wunder vollbracht hat, ohne dass ich etwas davon wusste. Ich habe das Gefühl, dass mein ganzes Leben auf diesen Moment hinausgelaufen ist. Dass sämtliche verrückten Erkenntnisse über meine Eltern mir vor Augen führen sollten, wie unglaublich, sagenhaft wichtig diese Sache ist.

Sie lächelt ihr wunderschönes Lächeln. »Ich freue mich, dass du dich freust.«

»Darf ich mal?«, frage ich.

»Na klar!«

Sie nimmt meine Hand, die vor ihrem Bauch schwebt, und legt sie auf die warme Wölbung, wo sich unser Kind eingenistet hat.

»Ist doch irre, oder?«, sagt sie und strahlt wie die aufgehende Sommersonne.

»Stimmt! Irre!«

Nachdem wir beide noch ein paarmal gesagt haben, wie irre das Ganze ist, fällt mir auf, wie blass sie ist. Ich mache mir Sorgen, ob es ihr nach ihrer langen Anreise körperlich gut geht. Ich muss einfühlsam sein, komme mir aber dumm und grob vor. Ich habe keinen blassen Schimmer, wie es wohl für sie sein mag. Ich flehe sie an, mit zur Lodge zu kommen und sich auszuruhen.

»Nein«, erwidert sie. »Ich sitze seit Ewigkeiten auf diesem Felsen. Ich möchte einen Spaziergang machen. Den brauchen meine Gliedmaßen, und mein Kopf braucht ihn ebenfalls. Außerdem bin ich noch nicht bereit, die anderen zu treffen.«

Wir schlendern zur Küste. Ich hake mich bei ihr unter, als wären wir ein altes Ehepaar. Die Schreie der Eselspinguine rücken in den Hintergrund, und der Wind lässt das Gras rascheln. Terry hat nicht gesagt, dass sie mir verziehen hat oder dass sie mich liebt, aber ich spüre ihre Erleichterung. Ich selbst bin so freudetrunken und ungläubig, dass ich gar nicht weiß, was ich mit mir anfangen soll.

Wir beginnen, über unsere Zukunft zu sprechen, über sämtliche

Möglichkeiten, die vor uns liegen. Ich sehe, wie ihr Blick über das Panorama aus gelbbrauner Landschaft, Felsen und Sand schweift.

»Es ist wunderschön hier.«

»Wir könnten hierbleiben, wenn du möchtest«, schlage ich vor, da jetzt alles möglich scheint. »Oder an irgendeinen Ort deiner Wahl auf der Welt gehen.«

Ein wehmütiger Ausdruck huscht über ihr Gesicht. »Aber nicht in die Antarktis. Das ist kein Ort für ein Baby. Ich kann nicht auf Locket Island bleiben. Dieses Leben ist jetzt vorbei für mich. Ich muss die Pinguine verlassen.«

Mir ist bewusst, welche Tragweite das für sie hat, aber es darf jetzt keine Priorität haben. »Vergiss die Pinguine. Das hier ist jetzt das Wichtigste: unser Sohn, unsere Tochter.«

Sie stimmt mir zu. Wir gehen eine Weile schweigend weiter, da wir beide Zeit für unsere eigenen Gedanken brauchen.

»Es kommt mir jetzt realer vor, nachdem ich es dir erzählt habe«, sagt sie schließlich. »Ich musste es so lange für mich behalten.«

»Dietrich und Mike …?«

»Sie wissen es noch nicht.«

»Granny?«

»Nur weil sie es von selber erraten hat. Sie wollte, dass ich hierherkomme.«

Das hatte ich vermutet. »Das war die richtige Entscheidung.«

Noch einmal versuchen wir, uns auszumalen, was in den kommenden Monaten wohl passieren wird. Terry erzählt mir, dass sie sich überlegt hat, das Baby Eva zu nennen, wenn es ein Mädchen wird, und Archie, wenn es ein Junge wird, und will von mir wissen, ob mir die Namen gefallen. Ich sage, dass sie mir gefallen, aber dass mir auch Namen gefallen, die mit einem J beginnen. Joe vielleicht?

»Ah, wie dein Vater hieß«, erinnert sie sich. »Hast du irgendwas rausgefunden?«

»Mein Gott, Terry, unglaublich viel. Ich erzähle es dir im Lauf der Zeit. Aber ja, Fotos und so weiter und eine riesige Leiche im Familienkeller. Ich kann mich noch nicht ganz entscheiden, ob mein Dad ein totaler Loser oder so was wie ein Held war. Granny ist für die Heldeninterpretation. Aber er kann uns jetzt egal sein. Das ist alles Vergangenheit. Jetzt ist es Zeit, in die Zukunft zu schauen.« Das Meer flüstert sanft süße Worte; der Sand leuchtet weißgolden. »Lässt du mich auf euch aufpassen? Auf euch beide?« Ich werfe noch einmal einen Blick auf ihren Bauch und finde großen Gefallen an der Tatsache, dass mein Sohn oder meine Tochter bei uns ist.

Terry lächelt abermals, und ihr ganzes Gesicht leuchtet dabei auf. Ich verstehe jetzt, was gemeint ist, wenn es heißt, Schwangere würden strahlen.

»Natürlich, Patrick. Wir passen aufeinander auf.«

Ich küsse sie sehr, sehr lange, fest und innig. Meine Küsse brennen vor Verlangen und schmerzen vor Liebe.

Schließlich machen wir kehrt und gehen zur Lodge. Wir müssen uns mit Granny unterhalten, und Terry soll die anderen kennenlernen. Sie ist nur eine Woche hier, aber in dieser Zeit werden wir einige Pläne schmieden.

Ich versuche, pragmatisch zu sein. »Wir müssen rausfinden, ob es hier einen Arzt gibt, der nachschauen kann, ob mit dir alles in Ordnung ist.«

Ihr Gesichtsausdruck verdunkelt sich ein wenig. »Ich habe auf dem Schiff einen Arzt konsultiert, aber der war unfähig.«

»Wieso?«

Sie macht eine ungeduldige Geste. »Er hat so einen Stäbchentest gemacht und behauptet, man könnte an meinem Urin erkennen, dass ich kein hCG-Hormon produziere. Er meinte, ich wäre nicht schwanger.«

Ich bleibe wie angewurzelt stehen.

»Ich weiß aber, dass ich es bin.« Sie verkündet das wie eine Tatsache.

»Es … es kann aber nicht sein, dass du das Baby verloren hast, oder?«, stammle ich. Der Gedanke erschreckt mich, und ich weiß nicht, wie ich ihn freundlicher formulieren soll. »Der ganze Stress bei der Arbeit und bei der Reise hierher? Der Flug?«

Sie schüttelt den Kopf. Nicht beleidigt, nur ein bisschen frustriert.

»Ich wüsste es, wenn ich sie verloren hätte. Natürlich wüsste ich das. Der Arzt hat sich einfach getäuscht. Wir machen noch einen Test, dann wirst du schon sehen.«

Ich zögere. Ich weiß nicht viel über diese Dinge.

»Hör auf, so besorgt dreinzublicken, Patrick«, drängt sie mich. »Ich habe recherchiert. Bei manchen Frauen ist der Test erst später in der Schwangerschaft positiv. Mein Körper hat sämtliche Veränderungen durchlaufen, hat es mir auf jede erdenkliche Weise mitgeteilt. Und niemand kennt meinen Körper besser als ich.«

»Stimmt.«

Sie umschließt ihren Bauch mit beiden Händen. »Ich *weiß*, dass Eva hier drin ist.«

»Oder Archie«, füge ich hinzu. Archie, nicht Joe. Wenn es ein Junge wird, heißt er Archie. Er bekommt den Namen, den sie ausgesucht hat. Sie verdient es, alles zu bekommen, was sie sich wünscht, und ich werde ihr alles geben, was ich ihr geben kann.

Ich fasse es nicht, dass sie mir diese zweite Chance zugestanden hat. Was für ein Glückspilz ich bin. Was für ein unglaublicher, wahnsinniger Glückspilz.

Trotzdem werde ich beruhigter sein, wenn wir den zweiten Schwangerschaftstest gemacht haben.

52

Veronica

Bolder Island

Als Terry und Patrick hereinkommen, haben sie beide ein Strahlen in den Augen und machen einen aufgeregten Eindruck.

»Meine Liebe!«, rufe ich aus und umarme Terry zur Begrüßung.

»Veronica«, erwidert sie und drückt mich an sich. Sie flüstert mir ins Ohr: »Danke, dass Sie mich hierhergeholt haben. Alles wird gut.«

Ich richte den Blick über ihre Schulter auf Patrick. Er sprüht Funken wie eine Wunderkerze und grinst übers ganze Gesicht. Ich erwidere sein Lächeln, und er streckt den Daumen nach oben.

Wir bringen Terry in das Zimmer, das für sie hergerichtet wurde, da sie plötzlich von Müdigkeit übermannt wird. Sie hat das letzte verbliebene Zimmer bekommen. Es ist klein und schlicht, aber trotzdem luxuriös im Vergleich zum dem, was sie gewohnt ist, wie ich mir in Erinnerung rufe. Ihr Rucksack wartet auf sie auf dem Fußboden, wo Liam ihn abgestellt hat. Ihr Bett sieht frisch und bequem aus, und auf ihrem Nachttisch steht eine Vase mit Wildblumen, die ich für sie gepflückt habe.

Patrick und ich lassen sie allein, damit sie sich ausruhen kann. Ich bin mir sicher, dass er einen Tee nötig hat, deshalb koche ich schnell eine Kanne, die wir mit in den Aufenthaltsraum nehmen. Später werden wir mit etwas Stärkerem, Sprudelndem feiern, obwohl Terry sich gewiss nur einen oder zwei kleine Schlucke gestatten wird. Mir fehlen die Worte, um auszudrücken, wie sehr ich mich freue, dass sie und Patrick wiedervereint sind. Ich werde mein Bestes geben, um sicherzustellen, dass ihr Leben und das meines Urenkels von jetzt an so glücklich wie möglich verläuft.

Patrick zeigt starke Emotionen und kann nicht stillsitzen.

Er erzählt mir jedoch, dass es leichte Zweifel gibt, was die Schwangerschaft anbelangt. Er vertraut Terry, die darauf beharrt, meint aber, wir täten gut daran, die Schwangerschaft zum baldmöglichsten Zeitpunkt medizinisch bestätigen zu lassen. Ich stimme ihm völlig zu, frage mich allerdings, ob das an einem derart abgeschiedenen Ort überhaupt machbar ist. Nachdem wir einige Zeit darüber diskutiert haben, beschließen wir, Keith ins Vertrauen zu ziehen. Er ist gerade in der Küche und sortiert Besteck.

Nachdem er in den Aufenthaltsraum gerufen worden ist und die Situation erklärt bekommen hat, verkündet er auf die für ihn typische Art und Weise: »Kein Grund zur Sorge. Keith kümmert sich darum.« Er sagt, er werde einen Freund in Stanley anrufen, der dort in der Apotheke einen Schwangerschaftstest kaufen und ihn diskret verpackt mit einem Regionalflug hierherschicken könne. Außerdem verspricht er, für Terry einen Arzttermin zu vereinbaren und sie höchstpersönlich mit seinem Boot hinzubringen. Und ja, selbstverständlich können Patrick und ich sie begleiten.

Ich muss Vorsicht walten lassen und meine Aufregung zügeln. Wir beschließen, dass es vermutlich klüger ist, den Champagner aufzuheben, bis Terry ihre Untersuchung hinter sich hat.

Alle mögen Terry auf Anhieb. Sie hat so eine lockere Art anderen gegenüber, so ein natürliches Lächeln. Ich sollte mir wirklich ein Beispiel an ihrer Freundlichkeit nehmen, doch meine Angewohnheiten haben sich im Lauf der Jahre verfestigt, und es wäre schwierig, sie jetzt noch zu ändern. Terry und Patrick verbringen fast den gesamten nächsten Tag miteinander, führen ernste Gespräche in ihrem Zimmer oder in seinem, im Aufenthaltsraum oder in der Umgebung der Lodge. In Anbetracht der Umstände ist das nicht verwunderlich. Ich muss eine kurze Szene drehen, wofür etliche Takes erforderlich sind, weil ich ziemlich abgelenkt bin. Beth, die ich falsch eingeschätzt habe, leistet in der Zwischenzeit hervorragende Arbeit dabei, Daisy mit Spielen, Spaziergängen, Buntstiften und allen möglichen anderen selbst ausgedachten Beschäftigungsmaßnahmen bei Laune zu halten.

Am Abend wird das diskrete Päckchen pünktlich geliefert, und Terry zieht sich ins Badezimmer zurück. Patrick geht vor der Tür auf und ab. Ich bleibe in der Nähe, in geziemender Entfernung, aber nah genug, um Jubel oder Betrübnis ausmachen zu können.

Wir warten länger, als ich angenommen hatte. Als sie herauskommt, sprechen die beiden frustrierend leise miteinander. Ich stelle die Lautstärke meines Hörgeräts höher, mir entgeht aber trotzdem, was sie sagen. Dann kehrt Terry schnell ins Badezimmer zurück, und es ist lautes Würgen zu hören. Ein paar Minuten später kommt sie wieder heraus, ziemlich grün im Gesicht. Patrick begleitet sie auf ihr Zimmer. Eine halbe Stunde später taucht er dann auf. Er kratzt sich am Kopf.

»Ich weiß nicht, was ich davon halten soll«, gibt er zu. »Sie ist sich trotzdem absolut sicher, dass sie ein Baby bekommt. Ich habe noch nie erlebt, dass sich jemand bei etwas so sicher ist, und sie hat sich gerade übergeben, was vermutlich ein Indiz ist. Aber der Test war negativ. Das ist jetzt schon das zweite Mal. Was, zum Teufel, ist da los?«

Ich kann seine Frage nicht beantworten.

»Ich bin mir auch sicher, dass ich eine kleine Wölbung gespürt habe«, sagt er grüblerisch. »Das könnte allerdings auch an zu viel Kuchen liegen, vermute ich.«

»Na ja, immerhin haben wir einen Arzttermin für sie.«

Der Termin, der erste, der noch frei war, ist in zwei Tagen. Ich vertraue darauf, dass sich dabei zeigen wird, dass mein Urenkelkind sich gesund und munter entwickelt. Dennoch ist es eine ungute Sache, solche nagenden Zweifel zu haben.

Ich spreche kurz mit Keith unter vier Augen und bekomme die Nummer der Praxis von ihm. Es bedarf einiger Hartnäckigkeit meinerseits, ich werde mehrmals weiterverbunden und bleibe länger »dran«, als akzeptabel ist, schaffe es aber letzten Endes, mit der Ärztin persönlich zu sprechen. Nachdem sie mir mit Interesse zugehört hat, möchte sie zwar keine Diagnose stellen, willigt aber ein, bei Terry eine Ultraschalluntersuchung durchzuführen, wenn sie zu ihr kommt. Das wird auf jeden Fall auf die eine oder andere Weise für Klarheit sorgen.

53

Veronica

»Sowohl Felsenpinguine als auch Goldschopfpinguine sind migratorische Arten und verlassen diese Inseln zwischen April und September. Sie nisten gemeinsam auf Klippenrändern oder in steilen Felswänden, was enorme Kraft und Beharrlichkeit erfordert. Felsenpinguinmännchen passen auf die Jungen auf, während sie auf die Rückkehr ihrer Weibchen warten. Ihre Geduld ist bewundernswert, da sie es freiwillig tun und dabei selbst oft wochenlang keine Nahrung zu sich nehmen. Die Weibchen draußen im Meer müssen genauso willensstark sein, da das Überleben ihrer Küken von ihrer sicheren Rückkehr abhängt. Wenn die Mütter mit dem Kropf voller Nahrung nach Hause kommen, werden sie von heftigen Wellen gegen die Klippen geschleudert. Das richtige Timing ist entscheidend. Einen Sekundenbruchteil zu früh, und sie werden womöglich an diesen gefährlichen Felsen zerschmettert. Zu spät, und sie verpassen die Chance, sich daran festklammern zu können – dann mühen sie sich ab, werden aber trotzdem wieder hinaus aufs Meer gezogen. Dieses Weibchen wurde unzählige Male wieder zurückgeworfen. Letzten Endes hat es mit seinen gekrümmten Klauen Halt an den steilen, rutschigen Felsen gefunden und erreicht mit einigen energischen Hüpfern sein Ziel.«

Tatsächlich stehe ich in einer deutlich sanfteren Umgebung. Im Hintergrund finden einige Pinguinaktivitäten statt, doch während meine Stimme zu hören ist, werden ungastlichere Szenen gezeigt. Dazu gehört auch das Bildmaterial, das Sir Robert und Miriam auf Südgeorgien erstellt haben. Es handelt sich um packende Aufnahmen von Pinguinen, die in der tosenden Brandung hin und her geworfen werden.

Es ist mein letzter Beitrag zu Sir Roberts Dokumentation und soll den Teil meiner Präsentation ersetzen, den ich so schändlich abgebrochen habe. Einen kurzen Dreh für die Folge von *I Wish* mit Daisy gilt es allerdings noch zu erledigen.

Inzwischen ist es später Nachmittag. Terry und Patrick sind hier und stehen ein Stück abseits. Die beiden wirken sehr aufeinander fixiert, seit dem Ergebnis des Schwangerschaftstests ist jedoch ein Schatten auf Patrick gefallen. Niemand anders weiß über die Situation Bescheid. Daisy freut sich sehr, dass Terry hier bei uns auf Bolder Island ist. Ich habe ihr erklärt, der Grund dafür seien Locket-Island-Angelegenheiten, und ihr eingebläut, weder Terry noch Patrick gegenüber etwas von Hochzeitsglocken zu erwähnen, da die beiden im Moment nicht genau wüssten, wie es weitergeht.

»Oh, ich verstehe«, sagte sie. »Mummy und Daddy haben auch manchmal Probleme, aber sie *müssen* zusammenhalten, weil ich krank bin.«

Beth und Daisy sind beide bei uns am Strand, und Daisy hat ihren neuen Drachen dabei. Liam ist ebenfalls hier. Petra und Tony the Macaroni wurden wieder gemeinsam gesichtet, darum möchte er natürlich noch eine Szene drehen, in der Daisy die beiden vorstellt, und ein bisschen Pinguininteraktion einfangen.

Daisy möchte unbedingt für Tony ein Flossen-Freundschaftsband flechten, wie sie es schon für Petra gemacht hat, und drangsaliert Keith deshalb bei jeder Gelegenheit. Ich frage mich: Wo wird das enden? Möchte sie für jeden Pinguin hier ein Band anfertigen? Auf dieser Insel gibt es Abertausende Pinguine, mehrere Tausend allein in jeder Kolonie. Wenn man sie in so großer Zahl sieht, fällt es einem schwer zu glauben, dass die meisten dieser Arten gefährdet oder sogar vom Aussterben bedroht sind.

Wir teilen uns in drei Suchtrupps auf, um das Pinguinpärchen zu finden: Beth und Liam, Terry und Patrick und Daisy und ich. Daisys Drachen tanzt vor uns, als wir an der Küste entlanggehen und Ausschau halten.

Auf dem Strand halten sich zahlreiche Pinguine auf, aber nicht die richtigen. Nach zwanzig Minuten machen wir einen Abstecher in die Dünen und haben das Glück, Petra und Tony fast sofort zu entdecken. Die beiden kauern nebeneinander zwischen Grasbüscheln.

»Mum! Liam! Terry und Patrick! Hier sind sie!«, kreischt Daisy und weckt die beiden Pinguine auf. Tony wirkt etwas verlegen. Er hübscht sich auf, indem er mit dem Schnabel an seinem Brustgefieder zupft.

Daisy streckt Petra die Hand hin. Petra richtet sich daraufhin auf und wirft den Kopf zurück, dann spreizt sie die Flossen ab und watschelt auf uns zu. Ich bin sicher, dass sie ihre menschliche Freundin inzwischen erkennt in Anbetracht der Tatsache, dass sie und Daisy sich jeden Tag gegenseitig bespaßen, seit wir Petra entdeckt haben. Daisy zieht die Hand gerade noch rechtzeitig zurück, bevor Petra ihr in die Finger hackt.

»Nein, du frecher Pinguin!«, schimpft Daisy verzückt.

Tony hat jetzt genug Mut gefasst, um sich ebenfalls zu nähern. Die beiden Pinguine watscheln eine Zeit lang mit Daisy herum, wobei ihre Augen rosarot leuchten und ihr Brustgefieder hellgelb schimmert.

Während wir ihnen zusehen, flattert ein Schmetterling vorbei, dessen seidenmatte Flügel im Sonnenlicht aufblitzen. Petra und Tony sind fasziniert und hüpfen hinter ihm her. Andere Pinguine in der Nähe werden darauf aufmerksam und schließen sich dem Spaß an, einer nach dem anderen, bis acht Pinguine dem Schmetterling nachjagen. Er flattert im Zickzackkurs, während sie ihm hüpfend folgen, und obwohl sie als Gruppe dicht zusammenbleiben, bewegen sich ihre Körper und Köpfe in unterschiedlichen Rhythmen auf und ab, was für eine unfreiwillige Komik sorgt.

»Filmen, filmen!«, ruft Daisy Liam zu, der gerade mit seiner Kamera angekommen ist, eine atemlose Beth im Schlepptau.

»Wird gemacht, Daisy, ich filme!«, ruft er zurück und folgt dem Geschehen mit seinem Objektiv.

Terry und Patrick stoßen zu uns und sind ebenfalls außer Atem. Wir schauen alle fasziniert zu.

Mir fällt auf, dass Terry die hüpfenden Vögel gebannt beobachtet und dann den Blick auf Daisy richtet. Auf ihre Wangen ist Farbe zurückgekehrt, und sie scheint von einem inneren Licht erleuchtet zu sein. Wahrscheinlich stellt sie sich vor, wie es ist, selbst ein Kind zu haben, und nimmt die ganze Bandbreite an Wundern und Möglichkeiten in Augenschein, die vor ihr liegen.

Ich kann nur hoffen, dass die Freuden der Mutterschaft für sie länger andauern, als sie für mich angedauert haben.

54

Veronica

Ostfalkland

Ich sitze im Wartezimmer, meine Handtasche auf dem Schoß. Außer mir ist nur eine Person anwesend, ein älterer Mann mit ungepflegtem Bart, und ich bin froh, dass er in einer Zeitschrift blättert und keine Anstalten macht, mit mir kommunizieren zu wollen.

Patrick streckt den Kopf in den Raum und winkt mir.

»Sie möchte, dass du auch mit reinkommst«, zischt er, als ich mich hochrappele. »Das ist alles ziemlich schwierig für sie.«

Er führt mich ins Behandlungszimmer. Die Ärztin, eine ziemlich glamouröse Brünette in den Vierzigern, sitzt ganz nah bei Terry und spricht in beruhigendem Tonfall mit ihr. Terry blickt zu mir auf, lächelt aber nicht.

Patrick und ich setzen uns auf die anderen beiden Stühle. Das Zimmer ist klein und kahl. Auf dem Schreibtisch steht ein Computer. Die Ärztin dreht den Bildschirm und deutet auf ein verschwommenes Schwarz-Weiß-Bild. »Hier ist der Beweis, falls Sie immer noch nicht überzeugt sind«, sagt sie zu Terry. »Das ist Ihre Gebärmutter.«

Wir starren alle auf die schwarze Leere, auf das schmerzliche Fehlen eines Embryos.

»Ich verstehe das nicht«, murmelt Terry völlig verwirrt.

»Sie sind definitiv nicht schwanger. Das lässt keinen Zweifel zu.«

»Dann ist sie also krank?«, fragt Patrick. Er richtet den Blick wieder auf Terry. Liebe und Sorge stehen ihm ins Gesicht geschrieben.

Die Ärztin ignoriert ihn und spricht zu Terry: »Sie wirken gesund. Ihr Blutdruck ist normal, Sie haben Idealgewicht. Ich werde Ihnen Blut abnehmen, und vielleicht könnten Sie uns eine Urinprobe dalassen, damit ich noch ein paar andere Möglichkeiten ausschließen kann. Aber ich habe den Eindruck, dass körperlich bei Ihnen alles in Ordnung ist, trotz der Symptome, die Sie beschrieben haben. Darf ich Sie fragen, ob Sie in letzter Zeit unter Stress gelitten haben?«

»Na ja …« Sie wirft Patrick einen Blick zu.

»Ja«, erwidert er unverblümt. »Hat sie. Es war meine Schuld.«

Terry setzt ihre Brille ab. Sie poliert beide Gläser sehr sorgfältig mit ihrem Ärmel, dann setzt sie sie wieder auf und starrt abermals auf den Bildschirm.

Die Ärztin fragt sie, ob sie sich danach gesehnt hat, ein Kind zu bekommen. Terry schüttelt den Kopf. »Nein. Ganz und gar nicht. Ich war am Anfang richtig geschockt und hatte Angst. Mir hat fast schon davor gegraut. Es bedeutete für mich, dass ich den Job, den ich liebe, aufgeben muss.«

Die Ärztin nickt nachdenklich. Sie presst die Fingerspitzen aneinander und erklärt, wobei sie ihre Worte sorgfältig wählt. Sie glaubt, dass Terry unter einer seltenen Erkrankung leidet, die als »Pseudogravidität« bezeichnet wird. Sie tritt auf, wenn starke Emotionen den Hormonspiegel ansteigen lassen. Dies wiederum verursacht körperliche Symptome, die eine Schwangerschaft vortäuschen. Wird eine Schwangerschaft entweder herbeigesehnt oder gefürchtet, erhöht sich die Wahrscheinlichkeit. Die Gedanken haben einen starken Einfluss auf den Körper, und wenn sich der Glaube an die vermeintliche Schwangerschaft manifestiert, bestehen die Symptome fort. Bei Frauen, die es mit einer Scheinschwangerschaft zu tun haben, bleibt unter Umständen die Menstruation aus. Sie leiden unter Übelkeit, Müdigkeit, Brustschwellung oder Brustspannen und abdominalen Schwellungen. Manche glauben sogar, Kindsbewegungen zu spüren.

Der langen Rede kurzer Sinn, Terry ist von ihrem eigenen Körper ausgetrickst worden.

»Tut mir leid, aber wir bieten hier keine Therapie an«, fügt die Ärztin hinzu, »wenn Sie jedoch das Gefühl haben, Sie bräuchten eine, kann ich Sie an einen Spezialisten für psychische Gesundheit in Argentinien überweisen.«

»An einen Spezialisten für psychische Gesundheit?«, fragt Terry und betont dabei jedes Wort. Aus ihrem Gesicht ist jegliche Farbe gewichen. »Brauche ich Hilfe?«

»Nein, nicht unbedingt«, versichert die Ärztin ihr. »Aber das ist keine belanglose Sache. Die physischen Symptome werden wahrscheinlich verschwinden, nachdem Sie es jetzt mit eigenen Augen gesehen haben, aber Sie müssen sich schonen.«

Wir verlassen die Praxis wie benommen. Die Sonne und der Wind empfangen uns, als wir ins Freie treten, vertreiben aber nicht den Schatten, der auf uns gefallen ist. Terry und Patrick schweigen beide.

»Ach, du meine Güte, ich habe meine Handtasche drinnen vergessen«, verkünde ich und schlüpfe wieder hinein. Ich klopfe an, warte aber nicht, bevor ich die Tür zum Behandlungszimmer aufmache. Die Ärztin tippt wie wild auf ihrem Computer. Ich nehme meine Handtasche, die ich absichtlich unter dem Stuhl habe stehen lassen. Hastig stelle ich ihr noch ein paar Fragen. Sie ist keine große Hilfe. Sie gibt zu, dass sie noch nie eine Patientin mit dieser Erkrankung hatte, allerdings schon darüber gelesen hat. Sie glaubt, dass sie sich bei jeder Betroffenen anders auswirkt und individuell betrachtet werden muss. Terry wird sich womöglich sehr schnell erholen, vielleicht aber auch nicht. Zumindest scheint sie akzeptiert zu haben, dass sie nicht schwanger ist. Angeblich sind die Symptome bei manchen Frauen so überzeugend, dass sie zwei Jahre oder länger an ihre Schwangerschaft glauben.

Ich verlasse das Gebäude wieder und entdecke Terry und Patrick ein Stück entfernt. Die beiden stehen nicht nebeneinander.

»Meine Arme!«, rufe ich und gehe auf Terry zu, um sie zu umarmen.

»Kein Mitleid, bitte«, erwidert sie steif.

Ich bin keine Expertin für Mitgefühl, da ich wenig Übung habe, aber ich erinnere mich, dass niemand Mitgefühl mit mir hatte, als ich es gebraucht hätte, und weiß deshalb, wie sich das anfühlt. »Ich glaube, Sie haben sich welches verdient.«

Sie antwortet nicht.

Patrick möchte sie an der Hand nehmen, doch das lässt sie nicht zu. Sie sieht ihn nicht einmal an.

Körperlich ist Terry stark, das weiß ich, aber die unerwarteten Neuigkeiten haben bestimmt einen enormen emotionalen Tribut gefordert. Ich habe dieser jungen Frau viel zu verdanken, und sie tut mir sehr leid.

Auf dem Rückweg in Keiths Motorboot stehen wir alle noch unter Schock und wechseln trotz seiner Bemühungen, Small Talk zu machen, nur wenige Worte. Er merkt sicher, dass etwas nicht stimmt, und besitzt genug Taktgefühl, um nicht nachzubohren.

Als wir die Küste von Bolder Island erreichen, nimmt Terry mich am Arm und zieht mich auf die Beine.

»Nein, nein, lassen Sie das!«, protestiere ich. »Sie müssen auf sich aufpassen.«

»Warum?«, fragt sie verbittert. »Mir fehlt doch nichts.«

Wir gehen gemeinsam den Pfad entlang, der zur Lodge führt. Patrick lassen wir zurück, damit er Keith beim Festmachen und Sichern des Bootes helfen kann. Ich werfe Terry von der Seite einen Blick zu. Sie schreitet gleichmäßig aus, aber ihre Miene ist erstarrt. Sie macht den Eindruck, als hätte sie einen Geist gesehen.

Ich entdecke in der Ferne eine Gestalt, die auf uns zukommt. Es ist Beth. Sie lächelt und grüßt uns. Terry ringt sich ein »Hallo« ab und geht weiter, während ich stehen bleibe. Mir ist zwar bewusst, dass ich voreilig falsche Schlüsse gezogen habe, was Patrick und Beth anbelangt, aber sie darf sich auf keinen Fall einmischen. Mein Enkel hat kein Recht, ihr von Terry zu erzählen, außerdem ist er im Moment selbst instabil und verletzlich. Beth hat ihn hinter uns den Pfad heraufkommen sehen, mit hängenden Schultern, und macht einen Schritt nach vorn, als wollte sie ihm entgegengehen und mit ihm sprechen.

Ich stelle mich ihr schnell in den Weg.

»O nein, das tun Sie nicht, junge Dame.«

Sie runzelt die Stirn. »Ich wollte doch bloß …«

»Wir sind nur noch eine Woche hier, und es gibt Probleme zu lösen. Patrick ist sehr gestresst und muss einiges zwischen sich und Terry klären. Wenn er das Bedürfnis hat, mit irgendjemand anders zu reden, dann werde das ich sein, seine Großmutter, Veronica McCreedy.«

Ich ramme meinen Spazierstock auf den Boden und richte mich zu voller Größe auf. Ich bin nur ein bisschen größer als sie – aber deutlich größer, wenn sie sich duckt.

55

Terry

Bolder Island

Wie konnte ich mich so täuschen? Die Fakten, die mir die Ärztin in kühlem Tonfall präsentiert hat, klangen unglaublich, aber ich habe das Ultraschallbild mit eigenen Augen gesehen, die Leere, wo die kleine Eva sich befinden sollte. Irgendwie habe ich unbewusst all diese Symptome entwickelt. Ich habe ein Baby heraufbeschworen, weil ich mich davor gefürchtet habe … doch dann habe ich mich an die Vorstellung gewöhnt, bin auf den Zug aufgesprungen und habe angefangen, mich zu sehnen, zu hoffen und zu lieben.

Ich möchte stark sein, bin aber noch immer völlig verwirrt. Ich rede mir ein, dass das gut ist, dass ich nach Locket Island zurückkehren kann … und trotzdem kann ich nicht aufhören zu weinen. Ich vermisse Eva, die Vorfreude auf Eva, die Zukunft von Eva.

Das Völlegefühl und die Übelkeit sind in den letzten vierundzwanzig Stunden bereits abgeklungen, aber ich bin aufgewühlt, fühle mich leer und schäme mich zutiefst. Zum Glück habe ich meine Eltern nicht kontaktiert und ihnen von meiner Schwangerschaft erzählt. Zum Glück habe ich Dietrich und Mike nichts gesagt. Aber ich hasse es, dass ich mir so sicher war. Ich hasse es, dass mich mein eigener Körper so hinters Licht geführt hat, sich so einen gemeinen Spaß erlaubt hat. Jetzt fühle ich mich wie eine Kriminelle, wie eine Lügnerin von der übelsten Sorte. Ich habe Veronica enttäuscht … und Patrick kann ich überhaupt nicht mehr ins Gesicht schauen. Ich muss dauernd daran denken, wie sehr er sich gefreut hat, als er dachte, er werde Vater.

»Er hasst mich jetzt bestimmt«, sagte ich zu Veronica, als wir wieder in der Privatsphäre meines Zimmers in der Lodge waren.

»Was haben Sie gesagt, meine Liebe?« Sie verstellte ihr Hörgerät, das ein leises Protestquietschen von sich gab, als wollte es tatsächlich nichts mehr hören.

»Patrick hasst mich«, sagte ich lauter. »Weil er sich dieses Baby so sehr gewünscht hat und weil ich ihm falsche Hoffnung gemacht habe. Ich habe ihn getäuscht, genauso wie ich mich selbst getäuscht habe. Er gibt bestimmt mir die Schuld für alles. Und ich kann nicht umhin, mir selber auch die Schuld zu geben.«

Veronica sah mich traurig an. »All diese Schuldzuweisungen bringen doch nichts. Ich habe einen großen Teil meines Lebens damit zugebracht, anderen Menschen für wirklich alles die Schuld zu geben, aber jetzt sehe ich, was für eine ungesunde Angewohnheit das war. Oft sind nicht Menschen schuld, sondern unglückliche Umstände. Diese Sache ist nicht seine Schuld und ganz bestimmt auch nicht Ihre.«

Veronica war wunderbar. Ich weiß, sie hat sich wahnsinnig darauf gefreut, Urgroßmutter zu werden, und sie ist bestimmt ebenfalls am Boden zerstört, aber sie ist unglaublich liebenswürdig. Sie bringt mir ständig Wärmflaschen und mehr Tassen Tee, als ich trinken kann. Sie hat mir teure Seifen und Parfums geschenkt, die vermutlich ihre eigenen waren, da es so etwas hier bestimmt weit und breit nicht zu kaufen gibt. Ich habe nichts von alledem verdient.

Ich esse hauptsächlich allein auf meinem Zimmer, weil ich den Lärm im Speisesaal nicht ertrage, aber Veronica leistet mir oft Gesellschaft. Daisy und der Filmcrew haben wir gesagt, ich sei krank. In gewisser Weise stimmt das wahrscheinlich auch. Ich habe mich bisher für pragmatisch und bodenständig gehalten und hätte nie gedacht, dass ich jemals psychische Probleme bekommen würde. Wie dumm von mir zu glauben, nur »bestimmte Menschen« würden daran leiden. Wie bei körperlichen Erkrankungen kann es jedem irgendwann passieren, dass er plötzlich mit einem schweren psychischen Problem zu kämpfen hat.

Veronica hat angeboten, sich für mich wegen der angesprochenen Therapiesitzungen zu erkundigen, aber ich fliege schon in ein paar Tagen nach Ushuaia, um von dort mit dem Schiff zurück nach Locket Island zu fahren, und möchte lieber hier in Ruhe wieder zu Kräften kommen. In die Natur einzutauchen, das ist so ziemlich das Gesündeste, was man tun kann, deshalb habe ich beschlossen, heute einen kleinen Spaziergang zu machen. Ich vergewissere mich, dass niemand da ist, bevor ich mich durch den Flur zur Eingangstür der Lodge stehle. Ich fühle mich nicht imstande, mit irgendjemandem Konversation zu betreiben. Ich muss allein sein, muss zwischen den Felsen und den Dünen herumwandern und aufs Meer hinausschauen und dabei meine Gedanken treiben lassen.

Die Sonne kommt mir extrem grell vor, als ich ins Freie trete. Ich wickle mich in meine Jacke ein und gehe mit schnellen Schritten den Weg Richtung Strand hinunter. Ich höre bereits das Gekrächze und Geschrei der Eselspinguinkolonie und sehe eine Schar schwarz-weißer Gestalten. Ich bin noch nicht weit gekommen, da nehme ich stampfende Schritte hinter mir wahr. Warum werde ich nicht einfach in Ruhe gelassen? Ich wünschte, ich könnte mich in einen Pinguin verwandeln und mit der Kolonie verschmelzen.

Es ist Patrick, der mir nachläuft und meinen Namen ruft. Ich frage mich, ob er Ausschau gehalten hat. Ich gehe schneller. Ich weiß, wie sehr ich ihn enttäuscht habe, und ich möchte ihn jetzt nicht sehen. Das ertrage ich nicht. Ich bin noch nicht annähernd bereit dafür.

Aber hier ist er und lässt mir keine Ruhe. Sagt mir, dass er mich liebt. Sagt mir, dass wir alles wieder hinbiegen können. Das können wir nicht. Natürlich können wir das nicht. Warum tut er mir das an?

Ich gehe auf ihn los wie eine Tigerin.

56

Veronica

Bolder Island

Obwohl Daisy für alle Anwesenden Freundschaftsbänder geflochten hat, ist herzlich wenig Freundschaft zu beobachten.

Sir Robert ist mir gegenüber hartnäckig frostig, Terry und Patrick reden nicht miteinander, und Beth ist noch stiller als sonst, was etwas heißen will. Außerdem sind in der Schmutzpresse weitere widerwärtige Artikel erschienen, die dafür sorgen, dass mir vor meiner Rückkehr nach Großbritannien graut.

PINGUINPARTY ENDET IN TRÄNEN
MCCREEDYS LAUNEN VERÄRGERN SADDLEBOW
MCCREEDY-CLAN FÜHRT KRIEG
ZOFF AUF BOLDER ISLAND

Ich habe versucht, mit Sir Robert darüber zu sprechen, aber er tut meine Bedenken einfach mit einem Schulterzucken ab. Offenbar hält er an seiner Meinung fest, dass die Publicity uns nur nutzen kann. Es ist ihm ziemlich egal, dass ich deshalb einigermaßen verzweifelt bin. Zumindest haben die bösartigen Klatschreporter nichts Schlechtes über Daisy zu sagen.

Mein armer Enzo spukt mir noch immer jeden Tag im Kopf herum. Außerdem trauere ich um mein Urenkelkind, das es nie geschafft hat, überhaupt zu existieren. Ich mache mir Sorgen um meine liebe Terry und um Patrick, dem das alles stark zugesetzt hat.

»Das Ganze ist eine verdammte Achterbahn der Gefühle, Granny«, sagte er gestern zu mir, als ich mich nach seinem Befinden erkundigte. »Und es überfordert mich. Erst ist mein Dad ein Killer und ein Feigling. Dann, nein, stimmt nicht. Meine Mum war die Killerin und der Feigling. Aber, hey, ich komme wieder mit der Frau zusammen, die ich liebe, und wir bekommen ein Baby! Dann, nein, wir bekommen plötzlich doch kein Baby. Und sie redet nicht mal mehr mit mir.«

»Das tut mir so leid«, murmelte ich.

»Ich weiß, dass sie nichts dafürkann, und ich habe echt Mitleid mit ihr. Aber ich habe auch mit mir selber Mitleid, Granny. Ich wollte dieses Kind unbedingt. Vater zu sein, das sollte die eine Sache in meinem Leben werden, die ich *nicht* vergeige. Es hätte das Beste in mir zum Vorschein gebracht, das weiß ich. Ich hätte meinen Sohn oder meine Tochter mehr geliebt als das Leben.«

Ein Teil von mir ist froh, das zu hören, ein anderer Teil weint für ihn.

»Mein Gott, wie ich mir wünsche, ich wäre nie von Locket Island fortgegangen.« Er stöhnt. »Dieses bescheuerte Schiff hat es mir einfach zu leicht gemacht. Im Nachhinein ist man immer schlauer. Das ist gar nicht gut. Das ist verdammte Folter.«

Daisy und ich machen unseren Morgenspaziergang. Auf dem Weg zum Strand haben wir einen Zwischenstopp eingelegt, um die Eselspinguinkolonie zu bewundern. Doch wie immer wollte Daisy unbedingt weitergehen in der Hoffnung, ihre Favoriten Petra und Tony zu sehen.

Wir wandern den Pfad entlang, der den windgepeitschten Dünen folgt. Über uns stoßen Möwen aus einem Himmel herab, der von creme- und malvenfarbenen Wolken verhangen ist. Das Meer, kobaltblau in der Ferne, wird heller, bevor es in spitzenbesetzten Schichten plätschernd auf die Küste trifft. Der Strand gleicht einem glänzenden Spiegel. Daisy zieht ihre Schuhe und Socken aus, wie sie es jeden Morgen tut, wenn wir hier ankommen, und läuft los. Ich sehe zu, wie ihre kleine Gestalt über den Sand saust und eine chaotische Spur von Fußabdrücken hinterlässt, die sich bald mit Salzwasser füllen und wieder glatt gespült werden.

Wie jedes Mal erweisen sich die frische Luft und die Elemente als Balsam für meine gequälte Seele. Ich atme tief ein und konzentriere mich auf den Geruch des Meeres und das Geräusch der Wellen.

Daisy läuft auf einen dunklen Klumpen im Sand zu. Ich sehe, wie sie sich hinunterbeugt und dann erstarrt. Sie reißt die Arme hoch, und gleichzeitig höre ich einen schrillen Schrei.

»Was ist denn los, Daisy?«, rufe ich. Meine Stimme klingt klein im Wind. Ich gehe, so schnell ich kann, um sie einzuholen.

Als ich mich nähere, höre ich sie hysterisch schluchzen. Ich beeile mich, verlange meinen knarrenden Beinen alles ab, um zu ihr zu gelangen, und befürchte das Schlimmste. Sie macht sich an dem schwarzen Klumpen zu schaffen. Ich erkenne jetzt, dass er mehrfarbig ist: schwarz, weiß, ein paar Streifen gelb, ein bisschen pinkfarben. Sie fasst ihn an, kämpft mit etwas, das in der Brise flattert.

Und als ich näher komme, sehe ich, dass es sich bei dem Klumpen im Sand um einen toten Pinguin handelt. Um einen Pinguin mit schlüsselblumengelbem Kopfgefieder und einem leuchtend pinkfarbenen Band um die Flosse.

»O nein, Daisy, nein, nicht hinschauen!«

Aber es ist natürlich zu spät. Sie hat hingeschaut, hat alles gesehen.

Petra ist tot.

Daisy heult. Ich nehme sie in die Arme, und auch mir strömen Tränen aus den Augen. Ich lasse mich auf den Strand sinken, um sie besser halten zu können, und ignoriere die feuchten Sandklumpen, die an meinem Rock hängen bleiben. Unsere Trauer schweißt uns zusammen. Wir umarmen einander fest, dann betrachten wir den traurigen Anblick, dann weinen wir aufs Neue.

Ich frage mich, wie lange Petra hier schon liegt, wann das Leben aus ihr gewichen ist und warum. Sie hat den Kopf leicht zur Seite gedreht, die Augen halb geschlossen, den Schnabel ein Stück weit geöffnet. Selbst jetzt sieht sie süß aus, wenn auch seltsam verwandelt in dieses reglose, stille Abbild. Ich versuche zu ergründen, warum sie so stark verändert wirkt, und komme zu dem Schluss, es liegt daran, dass Pinguine – mehr als alle anderen Lebewesen, die ich gesehen habe – so voller Leben sind. Der Tod passt nicht zu ihnen.

Gründe zu trauern gibt es mehrere – nicht nur, weil ein Pinguin gestorben ist, sondern auch, weil Daisy völlig verzweifelt ist. Alles fing hier so gut für sie an: Sie erholte sich von ihrer Krankheit, erlebte das Abenteuer ihres Lebens, und ihre Träume wurden wahr. Sie so am Boden zerstört zu sehen, das schürt einmal mehr meine Wut auf die Grausamkeit des Lebens.

Daisys Augen sind gerötet und verquollen. Sie umklammert mich so fest, dass es wehtut. Ich hole ein Taschentuch aus meiner Handtasche und wische ihre feuchten Wangen ab. »Mein liebes Kind, wir müssen zurück und es den anderen sagen. Sie fragen sich bestimmt schon, wo wir bleiben.«

»Aber wir können sie doch nicht hier liegen lassen«, sagt sie und stöhnt.

Ich empfinde das genauso. Möwen werden herabstoßen und Petras Körper in Stücke reißen, wenn wir einfach gehen. Wir haben keinen Spaten, um sie beerdigen zu können, und wir haben beide nicht genug Kraft, um sie den ganzen Weg zurück zur Lodge zu tragen. Ich kann und werde Daisy nicht allein zurückgehen lassen, und genauso wenig kann ich sie hier allein zurücklassen.

Ich ziehe meinen Mantel aus und decke Petra damit zu. Es ist ein purpurroter Wollmantel, wunderschön geschnitten und eines meiner Lieblingsstücke, aber ich kann mir jederzeit einen neuen kaufen. Ich packe den pinguinförmigen Hügel damit ein. Die kalte Luft durchdringt meine Bekleidung und lässt mich frösteln, doch das spielt keine Rolle.

Auf dem Rückweg ist Daisy sehr still und zittert. »Arme Petra. Ich hatte sie lieb. Ich hatte sie so sehr lieb. Ich werde sie immer liebhaben.«

Patrick kommt angerannt und Terry ebenfalls. Beth, Sir Robert und ein Teil der Kameracrew folgen. Der kleine Pinguin hat viele Herzen erobert. Wir bilden einen traurigen, gebeugten Kreis um meinen Mantel und den kleinen kostbaren Körper, den er verbirgt.

Beth versucht, Daisy zu trösten, und drückt ihre Hand. »Weine, so viel du willst, mein Schatz. Sie war etwas ganz Besonderes. Du hast sie in ihren letzten Tagen glücklich gemacht. Du warst so gut zu ihr.«

»Woran ist sie denn gestorben?«, fragt jemand. Das hätte auch ich sein können.

Patrick geht in die Hocke und zieht den Mantel weg, um sich Petra anzusehen. Er blickt auf. »Was meinst du, Terry? Ist sie verhungert?«

Terry kommt und kniet sich neben ihn. Sie schüttelt den Kopf.

»Nein, sie sieht wohlgenährt aus. Sie war ein kräftiger junger Pinguin.«

Die beiden rätseln, zwei Pinguinexperten. Terry hebt vorsichtig Petras schlaffen Kopf an und öffnet ihren Schnabel. Wirft einen Blick in den rosafarbenen Schlund. »In ihrem Rachen steckt irgendwas«, verkündet sie. »Das ist der Übeltäter. Das hat ihren Tod verursacht.«

Schuldgefühle treffen mich wie ein Blitz. Wenn sie an etwas erstickt ist, könnte es sich um eines der Papierschnipsel handeln, die ich eigenhändig am Strand verteilt habe, um einen Teil eines Fotos von meinem Sohn? Ich habe gesehen, wie Petra ein Schnipsel geschluckt hat. Ist es möglich, dass sie ein größeres Stück gefressen hat, das ihr im Hals stecken geblieben ist?

»Was ist das für ein Ding?«, will Daisy wissen.

Ich habe den Tod ihrer kleinen Freundin verursacht …

Es fällt mir schwer zu atmen.

»Ich muss mich hinsetzen«, murmle ich.

Von den anderen umringt spüre ich, wie mein Körper neben Petra im Sand zusammensackt.

57

Veronica

Alle reden auf mich ein.

»Wären Sie so freundlich, und würden Sie das unterlassen? Mir geht es gut, vielen Dank. Ich bin wohl über irgendetwas gestolpert.«

Ich ziehe meinen Rock nach unten, damit er meine Knie bedeckt, über die er auf äußerst ungehörige Weise hochgerutscht ist. Meine Strümpfe haben Laufmaschen, und durch meine Strickjacke dringt Feuchtigkeit. Ich akzeptiere Patricks starken Arm und lasse mich von ihm in eine sitzende Position ziehen. Ich schüttle mir den Sand aus dem Haar.

»Puh!«, ruft Daisy aus, die wie angewurzelt dasteht. »Ich dachte schon, du bist auch tot.«

»Ich bin doch nicht so rücksichtslos, jetzt zu sterben«, merke ich streng an. »Später vielleicht.«

Ich nehme Sir Roberts Gesichtsausdruck zur Kenntnis, als er zu mir herunterblickt. Er hat vorübergehend seine Unergründlichkeit verloren. Tatsächlich ist sein Gesicht von Sorgenfalten durchzogen wie eine Landkarte von Straßen. Er zieht seine Jacke aus und legt sie mir um die Schultern. Sie ist leicht, aber warm.

»Lassen Sie sich Zeit, Veronica«, rät er mir. »Stehen Sie nicht zu schnell auf.«

Seine Worte treiben mich zum Handeln an, und da ich nicht als Feigling wahrgenommen werden will, rapple ich mich hoch – mit etwas Hilfe von Patrick auf der einen Seite und Terry auf der anderen.

»Halb so wild«, blaffe ich ihn an. »Wir müssen den armen Pinguin umgehend in die Lodge bringen.«

»Ja«, ruft Daisy. »Das müssen wir. Wir brauchen eine Autopsie«, fügt sie hinzu und erstaunt mich mit ihrem Wortschatz. »Und dann brauchen wir eine Beerdigung.«

Patrick trägt Petra, die nach wie vor in meinen purpurroten Mantel gehüllt ist, mit angemessener Würde und Feierlichkeit und einer Gruppe bedrückter Menschen im Schlepptau. Sir Robert bietet mir seinen Arm an, was ich dankbar akzeptiere.

Zurück in der Lodge beeile ich mich, meinen sandverkrusteten Rock und meine Strickjacke gegen ein frisches Outfit zu tauschen, und trage Lippenstift neu auf. Mein Spiegelbild sieht gequält aus. Ich bin entsetzt über den unheilvollen Gedanken, dass meine Dummheit Petras junges Leben beendet hat.

Wir versammeln uns, um der Autopsie beizuwohnen, die Terry und Patrick im Nebengebäude mithilfe einer Pinzette durchführen. Ich ertrage es nicht hinzusehen, aber nicht hinzusehen, das ertrage ich ebenso wenig. Nach kurzem vorsichtigem Stochern zieht Terry einen langen deformierten Gegenstand aus Petras Schlund.

»Was ist das?«, frage ich atemlos. »Ist das ein Stück Papier, auf das ein Foto gedruckt ist?«

Sie inspiziert den Gegenstand und schüttelt den Kopf. »Nein, Veronica. Es ist etwas viel Gefährlicheres.«

»Sieht aus wie eine Plastikverpackung«, murmelt Patrick, während er damit herumhantiert.

Ein paar violette Großbuchstaben sind zu erkennen. Wir recken uns alle, um mehr erkennen zu können. »Ja, das ist ein Teil einer Keksverpackung«, bestätigt er.

Ich bin erleichtert, dass ich nicht persönlich für Petras Tod verantwortlich bin, trotzdem ist die Vorstellung schrecklich, dass sie versucht hat, so etwas zu fressen, und dabei erstickt ist.

»Sie ist doch bestimmt schnell und schmerzlos gestorben, oder?«, fragt Beth Terry, zieht die Augenbrauen hoch und richtet den Blick demonstrativ auf Daisy.

Terry weiß nicht, was sie sagen soll. Sie ist ein ehrlicher Mensch, möchte Daisy aber nicht noch mehr Kummer bereiten.

»Ja, ziemlich schmerzlos«, erwidert Patrick und erspart ihr damit die Entscheidung.

»Ich hasse Plastik. Ich hasse es!«, ruft Daisy voller Leidenschaft.

Ich lege ihr die Hand auf die Schulter. »Ich auch, Daisy. Ich auch.«

Sie wird abermals von heftigem Schluchzen geschüttelt. Beth führt sie weg, um sie bei einer Tasse Tee zu trösten.

»Es war doch bestimmt nicht schmerzlos, oder?«, muss ich fragen, als sie weg ist.

»Nein, Veronica. Es war langsam und qualvoll.« Terry ist wütend. Wütend auf die Menschheit, genau wie ich.

Ich beiße mir auf die Lippe. »Ich hoffe sehr, dass nicht jemand aus der Filmcrew diese Verpackung achtlos weggeworfen hat.«

»Nein«, versichert sie mir. »Sie sieht alt aus. Wahrscheinlich ist sie jahrelang im Meer herumgeschwommen. Oder sogar jahrzehntelang. Es dauert vierhundertfünfzig Jahre, bis sich Plastik vollständig zersetzt.«

Zutiefst schockiert drehe ich mich zu Sir Robert um, der uns begleitet hat, aber sich die ganze Zeit sehr still im Hintergrund gehalten hat. »Als Pinguinbotschafterin sollte ich dazu in der Dokumentation etwas sagen.« Meine Stimme klingt hart und scharf.

Er macht vor Überraschung große Augen, nickt aber bedächtig. »Ja, Veronica. Wenn Ihnen danach ist, bin ich absolut einverstanden. Ich denke auch, das sollten Sie tun.«

Als Erstes gehen wir in den Speisesaal, um uns dringend benötigten Tee zu holen, eine Tasse Earl Grey für ihn und eine Tasse Darjeeling für mich. Wir nehmen sie mit ins Büro und setzen uns, besprechen, was gesagt werden sollte, und recherchieren ein bisschen im Internet. Obwohl mir das Problem bewusst war, hatte ich keine Ahnung, wie viel Müll in unseren Meeren schwimmt: Plastiktüten, Süßigkeitenverpackungen, Flaschenverschlusskappen und synthetische Bekleidungsfasern. Bald wird es in den Weltmeeren mehr Plastikabfälle als Fische geben. Die armen Vögel sind verwirrt von diesen unnatürlichen Gegenständen und halten sie für Nahrung. Neunzig Prozent aller Seevögel fressen Plastik – eine Zahl, die seit 1960, als es noch fünf Prozent waren, extrem angestiegen ist. Bis 2050 könnte sie sich auf schreckliche neunundneunzig Prozent erhöhen.

Das ist nicht nur katastrophal für die Vögel, sondern auch für den Zustand unseres ganzen Ökosystems. Ich hatte die Falklandinseln für eine der unversehrtesten Regionen der Welt gehalten, doch selbst hier gefährdet und tötet unser Abfall Pinguine.

»Sind Sie wütend, Veronica?«, fragt Sir Robert. Sein Tonfall klingt absolut ernst.

»Das kann man wohl sagen«, erwidere ich.

»Na, dann lassen Sie uns auf der Stelle drehen.«

Er ruft Liam, der vor der Lodge seine Kamera aufbaut. Ich spreche meinen Text, mein Tonfall scharf vor Wut, jedes Wort, wo es hingehört, und so glasklar wie der Kristallleuchter im Wohnzimmer auf The Ballahays.

Anschließend schüttelt mir Sir Robert die Hand. »Danke, Veronica. Das war … das war einfach perfekt.«

Er wirkt ziemlich beeindruckt.

58

Veronica

Ich habe beschlossen, Daisy den Inhalt meines Medaillons zu zeigen, um sie ein bisschen abzulenken. Das erfordert einige Willenskraft von mir, da die Dinge darin großen sentimentalen Wert für mich besitzen. Nichtsdestoweniger nehme ich sie am Abend mit in mein Zimmer und lasse sie die Kette über meinen Kopf heben, was sie mit der gebotenen Vorsicht und Wertschätzung tut. Sie reicht sie mir. Ich drücke auf den Verschluss, und das Medaillon springt auf.

»Das ist eine Haarsträhne vom Kopf meines lieben Vaters, und diese ist von meiner Mutter.« Ich lege ihr die braunen und die rotbraunen Haare auf die Hand. »Die beiden starben, als sie noch recht jung waren.«

Sie starrt auf die verdrehten Haarbüschel, wortlos und ehrfürchtig. Über die nächsten beiden Strähnen zu sprechen wird mir noch schwerer fallen. Ich nehme die dunkle Ringellocke heraus, die noch immer glänzt, als wäre sie erst gestern von seinem hübschen Kopf geschnitten worden.

»Die hier ist von einem jungen Mann namens Giovanni, in den ich mich einst verliebt habe.«

»Oooh.« Jetzt richtet sie den Blick auf mich, als könnte sie nicht glauben, dass ich für so etwas jemals jung genug war.

»Er war Patricks Großvater.« Die entsprechenden Schlüsse werde ich sie selber ziehen lassen. Ich muss schnell weitermachen. »Und die hier«, sage ich und nehme das letzte winzige Büschel Haare – Babyhaare, Haare von meinem Enzo – heraus, »sind von Patricks Vater.«

So. Geschafft. Ich habe alles gesagt, ohne zu weinen.

Daisy starrt die vier Haarsträhnen an und ist untypisch schweigsam. Mir wird plötzlich bewusst, dass es vermutlich keine schlaue Idee war, sie aufmuntern zu wollen, indem ich ihr Haare von Verstorbenen zeige. Doch in dem Medaillon befindet sich noch etwas.

»Und das hier ist auf eine andere Weise etwas Besonderes, Daisy.« Mir gelingt jetzt ein echtes Lächeln. »Das ist Flaum von Pip, meinem Pinguinfreund in der Antarktis.« Und zumindest er ist gesund und munter.

Daisy besteht auf einer Beerdigung mit allem Drum und Dran. Sie wünscht sich Lieder, Gebete und einen festgelegten Ablauf des Gottesdienstes. Ich erinnere mich, dass Patrick erzählt hat, ihr Vater Gavin sei ein streng gläubiger Christ, und vermute, dass das für Beth ebenfalls gilt. Wahrscheinlich haben die beiden Daisy ihrem Glauben entsprechend erzogen. Ich bin ziemlich angetan von Daisys Überzeugung, dass Petra jetzt im Pinguinhimmel ist. Ich wünschte nur, ich würde sie teilen.

»Was denkst du denn, wie es im Pinguinhimmel ist?«, frage ich sie am Tag nach Petras Tod beim Frühstück.

»Na ja, es gibt dort natürlich viele Fische«, erklärt sie mir. »Unmengen von Fischen.«

»Dann stinkt es dort bestimmt ganz arg«, stelle ich fest.

»Das tut es.« Sie nickt begeistert und macht große Augen. »Es stinkt so *richtig*. Aber Pinguine mögen das.«

»Und was gibt's dort noch?«

»Es gibt dort so eine Art Pinguinspielplatz mit einem Sandkasten und einer Grube voll Schnee und ein ganz großes Schwimmbecken, weil sie so gern schwimmen. Sie können alle möglichen Wassersportarten ausüben. Und Eishockey spielen und Schlittschuh laufen. Und am Himmel sind fünfzehn Regenbogen.«

»Fünfzehn!«, rufe ich aus. »Wie wundervoll.«

»Und überall sind Seifenblasen, weil Pinguine gern Seifenblasen jagen. Und im Himmel können Pinguine fliegen.«

Ich stelle mir vor, wie eine Schar Pinguine über einen azurblauen Himmel fliegt und durch Wolken taucht wie durch Wellen. Ja, das ist eine schöne Vorstellung vom Himmel.

»Und einige Pinguine spielen Harfe«, sagt Daisy zum Schluss.

»Das muss ziemlich schwierig sein mit Flossen statt Fingern.«

»Oh, sie benutzen auch ihren Schnabel und ihre Füße.«

»Denkst du, dass Petra gerade Harfe spielt?«, frage ich.

»Ganz bestimmt!«

Patrick hat mit Liams und Keiths Hilfe ein Grab ausgehoben. Es befindet sich an einem Hügel mit Blick auf die Küste, an der Petra häufig anzutreffen war. Daisy hat die Stelle ausgesucht. Sie hat Patrick auch gedrängt, ein kleines Holzkreuz anzufertigen. Ich habe sie begleitet, um Wildblumen zu pflücken, und wir haben einen kleinen Strauß zusammengestellt, den wir auf das Grab legen möchten. Liam hat Daisy gefragt, ob er die Beerdigung filmen darf, und sie hat eingewilligt.

»Es ist wichtig, dass sich Menschen auf der ganzen Welt an Petra erinnern.«

Von mir wird sie nicht erfahren, dass *I Wish* nur auf einem relativ kleinen britischen Fernsehsender ausgestrahlt wird und dass die Aufnahmen von der Beerdigung höchstwahrscheinlich ohnehin nicht gezeigt werden.

Daisy schlägt sich mit der flachen Hand auf die Stirn. »Mann, das Wichtigste hätte ich fast vergessen. Tony muss zur Beerdigung kommen. Er war ihr bester Pinguinfreund.«

»Ich bin mir nicht sicher, ob wir es schaffen werden, ihn zu finden und zu einem bestimmten Zeitpunkt hierherzubringen, mein Schatz«, sagt Beth und küsst sie zart auf den Scheitel.

Daisy bringt Stunden damit zu, am Strand auf und ab zu gehen und nach Tony the Macaroni Ausschau zu halten. Doch er lässt sich nirgendwo blicken.

Als der Abend den Himmel in rosa- und bernsteinfarbene Töne taucht, versammeln wir uns um das Grab. Wir sind eine ziemlich große Gruppe, die aus der Filmcrew, meiner Wenigkeit, Sir Robert, Patrick, Terry, Beth und natürlich Daisy besteht. Nicht vielen Pinguinen wird eine solche Verabschiedung zuteil. Beth hat die Worte des Gottesdienstes ausgedruckt. Er beginnt mit dem feierlichen Vortrag eines Gedichts, das Daisy selbst verfasst hat (mit nur ganz wenig Hilfe von Patrick):

Petra, du hast mich zum Lachen gebracht,
Bist gehüpft und hast drollige Sachen gemacht.
Pinke Augen, schwarze Flossen,
Dein Frack, der saß wie angegossen;
Weißer Bauch, Krill im Kropf
Und gelbe Federn auf dem Kopf.
Knie hattest du keine, doch große Füße.
Ach Petra, du warst echt 'ne Süße.
Zu Ende ist dein junges Leben,
Eine bessere Freundin hat's für mich nicht gegeben.

Petra, dich hatte der Himmel geschickt,
Jetzt bist du an schrecklichem Plastik erstickt.

Es folgt das Lied »Du lässt den Tag, o Gott, nun enden«, das offenbar auch bei der einzigen anderen Bestattung gesungen wurde, der Daisy beigewohnt hat, nämlich der ihrer Großmutter. Wäre Eileen hier, würde sie den Gesang beträchtlich verstärken, doch unter den gegebenen Umständen sind wir weit davon entfernt, ein Engelschor zu sein. Meine Singstimme ist nur ein trockenes Knistern, und Sir Robert singt mit minimaler Lautstärke, obwohl es sich bei seiner Tonlage um einen sonoren Bass handelt. Der Rest der Crew murmelt mit. Doch sowohl Daisy als auch ihre Mutter singen aus vollem Hals, Daisy mit hoher kindlicher Sopranstimme und ihre Mutter mit ungeniert klarer und wirklich wohlklingender Altstimme.

Du lässt den Tag, o Gott, nun enden
Und breitest Dunkel übers Land.
Wir waren heut in deinen Händen,
Nimm uns auch jetzt in deine Hand.

Wenn uns der Schein der Sonne schwindet
Und Licht den fernen Ländern bringt,
Wird dein Erbarmen dort verkündet,
Viel tausendfach dein Lob erklingt.

Ich denke an meinen Sohn, der den größten Teil seines Lebens in weiter Ferne verbracht hat, auf einem anderen Kontinent. Ich denke an all die Länder, in denen wir in den vergangenen Wochen waren, an Eileen auf The Ballahays und an das Locket-Island-Team. Keiner von uns hat im eigentlichen Sinn gebetet … aber vielleicht haben wir es in gewisser Weise doch getan. Zumindest haben wir uns gegenseitig alles Gute gewünscht und der Natur an ihrem Altar gehuldigt.

Denn wie der Morgen ohne Halten
Als Leuchten um die Erde geht,
Scheint …

»Halt!«, schreit Daisy und hält die Hand hoch. Der Gesang verstummt abrupt, und alle Blicke richten sich auf sie.

»Da ist Tony!«, kreischt sie. Sie deutet zum Strand, und dort ist tatsächlich eine kleine watschelnde Gestalt mit wogendem gelbem Kopfschmuck zu sehen. »Wartet!«, ruft sie, schiebt sich an der Crew vorbei und rennt los. Sie saust den grünen Hang hinunter auf ihn zu und ruft seinen Namen. Wir beobachten sie.

»Sie wird es nicht schaffen, ihn hierherzuholen«, murmelt Sir Robert.

»Haben wir uns nicht einmal über Schwarzmaler unterhalten?«, frage ich ihn, dann füge ich hinzu: »Sie kennen Daisy nicht so gut, wie ich sie kenne.«

Wir sehen, wie Daisy den Kopf auf und ab bewegt, selbst wie ein Pinguin watschelt, so tut, als würde sie Tony etwas hinhalten, und ihn langsam mit einem kleinen Tanz zum Grab hinauflockt, wo wir alle stehen und warten.

Tony wirkt ziemlich verwirrt wegen all der Menschen, die stocksteif dastehen und ihn anstarren, aber er scheint Daisy zu vertrauen. Sie bringt ihn dazu, bis zu dem Holzkreuz zu kommen, an dem er sanft mit dem Schnabel pickt. Er hat keine Ahnung, dass seine Freundin hier begraben ist.

»Nächste Strophe!«, verkündet Daisy, und wir singen weiter. Unsere Stimmen sind jetzt noch leiser als zuvor. Ich glaube, unter uns ist niemand, dem es nicht vor Rührung die Sprache verschlagen hat.

Dein Reich, o Gott, ist ohne Grenzen.
Auch da, wo Menschenmacht regiert,
Wird neu der große Tag erglänzen,
Zu dem du alle deine Geschöpfe führst.

Bei »alle deine Geschöpfe« gehen mir unzählige Wildtiere durch den Kopf, von den Füchsen und Hasen in den ländlichen Gegenden Schottlands bis hin zu den Robben und Pinguinen von Locket Island. Ich denke an Sugar und Spice, die pflichtbewussten Hunde auf Ginty Island. Ich denke an Sir Roberts Graufußtölpel und an die Fülle von anderen Vögeln und sonstigen Tieren, die er in ihrem natürlichen Lebensraum beobachten durfte. Welche Wunder diese Welt bereithält! Und doch ist jedes Reich vergänglich, und keiner von uns ist so unbesiegbar, wie er denkt.

Für einen Moment erinnere ich mich an mein jüngeres Ich, an mich in meiner Kindheit, bevor meine Eltern getötet wurden, als ich annahm, alles würde ewig andauern, und Liebe und Leben für eine Selbstverständlichkeit hielt. Jetzt nicht mehr. Jetzt weiß ich, dass alles vergänglich ist. Doch manches vergeht viel zu früh.

Ich werfe einen Blick auf die kleine Menschenansammlung, und mir wird bewusst, dass Petras Tod uns zusammengebracht hat und uns unsere sinnlosen menschlichen Streitereien hat vergessen lassen. Terry und Patrick halten Händchen. Beth lächelt die beiden sanft an. Und Sir Robert ist an meiner Seite und strahlt wieder Verbundenheit aus.

Die Sonne versinkt hinter dem Horizont. Die Crew bricht langsam und respektvoll auf. Beth führt ihre Tochter weg, und Tony hüpft den Hang wieder hinunter zum Strand. Ich frage mich, ob er seine Freundin, mit der er so viele glückliche Stunden verbracht hat, in Erinnerung behalten wird.

Liam bleibt hinter der Kamera. Er filmt die letzte Einstellung mit dem Sonnenuntergang und der Silhouette des Holzkreuzes, über dem Daisys Flossen-Freundschaftsband hängt.

59

Veronica

Liebe Mrs McCreedy,

ich habe in der Zeitung von der lieben kleinen Petra gelesen und konnte nicht aufhören zu weinen. Sogar Doug meinte, das wäre eine scheußliche Sache und hart für Daisy. Nachdem sie Petra so ins Herz geschlossen hatte. Und ich dachte, Sie wären alle so glücklich, gemeinsam auf Bolder Island. Ich habe einen Zeitungsartikel eingescannt, falls Sie ihn noch nicht gesehen haben. Ich glaube, es gibt noch weitere.

Die Schneeglöckchen auf The Ballahays sind fast verblüht, aber bald werden die Narzissen für ein bisschen Farbe sorgen. Ohne Sie ist es hier einsam. Mr Perkins und ich freuen uns, Sie bald zurückzuhaben. Für Daisy tut mir das alles so leid. Drücken Sie sie bitte von mir.

Ganz herzliche Grüße
Eileen

Der Artikel, den sie eingescannt hat, trägt die Überschrift »TOD DURCH PLASTIK«.

Darin steht:

> Während über einen Bruch zwischen Moderator Sir Robert Saddlebow und Veronica McCreedy spekuliert wurde, ist das zutrauliche Pinguinweibchen gestorben, das für zwei Sendungen ihre Muse war. Das Pinguinweibchen, liebevoll »Petra« genannt von Daisy Dillon, dem Mädchen, das in *I Wish* zu sehen sein wird, wurde tot am Strand aufgefunden, erstickt an einer Keksverpackung. Der Pinguin wurde im Beisein der gesamten Filmcrew sowie einiger Verwandter und Freunde von McCreedy feierlich beigesetzt. Ein Mitglied des Teams sagte: »Keiner von uns hatte mit einem so traurigen Abschluss unserer Filmreise gerechnet. Das hat uns alle betroffen gemacht. Es unterstreicht die Verletzlichkeit unserer Tierwelt und fordert uns auf, verantwortungsbewusster zu handeln.«

Ich frage mich, wer das gesagt hat. Die Beerdigung fand erst gestern statt, also muss der- oder diejenige extrem schnell gewesen sein, um wen auch immer es sich handelt. Mit Beth' Hilfe drucke ich den Artikel aus. Ich zeige ihn Sir Robert, der mit einem Buch im Aufenthaltsraum sitzt, und frage ihn, ob er es war.

»Nein«, erwidert er, »ich war es nicht. Irgendjemand muss ihnen im Detail berichtet haben, was hier vor sich geht.«

»Eileen war es auch nicht«, versichere ich ihm. »Sie hat diesen Fehler ein Mal gemacht und würde ihn nicht wiederholen.«

»Ja, da bin ich mir sicher«, stimmt er mir zu. Er fährt sich mit der Hand über die Stirn und legt sein Buch zur Seite. »Immerhin könnte der Tod der armen Petra dazu führen, dass wir die Öffentlichkeit wieder für uns gewinnen.«

»Arme Petra«, sage ich mit einem Seufzen. »Dass sie noch lebt, wäre mir lieber als der Beifall der Öffentlichkeit.«

Er betrachtet mich mit seinen wachen blauen Augen. »Veronica, verraten Sie mir, was Sie so bekümmert hat?«

»Das ist eine lange Geschichte, Sir Robert.«

»Und wir haben den ganzen Abend«, erwidert er und zeigt auf den Platz neben ihm auf dem Sofa. Der sanfte Sir Robert – der Sir Robert, den ich gut kenne, aber seit einiger Zeit nicht mehr gesehen habe – lächelt mich aufmunternd an.

»Bitte verzeihen Sie mir, dass ich in letzter Zeit ein bisschen distanziert war«, sagt er zu mir. »Ich hatte die ganze letzte Woche starke Zahnschmerzen, und das hat mich äußerst unleidlich gemacht. Keith hat mir gestern eine Nelke gegeben und gesagt, ich soll darauf herumkauen, und das hat erstaunlich viel gebracht.«

Obwohl mir das mit den Zahnschmerzen leidtut, ist es eine gewisse Erleichterung zu erfahren, dass ich seine Verdrießlichkeit zu persönlich genommen habe. Die fürchterliche Szene meiner Kündigung hat er trotzdem sicher nicht vergessen.

»Sir Robert, ich weiß, dass mein Verhalten unentschuldbar war, aber mir lasten gewichtige Dinge auf dem Herzen.«

»Das hatte ich schon vermutet«, entgegnet er ernst. »Vielleicht war ich auch unfair Ihnen gegenüber. Möchten Sie es mir jetzt erklären?«

Er scheint bereit zu sein zuzuhören, und vielleicht bin ich endlich bereit, mich ihm anzuvertrauen. Ich wende mich ihm zu und frage mich, wo ich anfangen soll. Nach und nach kommen die Worte. Ich erzähle ihm von meinem Sohn, von den Erinnerungen, die ich all die Jahre gehegt habe, von der Liebe, die ich immer für ihn empfunden habe. Ich versuche, meine Anspannung zu beschreiben, seit wir unterwegs sind, die Ungeduld, mit der ich auf Informationen über sein Leben gewartet habe. Dann erkläre ich, wie ich die Nachricht erhielt, die mein ganzes Leben auf den Kopf stellte, nämlich dass mein geliebter Enzo für den Tod eines Menschen verantwortlich sei.

»Meine liebe Veronica!«

Es ist lange her, dass er mich so genannt hat. Ich fahre hastig fort und erkläre, dass sich das als ein Missverständnis von gewaltigem Ausmaß erwies, dass mein Junge nicht wirklich ein Menschenleben auf dem Gewissen hatte, sondern seiner Familie zuliebe die Schuld auf sich genommen hatte. Aber dass ich davon erst bei Patricks Ankunft erfahren habe.

Ich teile Sir Robert auch mit, dass ich Bedenken wegen Terry und Patrick hatte. Es ist nicht meine Aufgabe, die genaue Natur dieser Bedenken weiterzugeben, aber ich erwähne meine unruhigen, schlaflosen Nächte. Meine Emotionen waren an jenem schicksalshaften Tag meiner Kündigung hervorgebrochen – in Form heftiger Wut, weil es mich frustriert hat, dass ich nicht in der Lage war, meine Arbeit zu erledigen. Ich muss an Patrick und seine Wasseraufbereitungsanlage denken, und mir wird bewusst, was für eine zerstörerische Kraft solche Wut haben kann.

Sir Robert hat mich während meiner Erklärungen unverwandt angesehen, und jetzt legt er mir die Hand auf den Arm.

»Ich hoffe, Sie verstehen jetzt, wie schrecklich leid es mir tut«, sage ich mit einem Seufzen und wische die Tränen weg, die mir die Stimme haben stocken lassen und mir jetzt aus den Augen quellen.

»Ich war sehr gemein zu Ihnen, Veronica«, sagt er leise. »Ich dachte die ganze Zeit, Sie wären nur primadonnenhaft und zickig. Selbst als Sie sich bei mir entschuldigten, haben Sie mir nicht verraten, was hinter dem Ganzen steckte. Und die Dinge, die Sie sagten, haben mich sehr verletzt«, gesteht er. »Vor allem, dass Sie behaupteten, ich würde Sie ausnutzen. Ja, ich war der Meinung, Sie wären eine Bereicherung für die Sendung, aber ich wollte Ihnen auch ermöglichen, eine wunderbare Erfahrung zu machen. Wenn Sie wüssten, wie sehr ich dafür gekämpft habe, Sie auf diese Reise mitnehmen zu können, wie viel es mir abverlangt hat, den Produzenten und den Regisseur zu überreden, Sie mit an Bord zu holen!«

Ich starre ihn voller Verwunderung an.

»Aber ich hatte keine Ahnung, was Sie durchgemacht haben«, fährt er fort. »Ich hätte erkennen müssen, dass es eine Erklärung gab. Ich wünschte, Sie hätten mir Ihre Sorgen früher anvertraut.«

Ich empfinde einen gewissen Unmut bei seinen Worten. Mein ganzes Leben lang musste ich mit meinen Problemen allein zurechtkommen. Ich bin es nicht gewohnt, dass es heutzutage als normal gilt, äußerst persönliche Angelegenheiten preiszugeben. Andererseits hat er nicht ganz unrecht. Es kommt viel zu leicht zu Missverständnissen, und ich frage mich, wie viele Beziehungen gerettet werden könnten, wenn die Leute sich sagen würden, was sie empfinden.

Ich habe jedoch einen scheinheiligen Unterton herausgehört, den ich ohne Skrupel anspreche.

»Mein lieber Sir Robert. Sie werfen mir vor, dass ich mich Ihnen nicht anvertraut habe, obwohl Sie selbst nicht haben durchblicken lassen, dass Sie Zahnschmerzen hatten. Außerdem erzählen Sie mir nie auch nur das kleinste bisschen über *sich*, sondern lediglich etwas über Ihre beruflichen Reisen und Ihre Abenteuer beim Drehen von Dokumentationen. Ich weiß nichts über Ihre Familie, über Ihr Privatleben, über Ihre Gefühle. Ihr ganzes Leben ist für mich ein Buch mit sieben Siegeln.« Das sage ich mit einiger Leidenschaft. Ich nehme sein zugeklapptes Buch und halte es ihm vor die Nase, um zu veranschaulichen, was ich sagen wollte. Mir fällt auf, dass der Titel lautet: *Kein Mensch ist eine Insel.*

Er ist konsterniert.

»Sie haben recht, mir Vorwürfe zu machen, Veronica. Ich frage mich, ob Sie und ich uns in dieser Hinsicht ähnlich sind. Wir geben uns als kühne, schillernde Charaktere, aber im Grunde genommen sind wir sehr zurückhaltende Menschen.«

»Das liegt daran, wie unsere Generation erzogen wurde«, behaupte ich.

Er steht auf und geht langsam im Zimmer umher. Ich stelle abermals fest, was für ein gut aussehender Mann er ist. Seine absolut aufrechte Haltung täuscht über sein fortgeschrittenes Alter hinweg, und seine Bewegungen sind so kraftvoll wie die eines Dreißigjährigen. Doch dann lässt er plötzlich die Schultern ein wenig hängen, und sofort wirkt er älter. Er setzt sich wieder neben mich.

»Die Wahrheit ist, Veronica, dass ich Sie beneide. Sie haben so viel mit Ihrem Leben angefangen. Im Krieg, als Sie noch ein Mädchen waren, hatten Sie eine Liebschaft und haben einen Sohn zur Welt gebracht. Später haben Sie geheiratet und sich wieder scheiden lassen. Dann haben Sie Ihren Enkel entdeckt. Sie sind in die Antarktis gereist, haben dort Freundschaften geschlossen und ein Pinguinbaby gerettet. Dann haben Sie Daisy unter Ihre Fittiche genommen. Sie haben keine Scheu, Beziehungen einzugehen. Ich schon.«

Jetzt bin ich an der Reihe, völlig perplex zu sein. Er sagt so etwas über mich, Veronica McCreedy. Über mich, die ich jahrzehntelang ohne Freunde auf The Ballahays vor mich hin geschimmelt habe, während nur eine so tolerante Person wie Eileen meine griesgrämige Gesellschaft ertragen hat.

»Ich bitte Sie, Sir Robert, Sie sind weitaus beliebter, als ich es bin!«

»Und trotzdem fällt es mir ungemein schwer, mich anderen Menschen zu öffnen.«

Mir wird bewusst, dass das der richtige Augenblick ist, um auszunutzen, dass Sir Robert ausnahmsweise einmal verletzlich ist – ihm selbst zuliebe.

»Darf ich vorschlagen, dass Sie jetzt damit beginnen? Ich bin, wie es so schön heißt, ganz Ohr.«

60

Terry

Bolder Island

»Was ist los mit uns?«, frage ich Patrick, als ich ihm im Flur begegne.

»Das wüsste ich auch gern.«

Während Petras Beerdigung haben wir unsere Hände zueinander ausgestreckt, und jetzt greifen sie wieder ineinander.

In den vergangenen Tagen wurde ich von allen möglichen heftigen Gefühlen gebeutelt. Ich war verlegen, fühlte mich besiegt, schämte mich. Ich fühlte mich ausgenutzt, war wütend, und manchmal ergriff mich Panik. Jetzt herrscht jedoch eine neue Klarheit in meinem Kopf. Bevor sie wieder verschwindet, möchte ich gern einige Dinge regeln.

»Ich glaube, im Hinterzimmer ist niemand. Sollen wir uns was zum Trinken mit reinnehmen und sehen, ob wir die Sache klären können?«, schlage ich vor.

»Guter Plan.«

Doch jemand anders hatte bereits dieselbe Idee. Die Tür steht einen Spalt offen, und aus dem Zimmer ist ein leises Murmeln zu hören. Wir spähen hinein. Veronica und Sir Robert sitzen nebeneinander auf dem Sofa und führen eine ernste Unterhaltung.

Wir gehen auf Zehenspitzen zurück in die Küche. Patrick dreht mich zu sich um und sieht mich an, als wollte er mich küssen, tut es dann aber doch nicht. »Sollen wir rausgehen und uns bei einem Spaziergang unterhalten? Gehen und reden ist immer gut.«

Er hat bereits erwähnt, dass er und Beth gemeinsam auf den malerischen Pfaden von Bolder Island gewandert sind. Die Vorstellung hat mich eifersüchtig gemacht, doch ich bin inzwischen darüber hinweg. Natürlich hat Patrick jemanden gebraucht, mit dem er sich unterhalten konnte. Er hatte eine Menge zu verarbeiten. Veronica hat mir gestern Abend nach der Beerdigung von dem dunklen Familiengeheimnis erzählt. Wie es scheint, hatten wir alle in den vergangenen Wochen mit Dämonen zu kämpfen. Wir waren so mit unseren eigenen Problemen beschäftigt, dass wir kaum Zeit hatten, andere wahrzunehmen.

Patrick und ich drücken die Tür auf und gehen hinaus in den Abend. Am Himmel sind die letzten Spuren des Sonnenuntergangs zu sehen. Der Wind raschelt im hohen Gras, und aus der Ferne hören wir die Schreie von Möwen. Unsere Schritte machen ein leises, dumpfes Geräusch wie der Rhythmus unserer Herzen.

»Erinnerst du dich noch, wie es anfangs bei Veronica war?«, frage ich. »Als sie es nicht ertragen konnte, wenn Türen offen standen?«

Patrick schüttelt den Kopf. »Nein, daran erinnere ich mich nicht. Aber du hast sie vor mir richtig kennengelernt, Terry. Du und Pip, ihr habt sie gerettet, auf mehr als eine Weise.«

Ich lächle, als ich in diese Zeit zurückversetzt werde. »Sie hat es sich zur Aufgabe gemacht, streitsüchtig zu sein, aber ich wusste von Anfang an, dass sie ein großes Herz hat.«

Ich erinnere ihn daran, dass Veronica sich nur wegen Pip mit offenen Türen abfand. Wir mussten ihn in der Forschungsstation frei herumwatscheln lassen, damit er später keine Agoraphobie bekam.

»Jetzt sieht es so aus, als würde Granny auch Menschen an sich heranlassen«, merkt Patrick an. Wir denken beide über die Szene mit Veronica und Sir Robert nach, die wir gerade gesehen haben.

»Denkst du, das ist eine späte Romanze, wie die Zeitungen geschrieben haben?«, fragt er.

»Ich weiß nicht. Um ehrlich zu sein, würde ich bei Veronica nichts ausschließen.«

Pinguine klingen nachts anders als tagsüber. Viele von ihnen schlafen, aber diejenigen, die Gefallen am Nachtleben finden, schwatzen immer noch miteinander und rufen sich etwas zu. Die Dunkelheit verleiht ihren Stimmen allerdings einen weicheren Klang.

Wir gehen weiter, und das Licht lässt nach, sodass wir den Pfad nicht mehr sehen, der sich vor uns erstreckt. Ich weiß, dass wir beide an Eva oder Archie denken, an dieses verwunschene Leben, das nur in meinem Kopf existiert hat und nie tatsächlich in meiner Gebärmutter. Ich weiß nicht, was Patrick während Petras Beerdigung gedacht hat, aber für mich fühlte es sich zeitweise so an, als wäre es die Beerdigung unseres Babys gewesen.

Die Trauer ist noch da, aber sie ist jetzt stiller. Gestern glich sie einem Vulkan, der Flammen spuckt und Lava ausstößt, jetzt ist sie zu einer dunklen Kruste erstarrt. Ich weiß, ich werde diese seltsame, ruhelose Zeit niemals vergessen, aber ich werde irgendwann lernen weiterzumachen.

Die Nacht wickelt sich um uns wie schwarzer Samt. Die Luft ist hier viel wärmer und sanfter als auf Locket Island. Wir bleiben stehen und blicken nach oben. Der Sternenhimmel ist spektakulär, fast so beeindruckend wie über der Antarktis. Selbstverständlich handelt es sich um dieselben Sterne. Abermillionen von Welten und Galaxien und Universen, die winzigen leuchtenden Insekten gleichen. Als Wissenschaftlerin weiß ich, dass sie aus Wasserstoff, Helium und anderen Elementen bestehen, aber in Nächten wie dieser fällt es mir leichter zu glauben, dass es sich bei ihnen um die strahlenden Seelen der Verstorbenen handelt oder vielleicht auch um die Seelen derjenigen, die erst noch geboren werden.

Ich schwanke leicht. Meine Symptome haben nachgelassen, aber ich bin noch ein Stück weit von meinem normalen gesunden Ich entfernt. Patrick legt den Arm um mich und stützt mich. Ich möchte, dass sein Arm dort bleibt, wo auch immer wir gehen, sei es in England, in Schottland, auf den Falklandinseln oder auf Locket Island, das weiß ich bereits. Ich möchte diejenige sein, die neben Patrick geht.

»Du hast zu der Ärztin gesagt, dass du unser Baby nicht wolltest«, murmelt er so leise, dass ich ihn nur mit Mühe verstehe.

»Nur am Anfang«, versichere ich ihm. »Dann schon. Mehr, als selbst *mir* bewusst war. Manchmal weiß man erst, was man will, wenn man es verloren hat.«

»Warum hast du es mir nicht schon in dem Moment gesagt, als du die Vermutung hattest?« Sein Tonfall ist nicht anklagend, er möchte nur verstehen.

Ich gehe meine Gründe durch. »Du hast es mir nicht gerade einfach gemacht, oder?«

Er gibt einen schnaubenden Laut von sich, der halb Lachen, halb Schluchzen ist. »Ach, Terry. Ich bin nur deshalb beleidigt abgezogen, weil ich höllisch gekränkt war.«

Ich nehme seine Hand und drücke sie. »Ich weiß. Ich weiß doch.«

»Und die Hölle ist wirklich viel schmerzhafter, als man denken würde«, fügt er hinzu. »Wahrscheinlich wird sie deshalb Hölle genannt.«

Ich gluckse. Das ist mein Patrick.

»Mein Gott, wie gut es tut, dich wieder lachen zu hören!«

Wir unterhalten uns darüber, was hätte sein können, wie wir unser Kind erzogen hätten. Er spricht leidenschaftlich von vollkommener, unerschütterlicher Liebe. Ich werde daran erinnert, dass er in seiner Kindheit von einer Pflegefamilie zur nächsten weitergereicht wurde. Dafür hat er sich erstaunlich gut entwickelt.

Es ist beruhigend, Patricks Wärme zu spüren, doch dann fällt mir siedend heiß ein, dass sich in zwei Tagen alles ändern wird.

»Gehst du wieder zurück nach Bolton?«, frage ich.

»Wahrscheinlich bleibt mir nichts anderes übrig«, erwidert er ohne Begeisterung.

»Und was möchtest du als Nächstes mit deinem Leben anfangen, Patrick?«

»Ich habe keine Ahnung.« Er bleibt stehen, um einen Stein wegzukicken. »Und du gehst wieder nach Locket Island zurück, nehme ich an?« Er schleudert die Worte leichtfertig hin, als wäre es ihm egal, aber ich weiß, dass das nicht stimmt.

Ich denke daran, wie Mike und Dietrich sich abrackern. Ich denke an die großen Weiten mit Schnee und Felsen und Gletschern, die mein Zuhause sind – mehr als jedes andere Zuhause, das ich je hatte. Ich denke an die Zigtausenden Adeliepinguine. Das Locket-Island-Pinguinprojekt war mein erstes Baby, mein wahres Baby. Auch wenn seine Tage gezählt sind, kann ich es jetzt nicht aufgeben.

Könnten wir doch nur die Uhr zurückdrehen und gemeinsam dort sein …

In den letzten vierundzwanzig Stunden habe ich mich immer wieder gefragt, ob irgendeine Chance besteht, dass Dietrich und Mike Patrick wieder im Team akzeptieren würden, aber mir ist bewusst, dass mich allein der Vorschlag jegliche Glaubwürdigkeit kosten würde. Schließlich war er überhaupt nur da, weil Veronica darauf beharrt hat. Er besitzt nicht die erforderlichen Qualifikationen, und, was noch wichtiger ist, er hat sich wie ein Vollidiot benommen. Wie er sich aus dem Staub gemacht hat, war nicht nur unprofessionell, sondern absolut rücksichtslos. Es hat uns alle in Gefahr gebracht und hätte das Projekt beinahe platzen lassen.

Irgendwie muss ich die Kraft aufbringen, um damit zurechtzukommen, dass ich Patrick noch einmal verlieren werde.

61

Patrick

Bolder Island

»Können wir zu ihrem Grab gehen?«, fragt Daisy. »Begleitest du mich?«

Ihre Augen sind gerötet und verquollen. Ich nehme an, meine ebenfalls.

Ich tätschle ihr die Schulter. »Vielleicht frage ich mal schnell deine Mutter.«

Beth ist im Büro und schreibt gerade eine E-Mail an Gav. Sie sagt mir, ich solle ruhig mit Daisy gehen. Es ist gut, dass sie mir ihren wertvollsten Schatz anvertraut. Ich weiß das zu würdigen.

Terry ist damit beschäftigt zu packen. Ich gebe mir größte Mühe, nicht daran zu denken. Bald werden wir alle packen. Noch mehr verdammte Abschiede.

»Los, gehen wir!«, rufe ich Daisy zu und hefte mir ein Lächeln ins Gesicht.

»Darf ich meinen Drachen mitnehmen?«

»Klar darfst du.«

Wir laufen gemeinsam den Hang hinauf. Heute ist wieder ein

klarer Tag mit einer frischen Brise, die den Drachen hoch fliegen lässt. Sein langer lilafarbener Schwanz zeichnet Muster in den Himmel, während er auf dem Luftstrom reitet. Daisy plappert fast die ganze Zeit.

»Mir würde es jetzt nicht mehr so viel ausmachen zu sterben, weil ich dann Petra wiedersehen würde.«

»Daisy, hör auf damit, bitte! Du wirst nicht sterben, bevor du nicht mindestens hundert bist.«

»Das bedeutet, dass ich noch einundneunzig Jahre warten muss«, erwidert sie und ist stolz auf ihre Rechenkünste.

Wir klettern die steile Seite des Hügels hinauf, die kürzeste Route zum Grab. Umherwandernde Schafe haben das Gras hier gestutzt. Ich höre Mutterschafe blöken und die Schreie ihrer Lämmer als Antwort darauf. Als wir beim Grab ankommen, stößt Daisy ein erstauntes »Oh« aus. Abgesehen von ihrem kleinen gelben Kreuzkraut-Sträußchen liegt eine einzelne reinweiße Blume sorgfältig platziert auf dem Erdhügel direkt unter dem Kreuz.

»Wer hat die denn da hingelegt?«, fragt sie mich verblüfft.

Ich zucke mit den Schultern. »Vielleicht war es Tony the Macaroni.«

»Halt den mal kurz.« Sie drückt mir das Ende der Schnur in die Hand, an der ihr Drachen befestigt ist, und geht in die Hocke, um sich die Blume genauer anzusehen. »Sie ist wunderschön«, ruft sie, »so wunderschön!«

Ich stehe da und blicke aufs Meer hinaus, auf das endlose, sich in ständiger Bewegung befindliche Blau. Den Anblick der Blume ertrage ich nicht. Ich weiß ganz genau, wie sie dorthin gelangt ist. Ich bin gestern mit Terry in unseren letzten gemeinsamen Stunden hier hochgekommen.

»Danke, dass du mich nicht für verrückt hältst, Patrick«, sagte Terry.

»Du bist der normalste Mensch, den ich kenne – und der beste«, erwiderte ich.

Sie blickte auf das Grab hinunter. »Eva war für mich so unglaublich real. Es fühlt sich an wie Trauer, was ich empfinde, jetzt, wo sie verschwunden ist.«

»Ich weiß, was du meinst«, erwiderte ich, weil ich sie ebenfalls irgendwie vermisse. »Wir könnten eine Blume hierlassen, wenn du möchtest.«

»Das möchte ich sehr gern.«

Wir fanden dieses hübsche, glockenförmige Exemplar, das zwischen den Felsen wuchs, und legten es aufs Grab.

Später fanden wir heraus, dass sie die Nationalblume der Falklandinseln ist und *Pale Maiden*, »blasse Jungfer«, heißt.

Als sich die Sonne hinter den Wolken verkriecht, gehe ich mit Daisy den Hügel hinunter und zurück zur Lodge. Wir räumen den Drachen weg, dann liefere ich sie bei Beth ab.

Ich frage mich, ob ich noch ein paar wertvolle Momente mit Terry erhaschen kann. Ich klopfe an die Tür ihres Zimmers. Sie ist nur angelehnt, deshalb werfe ich einen Blick hinein. Terry ist nirgendwo zu sehen, aber ihr Rucksack ist fertig gepackt, bereit für die Abreise. Was für ein trauriger Anblick.

Terry ist noch nicht einmal weg, und schon vermisse ich sie so sehr, dass es sich anfühlt, als würde mein Herz zerspringen.

Granny und ich begleiten Terry in einem der Kleinflugzeuge, um sie am Flughafen von Stanley zu verabschieden. Unter uns schwimmen die Inseln wie grüne Stofffetzen im Blau, aber ich kann die Aussicht nicht genießen.

Terry versichert uns, dass es ihr körperlich wieder gut geht, aber ich werde mir trotzdem Sorgen um sie machen. Sie sagt, sie mag keine langen emotionalen Abschiede. Sie sagt, sie freut sich auf

Locket Island. Es gibt dort zwei Wissenschaftler und fünftausend Adeliepinguine, die sie brauchen.

Nicht zum ersten Mal würde ich am liebsten auf die Knie fallen und sie anflehen, mich wieder ins Locket-Island-Team aufzunehmen, aber ich weiß, das wäre ihr gegenüber nicht fair. Die beiden anderen würden mich niemals wieder in ihrer Mitte akzeptieren.

»Bitte sag Mike und Dietrich Entschuldigung von mir«, trage ich ihr auf. »Ich weiß, ich bin bei ihnen nicht gut angeschrieben … aber ich wette, sie vermissen meine Kochkünste.«

»Das tun sie, sie vermissen sie sogar sehr. Wobei Mike sich langsam an mein Dosenessen gewöhnt.«

Ich darf sie nicht küssen, aber nehme sie fest in die Arme. Wir haben beschlossen, nicht in Kontakt zu bleiben. Das wäre zu schmerzvoll. Vielleicht werde ich mich aber nicht beherrschen können, ihren Blog zu lesen.

Sie umarmt Granny länger als mich, und ich bin eifersüchtig. »Ich verspreche, dass ich Pip liebe Grüße von Ihnen ausrichten werde, Veronica. Haben Sie vielen Dank für … für alles.«

Ich bin stolz auf Granny V. Sie ist Fernsehmoderatorin und Pinguinbotschafterin geworden und hat zudem eine epische Reise unternommen. Sie hat mir, Terry und Daisy geholfen, mit verschiedenen schrecklichen Problemen fertigzuwerden, und hat selbst einige Schwierigkeiten überwunden. Und jetzt hat sie auch noch versprochen, das Locket-Island-Projekt bis Jahresende am Laufen zu halten. Sie muss sich erst wieder auf The Ballahays einleben und sich eine Zeit lang erholen, doch dann wird sie sich die Situation ansehen und einen Blick auf ihre Finanzen werfen – und wer weiß?

Auch ich muss das eine oder andere tun. Ich habe ein paar vage Ideen, jedoch noch nichts Konkretes. Mir ist klar, dass nichts einfach werden wird, aber bei zwei Dingen bin ich mir sicher. Erstens: Ganz egal, wie beschissen das Leben wird, ich fasse nie wieder

Drogen an. Zweitens: Was auch immer ich letzten Endes mache, ich werde alles geben und es nicht wieder vergeigen.

Granny und ich stehen nebeneinander und sehen zu, wie Terry sich ihren Rucksack auf die Schultern wuchtet und zum Gate geht.

»Tapferes Mädchen«, sagt Granny, zieht ein besticktes Taschentuch aus ihrer Handtasche und tupft sich die Augen ab.

62

Terry

Locket Island, Antarktis
Zwei Monate später

Terrys Pinguin-Blog

Der antarktische Winter ist für uns alle eine Herausforderung. Die Tierwelt, die im Sommer vielfältig ist, verschwindet langsam, wenn die Temperaturen sinken und die Tage kürzer werden. Gerüche verflüchtigen sich, wenn alles überfriert. Zwielicht reduziert die Landschaft auf schimmernde Weiß- und Grautöne, und jede Oberfläche ist von Eis und Raureif überzogen. Einige Wochen lang schafft es die Sonne gar nicht, über die Berge aufzusteigen. Die Stille wird schrill, immens, überwältigend. Doch wenn wir nach oben schauen, werden wir mit einem herrlichen Anblick belohnt, da die unsichtbare Sonne die Unterseite der Wolken mit perlmuttfarbenem Licht streift.

Pip und die anderen Pinguine von Locket Island sind jetzt alle weg. Dietrich, Mike und ich werden sie erst zur Brutsaison wiedersehen. Zumindest können wir Pip dieses Jahr dank seines Satellitensenders folgen und wissen, dass er bereits fast fünftausend Kilometer nach Nordwesten geschwommen ist. Wir hoffen, er findet viel Krill, damit sein Energielevel hoch bleibt, und wir drücken alle Daumen, dass er mit den anderen zurückkehrt, wenn die Tage wieder sonnig werden.

Wir Menschen rackern uns in der Forschungsstation ab. Es gibt jede Menge zu erledigen: Wir müssen die Daten analysieren, die wir gesammelt haben, wir müssen den Lebensraum der Pinguine erforschen, und wir müssen eine lange Liste von Aufgaben abarbeiten, um die Station am Laufen zu halten. Es ist die härteste Zeit des Jahres für uns, und ich weiß, dass jeder von uns abwesende Freunde vermisst – mit und ohne Flossen.

Ich seufze und klicke auf »veröffentlichen«. Wie merkwürdig, dass unser Locket-Island-Team wieder zu dem ursprünglichen Trio zusammengeschrumpft ist, als hätte das gesamte vergangene Jahr nicht stattgefunden.

Aber es hat stattgefunden, und es hat mich voller Erinnerungen, Fragen und mit einer seltsamen, nicht identifizierbaren Sehnsucht zurückgelassen.

Eigentlich wollte ich Dietrich und Mike nie von meiner Scheinschwangerschaft erzählen, doch zu ihrer riesigen Überraschung kam eines Abends alles heraus, ein paar Tage nachdem die Pinguine aufgebrochen waren und wir etwas zu viel Prosecco getrunken hatten. Es war ein Abend der beschwipsten Geständnisse – ein Abend, an dem wir auch herausfanden, dass Charlotte in Cheltenham gar nicht existiert.

»Aber was ist mit dem Foto an deinem Bett?«, fragte ich Mike, weil ich meinen Ohren nicht traute.

»Ihr Name ist Emily Brocklebank, und sie ist Friseurin. Wir hatten ein paar Dates. Mir hat das Foto gefallen, also habe ich es behalten … und sie hat sich irgendwie in Charlotte verwandelt.«

»Mein Gott!« Dietrich hätte ihm eine solche Lüge niemals zugetraut.

Aber ich glaube, ich verstehe ihn. Er wollte demonstrieren, dass er mehr als ein Fachidiot ist, wollte beweisen, dass er durchaus zu einer Langzeitbeziehung mit einer schönen und intelligenten Frau imstande ist. (Und ich bin mir sicher, das ist er. Eines Tages wird er seine reale Charlotte finden, und sie wird ihn voller Wollust aufs Bett pressen, und er wird ein neuer Mensch sein …)

Nach jenem Abend taten Dietrich und ich so, als hätten wir die ganze Unterhaltung vergessen, was natürlich nicht stimmte.

Seitdem wurde Charlotte aus Cheltenham nicht mehr erwähnt. Mike ist allerdings immer scharf darauf, Patricks Namen bei jeder Gelegenheit in den Schmutz zu ziehen. Da das nicht für eine fröhliche Atmosphäre sorgt, versuche ich dann jedes Mal, das Thema zu wechseln.

»Ich war mit dem Anglo-Antarktischen Forschungsrat in Kontakt, um nachzufragen, ob wir nächstes Jahr vielleicht mehr finanzielle Unterstützung bekommen könnten«, erzähle ich Dietrich und Mike, während ich meine Wäsche auf den Ständer bei der Propangasheizung hänge. Ich musste von Hand waschen, da unsere Waschmaschine vor zwei Wochen den Geist aufgegeben hat.

»Und?«, fragt Mike.

»Sie denken, es lohnt sich nicht, unsere Forschungsstation weiter zu betreiben. Wir sind zu klein, und sie stecken lieber Geld in ihre neue, hochmoderne Station auf dem antarktischen Festland.« Ich sage das in beiläufigem Tonfall, doch wie immer lauern Sorgen über unsere Zukunft unter der Oberfläche.

Dietrich macht ein resigniertes Gesicht. »Dann können wir nur hoffen, dass uns Veronica vielleicht auch weiterhin unterstützt.«

»Immer dieselbe Leier.« Mike stöhnt genervt. »Es wäre schön, wenn sie sich ein für alle Mal festlegen würde. Aber wahrscheinlich tut sie das erst, wenn ihr heißgeliebter, geistig verlangsamter Patrick endlich eine Entscheidung getroffen hat.«

Ich werde mich nicht auf sein »Beleidigen wir Patrick«-Spielchen einlassen. Ich schnüffle an einer meiner Socken, um sicherzugehen, dass der Geruch verschwunden ist, nachdem ich sie lange in einem Eimer Wasser mit Waschmittel eingeweicht habe.

»Wie sieht's aus?«, fragt Dietrich, der mich beobachtet hat.

»Viel besser«, versichere ich ihm. Ich breite die Socke und ihr Gegenstück Seite an Seite auf dem Wäscheständer aus.

»Es besteht eine ganz kleine Chance, dass der Forschungsrat die Sache doch noch mal überdenkt«, fahre ich fort, während ich ein Fleeceshirt aus dem Wäscheeimer ziehe. »Wir könnten uns für Unterstützung bewerben, wenn wir das Projekt ausweiten und neben Adeliepinguinen auch Kehlstreifpinguine und Kaiserpinguine miteinbeziehen würden. Dazu müssten wir uns mit der hochmodernen Station zusammenschließen und so was wie eine Außenstelle werden.«

»*Wie* bitte?«, ruft Mike.

»Das klingt nach einer Menge zusätzlicher Arbeit«, stellt Dietrich fest. Er wirkt ebenfalls beunruhigt. »Und nach einer Menge Kompromisse.«

»Ja, das stimmt. Ich dachte, ich erwähne es trotzdem.«

Ich begebe mich in den Computerraum. Bevor ich anfange zu tippen, sitze ich da, starre ins Leere und lasse meine Gedanken abschweifen. Das tun sie mittlerweile regelmäßig.

Es war schwer, unglaublich schwer, Pip auf Wiedersehen zu sagen. Ich gehe oft auf die Anhöhe hinauf und blicke auf die Senke hinunter, in der es vor zwei Monaten von Pinguinen gewimmelt hat. Jetzt ist sie verlassen wie die Ruine einer Burg oder eines Amphitheaters, und es liegen nur noch graue Felsbrocken und Kieselsteine im stillen Halbdunkel verstreut.

Im Oktober werden die Pinguine die Senke wieder bevölkern … aber ich frage mich, ob dann von uns noch jemand da sein wird.

63

Veronica

The Ballahays
Ende Juli

Dank Mr Perkins und seiner grünen Daumen sind die Rhododendren auf The Ballahays dieses Jahr eine Augenweide. Die Rosen sind ebenfalls herrlich.

Neben dem schönen Blumengesteck auf dem Kaminsims steht der Ausdruck eines alten Fotos in einem vergoldeten Rahmen. Es zeigt einen gut aussehenden jungen Mann neben seinem Freund auf einem Berggipfel. Als Mrs Perkins neulich etwas von ihrer selbst gemachten Marmelade vorbeibrachte, hielt ich mich zufällig gerade im Hausflur auf und hörte, wie Eileen es ihr zeigte.

»Ach ja, das war Mrs McCreedys lange verschollener Sohn«, sagte sie. »Eine tapfere Seele. So eine tragische Geschichte.«

Ich werde Enzo immer sehr zugeneigt bleiben und bedauern, dass ich keine größere Rolle in seinem Leben spielen konnte. Andenken – Fotos, Geschichten, Haare in einem Medaillon – werden wichtiger, wenn die Jahre vergehen und die Lebenszeit, die hinter mir liegt, immer länger wird, und die Lebenszeit, die noch vor mir liegt, immer kürzer. Jede Erinnerung ist wertvoll, und ich werde nie aufhören, meinen geliebten Sohn zu vermissen. Ich bin eine von vielen, die mit einem dunklen Klumpen Traurigkeit in sich auf Erden wandeln.

Zumindest habe ich jetzt eine Antwort auf all die Fragen, die sich im Lauf der Jahrzehnte angesammelt haben. Ich werde die Zeit, die mir noch auf dieser Welt bleibt, friedlicher angehen können.

Seit meiner Rückkehr von der Filmreise ist sehr wenig passiert. Ich wurde in ein Studio in Edinburgh beordert, wo noch ein paar Hintergrundkommentare von mir erfolgreich aufgenommen wurden. Ich wurde etliche Male von lästigen Journalisten heimgesucht, habe sie aber kurzerhand in die Wüste geschickt. Außerdem habe ich ein Konzert von Eileen und ihrem Chor besucht, mit dem sie eine Auswahl an la-la-la-artigen Madrigalen und monotonen Kirchenliedern trällerte, die für mich allesamt öde klangen, aber man muss ja guten Willen zeigen.

Daisy wurde von ihren Ärzten offiziell für »remittiert« erklärt, was eine große Erleichterung ist, wenn auch keine wirkliche Überraschung. Ich habe den Eindruck, dass ihre frische Kraft und Vitalität hauptsächlich von der Expedition auf die Falklandinseln herrühren. *I Wish* wurde letzten Monat ausgestrahlt und enthielt volle elf Minuten von Daisys Pinguinabenteuern. Es waren einige der reizendsten Szenen mit Daisy und Petra am Strand von Bolder Island zu sehen und außerdem ein Ausschnitt aus der Beerdigung. Ich bin überzeugt, dass selbst die hartherzigsten Zuschauer dabei vor dem Fernseher Tränen vergossen haben. Im Anschluss daran wurde Daisy im Fernsehstudio in London gezeigt, wo sie ihr »Ich hatte einen Wunsch … und der wurde wahr«-Medaille entgegennahm. Wir sind alle unglaublich stolz auf sie.

Danach rief Daisy ein Projekt an ihrer Schule ins Leben, bei dem pinguinförmige Plätzchen gebacken und verkauft werden, um Geld für Umweltschutzorganisationen und Krebsstiftungen zu sammeln. Sie hat zahlreiche Mitschüler und einige Lehrkräfte zum Mitmachen überredet und es bereits in eine Lokalzeitung geschafft. Ihre Eltern möchten sie natürlich schützen, aber sie ist begeistert von ihrem bescheidenen Ruhm und prahlt oft damit. Bei jemandem, der so jung ist und so viel durchgemacht hat, ist das meiner Ansicht nach zu entschuldigen.

Daisy ist nicht die Einzige, die sich seit unserem gefeierten Filmprojekt für Veränderungen eingesetzt hat. Es hat ein weitreichender Wandel der Mentalität in der breiten Öffentlichkeit stattgefunden, und es sind einige Bewegungen entstanden, die es sich zum Ziel gesetzt haben, diesen Planeten zu einem saubereren und sichereren Ort zu machen. Eine Frau aus Norfolk hat in den sozialen Medien eine Anti-Plastik-Kampagne ins Leben gerufen und postet schreckliche, aber wirkungsvolle Fotos von Vögeln und anderen Tieren, die an Plastik erstickt und grauenvoll verendet sind. Ich habe mir sagen lassen, sie hat 53 000 Follower, und es werden immer mehr. Eine führende Supermarktkette hat angekündigt, Produkte mit nicht recyclebaren Plastikverpackungen aus dem Angebot zu nehmen, und andere Ketten haben sich angeschlossen. Die Regierung wurde mit Petitionen dazu aufgefordert, gesetzlich gegen solche Verpackungen vorzugehen und sie mit einer Strafsteuer zu belegen. Diese Welle öffentlicher Tugendhaftigkeit ist zum Teil auf *I Wish* zurückzuführen, vor allem aber auf eine Flut von Zeitungsartikeln.

Wie sich schließlich herausstellte, war Liam – der stille, freundliche, langweilige Liam – derjenige, der all die Informationen an die Presse hat durchsickern lassen, während wir unterwegs waren. Letzten Endes hat er damit das Pinguinbewusstsein gefördert und für hervorragende Publicity für beide Sendungen gesorgt, deshalb sollten wir nicht zu hart mit ihm ins Gericht gehen – für Sir Robert wird er allerdings nicht mehr arbeiten, denn Sir Robert schätzt Loyalität genauso wie ich.

Ach, Sir Robert! Mir ist bewusst geworden, dass man manchmal mit einem anderen Menschen schwere Zeiten durchmachen muss, um ihn wirklich kennenzulernen. Man muss seine Reaktionen auf die brutaleren Seiten des Lebens mit eigenen Augen sehen, wie er reagiert, wenn er mit blanken, verzweifelten Emotionen konfrontiert ist. Und man muss akzeptieren, dass er mit solchen Extremsituationen womöglich auf seine ganz eigene Art umgeht.

Wann immer mich die Pfeile und Schleudern des wütenden Geschicks plagen, werde ich zur Furie, und wehe dem, der sich mir nähert. Sir Robert schlägt andere Wege ein. Er hat tiefe Empfindungen, zieht sich aber lieber in die Wildnis zurück, um Seeadler zu beobachten. Ich weiß jetzt, dass auch er persönliche Verluste hat hinnehmen müssen. Er hat mir von einer jungen Dame erzählt, die er vor langer Zeit kannte, einer dynamischen Schönheit, die er durch seine Arbeit kennengelernt hatte. Sie war Journalistin und kam auf tragische Weise bei einem Bombenanschlag ums Leben. Sir Robert war davor nie und auch seitdem nie mehr richtig verliebt. Er ist oberflächliche Beziehungen eingegangen, hat aber immer darauf geachtet, sie schon im Keim zu ersticken. Ihm ist nur allzu bewusst, dass sich die Frühlingsblüte der Liebe über Nacht in ein faulendes Krebsgeschwür der Trauer verwandeln kann.

Ich respektiere ihn dafür. Als ich vor einigen Monaten bei Petras Beerdigung neben ihm stand, glaubte ich, ein ganz leises Schluchzen zu hören, das tief aus seinem Herzen kam. Jetzt weiß ich, dass es dieser schmerzlich vermissten Frau galt. Es ist erstaunlich, wie sehr der Tod eines kleinen Pinguins uns alle berührt hat. Er hat uns wiedervereint, und gleichzeitig hat er unsere Trauer um andere gelindert, die uns nahestanden und die wir verloren haben.

Sir Robert und ich haben viel geteilt und werden für den Rest unseres Lebens engste Freunde bleiben. Das behaupten zu können ist in jedem Alter eine beachtliche Errungenschaft.

Ich habe Eileen gebeten, Patrick vom Bahnhof abzuholen. Er ist seit unserer Rückkehr, die schon etliche Monate zurückliegt, in Bolton, hat aber immer noch keinen Job gefunden. Das ist äußerst frustrierend. Ich habe angeboten, ihm eine Ausbildung zum Elektriker oder Mechaniker oder Ingenieur zu finanzieren, da ihm praktische Arbeit von Natur aus liegt und ich glaube, dass er dazu durchaus in der Lage wäre. Aber meine Vorschläge stießen bei ihm auf wenig Gegenliebe und wurden abgeschmettert. Ich habe sogar gesagt, dass ich ihm eine Ausbildung zum Koch zahlen würde, da ich um seine Fähigkeiten auf diesem Gebiet weiß, doch auch das lehnte er ab. »Nein. Nein, Granny. Unterstütz du mal weiterhin die Pinguine. Mach dir um mich keine Sorgen. Ich komme schon klar.«

Wenn Daisy zu Besuch ist, was sie seit unserer Rückkehr schon zweimal war, erzählt sie, dass sie ihn auch kaum zu Gesicht bekommt. Er hat eine Wohnung in Bolton gemietet, hilft aber nur ihrem Vater Gavin hin und wieder in seinem Fahrradladen. Patricks Korrespondenz ist dürftig und unspezifisch wie eh und je. Wenn ich ihn frage, was genau er tut, antwortet er ausweichend: »Dies und das«, was wirklich ärgerlich ist. Bei seinem bevorstehenden Besuch werde ich allerdings versuchen, ihm ein paar Informationen zu entlocken.

Terry ist derzeit in Großbritannien und besucht für ein paar Wochen ihre Eltern in Hertfordshire, während in der Antarktis Hochwinter herrscht. Ich hoffe, es wird mir gelingen, sie noch vor ihrer Rückkehr zu überreden, auf The Ballahays zu kommen. Ich frage mich sogar, ob ich ein Treffen zwischen ihr und meinem

Enkel einfädeln könnte, befürchte jedoch, dass das beide zu sehr aus der Fassung bringen würde.

Ich habe gerade die vorletzte Lücke des *Telegraph*-Kreuzworträtsels gefüllt, als ich die Haustür aufgehen und Eileen rufen höre: »Huhu! Wir sind da!« Sie ist gut durchgekommen von Kilmarnock.

Ich erhebe mich und schalte den Wasserkocher ein.

»Hi, Granny!«

Ich drehe mich um und stelle erfreut fest, dass mein Enkel sehr gut aussieht. In der Tat ist er errötet und platzt fast vor irgendetwas. Er drückt mich fest. Ich bringe meine Perlenkette wieder in Ordnung und biete ihm einen Tee an.

»Ja, gern. Und einen kleinen Snack, wenn's geht. Das war eine lange Reise.«

Eileen sucht die Ingwerkekse, während ich mich für mein zweitbestes Teeservice entscheide und drei Tassen mit Untertasse auf den Tisch stelle.

»Wir bräuchten vier, bitte.«

Wer hat das gesagt? Patrick war es nicht, und Eileen war es auch nicht. Ein Gesicht schaut erwartungsvoll um den Türrahmen, mit einer runden Brille und zerzaustem blondem Haar.

»Ach du meine Güte!«, kreische ich. »Terry!«

Sie springt mir fast in die Arme. »Hey, Veronica, wir dachten uns, wir überraschen Sie.«

»Das ist euch gelungen. Ich bin völlig baff, absolut sprachlos.«

Sie sieht hundertmal besser aus als beim letzten Mal, als ich sie gesehen habe. Das muss an der antarktischen Luft liegen. Oder liegt es vielleicht noch an etwas anderem? Mein Blick wandert von ihr zu Patrick und wieder zurück. Dass sie gemeinsam hier sind, kommt mir vor wie ein Wunder.

»Jetzt steht nicht einfach da und grinst wie zwei betrunkene Affen. Erzählt mir alles.«

Bei Darjeeling und Ingwerkeksen erfahre ich verschiedene Dinge. Als Erstes höre ich, dass Patrick die Zeit seit unserer Rückkehr nach Großbritannien nicht vertrödelt hat, wie ich befürchtet hatte. Ganz im Gegenteil: Er hat ehrenamtlich für verschiedene Umweltschutzorganisationen in Yorkshire, Suffolk und Wales gearbeitet. Außerdem hat er einen Erste-Hilfe-Kurs absolviert und sich online fortgebildet und dabei nicht nur eine, sondern gleich zwei Qualifikationen in Umweltwissenschaften erworben. Darüber hinaus hat er sich ein extremes Fitnessprogramm auferlegt.

»Ich wollte keine finanzielle Unterstützung mehr von dir annehmen, Granny, aber ich hatte ein Ziel im Sinn. Ich habe Locket Island so verdammt vermisst, dass ich unbedingt irgendwo was mit Pinguinen machen wollte.«

In der Zwischenzeit schmiedete das Locket-Island-Team seine eigenen Zukunftspläne. Von einer Förderorganisation waren unerwartet Hilfsgelder in Aussicht gestellt worden. Voraussetzung dafür war jedoch, dass Terry, Dietrich und Mike sich mit einer anderen Forschungsstation weiter im Süden zusammenschließen. Aufgrund der Mehrarbeit, die das bedeutet, beschlossen die drei, jemanden zur Unterstützung anzuheuern.

»Ich habe das in einem meiner Blog-Einträge erwähnt«, sagt Terry zu mir, »und angekündigt, dass ich im Sommer Bewerbungsgespräche führen werde. Ich habe geschrieben, dass wir jemanden suchen, der Patricks Platz einnimmt.« Sie streicht sich das Haar zurück und strahlt. »Es gab einen herausragenden Bewerber.«

Patrick räuspert sich. »Du warst kein bisschen befangen, stimmt's, Terry?«, fragt er nach.

Sie tätschelt ihm den Arm. »Na ja, du warst der Einzige, der bereits Erfahrung mit Adeliepinguinen hatte. Und der Einzige, der eine Referenz von Sir Robert Saddlebow höchstpersönlich vorweisen konnte. Außerdem wusste ich zufällig, dass du extrem gut kochen kannst, was unter Umständen den Ausschlag zu deinen Gunsten gegeben hat.«

»Also gehen die beiden gemeinsam zurück nach Locket Island!«, verkündet Eileen fröhlich, als wäre ich zu dumm, um mir das selbst zusammenzureimen.

»Sind Dietrich und Mike damit einverstanden?«, frage ich, da ich vermute, dass die beiden bestimmt weniger nachsichtig sind als Terry, vor allem Mike.

»Ja, ich habe ihnen gemailt«, erwidert sie. »Es war ein wenig Überzeugungsarbeit nötig, aber am Schluss hat das ›Von zwei Übeln wählt man besser das bekannte‹-Argument gezogen. Und Patrick hat sein Engagement unter Beweis gestellt. Sie möchten ihm noch eine Chance geben. Wir alle wollen das.«

Sie gibt Patrick einen schnellen Kuss auf die Wange. Ich nehme den süßen, berauschenden Duft von Liebe wahr, der durch die Küche auf The Ballahays schwebt.

Ich bin enorm stolz auf meinen Enkel und freue mich ungemein für die beiden, obwohl ich sie schmerzlich vermissen werde. Solange sie hier sind, muss ich die Gesellschaft dieses glücklich vereinten Paares voll auskosten.

Auf The Ballahays ist eine illustre Gruppe von Hausgästen anwesend, aber Terry und Patrick stehlen sich immer wieder davon.

Eileen hat mir anvertraut, dass sie die beiden in der Rosenlaube erspäht hat (»Oh, Mrs McCreedy, das sah so romantisch aus mit den Blütenblättern, die der Wind um sie herumgeweht hat«), und jetzt sind sie offenbar wieder verschwunden.

Als ich an dem Foto von Pip vorbeigehe, das im Hausflur steht, werfe ich ihm wie immer einen Blick zu. Seine erhobene Flosse scheint mir zuzuwinken. Ich habe keinen Zweifel daran, dass es sich dabei um ein wildes Konstrukt meiner lebhaften Fantasie handelt, aber es zaubert mir trotzdem ein Lächeln auf die Lippen.

Aus dem Salon höre ich leise Stimmen. Ha! Ich erhöhe die Lautstärke meines Hörgeräts, nur um mich zu vergewissern, dass alles in Ordnung ist.

»Glaubst du, wir wären wieder zusammengekommen, wenn Veronica mich nicht auf die Falklandinseln geholt hätte?«, höre ich Terry fragen.

Patrick ist eine Zeit lang still. »Das bezweifle ich, um ehrlich zu sein. Hättest du mich gebeten zurückzukommen?«

»Nach deinem Abgang wohl kaum«, entgegnet sie.

Er seufzt. »Es hätte gut sein können, dass wir uns nie wieder begegnet wären.«

»Tja, zum Glück hat mich Veronica zum Handeln gezwungen. Aber das hat sie wegen unseres Babys getan. Es war unser armes, nicht existentes Baby, das uns wieder zusammengebracht hat. Sein oder ihr Phantomleben in mir war also nicht umsonst.«

An dieser Stelle entsteht eine Pause in Kusslänge. »Du wirst eines Tages eine fantastische Mutter abgeben.«

»Und du einen wundervollen Dad. Aber noch nicht jetzt.«

»Nein. Wenn wir nach Locket Island zurückgehen, nehme ich einen ganzen Koffer voller …«

In diesem Moment gibt mein Hörgerät, das ich immer lauter gestellt habe, ein lautes Kreischen von sich.

Schallendes Gelächter ertönt, und Patrick reißt die Tür auf.

»Granny, hast du uns nachspioniert?«

»Ganz und gar nicht. Eileen ist diejenige, die herumschnüffelt, ich tue so was nicht. Auf jeden Fall muss ich eine wichtige Ankündigung machen. Ich bin nur gekommen, um euch zu sagen: Es ist so weit.«

64

Veronica

Die Abendsonne scheint durch die Erkerfenster von The Ballahays herein und wirft ein Schlaglicht auf die feinen Spinnennetze in den Ecken. Ich muss Eileen bitten, sie mit ihrem Staubwedel zu entfernen. Falls meine Gäste diesen Flüchtigkeitsfehler bei der Haushaltshygiene bemerkt haben sollten, sind sie zu höflich, um es anzusprechen. Die versammelte Gesellschaft ist in Feierstimmung.

Sir Robert und ich trinken beide einen Sherry, der in den Dartington-Kristallgläsern herrlich rostbraun leuchtet. Patrick und Terry teilen sich eine Flasche Bier. Eileen, die in letzter Zeit rührend abstinent ist, schenkt sich selbst, Daisy und deren Bruder Noah Limonade ein. Die Eltern der beiden, Gavin und Beth, nippen sehr bescheiden an ihrem Weißwein. Auf dem Tisch stehen reife Erdbeeren und das beste schottische Mürbegebäck aus Geschäften in Kilmarnock. Ich möchte betonen, dass beides lose gekauft wurde, ohne auch nur ein Fitzelchen Plastikverpackung.

Daisy ist eine richtige Prinzessin geworden und hat jetzt einen dichten Schopf glänzendes braunes Haar. Sie ist ganz in Pink gekleidet. Ihren Eltern zufolge hat sie sich früher mehr für Dinosaurier interessiert als für Feen, aber jetzt ist sie plötzlich süchtig nach Flügeln und Rüschenkleidern. Die meisten gleichaltrigen Mädchen haben diese Phase durchgemacht, als sie ein paar Jahre jünger waren – Daisy ist eben gerne anders.

»Sieh dir meine Haare an!« Sie hält Terry und Patrick eine Strähne zur Begutachtung hin. »Sie sind jetzt lang genug, dass ich Brautjungfer sein kann. Ihr könnt also heiraten.«

Die beiden schütteln den Kopf und lachen.

»Wollt ihr denn nicht glücklich bis ans Ende eurer Tage leben?«, fragt sie irritiert.

»Man kann auch glücklich bis ans Ende seiner Tage leben, ohne zu heiraten«, entgegnet Patrick. »Und genau das werden wir tun. Wir werden zumindest unser Bestes geben.«

Ich sehe mir die beiden an, wie sie nebeneinanderstehen, und weiß, dass Terry meinen Enkel bei allem, was er tut oder sagt, unterstützen wird … bis er etwas Falsches tut oder sagt, dann wird sie ihn sanft eines Besseren belehren.

Eileen hat ihren neugierigen Gesichtsausdruck aufgesetzt, den ich so gut kenne. »Verrate mir, Daisy, was möchtest du mal werden, wenn du groß bist?«, fragt sie, als sie die Limonade serviert.

»Pinguinbotschafterin«, entgegnet Daisy wie aus der Pistole geschossen. »Wie Veronica.«

»Einige werden hochgeboren, einige erwerben Hoheit und einigen wird sie zugeworfen«, murmle ich.

»Ich bin auch eine Hoheit«, stimmt Daisy mir zu und streicht über ihre »Ich hatte einen Wunsch … und der wurde wahr«-Medaille. Sie trägt sie mit Stolz und hat das scharlachrote Band durch ein pinkfarbenes ersetzt. Noah verdreht die Augen.

Ich sehe sie streng an. »Werde keine altkluge Göre«, warne ich sie.

»Warum nicht?«

Ich bin mir nicht sicher, was die diplomatischste Antwort auf diese Frage ist, deshalb tue ich so, als hätte ich sie nicht gehört.

»Bevor das Programm beginnt, Daisy und Noah, habe ich noch ein kleines Geschenk für euch beide.«

»Oh!«, rufen sie und hüpfen simultan auf dem Sofa auf und ab, sodass ich mir einmal mehr Sorgen um seine Federn mache. Ich überreiche zuerst Noah sein Geschenk, bei dem es sich um ein Schachset mit schön geschnitzten Holzfiguren handelt. Ich war bei meiner Entscheidung ziemlich in der Zwickmühle, weil ich mich fragte, ob so etwas wie ein Schläger oder ein Ball vielleicht passender wäre, doch Daisy hat mir mehrmals versichert, dass ihr Bruder ein Schlauberger ist, also hoffe ich, dass es ihm gefällt. Er scheint jedenfalls recht zufrieden zu sein.

Als Nächstes gebe ich Daisy ihr kleines Päckchen. Sie reißt das teure Geschenkpapier in genau zwei Sekunden herunter. »Das ist ein Medaillon!«, verkündet sie, die Augen weit aufgerissen.

»In der Tat, Daisy, es ist ein Medaillon, genauso eines wie meines.« Bei meinem handelt es sich um eine Antiquität, die von meiner Großmutter Violet weitervererbt wurde und ein »V« zwischen verwirbelten Reben eingraviert hat. Daisys ist dagegen brandneu, stammt von einem exklusiven Juwelier in Edinburgh und hat ins Silber ein »D« sowie ein zartes Gänseblümchenkettenmuster eingraviert.

»Was sagt man da, Daisy?«, erinnert Beth sie.

Daisy schlingt die Arme um mich. »Ich sage: danke, Veronica.« Sie gibt mir einen Kuss auf die Wange, der ein leicht knallendes Geräusch macht. »Bekomme ich eines von deinen Haaren, damit ich es reintun kann?«, fügt sie hinzu und lässt mich abrupt los.

»Ach nein, du willst doch kein blödes weißes Haar von mir haben«, protestiere ich.

»Doch«, beharrt sie, »das will ich.«

»Gut, wenn du ganz sicher bist, dann werde ich Eileen bitten, eines für dich abzuschneiden, wenn eine Schere zur Hand ist. Aber ich habe noch etwas. Ich möchte nicht sentimental sein, aber ich dachte mir, das wird dir vielleicht gefallen.«

Ich öffne meine Handtasche und nehme etwas aus der Innentasche heraus, in der es monatelang sicher aufbewahrt war: etwas Blassgelbes und sehr Leichtes – eine winzige Feder von Petras Schopf. Daisy erkennt sofort, worum es sich handelt, und ihre Augen füllen sich mit Tränen. Ihre Lippen formen noch einmal das Wort »danke«. Sie legt die Feder in ihr neues Medaillon und schließt es ehrfürchtig.

Wir nehmen feierlich unsere Plätze vor dem Fernseher ein, und Eileen schaltet ihn an. Sir Roberts Dokumentation *Who Cares About Seabirds?* beginnt in Kürze. Ich ertappe ihn dabei, wie er mich ansieht, und um seine Mundwinkel spielt ein Lächeln.

Der Vorspann wird begleitet von geschmackvoller klassischer Musik und Szenen mit einer Möwe, die über dem wogenden Meer am Himmel segelt. Ich muss zugeben, dass Liam trotz all seiner Fehler ein begnadeter Kameramann ist.

Zu Beginn der Sendung sehen wir Papageientaucher und Tölpel und dann Graufußtölpel mit ihren außergewöhnlich blauen Füßen, während Sir Robert unentwegt die Wunder der marinen Vogelwelt preist. Kurz danach stellt er mich als Pinguinbotschafterin vor und erwähnt meine Referenzen als Retterin von Pip auf Locket Island und als Abfallsammelkönigin der Küste von Ayrshire. Ich sehe mich selbst, wie ich mich ziemlich souverän und Respekt einflößend an meine Zuschauer wende, meine Outfits stets farbenfroh und elegant, meine Handtasche allgegenwärtig. Ich sehe mich mit den Maremmen-Abruzzen-Schäferhunden von Ginty Island und mit Zwergpinguinen, die an ihrer Brutstätte umherwatscheln. Dann ist wieder Sir Robert zu sehen, der uns von Sturmtauchern und Albatrossen und Kormoranen erzählt. Anschließend wird gezeigt, wie Scharen von Zwergpinguinen ans Ufer geschleudert werden und sich von dort auf den Nachhauseweg machen, ins Licht eines überaus romantischen Sonnenuntergangs getaucht.

Ich sehe meine erste Präsentation auf Bolder Island, wo ich inmitten der Eselspinguinkolonie stehe und über Magellan-Pinguine und Goldschopfpinguine und Königspinguine berichte. Sir Robert geht näher auf Austernfischer, Silberenten, Lappentaucher, Skuas und Südliche Riesensturmvögel ein. Zwischen den Hauptszenen gibt es Kurzauftritte von glänzenden Robben an windgepeitschten Küsten, von Seelöwen, die sich auf Felsen sonnen, und von Merinoschafen, die auf wildem Weideland grasen. Wir sehen Petra, und die Kamera richtet sich direkt auf ihr freundliches Schnabelgesicht, als sie ihr Spiegelbild in einem Streifen silberfarbenem Wasser bewundert. Tony the Macaroni, der Goldschopfpinguin, stößt zu ihr, und eine kleine Pinguinschar hüpft einem von der Sonne angestrahlten Schmetterling hinterher.

An diesem Punkt werfe ich einen kurzen Blick auf Daisy. Sie starrt gebannt auf den Bildschirm und streichelt dabei sanft ihr neues Medaillon, das sie in der anderen Hand hält.

Meine Präsentation der Felsenpinguine wird begleitet von einer Flut Pinguine, die in den Wellen herumgeschleudert werden, dann folgt ihnen die Kamera, als sie eine steile, zerklüftete Felswand hinaufhüpfen. Am Schluss wird uns Petras Tod präsentiert. Ihre Beerdigung wird nicht gezeigt – sie wurde als viel zu sentimental für eine Naturdokumentation erachtet. Aber meine Wut wird gezeigt.

Es handelt sich um das Bildmaterial, das nach Petras Tod entstand. Die Kamera hat mich ganz nah herangezoomt. Ich spreche aus dem Bildschirm, mein Gesicht ist wutverzerrt, meine Worte sprudeln voller Zorn aus mir heraus: »Ich ermahne Sie nachzudenken, meine lieben Zuschauer. Schaden wird nur allzu oft nicht durch Böswilligkeit, sondern durch Unwissenheit angerichtet. Unwissenheit tötet. Gedankenlosigkeit tötet. Nachlässigkeit tötet. Sich für die billigste, einfachste Option zu entscheiden tötet. Plastik tötet. Die arme Petra ist nur eine, eine von Abertausenden Kreaturen, die wegen menschlicher Dummheit sterben mussten.

Der Dreck im Meer, an Land und in der Luft widert mich an. Ich werde nicht mehr lange genug hier sein, um zu sehen, wie es dem Leben auf diesem Planeten in der Zukunft ergehen wird, aber ich habe Angst darum. Dieses Leben liegt mir am Herzen, um seiner selbst willen und um unserer Kinder willen und deren Kinder und deren Kinder. *Ihnen* etwa nicht?«

Ich halte kurz inne, um Luft zu holen, dann fahre ich fort. »Ihnen etwa nicht? Ich flehe Sie an, liebe Zuschauer, erinnern Sie sich an Petra und ihre Pinguinfreunde. Ich flehe Sie an, fragen Sie sich im Supermarkt: Brauche ich wirklich all das Plastik in meinem Einkaufswagen? Tomaten benötigen keine Umhüllung aus Polyäthylen. Plastiklöffel sollten der Vergangenheit angehören. Was Tee anbetrifft, kann ich Ihnen persönlich garantieren, dass lose Blätter den verpackten Teebeuteln weit überlegen sind.

Womöglich denken Sie, dass das Handeln einer einzelnen Person keinen Unterschied macht, aber lassen Sie mich Ihnen in Erinnerung rufen, dass es eine Einzelperson war, die Petras Tod verursacht hat. Wenn diese eine Person ihre Keksverpackung verantwortungsbewusst entsorgt hätte, wäre Petra noch am Leben und würde fröhlich zwischen den Felsen und der Brandung von Bolder Island herumhüpfen. Wenn Millionen Menschen ihre Angewohnheiten ändern würden, könnte das die Meere wieder säubern. Liebe Zuschauer, denken Sie an die Pinguine, wenn Sie Salat kaufen, der in Zellophan eingewickelt ist. Denken Sie an die Pinguine, wenn Sie eine Einwegflasche aus dem Regal nehmen. Denken Sie an die Pinguine, wenn Sie die Polystyrolbox Ihres chinesischen Take-away-Essens wegwerfen. Denken Sie an Petra, denken Sie an Seevögel, und denken Sie an all die Lebewesen auf diesem Planeten, die miteinander verbunden sind und zu denen auch Sie gehören. Leben soll nicht erwürgt und erstickt und langsam vergiftet werden. Leben soll … *leben*. Bitte lassen Sie es leben. Das ist alles.«

Der zweite Teil meiner Wutrede wurde von exquisiten Aufnahmen von Pinguinen in all ihrer Schönheit, ihrer Charakterstärke und ihrer drolligen Pracht begleitet. Dann sieht man ganz kurz Petra tot daliegen, untermalt von einem traurigen Akkord irgendeines Musikinstruments, das ich nicht identifizieren kann. Anschließend erscheint wieder mein Gesicht, von Sorge gezeichnet.

»Ich dachte schon, du würdest am Schluss ›Amen‹ sagen«, merkt Patrick an und durchbricht damit die bedrückte Stimmung, die uns beim Zuschauen befallen hat.

»War es sehr schlimm?«, frage ich besorgt. Ich habe mit geballten Fäusten zugesehen und meine ganze Wut noch einmal gespürt, aber es ist durchaus möglich, dass andere diese leidenschaftlich oberlehrerhafte alte Schachtel einfach nur peinlich fanden.

»Meine liebe Veronica, Sie sind eine Inspiration«, versichert Sir Robert mir. »Ich hätte es selbst nicht besser machen können. Ehrlich gesagt bange ich jetzt sogar um meinen Job.«

»Mein lieber Sir Robert«, erwidere ich. »Ohne Sie wäre nichts von alledem möglich gewesen.«

65

Veronica

Das Arrangement aus Rosmarin und Heidekraut, das auf dem Tisch zwischen uns steht, hat etwas Schwermütiges. Trotzdem, echte Blumen sind ein Qualitätsmerkmal, denke ich mir immer. Sir Robert und ich sitzen im *Thurlstone House*, unserem Lieblingsrestaurant in Edinburgh. Die Einrichtung ist gefällig, und das Essen stammt nicht nur aus der Region, es ist auch eine Freude für die Geschmacksknospen. Wir haben schottisches Lachsconfit mit Fenchel bestellt.

»Ich muss gestehen, ich bin erstaunt, mein lieber Sir Robert, dass mich unsere Reise genauso viel über Menschen gelehrt hat wie über Pinguine«, merke ich an, während ich meine Serviette auf dem Schoß ausbreite. »Man möchte meinen, mit siebenundachtzig Jahren hätte ich schon alles gelernt.«

»Keineswegs, meine liebe Veronica«, entgegnet er. »Und mit siebenundneunzig werden Sie auch noch nicht alles gelernt haben.«

In diese Bemerkung sind verschiedene Annahmen eingebettet, und ich hoffe nur, er hat recht. Im Vergleich zu den vergangenen zwei Jahren werden die nächsten zehn aller Voraussicht nach allerdings deutlich eintöniger werden.

Ein Seufzer entweicht mir. »Wenn ich weiter dazulernen soll, muss ich irgendwie neue Erfahrungen sammeln«, stelle ich fest.

»Das ließe sich bestimmt einrichten«, erwidert Sir Robert beziehungsreich. Dann fügt er hinzu: »Ich muss selber noch eine Menge lernen.«

In seinen Augen ist deutlich ein Funkeln der verschmitzten Sorte zu erkennen. Ich beneide ihn um dieses Funkeln. Ich befürchte, meine funkelnden Tage sind längst Vergangenheit.

Wir sprechen über Daisy und ihre lobenswerten Wohltätigkeitspläne, dann dreht sich unsere Unterhaltung wie so oft um Pinguine. Wir reden über das Locket-Island-Projekt und die großartige Arbeit, die die vier dort leisten. Sie haben ihrer Schwester-Forschungsstation auf der Antarktischen Halbinsel abwechselnd bereits mehrere Besuche abgestattet, und es eröffnen sich neue wissenschaftliche Möglichkeiten für sie. Terry ist davon besonders begeistert. Unter Umständen wird sie im Lauf der Zeit noch weitere Mitarbeiter einstellen, doch soweit ich weiß, arbeitet Patrick härter denn je und möchte unbedingt mehr Verantwortung übernehmen. Die jüngsten Ereignisse haben ihm offenbar die Flausen ausgetrieben.

Das Team überwacht Pip mithilfe seines Satellitensenders. Es kommt mir vor, als wäre er gestern noch ein tropfnasser kleiner Pompon gewesen, der wankend durch den Schnee gelaufen ist und kurz davor war, seinen letzten Atemzug zu tun. Doch jetzt hat er viele tausend Kilometer durch eisige Wellen zurückgelegt, und Terry versichert mir, dass er nach wie vor kräftig schwimmt. Wir können uns alle ein Beispiel an ihm nehmen. Im Geiste sehe ich ihn durch das kristallklare Wasser des Südpolarmeers gleiten, voller Enthusiasmus bei der Suche nach Fischen.

Als wir unseren Fisch gegessen haben, entschuldige ich mich und suche die Toiletten auf, um meinen Lippenstift neu aufzutragen. *Thurlstone House* verfügt über eine besonders gute Damentoilette mit luxuriöser Flüssigseife, parfümierten Handtüchern und natürlichem Licht, das durch die filigranen Spitzengardinen fällt. Ich bringe mein Haar in Form. Dann greife ich in meine Handtasche und erinnere mich, dass ich völlig lippenstiftlos aus dem Haus gegangen bin. Ich führe zurzeit ein Experiment durch: Ich habe eine seltsame Erfindung erworben, einen sogenannten »Lippenkonturenstift«. Es stimmt, dass ich unzählige Lippenstifte in unterschiedlichen Rot- und Rosatönen besitze, die noch aufgebraucht werden müssen, aber da diese unweigerlich mit Plastik umhüllt sind, werde ich mir keine mehr kaufen.

Während ich nach dem Konturenstift suche, denke ich über den Abend nach, der äußerst zufriedenstellend verläuft. Ich freue mich schon jetzt darauf, Sir Robert das nächste Mal zu treffen und mich mit ihm zu unterhalten. Wie großartig es ist, mit jemandem ein Gespräch zu führen, mit dem man so viel gemein hat – noch dazu, wenn derjenige einen mit all seinen Fehlern kennt und einen trotzdem mag. Ich frage mich, worauf Sir Robert wohl angespielt hat, als er von neuen Erfahrungen sprach und meinte, er müsse selbst noch eine Menge lernen …

Ich umrande meine Lippen mit einer rubinroten Linie und trage dann sorgfältig Farbe auf. Man muss im Rahmen seiner Möglichkeiten immer nach dem Besten streben.

Ich halte inne. Irgendwas im Spiegel hat mich gefesselt. Ich sehe noch einmal hin. Und ich bin überrascht und erfreut, in meinen Augen etwas zu erkennen: ein kleines, aber unbestreitbares Funkeln.

Danksagung

Liebe Leserinnen und Leser, ich habe dieses Buch für Sie geschrieben, da ich den Eindruck hatte, dass Sie Veronica McCreedy aus irgendeinem Grund mögen! Ich bin Ihnen so dankbar, dass Sie *Miss Veronica und das Wunder der Pinguine* zu einem Erfolg gemacht haben, und hoffe, dass Ihnen auch dieses, Veronicas zweites Pinguinabenteuer, gefallen hat. Ich habe in Gedanken fünf Kontinente bereist, als ich *Miss Veronica und der Ruf der Pinguine* schrieb. Da Lockdown herrschte, konnte ich keinen der Orte, die ich darin beschreibe, leibhaftig besuchen. Einige von ihnen (Locket Island, Ginty Island und Bolder Island) sind frei erfunden, andere (Ayrshire, Bolton und Vancouver) nicht. Ich habe mein Bestes gegeben, um Letztere zu recherchieren, die Lücken habe ich mit meiner Fantasie gefüllt. Ich hoffe, Sie werden mir vergeben, falls irgendwelche geografischen Details nicht ganz richtig sind – schließlich handelt es sich hier um einen Roman!

Ich möchte mich bei vielen Menschen bedanken, die mir mehr geholfen haben, als ich sagen kann. Zutiefst verbunden bin ich all jenen:

meinen großartigen Lektorinnen Francesca, Sarah und Imogen, die ihre brillanten Köpfe zusammengesteckt und das Beste aus diesem Roman herausgeholt haben. Außerdem Alison (meiner reizenden Presseagentin) und Ruth (meiner ebenso reizenden Marketingspezialistin), Irene Martinez für das wunderschöne

Cover-Design und allen anderen fabelhaften Mitarbeiterinnen und Mitarbeitern von Transworld.

Meiner Agentin Darley Anderson sowie Mary, Georgia, Kristina, Rosanna, Rebeka und dem Rest des Teams. Sie haben einmal mehr Wunder vollbracht, sowohl in Großbritannien als auch im Ausland. Es ist unglaublich, meine Pinguine um die Welt watscheln zu sehen!

Allen, die mich in den sozialen Medien unterstützt haben. Besonders dankbar bin ich Lorraine Kelly für ihren wunderbaren Enthusiasmus und meinen Autorinnen-Kolleginnen Trisha Ashley, Phaedra Patrick, Clare Mackintosh, Celia Anderson, Tracy Rees, Jo Thomas und Samantha Tonge. Wow, ich weiß jetzt, wie sehr Sie beschäftigt sind und wie unglaublich großzügig es war, dass Sie mir etwas von Ihrer Zeit und von dem Platz in Ihren Köpfen geopfert haben.

Richard und Judy, weil sie *Miss Veronica und das Wunder der Pinguine* für ihren Buchclub ausgewählt und es vielen weiteren Leserinnen und Lesern nahegebracht haben, die es sonst nicht entdeckt hätten, insbesondere in dem schrecklich schwierigen Jahr 2020.

Ebenso dem Buchclub von Radio 2 und dem Gremium der Bibliothekare, die *Miss Veronica und das Wunder der Pinguine* unter ihre Top-Leseempfehlungen gewählt haben. Ein großes Dankeschön auch an alle anderen Buchclubs landauf und landab, die mitgeholfen haben, die Liebe für Pinguine zu verbreiten.

Meiner lieben Freundin Ursula Franklin, der »verrückten Pinguin-Lady«, die mich mit unzähligen herrlichen Pingininspirationen versorgt hat, von ihren endlosen Ermutigungen ganz zu schweigen.

Sue Flood, die all meine Fragen zu Tieraufnahmen an Originalschauplätzen so freundlich beantwortet hat.

Paul Gibbs, der mich bei meinen Recherchen zur Ahnenforschung unterstützt hat, und den anderen reizenden Menschen von Periwinkle Tea Rooms und Clematis Cottage in Selworthy.

Lionel und Jo von Brendon Books in Taunton, die meine Buchvorstellungen wunderbar moderieren, auch wenn sie wegen Lockdowns mehrmals verschoben werden mussten!

Allen meinen Freunden, die in guten und in schlechten Zeiten zu mir gehalten haben.

Meiner Schwägerin Rosemary, die so viele meiner Bücher als Weihnachtsgeschenke gekauft hat, dass sie womöglich der Grund dafür ist, dass *Miss Veronica und das Wunder der Pinguine* ein Bestseller wurde.

Meiner kleinen, aber ach so wichtigen engsten Familie, Jonathan und Purrsy, weil sie für mich da sind, wenn ich sie brauche, also genau genommen die ganze Zeit!

Zu guter Letzt möchte ich noch den Pinguinen danken, und zwar dafür, dass sie zu den schönsten, lustigsten und mutigsten Lebewesen auf diesem Planeten zählen. Angesichts der Eisschmelze in der Antarktis und der Überfischung und Verschmutzung unserer Meere werden sie all ihre Standhaftigkeit und Widerstandskraft brauchen, um die kommenden Jahre zu überstehen. Ich hoffe nur, dass sie für zukünftige Generationen noch hier sein werden. Lang sollen sie leben, die Pinguine!

Autorin

Hazel Prior lebt mit ihrem Mann und ihrer rothaarigen Katze im englischen Exmoor. Sie liebt Tiere, ganz besonders Pinguine, und wenn sie nicht schreibt, tourt sie mit ihrer Harfe durch England. Mit ihren Romanen um Miss Veronica und deren Reisen zu den Pinguinen sind ihr Überraschungsbestseller gelungen.
Weitere Informationen zur Autorin finden Sie unter:
www.hazelprior.co.uk

Hazel Prior im Goldmann Verlag:

Miss Veronica und das Wunder der Pinguine. Roman
Miss Veronica und der Ruf der Pinguine. Roman

(Alle auch als E-Book erhältlich)